KB105994

宋詩 송
詩 시

宋詩 송시

김원중 역해

민음사

일러두기

1 이 책에 수록된 작품은 송시(宋詩)를 이해하고 감상하는 데 문학적 가치가 뛰어나다
  고 인정하는 시인 51명의 작품 230수를 선정하였다.
2 이 작품의 선정 기준은 인구에 회자되는 명작을 위주로 하였으며, 그 판본은 원칙적
  으로 『전송시(全宋詩)』에 기초했으나 널리 통용되는 것을 따르기도 했다. 그 외 전종
  서(錢鍾書)의 『송시선주(宋詩選註)』도 참조했으며, 별도의 교감 작업은 하지 않았다.
3 작품 배열 방식은 시인의 생년에 따르는 것을 원칙으로 삼았으나, 현존 자료 부족으
  로 다소 편차가 있을 수 있다.
4 시의 번역은 직역을 원칙으로 하여 되도록 의미의 정확성에 주의를 기울이면서도,
  시적 문체를 살릴 수 있도록 하였다.
5 이 책에 수록된 인명, 지명, 고유명사 등에 사용된 한자는 되도록 본체자(本體字)로
  적었으며, 한자음은 우리말로 표기했다.
6 맞춤법과 띄어쓰기는 한글 맞춤법과 외래어 표기법을 따랐다.
7 본문에 사용된 문장 부호의 의미는 다음과 같다.
  『　』: 전집이나 총서 또는 단행본
  「　」: 개별 작품 또는 논문
  "　": 대화 또는 인용
  '　': 강조 또는 인용문 속 인용

우리는 곧잘 당시(唐詩)를 봄날에 비유하고 송시(宋
詩)는 가을에 비유한다. 당시는 상큼하고 발랄한 취
향을 그 특색으로 하고 송시는 포근하면서도 은은

한 향기를 감추고 있는 것을 특징으로 한다. 그런데 우리는 중국이 시
의 나라라는 데 쉽게 동의하면서도 한대의 문장(漢文), 당대의 시(唐
詩), 송대의 사(宋詞), 원대의 곡(元曲) 등으로 그 시대를 주도하는 글의
흐름을 규정지어, 송대는 시보다는 '사'라는 작품에 무게를 두어 시는
상대적으로 평가 절하해 온 감이 없지 않다. 이러한 세평의 근저에는
송대 문단의 주류는 사이고 시가 아니었다는 기본적인 함의가 있다.

그러나 막상 강희(康熙) 연간에 편찬된 『전당시(全唐詩)』에는 시인
2200여 명에 시 4만 8000여 수가 수록되어 있고, 당규장(唐圭璋) 선생
이 편찬한 『전송사(全宋詞)』에는 시인 1300여 명에 사 1만 9900여 수가
수록되어 있는데 이를 본다면 송대의 사는 당대의 시에 비해 그 분량
이 3분의 1정도밖에 되지 않아 단순 비교는 별 의미가 없어 보인다.

단, 당대와 송대의 시대적 상황이 상이했음을 상기해 볼 수는 있다.
당나라는 유가 못지않게 도가적 사유가 강하고 불교의 위상도 작지 않
아 시를 짓는 데 많은 공을 들였는데, 송대는 인간의 이성적 삶에 대한
사유에 바탕을 둔 성리학이 발달하여 당대와는 전혀 다른 환경이 형성
되었던 것이다. 특히 북송은 철저한 문치(文治)를 내세우면서 새로운
유학의 발전을 모색했고 "천하가 먼저 즐거워한 후에 즐거워하고 천하

보다 먼저 근심한다.(先天下之憂而憂, 後天下之樂而樂)"(범중엄(范仲淹), 「악양루기(岳陽樓記)」)라는 진정한 선비 정신이 출현하고, 성리학이라는 사상의 영향으로 시인들의 사유 체계 역시 당나라와 비견할 수 없을 정도로 완고해졌다. 그러니 감성의 영역인 시에 논리화와 경직성이 지나치게 개입된 것을 식상해한 작가들은 '사'라는 새로운 표현 수단을 계발하여 형식이나 제재에 구애받지 않고 자유롭게 자신의 생각을 표출하기 시작했다. '사'를 '시의 여분(詩餘)'이라고 말하는 것도 이런 맥락에서이다.

또한 송대는 당대에 이어 실무 중심으로 바뀐 과거 시험이 여전히 시행되긴 했지만 구법이냐 신법이냐를 둘러싼 파벌 다툼은 계속되었고, 개혁과 국정의 방향을 놓고 정파 간의 갈등이 심각해진 시기이기도 했다. 이러한 양상이 시인들의 감성을 상당히 자극하여 시 창작에 영향을 끼치기도 했다.

여기에 더해 문치 중심의 통치로 국방력이 약화된 틈을 타 북방 이민족이 침략하여 금나라가 세워졌고 이는 송대 시의 면모를 크게 변화시키는 결정적 계기가 된다. 소위 국토가 반으로 잘려 나가고 북송에서 남송으로 나라의 운명이 갈리면서 한족과 이족의 갈등은 불가피해졌고 그 사이에서 시인의 시 세계는 더욱 풍요로워진 것이다. 그 이면에 찢길 대로 찢긴 중화의 자존심은 회복 불능의 사태가 되어 육유(陸游)나 문천상(文天祥) 같은 애국 시인들의 출현을 불러오기도 했다. 육유는 1만 수에 달하는 작품을 남겼다고 하니 가히 그 다작의 규모를 짐작할 만하다.

국가 존망의 소용돌이 속에서 시인들은 대부분 정치가로서의 직분을 겸하고 있었기에 그들이 겪어야 했던 정신적 좌절은 클 수밖에 없었다. 이는 시인 자신이 몸담은 조정을 향한 질타, 떠올리기조차 싫은 현실에 대한 비판 의식, 그리고 자신의 실존에 대한 번민의 형태로 시 속에 고스란히 드러난다. 송시는 시 세계가 개인의 감성 영역에 머무르지 않고 사회 비판과 실천적 문제로 확장되었다는 점에서 고전 시가의 새 지평을 열었다.

이는 물론 단순한 개인적 체험에서 나올 수 없는 사회적 소산이었는데, 시인들은 송대 특유의 사유 세계 속으로 자신의 창작 성향을 규정하고 한정 지으려 시도하기도 했다. 그렇다 보니 송시를 읽는 독자들은 송시는 논리가 너무 강하여 마치 마른 장작을 패는 맛이 나는 듯도 하고 싱겁기만 하지 감칠맛 나는 어떤 장치도 없다는 선입견을 가지게 되었던 것이다.

그러나 송시는 이지적이고 당시는 감성적이라는 단정은 송시에 대한 과소평가이자 심지어는 잘못된 시각으로 재단한 오류이기도 하다. 이런 단정적 평가보다는 송시가 당대와 서로 다른 시대적 상황을 어떻게 해석하고 이를 시화했는지 읽어 내는 것이 중요하다. 물론 송시에는 절구보다 율시가 많아 당시에 비해 그 편폭만 보더라도 덜 읽히는 경향이 있는 것이 사실이지만 송시만의 특징을 이해한다면 그동안의 평가는 재해석될 수 있다.

송시는 제재가 다양하고 심상 구조가 개인의 서정에 그치지 않는다는 점에서 독특하다. 흔히 당시가 주로 어떤 상대를 염두에 두고 남녀의 애정, 변방의 정서, 전원이나 산수의 즐거움, 이별의 아쉬움, 친구 간의 우정 등을 표현하고 그 방식 역시 서정적이라고 한다면, 송시는 사회와 정치 사이의 거대한 구도를 그려 보기도 하고, 시인 개인의 독특한 취향을 표출하기도 하고, 때로는 도공이나 화전민 등을 거론하고, 어떤 때는 죽은 고양이를 소재로 하거나 개미에 자신을 비유하기도 한다.

그러나 흔히 명작으로 거론되는 작품들을 읽어 보면 이런 구분법은 별 의미가 없어 보인다. 왜냐하면 송시는 당시 못지않는 서정성으로 다양한 소재와 상황을 활용해 시의 범주를 확장했고 또 다른 차원의 독자적인 의미를 구축하고 있기 때문이다. 어느 시대나 표현 방식이 다를 뿐 사람이 사는 모습은 비슷하지 않은가.

송대의 시인들도 정쟁의 희생양으로 유배와 득의를 오고간 당대의 시인들과 별반 다르지 않다. 나라가 나뉘는 시대적 불운 속에서 삶 자체가 정치적 좌절이나 득의와 연결되어 있기 때문에 작품은 이러한 상황에서 나오는 시대의식과 감정이 이입될 수밖에 없다. 단지 시로 배어 나온 그들의 목소리가 격정적이지 않고 담담하다는 점에서 송시와는 다른 시적 정체성을 가진다.

그러므로 송시를 제대로 감상하려면 천천히 인내심을 가지고 읽어 나가야 한다. 순간적 감성 포착에 뛰어난 찰나적 성향의 당시와는 그 성격이 다르기 때문이다. 지나친 당시 애호주의에서 벗어나 새로운 관점에서 송시를 감상하다 보면 당시와는 또 다른 차원의 시 세계인 송시의 진면목을 맛볼 수 있을 것이다.

그런 면에서 여기에 가려 뽑은 시 230여 수는 송시의 정수를 대변할 뿐만 아니라 송시의 독특한 시 세계를 감상하는 데 손색이 없는 명작들이다.

최종 교정을 보는 지금 학교는 어느덧 방학을 했고 학교 주변 대학로에는 봄에 피었던 벚꽃은 온데간데없이 살구가 누렇게 익었다. 살구를 따느라 오가는 동네 사람들의 모습이 정겹다.

세월은 이렇게 가는 법이다.

2009년 7월
반야산 기슭에서
김원중

차례
次例

왕우칭
王禹偁
954~1001

자는 원지(元之)이고, 제주(濟州) 거야(鉅野, 지금의 산동성 거야현) 사람이다. 농촌 출신으로 진사에 급제하여 단공(端拱) 원년(988) 태종에게 재능을 인정받아 우습유(右拾遺), 직사관(直史館)에 발탁되었다. 그러나 강직한 성격으로 직언을 자주 하여 여러 번에 걸쳐 관직을 강등당하여 지방으로 쫓겨나기도 했다. 그는 '왕황주(王黃州)'로 불리기도 한다. 자신이 직접 묶은 시문집『소축집(小畜集)』30권과 증손자 왕분(王汾)이 편찬한『소축외집(小畜外集)』7권이 현존한다.『소축집』에는 사회성이 풍부한 장편 서사시들이 실려 있다.

왕우칭은 이백(李白), 두보(杜甫), 백거이(白居易) 등을 존중했는데 그중에서도 두보에게 각별했다. 산문에서도 사륙변려문 형태를 따라 글을 짓는 경향이 농후했으니, 한유(韓愈)와 유종원(柳宗元)이 제창한 고문체는 거들떠 보지도 않았다.

왕우칭은 사실주의적 문학관과 통속적인 시어 사용을 추구한 송나라 초기 백화체(白話體)의 대표 주자로서 자연스럽고 질박하고 평담하게 써내려 가는 작시 경향을 보여 주었다. 그의 문집에 칠언가행(七言歌行) 25수가 수록되어 있는데 백거이의 신악부(新樂府)를 모방해서 지은 것이라고 하며, 그의 백거이에 대한 추존은 풍자시 계열보다 한적시에서 두드러졌다.

시골길을 거닐다 村行

말 타고 가는 산길 국화꽃은 갓 누런빛이고
말 가는 대로 한가롭게 가는 들녘 흥취는 유장하다
뭇 골짜기마다 저물녘 바람 소리를 머금는데
봉우리에는 말없이 석양만이 서 있다
팥배나뭇잎은 연짓빛으로 떨어지고
귀리꽃은 흰 눈처럼 피어 향기를 풍긴다
무슨 일로 시를 읊고 나니 문득 쓸쓸해져
마을 다리와 들녘 나무들이 내 고향 같다

馬穿山徑菊初黃, 信馬悠悠野興長.
萬壑有聲含晚籟, 數峰無語立斜陽.
棠梨葉落胭脂色, 蕎麥花開白雪香.
何事吟餘忽惆悵, 村橋原樹似吾鄕.

山徑 산경 | 산길. '徑'은 폭이 좁은 길.
菊 국 | '죽(竹)'으로 되어 있는 판본도 있다.
信馬 신마 | 말이 가는 대로 내버려두는 것.
悠悠 유유 | 한가한 모양.
萬壑 만학 | 수많은 계곡.
晚籟 만뢰 | '籟'는 바람 따위의 소리나 울림.
斜陽 사양 | 비스듬한 햇빛. 즉 석양.
棠梨 당리 | 가을에 보통 배보다 작은 열매를 맺는데, 달고 신맛이 난다. '두리(杜梨)' 혹
　　　　　은 '백리(白梨)'라고도 한다. 팥배나무.

蕎麥교맥 | 초가을 무렵 하얀색 꽃을 피우는 귀리.
吟餘음여 | 시를 읊조린 후.
惆悵 추창 | 실망하여 탄식하는 모양.
原樹 원수 | 들녘 나무.

전원의 풍경을 보고 느낀 감흥을 묘사한 시이다. 4구의 '서 있다(立)'
는 자연을 의인화한 것이며, 7구의 '쓸쓸해져(惆悵)'는 시인이 타향의
풍경을 보고 느끼는 것이 고향에서 느끼던 것과는 현저히 다름을 나
타낸다. 그러면서도 이것은 마지막 구의 '내 고향 같다(似吾鄕)'와 상
관관계를 이루며 타향을 고향으로 여기고자 하는 시인의 달관된 심정
을 보여 준다.

봄날의 잡흥 春日雜興

복숭아와 살구 두 가지가 대울타리에 비스듬히 끼어
곱게 단장한 상산부사의 집이여
무슨 일로 봄바람은 받아들이지 못하고
화답하는 꾀꼬리가 몇 나뭇가지의 꽃을 불어 꺾어 버리네

兩枝桃杏夾籬斜, 粧點商山副使家.
何事春風容不得, 和鶯吹折數枝花.

籬 리 | 대울타리.
粧點 장점 | 장식(粧飾)과 마찬가지로 화장을 하여 아름답게 꾸민다는 의미.
商山副使 상산부사 | 시인은 상산(商山)의 단련부사(團練副使)로 있었는데, 단련부사는
　　　　　당나라 숙종(肅宗) 때 처음 만든 관직으로 지방 감찰 사무를 맡았다.
吹折 취절 | 불어 꺾어 버리다.

태종 순화(淳化) 2년(991), 시인이 개봉(開封)에서 상주의 단련부사로 좌천당한 그 이듬해 봄에 지은 시이다. 봄바람 부는 대로 꽃잎이 떨어지는 모습에 자신의 처참하고 고달픈 생활, 불편한 심적 고통을 빗대어 묘사하고 있다. 시인의 처량함은 고달픈 생활뿐만 아니라 웅장한 포부를 펼 수 없는 비분강개에서 나온 것이다.

공은 있으되 잘못은 없는 '복숭아나무(桃)', '살구나무(杏)', '꾀꼬리(鶯)'는 시련을 당한 시인 자신의 모습이며, 이러한 일상의 작은 소재가 시의 밀도를 높인다. '봄바람(春風)'은 시인과 상반되는 위치에 있는 위정자를 비유하며, '절(折)' 자가 시의 분위기를 집약하고 있다.

이 시는 봄이라는 시간과 반산이라는 공간을 배경으로 관직에서 물러
난 시인의 한적한 생활을 그리고 있다.

앞 두 구에서는 춘색(春色)의 변화를 산문 구법을 이용한 의인화 수
법으로 묘사하고 있다. 계절의 변화는 싱그러운 초록색이 붉게 물들
고, 다시 붉게 물든 꽃이 점점 시들어 가는 모습이다.

시인은 '맑은 그늘(清陰)'을 만들어 준 봄바람의 두터운 정을 저버
릴 수 없다. 그래서 3, 4구에서 '청명(清明)'을 근본으로 하여 노래한
다. 이 두 구에서는 '예예(翳翳)', '교교(交交)'라는 첩자를 사용함으
로써 정적인 분위기 속에서도 수목의 생명력 넘치는 모습을 느낄 수
있게 하였다.

이쯤 되면 깊은 산속에 살고 있는 사람이 누구인가 궁금해지게 마
련이다. 그는 어떤 모습을 하고 있을까? 그래서 5, 6구에서는 시의 주
체를 그리기 위해 붓의 방향을 바꾼다. 지팡이(杖)에 짚신(屨)을 신고
그윽한 곳을 찾기도 하고, 옹달샘에서 쉬기도 하는 사람이다. 그러나
그런 사람을 위로하는 것은 고운 소리를 남기는 새뿐이다.

서태일궁의 벽에 쓰다 題西太一宮壁

(一)

버들잎은 쓰르라미 우는 소리에 짙푸르고

연꽃은 지는 해에 물든다

삼십육피 연못에 물 흐르니

흰 머리에 강남을 보고 싶어한다

柳葉鳴蜩綠暗, 荷花落日紅酣. 三十六陂流水, 白頭想見江南.

題~壁 제~벽 | 건물 벽에 쓰는 시로서 제벽시(題壁詩)라고 한다. 이러한 형식은 당송 이래 시제(詩題)에 자주 나타나며, 송시에서 잘 쓰이는 '書~壁'이라는 시제 또한 같은 뜻이다.

西太一宮 서태일궁 | '太一'은 『사기』의 「천관서(天官書)」, 「봉선서(封禪書)」 등에 도 보이는 천제 이름으로 옛날부터 하늘의 최고 높은 신이다. '太一'은 '태 일(泰一)'이라고도 쓴다. 태일궁(太一宮)은 태일신에게 제사 지내는 궁 전을 말한다. 송대에는 동쪽, 서쪽, 중앙 세 곳에 태일궁을 지었는데, 북 송 홍매(洪邁, 1123~1202)의 『용재수필(容齋隨筆)』 권7에 기록된 바에 의 하면 태종 옹희 원년(984)에 동태일궁(東太一宮), 인종(仁宗) 천성(天成) 7년(1029)에 서태일궁(西太一宮), 신종(神宗) 희녕 6년(1073)에 중태일궁 (中太一宮)이 완성되었다. 서태일궁은 당시 상부현(祥符縣) 현성(縣城)의 서 남쪽으로 30리쯤(약 16.6킬로미터) 떨어진 팔각진(八角鎭)에 있었다.

蜩 조 | 쓰르라미.

陂 피 | 연못. 서태일궁 부근에 피당(陂塘)이 있었다. 기록에 의하면, 변경 부근에도 '삼 십육피(三十六陂)'라는 유명한 연못이 있었다.

126

시인은 희녕 원년(1068)에 신종의 부름을 받아 수도로 들어가 서태일궁을 찾게 되었다. 18세 때 왔던 이곳을 다시 찾아오기까지 32년이라는 세월이 흘렀다. 그는 이 기간 동안 부모를 모두 여의었고, 자신이 하는 일에서도 별 성과를 이루지 못한 채 한림학사로 있었다. 이런 상황에서 서태일궁을 다시 찾은 순간 자연스럽게 감정이 일어나 시를 짓게 되었는데 이것은 2수 중 첫 번째 시이다.

1구에 제시된 것은 여름날의 풍경으로, '녹(綠)' 자 다음에 곧이어 '암(暗)' 자를 덧붙여서 '버들잎(柳葉)'이 조밀하며 그 색의 농도가 짙음을 의도적으로 표현하였다. 그리고 '유엽(柳葉)'과 '녹암(綠暗)' 사이에 '명조(鳴蜩)'를 끼워 넣어 시각뿐만 아니라 청각적 활동까지 요구하였다. 비록 쓰르라미의 모습은 버들잎에 가려 드러나지 않지만, '우는(鳴)' 소리를 들음으로써 그 존재를 인식하게 만들고 있다. 2구도 1구와 비슷한 형식으로 짜여 있다.

3구는 '물(水)'을 좀 더 보충하여 묘사한 것인데, 그것은 '눈(眼)' 속의 물이므로 더욱 중요하고, 또 기억 속에 있는 강남의 봄물이기에 독자의 관심을 끈다. 마지막 4구는 시인의 시정이 그대로 표현된 부분이다. '백두(白頭)'는 서태일궁을 다시 찾기까지 시간의 흐름을 나타내며, '상견(想見)'의 의미를 더욱 부각시킨다.

내 마음을 적다 自遣

문 잠그고 근심을 밀치려고 해도
근심은 끝내 떠나가려 하지 않는다
웬일로 봄바람이 불어와서
근심을 붙잡으려고 해도 근심은 머물지 않는다

閉戶欲推愁, 愁終不肯去. 底事春風來, 留愁愁不住.

自遣 자견 | 자신의 마음을 적는 것.
底事 저사 | 무슨 일로. '底'는 '하(何)'의 뜻.

이 시는 한담(閒淡)한 가운데 은밀하고도 깊은 비애를 감추고 있다.

　이 시 역시 창작 연대는 명확하지 않다. 다만 시에 표출된 정감이 시인이 신법을 단행하던 시절의 패기만만함과 어울리는 분위기가 아니므로 만년에 지었을 것으로 추정할 뿐이다. 적어도 이 시에 투영된 근심은 혼돈스러운 정치 상황에 대한 것이라기보다는 인생의 노년기에 접어든 한 인간이 지나온 삶을 회상하고 여생에 대해 기대하거나 초조해하는 것이다. 그 근심은 무려 네 번이나 나오는 '수(愁)' 자에 집약적으로 나타난다.

숙직 夜直

구리 향로의 향 다 타고 물시계 소리도 잦아드는데
차갑게 파고드는 가벼운 바람에 한기가 층층이 쌓인다
봄빛에 사람 애태워 잠 못 이루고
달은 꽃 그림자를 난간 위로 옮긴다

金爐香盡漏聲殘, 剪剪輕風陳陳寒.
春色惱人眠不得, 月移花影上欄干.

直 직 | 당직(當直)하는 것. 심괄(沈括)의 『몽계필담(夢溪筆談)』23권에 의하면, 북송
　　시기에는 매일 밤 한림학사가 돌아가며 학사원(學士院)에서 숙직하였다고
　　한다. 이러한 제도는 당대에도 있었는데, 한림학사를 지낸 백거이는 「8월 15
　　일 밤, 궁궐에서 홀로 숙직하며 달을 보고 원구를 그리워하다」라는 제목의
　　유명한 칠언율시를 짓기도 했다.

金爐 금로 | 구리로 만든 향로. '金'은 동(銅)을 가리킨다.

漏聲 누성 | '漏'는 고대에 떨어지는 물로 시간을 재던 물시계를 가리킨다. 시계는 명나
　　라 이후에야 들어왔다. 고대 중국에서는 물시계를 관리하는 특별한 사람을
　　두어서 물시계의 시각을 알리도록 했는데, 1경(更, 밤을 5경으로 나눈 것으
　　로, 지금의 2시경)이 되면 큰북을 울리고, 1점(点, 1경의 5분의 1)은 종을 쳐
　　서 알렸다고 한다.

剪剪 전전 | 부는 바람이 차가운 기운으로 옷가지에 파고드는 것.

春色 춘색 | 봄빛. '春色'은 정치적 의미를 함유할 때도 있다.

眠不得 면부득 | 구어의 맛을 살리기 위해 '不得眠'을 도치시킨 것이다.

欄干 난간 | '蘭干'과 같다.

화려한 시어가 긴밀하게 구성된 작품이다. 1구에서 '진(盡)'과 '잔(殘)' 자는 시간의 흐름에 따른 주변 경관의 변화에 각별히 주의를 기울인 것이고, 2구는 감각적인 면에서 깊은 밤의 '풍(風)'과 '한(寒)'을 묘사하였다. 3구는 정경(情景)의 일치에 이르고 있을 뿐만 아니라, 감정과 서사적인 필치를 겸하고 있다.

시인은 무엇 때문에 '잠 못 이루(眠不得)'는가? '봄빛(春色)'은 무엇 때문에 '사람을 괴롭히(惱人)'는가? 이 시를 짓기 얼마 전인 가우 3년 (1058)에 왕안석은 「상인종황제언사서(上仁宗皇帝言事書)」를 올려 변법(變法)을 주장하였고, 그로부터 3년 뒤인 가우 6년에는 또 「상시정소(上時政疏)」를 올렸으나, 어리석은 인종은 이 나라는 오랫동안 내환도 외환도 없었으니 걱정할 것이 없다며 그 건의에 귀를 기울이지 않았다. 그러나 시인은 귀를 기울여 주기를 기대하고 있다.

4구는 일반적인 환경 묘사로, 1구를 보충 설명하는 성격을 띤다. 깊은 밤의 특징을 분명하게 표현함으로써 짙은 색채감을 더한다.

매화 梅花

담 모퉁이에 매화 몇 가지
추위를 이기며 혼자 절로 피었다
멀리서도 눈이 아닌 것을 알 수 있음은
전해 오는 그윽한 향기 때문인가

墻角數枝梅, 凌寒獨自開. 遙知不是雪, 爲有暗香來.

雪 설 | 눈. 여기서는 "더디게 핀 매화 빼어나게 오만하여, 앞다투어 눈 속에 핀 매화 엿
본다.(絶訝梅花晩, 爭來雪裏窺)"(간문제, 「설리멱매화(雪裏覓梅花)」)라는
시구에 보이는 '雪' 자와 같은 상징성을 지니는 것으로 쓰였다.
暗香 암향 | 그윽한 향기.

자연 속에서 부동의 공간을 마련하고 있는 매화는 한겨울의 추위를 견뎌 내고 조화로움으로 가득한 자연에 몸을 내맡기는 꽃이다. 3구에서 매화의 결백을 '눈'과 같다고 강조하면서 그 의미는 '그윽한 향기' 때문에 다른 차원의 고결함을 강조한다. 시인은 「홍매(紅梅)」라는 절구에서 "봄은 반도 안 왔건만 꽃은 막 피려 하니, 아마도 겨울을 잘 견뎠기 때문이라네.(春半花才發, 多應不奈寒)"라고 찬미하였다. 그 신선성은 겨울이라는 계절의 압박에 침식되지 않는다. 시인에게 매화는 안식과 위안을 주는 성스러운 대상이다.

고의 古意

천문산에서 영지를 따는데
차가운 이슬이 모골을 맑게 한다
푸르스름한 구슬이 구만 리인데
빈 하늘에는 아무것도 없구나
굽이진 은하수는 서남쪽으로 돌고
수정 같은 빛은 하고로 사라진다
봉래산이 눈에 보이는데
인간 세상에서 먼 것을 탄식한다
그때 버린 복숭아씨는
달속 동굴을 지탱한다고 들었다
잠시 아환을 부르니
수레 타고 명해(溟海)와 발해(渤海)를 희롱하는구나

采芝天門山, 寒露淨毛骨. 帝靑九萬里, 空洞無一物.
傾河略西南, 晶射河鼓沒. 蓬萊眼中見, 人世歎超忽.
當時棄桃核, 聞已撑月窟. 且當呼阿環, 乘輿弄溟渤.

天門山 천문산 | 장강 가에 있는 산. 박망산(博望山)과 양산(梁山)이 마주보고 있다.
毛骨 모골 | 모발과 골격.
九萬里 구만리 | 하늘이 높음을 표현한 말이다.

略 략 | 점유하다.
晶射 정야 | '晶'은 수정. 여기서는 아래의 하고성(河鼓星)의 빛을 가리킨다.
河鼓 하고 | 별 이름. 하나의 큰 별과 좌우의 작은 두 별을 나란히 놓고 하고삼성(河鼓三
         星) 또는 천고(天鼓)라고 한다.
蓬萊 봉래 | 발해 속에 있고, 신선이 살며, 불로장생하는 약이 있다는 선계.
眼中見 안중현 | 눈 속에 나타난다는 것은 사모하거나 회구하는 대상이나 사물이 그리워
         하는 가운데 나타나는 것이다.
超忽 초홀 | 거리가 멀다. 인간 세계는 봉래에서 멀리 떨어져 있음을 뜻한다.
當時 당시 | 그때. 과거의 어떤 시점을 가리킨다. 여기에서는 아래의 '도핵(桃核)' 고사
         와 연관지어 한무제 때를 가리킨다.
棄桃核 기도핵 | '도핵(桃核)'은 복숭아씨. 옛날 한무제를 방문한 서왕모는 300년에 한
         번 열리는 과실인 선도(仙桃)를 무제에게 주었다. 무제가 복숭아를 먹고 씨
         를 남기자, 서왕모는 인간이 사는 땅에는 심어도 자라지 못한다고 했다. 그
         러므로 시인은 서왕모가 복숭아씨를 갖고 돌아가 월계(月界)에 버린 것을
         노래한 것이다.
撐 탱 | 버티다. 지탱하다.
月窟 월굴 | 달 속 동굴.
阿環 아환 | 선녀. 상원부인(上元夫人)의 이름이다.
溟渤 명발 | 명해(溟海)와 발해(渤海). 봉래산 등 신선이 사는 동해(東海)의 명칭이다.

시의 전체적인 분위기로 보아 시인이 만년에 지은 것으로 생각된다.
고풍스러운 제재로 노래하는 형태를 취하고 있으며, 옛 사물을 빌려
현재의 사물을 풍자하였다.

  전체적으로 색다른 제재를 사용하였으며, 늦가을의 맑고 밝은 풍경
과 그로부터 야기되는 환상적인 정감을 노래했다. 전반 여섯 구는 경
치 묘사에 치중했으며, 후반 여섯 구에서는 신선계를 흠모하는 감정

을 묘사하였다.

　시를 전반부, 후반부로 구분하듯 시인의 시선도 한 차례 이동하는
데 '경하(傾河)', '하고(河鼓)' 등이 그것이다. 아마 동방을 가리키는
서광 속에 봉래산이 생기며, 선계로의 꿈이 시인의 가슴속에 자리잡
게 되었던 듯하다.

황하 북쪽 백성 河北民

황하 북쪽 백성이여

평생 두 변경에 가까워 오랫동안 고통에 시달렸구나

집집마다 자식 길러 밭갈이와 길쌈을 가르쳐

관청에 보냈더니 오랑캐를 섬기는구나

올해 큰 가뭄에 천 리나 붉게 탔건만

주와 현에서는 여전히 하역(河役)을 재촉한다

늙은이와 어린아이는 서로 손잡고 남쪽으로 가고

남쪽 사람들은 풍년이지만 자기 먹을 것도 없다

슬프고 근심스러운 대낮에 천지도 혼미하여

길 옆의 행인도 안색을 잃는다

너희들의 삶은 정관의 통치에 미치지 못하니

몇 푼어치 좁쌀도 전쟁통에 남아 있지 않구나

河北民, 生近二邊長苦辛.

家家養子學耕織, 輸與官家事夷狄.

今年大旱千里赤, 州縣仍催給河役.

老小相携來就南, 南人豊年自無食.

悲愁白日天地昏, 路旁過者無顏色.

汝生不及貞觀中, 斗粟類錢無兵戎.

왕안석   137

河北 하북 | 황하 북쪽.

二邊 이변 | 요(遼)와 서하(西夏) 근처의 변경 지역.

夷狄 이적 | 중국 고대에는 사방 변경의 소수민족이나 이민족에 대해 경멸적인 의미로 이렇게 불렸다. 여기서는 요와 서하를 가리킨다.

千里赤 천리적 | 넓은 대지에 아주 작은 풀도 자라지 않는 것을 가리킨다. '赤'은 아무것도 없다는 뜻이다.

河役 하역 | 황하를 다스리는 일.

無顔色 무안색 | 얼굴에 수심이 가득한 모양.

貞觀 정관 | 당태종 이세민(李世民)의 연호(627~649). '정관지치(貞觀之治)'라는 말이 있듯이 정치를 매우 잘했다.

현실 감각이 날카롭게 돋보이는 이 시의 1, 2구는 전편의 주제를 이끌어 나가는 역할을 담당하며, '이변(二邊)' 두 글자에는 사뭇 비장미가 서려 있다. 왜냐하면 요와 서하는 당시 송나라의 적대국이었기 때문이다. 이 일대의 백성은 해마다 전쟁의 소용돌이에 휩싸였기에 '장고신(長苦辛)'에서 벗어날 수 없었다. 그런데 시인의 관점은 일반론과는 다르다. 그 당시 북송 조정은 굴욕적인 화해 조건을 내놓아 휴전 국면이었으니, 변경 지방에서 전쟁이 그렇게 많이 일어난 것은 아니었다. 그 답변은 3, 4구에 마련되어 있다.

5, 6구는 '고신(苦辛)'의 두 번째 이유를 요약한 것이다. 큰 가뭄이 들어 천 리나 되는 곳까지 붉게 타들어 가고, 백성의 애환이 들녘마다

배어 있다.

7, 8구는 '고신'의 세 번째 이유이다. 변방 지역에 사는 백성이 삶을 살아가기에는 뾰족한 방법이 없다. 그래서 그들은 남쪽으로 피난을 가 삶을 모색하려 한다. '늙은이와 어린아이가 서로 손잡고(老小相携)' 떠난다.

'장고신'의 주제하에 황하 북쪽 백성이 받는 고통의 정도를 한 걸음 한 걸음 나아가면서 주관적 색채와 객관적 상황이 잘 어우러진 서사적 풍경을 보여 주고 있다. 그 비극성은 9구에 나와 있듯이 짙은 구름으로 뒤덮여 있는 하늘만큼 어둡다. 심지어 길 옆으로 지나가는 행인들도 이런 참상을 보고 비통함을 느꼈겠지만 내색조차 하지 않는다.

마지막 두 구에는 고금(古今)의 대비 속에 시인 자신의 감정을 기탁하고 있다. 시인이 여기서 '정관지치(貞觀之治)'를 언급한 것은 시정에 대한 날카로운 비판 정신과 무관하지 않다. 더구나 자신이 정치가였기에 단순히 시인으로서 느끼는 감정 그 이상이다.

명비곡 明妃曲

(一)

왕소군이 처음 한나라 궁궐 떠날 때
봄바람에 수염 날리며 눈물 흘렸네
배회하며 그림자 돌아보아도 얼굴빛은 없어
군왕은 마음을 스스로 지탱하지 못하네
돌아와 화공을 나무라니
눈에 들어온 미인은 평생 동안 일찍이 없었네
미인의 자태는 원래 그려 낼 수 없는 것
그때 억울하게 모연수만 죽였구나
한번 가면 다시 돌이키지 못함을 알건만
가련하게도 한나라 궁전의 옷을 차려입었구나
변방 남쪽 일 물으려고 부탁하려 해도
해마다 겨우 기러기만 날아갈 뿐
가족은 만 리 밖에서 소식 전해 오고
전성에 편히 머물며 서로 그리워하지 말자 한다
그대는 보지 못했는가, 지척의 장문궁에 아교가 갇혔음을
인생의 실의에는 남과 북이 없구나

明妃初出漢宮時, 淚濕春風鬢脚垂.
低徊顧影無顏色, 尙得君王不自持.

140

歸來却怪丹靑手, 入眼平生未曾有.

意態由來畫不成, 當時枉殺毛延壽.

一去心知更不歸, 可憐着盡漢宮衣.

寄聲欲問塞南事, 只有年年鴻雁飛.

家人萬里傳消息, 好在氈城莫相憶.

君不見咫尺長門閉阿嬌, 人生失意無南北.

明妃 명비 | 왕소군(王昭君). 왕소군은 전한 원제(元帝)의 궁녀로서, 경녕(竟寧) 원년
봄에 정략결혼의 희생양이 되어 흉노의 호한야선우에게 시집갔다. 선우가
죽은 뒤에는 그 아들의 아내가 되어 죽을 때까지 그곳에서 살았다고 한다.

鬢脚 빈각 | 귀밑 옆에 나는 수염.

低徊 저회 | 배회하다.

無顏色 무안색 | 상심으로 인해 얼굴은 보기 어려움을 뜻한다.

尙得 상득 | 오히려.

君王 군왕 | 유석(劉奭)을 가리킨다.

丹靑手 단청수 | 화공. '丹靑'은 빨강과 파랑 색깔 안료로 그림을 그리는 것이므로, 화공
을 단청수(丹靑手)라고 했다.

入眼 입안 | 눈에 들다.

未 미 | '기(幾)' 자로 되어 있는 판본도 있는데, 의미는 별다른 차이가 없다.

意態 의태 | 내면적인 정신과 외면적인 자태가 총합된 것을 뜻한다.

畫不成 화불성 | 구어적 표현으로 '畫'와 '成' 사이에 부정사가 들어가 불가능한 의미를
나타낸다. 그리지 못하다.

枉殺 왕살 | '枉'은 '무리하게', '억지로'라는 뜻. '殺'은 문자상으로는 '죽이다'라는 동사
이다.

毛延壽 모연수 | 왕소군의 화상을 그린 화가. 왕소군이 뇌물을 바치지 않자 예쁜 그녀
를 추녀로 그려서 흉노에 시집가게 만든 장본인이다. 그래서 원제는 그를
죽였다.

着盡漢宮衣 착진한궁의 | 한나라 궁전의 옷을 더 이상 입지 못한다는 뜻이다.

寄聲 기성 │ 전갈을 부탁하다.
塞南 새남 │ 국경의 변방 남쪽. 즉 중국.
氈城 전성 │ '氈'은 모직물의 털. 모직물로 만든 흉노 사람들의 집.
咫尺 지척 │ '咫'는 8촌(寸)이고, '尺'은 1척(尺), 즉 가까운 거리를 뜻한다.
長門 장문 │ 한나라 궁전 장문궁. 무제의 첫 황후였던 진씨(陳氏)가 총애를 잃고 유폐되
었던 곳이다.
阿嬌 아교 │ 진(陳) 황후의 어렸을 때 이름.
南北 남북 │ '南'은 아교가 있는 곳을 가리키고, '北'은 왕소군이 있는 곳을 뜻한다.

역대 시인들이 왕소군을 지나치게 가련한 여성으로 묘사한 것에서 벗
어나 왕안석은 그녀의 순결하고 그윽한 감정을 강조하고, 여성성을
부각시키면서 향수를 달래는 심경을 읊고 있다. 2수의 연작시 가운데
첫 수이다.

이 시는 봉건 왕조에 궁정에서 생활하는 궁녀의 비참한 운명을 역
사적 기록에 근거하여 노래한 것으로 워낙 유명하여 당시 매요신, 구
양수, 사마광(司馬光) 등이 화답시를 지었을 정도이다.

시를 두 단락으로 구분할 수 있는데 앞부분에서는 왕소군이 한나라
궁전을 떠날 때의 정황을 노래했고, 뒷부분에서는 흉노 땅에서 생활
하는 여자와 실의에 찬 인생에 대한 감개무량함을 묘사하였다. 그녀
의 비극적 삶의 모습과 기구한 운명이 '한나라 궁궐'로 들어오고 나가
면서 비롯되었다는 점이 분명히 드러난다.

강가에서 江上

강 북쪽은 가을의 음울한 기운 반쯤 걷혔는데
저녁 구름이 비를 머금고 도리어 낮게 떠돈다
푸른 산은 굽이굽이 길을 잃은 것 같은데
문득 수많은 돛단배가 그림자처럼 은은히 비치며 온다

江北秋陰一半開, 晚雲含雨却低徊.
靑山繚繞疑無路, 忽見千帆隱映來.

秋陰 추음 | 가을날의 음침한 하늘색.
晚 만 | '효(曉)'라고 되어 있는 판본도 있다.
繚繞 요요 | 모든 봉우리가 잇달아 있는 모습.
隱映 은영 | 겉으로 환히 드러나지 않고 은근하게 비치는 것.

시인이 노년의 마음을 강가의 가을 풍경에 빗대어 묘사한 시로 분위기가 고요하고 담백하다. 먼저 '추음(秋陰)'을 적고, 다음으로 '운(雲)', '우(雨)'를 묘사하면서, 아울러 '청산(靑山)'과 먼 곳에서 그림자를 드리우고 떠다니는 돛단배를 그려 나간다. 아주 넓고 웅장한 풍경이다.

응축되고 간결한 시어에 가벼운 기교를 발휘하여 자신의 마음을 담담하게 그렸다.

도원행 桃源行

'망이궁에서는 사슴을 말이라고 했는데
진(秦)나라 백성 중 절반은 만리장성 아래서 죽었다'
시대의 전란을 피한 것은 단지 상산의 늙은이만이 아니고
도화원에서 복숭아 심는 자도 있다
여기 와서 복숭아 심고 지낸 봄이 몇 번인가
복사꽃 따고 복숭아 먹고 그 나뭇가지는 땔나무가 되었구나
자손을 낳고 길러도 세상과 동떨어져
아버지와 아들은 있지만 군주와 신하의 구별이 없구나
어부는 배를 띄웠으되 얼마나 나아갔는지 깨닫지 못하고
복숭아꽃 사이에서 서로 보고 묻는다
세상에서는 어찌 예전에 진(秦)나라가 있었음을 알며
산속에서는 어찌 지금이 진(晉)나라 세상임을 짐작하랴
듣건대 장안에 전란이 끊이지 않는다니
봄바람에 고개 돌리면 수건이 젖는다
요순 이후 이런 곳을 또 어디에서 찾을까
천하는 어지러이 진(秦)나라를 몇 번이나 거쳤는가

望夷宮中鹿爲馬, 秦人半死長城下.
避時不獨商山翁, 亦有桃源種桃者.
此來種桃經幾春, 采花食實枝爲薪.

왕안석　　　　　　　　　　　　　　　　　145

兒孫生長與世隔, 雖有父子無君臣.
漁郞漾舟迷遠近, 花間相見驚相問.
世上那知古有秦, 山中豈料今爲晉.
聞道長安吹戰塵, 春風回首一霑巾.
重華一去寧復得, 天下紛紛經幾秦.

桃源 도원 | 시인 도연명이 허구로 꾸며 낸 이상적 경지. 진(晉)나라 말기의 전원시인 도
   연명이 「도화원기병서(桃花源記幷序)」를 세상에 내놓은 이후에 문인들이
   도원(桃源)을 소재로 한 작품을 끊임없이 내놓았다. 그 가운데 유명한 작품
   이 왕유(王維)의 「도원행(桃源行)」, 한유의 「도원도(桃源圖)」, 왕안석의 「도
   원행(桃源行)」 세 편이다.
望夷宮 망이궁 | 진(秦)나라 궁전 이름. 지금의 섬서성 동남쪽에 있으며, 진나라 재상 조
   고(趙高)가 진이세(秦二世)인 호해(胡亥)를 이곳에서 죽였다. 여기서는 진
   나라의 궁전을 폭넓게 가리킨다.
鹿爲馬 녹위마 | 사슴을 가리켜 말이라고 하는 것으로, 『사기』 「진시황본기(秦始皇本
   紀)」에 나온다. 환관 조고가 모반하려고 하였으나 신하들이 따르지 않을까
   염려되어 신하들에게 말을 사슴이라고 하고는 그렇지 않다고 우기는 신하들
   을 가차 없이 죽여 버려 실권을 장악하였다. 후세에는 지록위마(指鹿爲馬)
   로, 흑백이 전도되고 시비가 혼돈되는 것을 비유하는 말로 쓰이게 되었다.
   여기서는 정치의 암흑 상황을 나타낸다.
商山翁 상산옹 | 동원공(東園公), 녹리선생(角里先生), 기리계(綺里季), 하황공(夏黃
   公) 네 노인을 가리키는데, 진나라 말기에 난을 피하여 상산(商山, 지금의
   섬서성 상현 동남쪽)에 은거해 살았다. 그들은 수염과 눈썹이 희었기에 상
   산사호(商山四皓)라고 불렸다.
無君臣 무군신 | 통치자와 피통치자의 구분이 없고 압박하는 자와 압박을 당하는 자의
   관계가 없는 것을 말한다. 평등 사회를 바라는 시인의 여망이 담겨 있다.
漾舟 양주 | 떠다니는 배.
吹戰塵 취전진 | 전란이 발생하는 것.
重華 중화 | 순 임금의 이름.

146

이 시는 네 부분으로 나눌 수 있다. 먼저 앞 네 구는 도화원이 생긴 내력을 말하고 있다. 그 내용은 조고가 사슴을 가리키며 말이라고 한 것으로 혼란스러운 조정을 비유한다. 시대 상황에 대한 이런 비판 의식은 북송의 현 상황도 크게 다르지 않다는 의미를 깔고 있다.

5구부터 8구까지에는 속세를 초월한 자연스러운 삶의 모습과 이상적인 사회의 모습이 있다. 9구부터 12구까지는 도화원에 들어가 그곳 사람들이 대화한 것을 묘사하였고, 마지막 네 구에서는 그런 태평성대가 오지 않으리라는 안타까움을 그렸다.

도화원은 환상으로 가득 차 있으며 허무하고 막막한 신선 세계와 연관됨이 널리 알려진 바이지만 왕안석의 붓끝에서는 전혀 다른 방향으로 전환된다. 이 시에서는 시인의 일관된 현실주의 정신이 엿보이며, 정치의 암울한 정경이 이면에 잘 스며 있다.

낮잠 午枕

낮잠 자는데 꽃 앞 대자리는 흐르려 하고
해는 기울면서 붉은 꽃 그림자를 주렴으로 옮긴다
사람을 엿보는 새의 지저귐이 꿈을 그윽히 나부끼더니
강 건너 산은 곡절이 서린 수심을 제공한다

午枕花前簟欲流, 日催紅影上簾鉤.
窺人鳥喚悠颺夢, 隔水山供宛轉愁.

簟 점 | 앉거나 누울 때 사용하는 대자리.
悠颺 유양 | 그윽하게 나부끼다.

일상적인 소재가 돋보이는 이 시의 첫 구는 함축미가 빼어나다. '화(花)'는 봄날의 구체적인 형상인데, 그 뒤부터는 묘사하는 것이 다르다. 2구에서는 꿈에서 깨어났을 때의 시간적 정황을 묘사한다. '최(催)' 자에는 강한 주관적 색채가 배어 있다. 3, 4구에서는 시인의 심리 상태에 빠른 변화가 오고 있음을 감지할 수 있다. 이런 변화를 불러일으키는 촉매는 '격수산(隔水山)'이며, 수심이 생기게 한 원인은 '유양몽(悠颺夢)'이다.

감회를 적다 卽事

길섶 따뜻하여 풀이 무성한 듯하고
산 맑아 꽃은 한층 무성하다
종횡으로 한 줄기 시냇물 흐르는데
높고 낮은 몇 집이 모인 마을
조용히 쉬면 닭이 정오에 울고
황무지를 갈면 개가 저녁에 짖는다
돌아와서 사람들에게 말하길
아마도 무릉도원인가 한다

徑暖草如積, 山晴花更繁. 縱橫一川水, 高下數家村.
靜憩鷄鳴午, 荒尋犬吠昏. 歸來向人說, 疑是武陵源.

積 적 | 무성하고 조밀함을 뜻한다.
憩 계 | 쉬다.
鷄 계 | '구(鳩)'로 되어 있는 판본도 있다.
疑是 의시 | '아마도 ~인가 한다.'라는 뜻. '응시(應是)'와 비슷하다.
武陵源 무릉원 | 도연명이 쓴 「도화원(桃花源)」. 무릉(武陵)은 지금의 호남성 도원현(桃
    源縣).

150

산촌의 한낮을 묘사한 시로, 계절은 늦봄이거나 초여름이다. 첫 구는 좁은 길에서 산에 이르기까지의 정경을 서서히 펼치고 있어 독자가 마치 눈앞에서 보는 듯한 느낌이 들도록 한다.

2연에서 '종횡(縱橫)'은 '고하(高下)'와 대구를 이루는데, 날줄과 씨줄의 교차처럼 교묘하여 한 폭의 그림을 보는 듯하다. 또한 '일(一)'과 '수(數)'를 상대적으로 써서 숫자를 운용한 것도 빼놓을 수 없는 점이다. 3연은 시인의 기교를 한층 더 잘 보여 준다. '정계계명오(靜憩鷄鳴午)'는 '황심견폐혼(荒尋犬吠昏)'과 호응하며 독특한 언어 구조를 형성한다.

마지막 연에서는 시인이 느낀 바를 적었다. 시인의 이런 유력으로 도화원에 가게 되었음을 다른 사람에게 말하고 싶은 것이다. 이런 점에서 두 구절은 왕안석의 「도원행」과 비슷한 시적 정취를 풍긴다.

유반
劉攽
1022~1088

자는 공부(貢父)이고 호는 공비(公非)이며 임강신유(臨江新喩, 강서성 신여현(新余縣)) 사람이다. 경력 연간 (1041~1048)에 형 창(敞)과 함께 진사에 급제했다. 개봉 에서 시험관을 하고 있을 때, 동원(同院) 왕개(王介)와 다 투어 탄핵을 받고 예원(禮院)을 그만두었다. 또 왕안석에 게 편지를 써 신법을 불편한 것이라고 논하였다가 노여움 을 사서 태주(泰州, 강소성 태현) 통판으로 내쫓기기도 했 다. 유반은 사학에 조예가 깊어 『동한간오(東漢刊誤)』를 저술했고, 『자치통감(資治通鑑)』의 한사(漢史) 부분을 담당 하기도 했으니 역사학과 고고학에도 박학하였다. 그의 시 는 서정성이 강하며, 현실을 비판한 작품도 적지 않다.

비 내린 뒤 연못가 雨後池上

한바탕 비가 연못에 내려 수면이 불었는데
맑게 닦은 밝은 거울이 처마를 비춘다
동풍이 홀연 불어오니 늘어진 버들 춤을 추고
다시 연꽃 마음 되어 만 점 소리를 낸다

一雨池塘水面平, 淡磨明鏡照簷楹.
東風忽起垂楊舞, 更作荷心萬點聲.

평平 | 본래 '평평한'이라는 의미이지만, 여기서는 물이 불어 있다는 뜻이다.

연못이라는 자연 대상을 서정적 주체와 긴밀히 연결시키면서 시적 화자의 심정을 표출한 시이다. 연못을 중심으로 정적인 세계와 동적인 세계를 유기적으로 형상화하여 동양적 관조를 통한 정중동(靜中動)의 세계를 형성하였다. 전반 두 구에서는 정적인 미를 나타내고 후반 두 구에서는 동적인 세계를 그렸다. 시에 나오는 '동풍(東風)', '수양(垂楊)', '하(荷)' 등의 자연물은 시의 시간적 배경이 봄임을 확연히 드러내 준다.

막 개다 新晴

푸른 이끼 온 땅에 돋고 막 갠 뒤라
푸른 숲에는 인적이 없어 한낮에 꿈이나 꾼다
남풍만이 오래전부터 서로 알고 지내나니
살며시 문을 밀치고 들어와 또다시 책장을 넘긴다

青苔滿地初晴後, 綠樹無人晝夢餘.
惟有南風舊相識, 偸開門戶又翻書.

偸 투 | 몰래, 살며시. 「송시별재(宋詩別裁)」에서는 '경(徑)'으로 썼는데, '투(偸)'가 남
　　풍의 해학성을 잘 보여 주는 글자이다.

여름날의 풍경 묘사를 위주로 하면서 시인 자신의 생각을 표출하고
있다. '청태(靑苔)', '녹수(綠樹)', '남풍(南風)' 등의 시어는 계절감을
잘 나타내 준다. '남풍'은 갠 날의 상징이요, 시인이 진정으로 바라던
것이다. 시인의 눈에 비친 남풍은 큰 대문을 밀치고 들어올 만큼 강하
고, 그 강함은 책장을 넘길 만하다. 시인의 마음은 아주 유쾌하다. 그
런 마음을 '투(偸)'와 '우(又)'라는 글자가 한 번 더 강조한다.

성남의 노래 城南行

팔월의 강호는 가을이라 수면이 높고

큰 제방은 밤을 뚫고 소리가 철썩철썩 한다

앞마을에서는 농가가 몇 채나 물에 떠내려가고

가까운 마을에서는 조각배가 백 척이나 모였다

교룡이 꿈틀거리고 물새들 하얗게 떠 있는데

나루터 노인은 강 건널 노자가 긴요하다

성남 백성 중 물고기 된 이가 많아

물고기 사서 삶으려니 문득 슬프고 처량해진다

八月江湖秋水高, 大堤夜坼聲嘈嘈.

前村農家失幾戶, 近郭扁舟屯百艘.

蛟龍蜿蜒水禽白, 渡頭老翁須雇直.

城南百姓多爲魚, 買魚欲烹輒悽惻.

城南行 성남행 | 성남의 노래. '行'은 노래라는 뜻이다. 중국은 '남선북마(南船北馬)'라
　　　　는 말이 대변하듯 지형적으로 북쪽과 남쪽이 극명한 대조를 이룬다. 북쪽,
　　　　특히 태행산맥(太行山脈) 지역은 강수량이 부족하여 건조하고 황폐한 반면,
　　　　남쪽은 '수향(水鄕)'이라 일컬을 만큼 물의 범람이 잦다.
嘈嘈 조조 | 물이 철썩거리며 내는 소리.
扁舟 편주 | 아주 작은 배.
渡頭 도두 | 나루터.
雇直 고치 | 물을 건너는 데 드는 비용.
悽惻 처측 | 슬프고 처량하다.

강남의 농촌에 발생한 수해(水害)를 노래한 시로, 농민들의 처참한
현실을 잘 드러내고 있다. 시인은 사건이 일어난 계절을 '팔월(八月)'
이라 하고, '추수(秋水)' 뒤에 '고(高)' 자를 써서 그 사건이 홍수임을
나타냈다.

  4연에서는 어려움을 겪는 백성에 대한 진한 동정의 마음을 표현하
였다. 유반이 살았던 당시 위정자의 정치는 우(禹) 임금의 덕과는 정
반대로 백성이 물고기가 되는 정치였다. 그래서 그의 심정은 처참할
수밖에 없고, 이러한 심경이 시에 잘 나타나 있다.

왕령 王令

1032~1059

자는 봉원(逢原)이고 양주(揚州) 광릉(廣陵, 강소성 양주
시) 사람이다. 관직에 오르기 전에 요절했고, 호방한 성격
의 시문을 지었다. 『논어주(論語註)』 10권, 『맹자강의(孟
子講義)』 5권을 내는 등 문학과 학문에 모두 재능을 보였
다. 왕안석이 그의 재능을 아껴 깊은 친교를 맺었으며, 아
내 오씨의 여동생을 그에게 시집보냈다. 한유, 맹교, 노동
(盧仝)의 영향을 깊이 받았으며, 이구(李覯)처럼 독창적
인 사구(詞句)를 지니고 있지만 어조가 웅장하다.

봄놀이 春游

봄날 성엔 아이들이 봄놀이 좇으며
취한 채 층대에 기대어 웃으며 누각에 오른다
떨어지는 꽃잎이 온통 눈에 찰 때는 생각이 많은 법
어이 하리, 이 봄의 수심을 풀 길 없으니

春城兒女縱春游, 醉倚層臺笑上樓.
滿眼落花多少意, 若何無個解春愁.

兒女 아녀 | 사내아이와 계집아이. 여기서는 아이들.
多少 다소 | 잡다하게 많은 것.
若何 약하 | 어떻게. 어떻게 할까. 의문, 반문을 나타낸다.

희비(喜悲)가 극단적으로 교차되는 분위기이다. 전반부는 봄날 성의 번화함과 시끌벅적한 봄놀이에 초점을 맞추었다. 특히 '종(縱)' 자야 말로 2구의 '소(笑)' 자와 어우러져 봄에 취한 들뜬 분위기를 고조시킨다. 그러나 후반부는 현실적 고달픔과 고뇌가 배어 있는 '낙화(落花)'에서 촉발되는 시인의 정서를 '수(愁)' 자로 귀결하고 있다.

유독 이 시가 송대 시단에서 우뚝 솟은 것은 일반적인 여타 시편들과는 다른 맛을 풍기기 때문이다.

두보의 시집을 읽고 讀老杜詩集

기운은 풍아(風雅)를 삼켜 오묘함이 말할 것 없지만
평범하고 무능하여 살아 생전에는 빛을 못 보았네
이때부터 옛 성현들은 발분하였기에
시도(詩道)로 사람을 궁핍하게 하지 않았지
사물의 형상을 새긴 것만도 삼천 수
하늘과 땅을 빛낸 것만도 사백 년
적막하다 유명해진 게 죽고 난 뒤 일이니
오직 외로이 뇌강 모래에 묻혔네

氣呑風雅妙無論, 碌碌當年不見珍.
自是古賢因發憤, 非關詩道可窮人.
鐫鑱物象三千首, 照耀乾坤四百春.
寂寞有名身後事, 惟餘孤冢耒江濱.

風雅 풍아 | 『시경』 이래 전해져 오는 훌륭한 전통을 말한다. 두보의 「삼리(三吏)」·「삼
　　　별(三別)」·「강촌(羌村)」 등은 「국풍(國風)」을 이었고, 「병거행(兵車行)」·
　　　「여인행(麗人行)」·「애강두(哀江頭)」·「애왕손(哀王孫)」 등은 「소아(小
　　　雅)」에 견줄 만하며, 「자경부봉선영회오백자(自京赴奉先咏懷五百字)」·「북
　　　정(北征)」·「술회(述懷))」·「팽아행(彭衙行)」 등은 「대아(大雅)」를 모방한
　　　것이라 할 수 있다.
碌碌 녹록 | 평범하고 무능하다.
鐫鑱 전참 | 조각하다. 새기다.

왕령은 두보가 『시경』 이래의 우수한 전통을 계승하였다고 평가한다. 『시경』을 구성하고 있는 「국풍」, 「소아」, 「대아」는 대부분 사실을 묘사하여 당시의 시대 상황을 반영하고 있음을 볼 때, 두보의 작품 또한 이와 맥을 같이하여 현실 의식이 짙게 투영되어 있다는 것이다.

숫자의 활동이 돋보이는 5구와 6구는 왕령의 시 중에서 특히 회자되는 명구이다. 마지막 두 구에서는 두보에 대한 감탄과 애도의 정을 그렸다. 두보 시에 대한 상당한 평가와 그의 삶에 대한 동정의 마음을 설득력 있게 구현하고 있다.

굶주린 자의 노래 餓者行

진눈깨비 멈추지 않는 진흙길 걷다 보니
말은 땅바닥에 엎어지고 사람이 내려 부축한다
백성은 외출을 금하고 행인의 발길도 끊어져
한낮에도 거리엔 사람 그림자조차 없다
길을 홀로 걷는 이 누구인가
굶주린 이가 거적 걸치고 대문에서 외친다
높은 대문 집이 음식을 어찌 버리지 않으랴만
개나 말에게서 나머지라도 구한다
소리 듣고 문 열자 몸을 숙이고
엎드려 일어나지 않았건만 하인들이 화를 낸다
목이 말라 소리 나오지 않고 울어서 눈물도 말랐으며
지팡이에 의지하여 이곳을 떠나지만 다른 곳인들 어떠할까
길가의 소년은 대답할 말이 없는데
돌아가 종이를 응시하며 또 길게 한숨짓는다

雨雪不止泥路迂, 馬倒伏地人下扶.
居者不出行者止, 午市不合人空衢.
道中獨行乃誰子, 餓者負席緣門呼.
高門食飮豈無棄, 願從犬馬求其餘.
耳聞門開身就拜, 拜伏不起呵群奴.

喉干無聲哭無淚, 引杖去此他何知.
路旁少年無所語, 歸視紙上還長吁.

餓者 아자 | 굶주린 사람.
雨雪 우설 | 진눈깨비.

굶주린 사람이 구걸하는 장면을 직접 본 것을 노래함으로써 백성의 고난상을 그린 작품이다.

시인은 '굶주린 이(餓者)'를 등장시키기 위한 준비 단계로 1, 2연을 할애한다. '굶주린 이'는 홀로 무대 위로 오른다. 그는 등에 '거적'을 짊어지고 있다. 거적은 '굶주린 이'가 집도 없이 떠돌고 있음을 의미한다. 시인은 이 사람의 비극적인 삶을 표현하기 위해 '고문(高門)'을 등장시킨다. 높은 대문이 표상하는 권문세족들은 음식을 진진하게 차려 연회를 즐기지만, '굶주린 이'에게는 밥 한 그릇도 주지 않는다. '굶주린 이'는 '한탄(嘆)'과 '곡(哭)'을 할 수밖에 없는데 그것도 '무성(無聲)', '무루(無淚)'하다. '인장(引杖)'하는 '굶주린 이'의 뒷모습을 바라보는 '소년(少年)' 또한 '무소어(無所語)'하고 '장우(長吁)'할 수밖에 없다.

계층 간 빈부의 차이와 가진 자의 박함에 대한 분노 및 없는 자에 대한 동정에서 우러나온 시이다.

소식
蘇軾

1037~1101

자는 자첨(子瞻)이고 호는 동파거사(東坡居士)이며 미산(眉山) 사람이다. 소순의 아들이자 소철의 형이며 삼부자가 당송팔대가에 들어갈 만큼 문장에 일가를 이루었지만, 시에서는 소식이 단연 뛰어났다.

소식이 살다 간 북송은 비교적 안정된 기조를 형성해 나가는 듯했으나 내부적으로 여러 가지 모순이 응축되고 있었고 외부적으로는 북쪽의 요, 서쪽의 서하가 대두해 국가적 변란을 예고하던 시기였다.

소식의 정치적 생애는 몇몇 시기를 제외하고는 지방관을 두루 역임하면서 폄적을 당하는 순탄치 못한 역정이었다. 보수 세력의 핵심이었던 소식은 온건한 개혁의 필요성을 역설했으나, 현실은 그렇지 못했다. 희녕 2년(1069) 34세에 경사(京師)에서 「의학교공거상(議學校貢擧狀)」, 「상신종황제서(上神宗皇帝書)」라는 두 편의 글을 통해 혁신 세력을 강력히 비난한 것으로 인해 외임(外任)을 자청하여 항주통판으로 전임한다. 이 사건은 그 뒤로 10년 후 원풍 2년(1079)에 황제에게 「호주사표(湖州謝表)」를 올리게 만들었고, 항주통판 시절에 지은 시정(時政) 풍자시들 때문에 혁신 세력의 분노를 사 결국 구금으로 이어진 오대시안(烏臺詩案)의 선성(先聲)이 된다. 이런 곤궁한 생활은 역설적이게도 그의 문학 창작에 깊이와 넓이를 더해 주었고, 유(儒), 불(佛), 도(道)의 섭렵으로 깨친 거시적인 인생관은 그의 문학 세계를 한층 성숙하게 했다.

우리는 소식의 문학적 성과를 말할 때 으레 시(詩)보다 사(詞)에 더 많은 점수를 매기려 해 왔다. 그러나 그의 문학적 위상은 시에서 훨씬 높다.

소식의 독자적인 시 세계는 노장적(老莊的) 이미지와 유가적(儒家的) 이미지의 특이한 결합으로 조성된다. 그 특출한 개성은 송대 시단에서 누구도 흉내 낼 수 없는 것이었고, 그의 거시적 인생관과 연결된 집요한 시적 추구는 창작 과정의 작위성을 떨쳐 버린 채 사상적 여운과 낭만적 여백을 통하여 독자의 심혼을 울렸다.

또한 소식이 추구한 시적 활동의 궁극적 이데아는 불교에만 한정되지도 않는다. 불교의 지혜와 아름다움은 철저히 초월적이지만 선시(禪詩)에는 인간 세상에 존재하는 혼돈과 욕망과 갈등의 파장이 적나라하게 그려지지 않기 때문이다.

처음 황주에 오다 初到黄州

스스로 평생 생계에 허둥댄 것 비웃나니
늙어서 하는 일도 황당하게 바뀌었네
성곽을 싸고 흐르는 장강에서는 물고기의 맛을 알고
아름다운 대나무는 연이은 산에 죽순향을 느낀다
쫓겨난 나그네는 원외랑에 놓임을 탓하지 않고
시인의 반열에서 수조랑이 되련다
단지 부끄럽게도 터럭만 한 일도 돕지 못하면서
도리어 관가의 술자루를 축내고 있구나

自笑平生爲口忙, 老來事業轉荒唐.
長江繞郭知魚美, 好竹連山覺筍香.
逐客不妨員外置, 詩人例作水曹郎.
只慙無補絲毫事, 尙費官家壓酒囊.

黃州 황주 | 지금의 호북성 황강현(黃岡縣).
爲口忙 위구망 | 생계 때문에 허둥대다.
繞郭 요곽 | '繞'는 '요(遶)'라고도 쓴다. '郭'은 성곽, 시내의 성벽을 뜻한다.
員外 원외 | 정원 이외의 직원을 뜻한다. 옛날부터 상서성 육부(六部)에는 낭중(郎中,
　　　　국장급) 아래에 원외랑이 있었는데, 이것은 명목상의 직책일 뿐이다.
水曹郎 수조랑 | '水曹'는 수부(水部)와 같은 말이며, 공부(工部)에 속한다.
無補絲毫事 무보사호사 | '無補事'는 자신이 맡은 일이 없다는 뜻이다. '絲毫'는 극도로 작
　　　　은 수량을 나타내는 말로 '絲'는 10만분의 1이고, '毫'는 그 열 배의 단위이다.
壓酒囊 압주낭 | 술 담는 자루. 송나라 때 술은 국가의 전매품이었다.

소식   169

원풍 3년(1080) 2월 유배지 '황주(黃州)'에 첫발을 내딛는 순간 가슴
속 깊이 밀려드는 감회를 적은 작품으로, 자신에게 닥쳐올 정치적 여
정과 내면의 복잡 미묘한 심리 상태를 표현하고 있다.

시인은 자신의 지나온 삶과 현재 이 순간의 위치에 대해 자조적인
질문을 던지는 것으로 시작한다. 사실 당시 소식은 46세의 장년이므
로 노인이라 할 수는 없지만 자신의 이상과 꿈을 펼 수 있는 바탕을
잃은 불우한 처지에 놓이게 되자 '노(老)', '황당(荒唐)'으로 자신의
모습을 묘사함이 적절하다고 생각했던 것 같다.

서호에서 술 마실 때, 막 갰다가 후에 비가 내리 다 飮湖上初晴後雨

(二)

물빛이 반짝이는 맑을 때가 좋고
산빛이 안개에 자욱하니 비 역시 빼어나다
서호를 서시에 견주건대
옅은 화장도 짙은 분칠도 마냥 어울린다

水光瀲灔晴方好, 山色空濛雨亦奇.
欲把西湖比西子, 淡妝濃抹總相宜.

瀲灔 염염 | 본래는 서로 이어져 있는 모양을 나타내는데, 여기서는 물이 가득 차서 찰랑
　　　　　거리며 반짝이는 물결을 뜻한다.
空濛 공몽 | 안개가 자욱하여 어두침침한 모양.
西湖 서호 | 절강성 항주시 서쪽에 있는 아름다운 호수. 전당호(錢塘湖) 혹은 금우호(金
　　　　　牛湖)라고도 한다.
西子 서자 | 춘추전국시대 월나라의 미녀 서시(西施)를 가리킨다.
抹 말 | 칠하다.

이 시의 감상에 앞서 2수의 연작시 중 첫 수를 먼저 읽어 보자.

　아침 햇살이 손님을 맞이하니 겹겹 언덕은 더욱 아름답고
　해질 무렵 내리는 비는 사람을 붙들고 취중의 별천지로 들어선다
　이 마음 나 홀로 흥겨우니 그대들은 모르네
　술 한 잔을 수선왕에게 주련다

　朝曦迎客宴重岡, 晚雨留人入醉鄉. 此意自佳君不會, 一杯當屬水仙王.

　이 첫 수는 두 번째 수에 보이는 '청(晴)'과 '우(雨)'의 시간적 거리
감을 이해하는 데 적지 않은 도움을 주며, 당시 시인의 마음을 엿볼
수 있게 한다.

　당시 시인의 현실적 상황이 좌천이라는 측면과 긴밀히 연관되어 있
다고 볼 때, '서호'의 아름다운 경관에도 불구하고 '서호'는 곧바로
'서자(西子)' 즉 서시(西施)라는 역사 인물로 이어지면서 시의 분위기
는 허무한 쪽으로 편차가 생기게 된다.

　이 시가 자연의 아름다움이나 시인의 무구한 순결성을 추구하면서
도 계절이라는 시간 변화와 역사라는 현실의 변화를 철저히 인식함으
로써 어쩔 수 없는 허무 의식에 빠진 것임을 확인할 수 있다.

영구를 나와 처음으로 회하 유역 산들을 보다가 이날 수주에 다다르다 出潁口初見淮山是日至壽州

나는 밤낮으로 걸어 강해로 향하니

단풍잎과 갈대꽃에 가을 흥취가 넘친다

회수는 하늘도 순식간에 멀어졌다 가까워지고

푸른 산들은 오래도록 배와 함께 낮아졌다 높아졌다 한다

수주에서 벌써 백석탑을 보았건만

짧은 삿대질은 황모강을 돌아 나가지 못한다

물결 잔잔하고 바람 부드러워도 이르지 못함을 원망하고

친구는 오랫동안 안개 자욱한 곳에 서 있다

我行日夜向江海, 楓葉蘆花秋興長.

平淮忽迷天遠近, 靑山久與船低昂.

壽州已見白石塔, 短掉未轉黃茅岡.

波平風軟望不到, 故人久立煙蒼茫.

潁口 영구 | 회하(淮河) 지류인 영수(潁水)가 회하로 들어가는 곳. 지금의 안휘성(安徽省) 영상현(潁上縣) 동남쪽의 정양진(正陽鎭).
淮山 회산 | 회하 유역의 산들.
壽州 수주 | 지금의 안휘성 수현(壽縣). 개봉에서 이곳까지는 배로 왕래한다.
江海 강해 | '江'은 장강, '海'는 동중국해.
平淮 평회 | 회하를 가리킨다. 장회(長淮)로 되어 있는 판본도 있다.
白石塔 백석탑 | 미상. 고유명사로서 흰 돌로 만든 불탑을 가리키는 듯하다.
短掉 단도 | 삿대를 짧게 잡고 노를 젓는 것.
煙 연 | 안개나 아지랑이 같은 것을 가리키며, 시에 자주 사용된다.

蒼茫 창망 | 아련한 모양.

풍경 묘사가 일품인 이 시는 희녕 4년(1071) 10월 항주의 통판부지사
로 부임하여 가는 도중에 지은 것이다.

　1구는 겉으로 보기에 변경에서 항주로 가는 노정을 묘사한 것이지
만, 현인(시인 자신)이 나라를 등지고 떠나야만 하는 울분이 숨어 있
다. 2구는 계절 묘사로 시작되는데 일상적인 감회에 기반을 두었다.
3구부터 6구까지는 현 상황에서 느낄 수 있는 감정을 솔직히 표현한
것이다. 그러나 그런 격정이 쉽게 드러나지는 않는다. 이 시에서 풍
경 묘사가 차지하는 의미는 자못 크다. 요컨대 고도의 순수성에 의지
하면서 현실적 정황을 말끔히 거두어 보려는 의지가 꿈틀대는 명작
이다.

자유의「민지회구」에 화답하다 和子由澠池懷舊

인생이란 결국 무엇과 같은지 아는가

마땅히 날던 기러기 눈밭을 밟는 것 같겠지

진흙 위에 우연히 발자국 남겼어도

기러기 날아가고는 어찌 또 동서를 헤아렸겠는가

노승이 이미 죽고 새 탑 세워졌으니

허물어진 승방 벽에 써 놓은 내 시구 찾을 길 없구나

지난날의 고달픈 길 아직 기억하는가

먼 여정에 사람 지치고 당나귀는 울부짖었음을

人生到處知何似, 應似飛鴻踏雪泥.

泥上偶然留指瓜, 鴻飛那復計東西.

老僧已死成新塔, 壞壁無由見舊題.

往日崎嶇還記否, 路長人困蹇驢嘶.

子由 자유 | 소식의 동생인 소철(蘇轍)의 자(字). 소식과 소철 형제는 정치적 입장은 거
　　　　의 일치했으나, 성격은 판이하게 달랐다. 소식은 호방하고 천진스러운 반면
　　　　소철은 침착하고 과묵하며 실질적이었다.
澠池 민지 | 낙양(洛陽, 하남성) 서쪽으로 60킬로미터쯤 떨어진 현(縣)의 이름.
到處 도처 | 이르는 곳. 여기서는 '결국'이라는 뜻이다.
指瓜 지과 | 발자국.
舊題 구제 | 몇 년 몇 월에 누가 썼다고 기록해 놓은 것을 제명(題名)이라 한다. 여기서
　　　　는 두 사람이 시를 적어 놓은 것을 가리킨다.
崎嶇 기구 | 산길이 험난함을 형용하는 말이다.

蹇驢 건려 | 당나귀.
嘶 시 | 짐승이 울부짖는 것.

이 시는 생동감과 거침없는 정취가 듬뿍 배어 있는 작품이다. 2구의
'설니(雪泥)'는 단순한 풍경이 아니라 시인 자신의 심경을 대변하는
표현이다. 시인은 봉상부(鳳翔府, 지금의 섬서 지방) 첨판(簽判)이 되
어 경사(京師)로 떠났고, 동생 소철은 임지로 떠나는 형을 정주(鄭州)
까지 전송하며 형제애를 나누었다. 형을 멀리 떠나보낸 소철은 「민지
를 생각하며 형에게 띄우다(懷澠池寄子瞻兄)」라는 시를 지어 소식에
게 부친다. 이 글을 받아 본 소식이 소철의 운에 맞춰 화답시를 보냈
으니, 그것이 바로 이 시이다.

도연명의 「음주」에 화답하다 和陶飮酒

나는 도연명 선생만 못해

세상일에 얽히고설킨다

어떻게든 한번 한적함을 얻으면

선생과 같을 때도 있다

촌전엔 가시나무가 없는데

좋은 곳은 바로 이곳에 있다

마음 따라 세상일과 더불어서 가니

만나는 곳마다 의심이 없구나

우연히 술 마시며 흥취 얻으면

빈 잔이라도 항상 쥐고 있겠지

我不如陶生, 世事纏綿之. 云何得一適, 亦有如生時.
寸田無荊棘, 佳處正在玆. 縱心與事往, 所遇無復疑.
遇得酒中趣, 空杯亦常持.

陶 도 | 도연명. 동진(東晉, 317~420)과 유송(劉宋, 420~479)의 교체기에 살다 간 전원
　　　시인. 소식은 황주 시기 이후로 「귀거래사를 모방하다(擬歸去來辭)」 6수를
　　　비롯하여 「도연명에 관한 시 두 수(題淵明詩二首)」, 「도연명의 음주시를 쓴
　　　뒤(題淵明飲酒詩後)」 등의 시를 지어 도연명의 자연 합일을 노래하였다.
纏 전 | 얽혀서 떨어지지 않는 것을 뜻한다.
生 생 | 도연명을 존칭한 말로 선생이라는 뜻이다.
之 지 | 1구의 '아(我)'를 가리키는 대명사.

云何 운하 │ '여하(如何)'와 같은 뜻이다. 어떻게든.

有如生時 유여생시 │ 도연명의 심경(心境)과 똑같을 때도 있다는 뜻이다.

寸田 촌전 │ 사방 1촌(寸) 되는 밭. 사람의 정기가 머무는 곳으로, 미간과 심장과 배꼽 아래 등 세 곳에 있다고 한다. 도교의 책『황정경(黃庭經)』에 보이는 말이다.

荊棘 형극 │ 가시나무. 번민하는 것.

소식이 57세에 양주지사(揚州知事)로 있을 때 지은 시이다. 토주(土酒)를 즐기다가 도연명의 「음주(飮酒)」가 떠올라 화창한 것으로 20편 중 첫 번째 작품이다. 이 시의 매개는 제목에서 드러나듯이 도연명의 「음주」이지만, 좀 더 본질적인 매개체는 술을 마시는 행위 그 자체이다.

이 시의 허무 의식은 물론 현실에서의 좌절과 절망에서 온 것이어서 '세사(世事)'와 '주중취(酒中趣)'는 서로 간에 일정한 간격이 보장되어 있다. 이 고통과 번민은 순간적인 충동보다는 사색의 모습이 작품 뒤에 깔리게 한 시인의 의도로 인해 독자의 눈에 쉽게 노출되지 않는다. 시 전체의 구조가 짜임새 있다기보다는 생각나는 대로 써내려간 듯하다.

달밤에 나그네와 살구꽃 밑에서 술을 마시다
月夜與客飮杏花下

살구꽃 주렴에 날아들어 남은 봄을 흩뿌리고
밝은 달은 문으로 들어와 은자를 찾는다
옷자락 치켜들고 달 따라 꽃 그림자 밟으니
달빛은 푸른 부평초를 머금고 흐르는 물처럼 밝다
꽃 사이에 술병 놓으니 맑은 향기 피어나고
다투듯 긴 가지 끌어당기니 향기로운 눈송이가 떨어진다
산동네의 박주는 마실 것이 못 되매
그대에게 권하노니 술잔 속의 달이나 드시게
퉁소 소리 밝은 달빛 속에서 끊기는데
저 달 지면 술잔이 텅 빌까 근심한다
내일 아침 봄바람이 모질게 불어오면
단지 꽃잎 진 자리에 푸른 잎만 보이리

杏花飛簾散餘春, 明月入戶尋幽人.
褰衣步月踏花影, 炯如流水涵靑蘋.
花間置酒淸香發, 爭挽長條落香雪.
山城酒薄不堪飮, 勸君且吸杯中月.
洞簫聲斷月明中, 惟憂月落酒杯空.
明朝卷地春風惡, 但見綠葉棲殘紅.

杏花 행화 | 살구꽃.
簾 염 | 주렴.
幽人 유인 | 은둔 생활을 하는 사람.
褰衣 건의 | 옷자락을 치켜들다.
炯 형 | 밝은 모양. 여기서는 달빛이 밝고 깨끗함을 형용한다.
挽 만 | 끌어당기다.
酒薄 주박 | 맛이 나쁜 술.
惟憂 유우 | 근심하다.
卷地 권지 | '卷'은 힘써 일하는 모양을 뜻하는데, '地'와 합쳐져서 '모질게'라는 뜻으로
쓰였다.

1079년 어느 봄날, 시인이 촉나라의 장사후(張師厚)와 함께 꽃놀이를
갔다가 지은 시이다. 달, 꽃, 술 등의 소재가 시의 분위기를 한층 돋
운다.

시의 주체는 시인이 아니라 밝은 달이며, 시인이 달빛을 찾아 나서
는 것이 아니라 달이 창문으로 들어와 시인을 찾는다. 3, 4구에 보이
는 청려하고도 초월적인 경지와 7, 8구에 보이는 달에 대한 시인의 사
랑이 이 시의 지배적인 구조이다.

봄밤 春夜

봄밤 일각의 값어치 천금인데
꽃에는 맑은 향기 있고 달에는 그늘이 있다
누각 위의 노랫소리 피리 소리 아련한데
뜰에는 그네가 내려진 채 밤만 깊어 간다

春宵一刻直千金. 花有淸香月有陰.
歌管樓臺聲細細. 鞦韆院落夜沈沈.

一刻 일각 | '刻'은 물시계에 물이 고이는 것. '一刻'은 15분쯤 되는 짧은 시간이다.
直 치 | '치(値)'와 마찬가지로 '값어치'라는 뜻이다.
陰 음 | 달에 달무리가 생겨 그늘진 모습.
歌管 가관 | 노랫소리와 피리 소리. 즉 음악을 뜻한다.
細細 세세 | 아련히 들리는 것을 뜻한다. '적적(寂寂)'으로 되어 있는 판본도 있다.
鞦韆 추천 | '추천(秋千)'으로도 쓰며 그네를 가리킨다. 여자들이 놀 때 사용하던 것으로, 『천보유사(天寶遺事)』를 보면 현종이 한식 날 궁녀들이 그네 타기를 하며 노는 것을 반선희(半仙戱)라고 불렀다는 기록이 보인다.
沈沈 침침 | '심심(深深)'으로 되어 있는 판본도 있다. 때가 많이 지났음을 가리키는 말로, 여기서는 밤이 깊어 조용한 것을 나타낸다.

창작 연대를 정확히 알 수 없으나 전체적인 분위기로 보아 항주통판으로 있을 때 지은 것 같다. 이 시는 자연 묘사 가운데서도 단순한 유형인 '봄'과 '밤'이라는 배경을 제목으로 삼았는데도 '봄밤'이라는 시간적 상황은 독자의 심미적 쾌감을 제고하기에 충분하다.

1구에서 강조하고 있는 '봄밤'의 가치는 그 이유를 설명하는 2구에 의해 보완되고, 3, 4구의 '세세(細細)'와 '침침(沈沈)'이라는 첩자에 의해 좀 더 애틋한 분위기로 고조된다.

물론 이 시에서 달의 이미지는 고독과 소외 속에서 거듭되는 삶의 비애를 탈피하려는 몸부림의 지향이다. 착상이나 기지, 그리고 여러 감각이 예민하고 특출해 성공작이라 할 수 있다. 이 시에는 허무 의식이 담겨 있고, 인간 세계와 현실 세계의 거부로 귀결되어 고독과 한정(閑情)의 상태로 몰입하려는 태도가 짙게 깔려 있다.

남당 南堂

바닥 쓸고 향 피우고 문 닫고 잠자는데
대자리 무늬는 물방울 같고 휘장은 연기 같다
나그네가 찾아와 꿈에서 깨어 어느 곳인가 알려고
서쪽 창문을 여니 물결은 하늘에 닿아 있다

掃地焚香閉閣眠, 簟紋如水帳如煙.
客來夢覺知何處, 挂起西窓浪接天.

南堂 남당 | 황주에서 소식은 임고정(臨皐亭)이라는 초라한 집에서 살았다. 친구 채승희
        (蔡承禧)가 회남전운사(淮南轉運使)로 발령받아 부내(部內) 순찰차 황주에
        왔다가 소식을 위해 세 칸짜리 집을 지어 주었는데, 그것이 바로 남당이다.
閣 각 | 누각. 이층집, 작은 방 등 여러 가지 뜻으로 쓰이는데, 여기서는 방과 방을 나누
        는 판으로 보는 것이 적당하다.
簟紋 점문 | '簟'은 대나무나 등나무를 엮어 만든 물건으로, 여름에는 침대에 사용하였
        다. '紋'은 그 무늬.
帳如煙 장여연 | 휘장은 연기 같다.
知 지 | 의문사 앞에 놓여, 확실히 알지 못하면서 추측하며 의심하는 것을 나타낸다.
挂 괘 | '괘(掛)'와 같다.

이 시는 소식이 황주로 폄적된 후에 지은 작품이며, 당시 그는 48세였다. 원풍 3년(1080) 1월 1일, 소식은 스물한 살 된 맏아들 소매(蘇邁)와 함께 수도 장안을 떠나 귀양지로 향했다. 그는 가족들을 장안에 남겨 두고 육로를 따라 먼저 떠났다. 소식은 2월에 황주에 도착하여 먼저 정혜원(定惠院)에 거처를 정하고 황주성 남쪽의 임고정으로 옮겼는데, 때때로 짚신을 신고 밖으로 나와 작은 배를 타면서 어부들과 어울리기도 하고, 심지어 술꾼들과 더불어 하루를 보내기도 하였다. 이로부터 3년 뒤에 방 세 칸 딸린 남당을 지었는데, 이 시는 그곳에서 느낀 감회를 서정적 필치로 그린 것이다.

1, 2구에서는 남당에서의 일상적인 생활을 나열하듯 묘사하였고, 3, 4구에서는 잠에서 깨어난 상태를 그리고 있다.

시에 보이는 평담한 서정은 선종의 공허정적(空虛靜寂)의 사상적 분위기이며 도잠, 위응물, 백거이, 유종원 등의 시에 투영된 담담한 시풍이 짙게 느껴진다.

신축 11월 19일 자유와 정주 서쪽 문밖에서 이별하고, 말 위에서 시 한 편을 지어 부치다 辛丑十一月十九日旣與子由別於鄭州西門之外馬上賦詩一篇寄之

마시지도 않았건만 어찌 취하여 혼미한가

이 마음은 벌써 돌아가는 말안장을 좇아간다

돌아가는 사람은 자연스레 부모를 생각하겠지만

지금 나는 이 적막감을 무엇으로 달랠까

높이 올라 돌아보면 언덕이 가리고 있어

검은 모자만 보였다가 사라진다

추위 닥치면 그대가 얇은 외투를 입고

홀로 야윈 말 등에 타고 새벽 달빛 밟을까 근심된다

길 떠나는 사람은 노래하고 집에 있는 사람은 즐거워하는데

나만 고통에 차 슬퍼함을 동복이 이상하게 여긴다

나도 인생에 반드시 이별 있음을 알지만

세월이 홀연히 지나감이 두려울 따름이다

차가운 등불 마주보고 옛일을 기억하며

언젠가 밤비 내리는 날에 쓸쓸한 가을바람 소리 듣겠지

그대는 잊을 수 없는 이 마음을 아는가

삼가 높은 관직 너무 아까워 마시게

不飮胡爲醉兀兀, 此心已逐歸鞍發.

歸人猶自念庭闈, 今我何以慰寂寞.

登高回首坡壠隔, 但見烏帽出復沒.

苦寒念爾衣裘薄, 獨騎瘦馬踏殘月.
路人行歌居人樂, 僮僕怪我苦悽惻.
亦知人生要有別, 但恐歲月去飄忽.
寒燈相對記疇昔, 夜雨何時聽蕭瑟.
君知此意不可忘, 愼勿苦愛高官職.

子由 자유 │ 소식의 동생인 소철의 자(字).

兀兀 올올 │ '고올(皐兀)'과 마찬가지로 몸이 피곤하고 정신이 멍함을 형용한다.

歸人 귀인 │ 자유(子由)를 가리킨다.

庭闈 정위 │ '闈'는 원래 집의 가운데에 있는 작은 문을 뜻하는데, '庭' 자와 어우러져 부
모가 거처하는 곳, 혹은 부모를 가리킨다.

坡壟 파롱 │ '坡'는 비탈길(坡道)이고, '壟'은 '농(壟)', '농(隴)'으로도 쓴다. 밭 가운데
약간 높은 곳, 또는 언덕을 뜻한다.

烏帽 오모 │ 검은색 모자. 관리가 평상복 차림일 때 썼다.

爾 이 │ 동생을 가리킨다.

衣裘 의구 │ '裘'는 가죽이나 털로 만든 외투를 뜻한다. '衣裘'는 상의와 외투라는 뜻이
다. 또는 '衣' 자를 동사로 보고 '외투를 입다.'로 해석하기도 한다.

悽惻 처측 │ 슬픔을 나타낸다.

疇昔 주석 │ 지난날. '疇'는 어조사로 특별한 의미가 없다.

蕭瑟 소슬 │ 쓸쓸한 가을바람 소리.

愛 애 │ 아까워하다.

인생이 비환이합(悲歡離合)이라는 과정적 고뇌의 연속임을 인정한다면, 인간은 태어남과 죽음 사이에서 끊임없는 이별을 경험하게 된다. 대체로 인간의 만남은 합일의 충만감을 준다고 하지만, 이별이라는 응어리를 남기게 마련이다. 이럴 때 인간은 사색과 성찰을 하게 되고, 삶을 좀 더 깊이 인식하게 된다.

가우 6년(1061) 26세의 소식은 첫 임지인 봉상부(鳳翔府)의 고급 사무관으로 임명되어 경사(京師)를 떠나게 되고, 동생 소철은 소순과 함께 개봉에 남아 있게 되었다. 소철은 부임지로 떠나는 형을 전송하기 위해 개봉 서쪽에 있는 성문인 신정문(新鄭門)까지 왔는데, 집까지는 400여 리나 되는 먼 거리였다. 시 제목에 보이는 '정주서문(鄭州西門)'은 바로 이 신정문을 가리킨다. 이러한 형제애는 소식에게 동생과의 이별을 안타까워하게 만들었으며, 그런 애달픈 마음에서 이런 명작이 나온 것이다.

1구부터 4구까지는 이별의 고통을 애절하게 그렸고, 5구부터 8구까지는 동생을 그리워하는 감정을 묘사하였으며, 9구부터 12구까지는 시인 자신이 왜 이별을 슬퍼하는지를 적었고, 마지막 네 구에서는 형제 간의 우애를 다시 한 번 강조하였다.

법혜사의 횡취각 法惠寺橫翠閣

아침에 보이는 오산은 가로누워 있고
저녁에 보이는 오산은 우뚝 서 있다
오산의 진실로 다양한 자태여
위치를 바꾸며 그대 위해 모양을 낸다
스님은 붉은 누각 세웠으되
텅 빈 동굴엔 더욱이 다른 것도 없구나
단지 천 보 되는 산만 있어
동서에 발과 현판을 만들었다
봄이건만 고향 찾아 돌아갈 기약 없으니
사람들은 가을을 슬퍼하지만 나는 봄이 더 슬프다
벌써 호수를 떠다니니 탁금강이 그립고
또다시 가로놓인 산을 바라보니 아미산이 생각난다
화려한 난간을 언제나 얻을 수 있을지
홀로 난간 의지한 사람은 쉽게 늙지 않으리
백 년의 흥하고 폐함에 더욱 슬프고
장차 잡초가 연못과 누대가 될 것을 안다
나그네가 내 옛날 놀던 곳을 수소문하면
오산이 가로누운 곳 찾아오면 된다네

朝見吳山橫, 暮見吳山縱.

吳山故多態, 轉側爲君容.

幽人起朱閣, 空洞更無物.

惟有千步岡, 東西作簾額.

春來故國歸無期, 人言秋悲春更悲.

已泛平湖思濯錦, 更看橫翠憶峨眉.

雕欄能得幾時好, 不獨憑欄人易老.

百年興廢更堪哀, 懸知草莽化池臺.

遊人尋我舊遊處, 但覓吳山橫處來.

法惠寺 법혜사 | 항주성 청파문(淸波門) 남쪽에 있는 사원.

吳山 오산 | 항주성 안에 있는 언덕 이름으로 서산(胥山)이라고도 한다. 오나라 사람들
          이 그 산 위에서 오(吳)나라의 오자서(伍子胥)를 제사 지냈기 때문에 붙여
          진 이름이다.

多態 다태 | 여자의 여러 자태, 교태. 여기서는 오산의 다채로운 변화 양상을 가리킨다.

轉側 전측 | 엎치락뒤치락하는 것.

容 용 | 화장하다. 장식하다.

幽人 유인 | '幽人'은 정신적으로 맑고 고결한 사람으로서, 여기서는 법혜사의 고승을 뜻
          한다.

朱閣 주각 | 붉은 누각. '횡취각'을 뜻한다. 고대 사원의 누각은 홍색이었다.

千步岡 천보강 | 천 보 정도 되는 산. 즉 오산을 뜻한다.

簾額 염액 | 발과 현판.

無期 무기 | 기일을 정하지 않다.

秋悲 추비 | 전국시대 송옥의 부(賦) 「구변(九辯)」에 나온다.

平湖 평호 | 서호. 서호의 십경(十景) 중 '평호의 가을 달'이 있다.

濯錦 탁금 | 성도(成都, 사천성) 부근의 장강 이름. 성도는 옛날부터 비단 생산지였는데,
          비단을 이 물에 표백했다고 한다.

峨眉 아미 | 아미산. 소식이 태어난 미산현(眉山縣)의 명산이다.

雕欄조난 | 조각을 한 난간. '雕'는 '조(彫)'와 같다.
池臺지대 | 연못과 누대.

소식은 인종 가우 6년(1061)에 정치적 이상을 찾아 회남에 가게 된다. 거기서 구파에 속한 손각(孫覺, 1028~1090)을 만나고 그의 딸과 결혼하지만, 결혼한 지 9년 만인 희녕 3년(1070)에 사별한다. 그러다가 3년 후인 희녕 6년(1073)에 사경초(謝景初, 1019~1084)의 딸과 재혼하면서 정신적 안정을 얻는다. 이 시는 희녕 6년 봄에 지은 작품이다.

　3, 4구에서는 산의 모습을 여인의 자태에 비유했고, 5, 6구에서는 누각에 오른 시인의 모습을 서술하였다. 특히 그가 오산을 바라보았을 때의 심정은 상당히 복잡하고도 빠른 속도 변화를 보여 준다. 즉 시인이 묘사한 오산은 꿈틀거리는 생동감과 기묘한 맛을 풍기고 있다. 그것은 소식이 봄날의 고향 생각과 늙음을 슬퍼하는 마음뿐만 아니라 한 걸음 더 나아가 100년이라는 시간을 두고 나타난 흥함과 황폐함을 묘사함으로써 인생의 철리(哲理)를 나타냈기 때문이다.

병중에 조탑원에서 노닐다 病中遊祖塔院

자줏빛 자두와 오이가 시골길에 향기로운데
검은 비단 모자에 흰 갈포 도복이 서늘하다
문 닫힌 들녘의 절은 소나무 그늘로 바뀌었고
베개를 창문에 기댄 나그네는 긴 꿈에 빠졌다
병들어 한적함을 얻으니 달리 나쁠 것 없고
마음 편안하니 약은 더욱 소용 없다
도인은 섬돌 앞 물을 아끼지 않고
표주박을 빌려 주어 마음대로 맛보게 한다

紫李黃瓜村路香, 烏紗白葛道衣凉.
閉門野寺松陰轉, 欹枕風軒客夢長.
因病得閑殊不惡, 安心是藥更無方.
道人不惜階前水, 借與匏樽自在嘗.

祖塔院 조탑원 | 서호 서쪽에 있는 절 이름. 당나라 개성(開成) 원년(836)에는 법운사
    (法雲寺)라고 불렸는데, 송나라 태평흥국(太平興國) 6년(981)에 남천(南
    泉), 임제(臨濟), 조주(趙州), 설봉(雪峰) 같은 스님이 이곳에 상주하였기
    때문에 조탑원이라고 하였다. 오늘날은 그곳에 호포천(虎笣泉)이라는 유명
    한 우물이 있으므로 호포사(虎笣寺)라고도 한다.
李 이 | 자두인데, 여기서는 그 열매를 뜻한다.
烏紗 오사 | 검은색 비단 모자를 가리킨다. 원래는 진(晋)나라 관리들이 썼던 모자인데,
    당대에 점점 민간에서 유행하였다.
道衣 도의 | 도복.

風軒 풍헌 | '風'은 바람이 잘 통한다는 뜻이고, '軒'은 넓은 문을 말한다.
匏樽 포준 | 표주박.

희녕 6년(1073), 시인이 항주통판으로 있던 때 지은 작품이다.

　1연에서는 조탑원으로 가는 길과 시인의 옷차림을 상세히 묘사하면서 '자줏빛 자두(紫李)', '오이(黃瓜)', '검은 비단 모자(烏紗)', '흰 갈포(白葛)' 등과 같이 다양한 색채 이미지를 이용하여 독자의 눈을 즐겁게 해 주는 동시에 '향(香)', '양(凉)' 등으로 후각과 촉각의 기쁨까지 맛보게 한다. 2연에서는 시인이 절에 도착한 다음 취한 행동을 잔잔하게 그리고 있다.

　이 시의 선적(禪的) 이미지는 이성이나 분별심에 반대하여 체험과 실천을 중시한다는 데에 그 특색이 있다.

6월 27일 망호루에서 술에 취해 글을 쓰다
六月二十七日望湖樓醉書

검은 구름이 먹구름 되어 산을 가리기도 전에
진주 같은 흰 빗방울이 배 안으로 어지러이 떨어진다
바람이 땅을 말아 올릴 듯 오다가 갑자기 흩어져 부니
망호루 아래 수면이 하늘 같다

黑雲翻墨未遮山, 白雨跳珠亂入船.
卷地風來忽吹散, 望湖樓下水如天.

望湖樓 망호루 | 항주 서호의 동북쪽에 세워진 누각으로 봉황산(鳳皇山)의 소경사(昭慶
　　　　　　寺) 앞에 있으며 간경루(看慶樓)라고도 부른다. 일설에는 항주성 봉황산(鳳
　　　　　　凰山)에 있는 건물이라고도 한다. 서호는 북송 때 방생지로 규정한 곳이다.
白雨 백우 | '묵운(墨雲)'과 대구를 이루며, 흰 빗방울을 뜻한다.
卷地 권지 | 대지를 말아 올리다. '卷'은 '권(捲)'과 같은 뜻이다. '권지풍(卷地風)'은 회
　　　　　　오리바람을 말한다.
水如天 수여천 | 수면에 하늘이 넓게 비친 것을 가리킨다.

삼면이 산으로 둘러싸인 서호를 한눈에 볼 수 있는 누각에 올라와 조망한 것을 노래한 시이다. 1, 2구는 비가 내리는 배 위이고, 3, 4구는 비를 피할 수 있는 지붕이 있는 망호루이다. 이 두 공간의 거리감을 좁혀 주는 매개물은 '비(雨)'와 '바람(風)'이다.

제목의 '취(醉)' 자에서 보이는 현실 이탈 행위도 결국은 인간적 현실의 생생한 고통 속에 또다시 묻혀 버리게 되는 데에 그 서러움이 있다.

시인은 이 시에서 절구의 함축적인 기능을 십분 발휘하여 짧은 시간 속의 자연 변화를 장대하고 생생하게 그렸다. 흑(黑) → 백(白)의 색채 변화라든지, 정(靜) → 동(動) 혹은 동(動) → 정(靜)처럼 거대하고 깊이 있게 변하는 자연의 역동적인 흐름이 칠언절구의 리듬과 일치하여 생동감을 자아낸다.

8월 7일 처음 감강으로 들어가 황공탄을 지나다
八月七日初入贛過惶恐灘

칠천 리 밖의 반백 노인이

열여덟 여울을 일엽편주에 몸 싣고 간다

산 보고 기뻐하며 머나먼 고향을 꿈꾸더니

이곳이 황공탄이라는 말에 외로운 신하는 눈물 흘린다

긴 바람은 나그네 배웅하려 돛을 부풀리고

장맛비는 배를 부추겨 돌 위의 물도 줄인다

당연히 관청에 뱃사공을 충원해야 하는데

이 삶은 어디에서 그치려나, 나루터를 대략 알 것도 같은데

七千里外二毛人, 十八灘頭一葉身.

山憶喜歡勞遠夢, 地名惶恐泣孤臣.

長風送客添帆腹, 積雨扶舟減石鱗.

便合與官充水手, 此生何止略知津.

贛 감 | 강소성 남쪽에서부터 북쪽으로 흘러 파양호(鄱陽湖)로 들어가는 냇물의 이름.

惶恐灘 황공탄 | 이 냇물의 상류 만안현(萬安縣)부터 감주(贛州, 지금의 감현)까지 이르
는 동안 험난한 곳이 열여덟 곳이나 된다는 말이다. 만안현에서 출발하여 처
음으로 나타나는 험난한 곳이 바로 이 황공탄인데, '黃公灘'이라고도 한다.
'惶'은 두려워서 불안을 느끼는 것이고, '灘'은 암석이 많아 여울을 만드는
급류를 뜻한다.

七千里外 칠천리외 | 개봉에서 혜주(惠州)까지의 거리.

二毛人 이모인 | '二毛'는 머리가 하얗게 센 것이고, '人'은 시인 자신을 가리킨다.

勞遠夢 노원몽 | 꿈에 먼 곳을 보는 것은 혼이 몸을 떠나 그곳까지 가는 것을 생각하는

것이다.

孤臣 고신 | 외로운 신하. 시인 자신을 가리킨다.

積雨 적우 | 계속 내리는 비. 장맛비.

石鱗 석린 | 돌 위에 흐르는 물이 마치 물고기 비늘 같다는 말이다.

輿官 여관 | 관청을 위하여 일하다.

充 충 | 충원하다.

水手 수수 | 뱃사공.

何止 하지 | '부지(不止)'와 같다.

略 약 | 조금. 겸손의 말이다.

좌천이라는 배경하에 지어진 이 시는 제목에서도 쉽게 알 수 있듯이 시인이 좌천되어 혜주로 가는 도중 '황공탄'을 지날 때 지은 것이다.

　1연에서는 당시 시인의 얼굴 모양 내지는 나이를 새기듯이 그렸고, 또 강렬한 대비를 통해 험난한 지경에 놓여 있음을 부각시켰다. 2연에는 나라를 걱정하는 시인의 마음이 내재되어 있고, 3연에 들어서면서 시인의 감정은 처절한 고통으로부터 이탈하여 호방한 데로 옮겨지며, 마지막 연에서는 더욱 달관된 시적 경지를 보여 준다.

서림사 벽에 쓰다 題西林壁

비스듬히 보면 산마루 되고 곁에서 보면 봉우리가 되어

멀고 가깝고 높고 낮아서 각기 다르네

여산의 진면목을 알지 못함은

단지 내 몸이 이 산속에 있기 때문일세

橫看成嶺側成峰, 遠近高低無一同.

不識廬山眞面目, 只緣身在此山中.

西林 서림 | 건명사(乾明寺)라고도 불리는 절. 여산(廬山)에는 동림사(東林寺)와 서림
사(西林寺) 두 절이 있는데, 진(晉)나라 때 난담현(蘭曇現)이 처음으로 머
물렀고 그의 제자 혜영(惠永)도 이 절에 있었다.

成嶺 성령 | 산마루가 되다.

峰 봉 | 홀로 우뚝 선 산봉우리.

無一同 무일동 | 어느 것 하나도 똑같은 것이 없다.

廬山 여산 | 강서성 성자현(星子縣)에 있는 명산.

원풍 7년(1084) 4월에 지은 작품이다. 황주에서의 유배 생활에서 풀려나 자유를 얻어 동생 소철이 머물고 있는 강서성 균주(筠州)로 향하는 도중 지나게 된 여산의 서림에서 이 시를 지었다.

이 시에서 무엇보다 감상의 주안점으로 삼아야 할 것은 시인이 동적인 상태에서 관찰 대상을 설정했다는 점이다. 여기에는 인간의 관찰력에 대한 회의가 지배하고 있으며, 그 대상 안에 갇히면 사물의 진상을 파악할 수 없다는 것이 핵심이다.

이 작품은 자연을 완벽한 질서로 보고 동화되고자 했다기보다는 자연을 관조하고, 그것을 매개로 새로운 관념의 질서를 모색하고 의미와 정서의 갈등을 나타낸 것이다. 시인은 자연과의 합일과 동일성을 동시에 추구하고 있다.

정월 20일 기정에 갔는데 황주 사람 반, 고, 곽 셋 이 여왕성 동쪽 선장원에서 나를 전송했다 正月 二十日往岐亭郡人潘古郭三人送余於女王城東禪莊院

열흘 봄추위에 문 나서지 않아

강 버들이 벌써 마을 흔듦을 알지 못했다

얼음 계곡 사이로 졸졸 흐르는 물소리 간간이 들려오고

불탄 흔적 감추려고 푸르름을 그대로 두었다

몇 이랑 황폐한 밭은 나를 버렸고

반쯤 남긴 탁주는 그대의 따스함을 기다린다

작년 이맘때 관산 길은

가랑비와 매화꽃에 마침 애끊는 것이었다

十日春寒不出門, 不知江柳已搖村.

稍聞決決流氷谷, 盡放青青沒燒痕.

數畝荒園留我住, 半甁濁酒待君溫.

去年今日關山路, 細雨梅花正斷魂.

岐亭 기정 | 친구 진조(陳慥)가 있던 곳으로, 황주에서 140리나 떨어져 있다.
郡 군 | 황주를 가리킨다.
潘 반 | 이름은 병(丙)이고, 자는 언명(彦明)이며, 시인 반대임(潘大臨)의 아저씨.
古 고 | 이름은 경도(耕道).
郭 곽 | 이름은 구(遘)이고, 만가(挽歌)를 좋아했다.
女王城 여왕성 | 영안성(永安城)으로, 황주에서 15리쯤 떨어진 고적지이다.
禪莊院 선장원 | 여왕성을 당대에 선장원이라고 했다.
決決 결결 | 물 흐르는 소리를 형용한 말.
燒痕 소흔 | 봄이 되기 전에 밭을 태우는 것.

畝 무 | 이랑. 사방 6척(尺)을 1보(步)라 하고, 100보를 1무(畝)라고 했다.
關山路 관산로 | 소식이 수도 개봉에서 황주로 오는 도중에 통과한 관소.

소식은 황주에 폄적되었을 때 물질적으로 꽤 궁핍하였다. 식도락가이
면서 육식을 즐긴 그로서는 참기 어려운 고통이 따랐을지도 모를 일
이다. 그는 황주 사람들조차 먹지 않는 돼지고기를 먹기도 했고, 그
나름의 채소국을 개발하기도 했다.

원풍 4년(1081) 2월 그의 친구 마몽득(馬夢得, 자는 정향(正鄕))은 소
식이 병영지 수십 무(畝)를 개간할 수 있도록 주선해 주었다. 이 황
무지는 이름이 없었으나 황주의 동쪽에 있어서 동파(東坡)라고 일컬
었다.

이 시는 봄이 찾아온 데 대한 기쁨과 함께 싱그러운 봄의 모습을 세
친구와의 연회를 통해 서정적으로 그리고 있다. 그것은 시가 일인칭
적 자아의 내향성에 치중하고 있다는 뜻이기도 하다.

금산사에 놀러 가다 游金山寺

우리 집은 장강의 발원지에 있었는데
외임하니 곧장 장강을 바다로 배웅하게 되었다
조수의 한 장(丈) 높이라고 들었건만
날이 추워 오히려 해안가에 흔적만 남겼다
중냉천 남쪽 가에 높이 쌓인 돌무더기는
옛날부터 파도 따라 출몰한다
그 꼭대기에 올라 고향을 바라보면
강남 강북이 푸른 산으로 가득하다
향수에 젖은 이는 날 저묾을 저어하여 돌아갈 배를 찾고
산승은 만류하며 지는 해를 바라본다
미풍이 광활한 수면 위에 가느다란 무늬 만들고
하늘의 노을 조각은 물고기 꼬리처럼 붉다
이때 강 위로 달이 막 얼굴을 내밀고
이경(二更)에 달이 지니 하늘이 어둡다
강심(江心)은 햇불처럼 밝고
솟아오르는 불빛이 산을 비추니 둥지 속의 까마귀가 놀란다
돌아와서 누워도 마음을 가누지 못하니
귀신도 아니고 사람도 아니면 그 무엇인가
강산이 이처럼 좋으니 고향으로 돌아가지 않으리
강 귀신은 나의 완고함에 괴이해하며 놀란다

나는 강 귀신에게 어찌할 수 없다
밭이 있어 돌아가지 않음은 강물과 같구나

我家江水初發源, 宦游直送江入海.
聞道潮頭一丈高, 天寒尙有沙痕在.
中冷南畔石盤陀, 古來出沒隨濤波.
試登絶頂望鄕國, 江南江北靑山多.
羇愁畏晩尋歸楫, 山僧苦留看落日.
微風萬頃靴紋細, 斷霞半空魚尾赤.
是時江月初生魄, 二更月落天深黑.
江心似有炬火明, 飛焰照山栖烏驚.
悵然歸臥心莫識, 非鬼非人竟何物.
江山如此不歸山, 江神見怪驚我頑.
我謝江神豈得已, 有田不歸如江水.

金山寺 금산사 | 지금의 강소성 진강시(鎭江市) 금산(金山)에 있다. 원래 금산사는 용유
사(龍游寺), 택심사(澤心寺), 강천사(江天寺) 등으로 불렸는데, 천회(天禧)
초에 송나라 진종이 이 절에서 노니는 꿈을 꾼 후에 '금산사'라는 이름을 지
어 내렸다고 한다.
宦游 환유 | 관리가 되어 외지로 부임해 가다.
中冷 중냉 | 중냉천(中冷泉). 금산 서북쪽에 있다.
盤陀 반타 | 높고 크게 쌓인 모양.
楫 즙 | 배를 젓는 노. 여기서는 배를 가리킨다.
苦留 고유 | 온 힘을 다해 머물도록 하다.

202

靴紋細 화문세 | 가죽신의 무늬처럼 가느다람.
炬火 거화 | 본래는 횃불을 가리킨다.
飛焰 비염 | 솟아오르는 불빛.
悵然 창연 | 슬퍼하는 모양.
如江水 여강수 | 강물처럼. 고대에는 강물을 보고 맹세의 말을 하였다.

소식은 36세 되던 해에 새로운 임지를 향해 길을 떠나게 된다. 11월
초 금산을 지나 금산사의 보각(寶覺), 원통(圓通) 두 스님을 방문하여
그곳에서 자면서 이 명작을 지었다.

세 단락으로 구분되는 이 시는 1구에서 8구까지 금산사의 풍경을
묘사하였고, 9구부터 18구까지는 정상에서 본 석양과 강 풍경을 묘사
하였으며, 마지막 네 구에서는 시인의 감정 상태를 묘사하였다.

이 작품은 금산사 자체의 경관을 하나도 남김없이 묘사하는 것을
지양하고 산 정상에 올라 멀리 펼쳐진 경치를 묘사하는 데 역점을 두
었으며, 이 경치 속에 진지하고도 짙은 색감의 감정이 놓이게 하여 독
자에게 시인의 진솔한 느낌을 그대로 느끼게 한다.

징매역의 통조각 澄邁驛通潮閣

(二)

여생을 해남 마을에서 늙어 가려 하건만
황제는 무양을 보내 내 혼을 부르네
아득한 하늘 아래는 송골매 사라지는 곳
한 올 머리카락 같은 푸른 산이 바로 중원

餘生欲老海南村, 帝遣巫陽招我魂.
杳杳天低鶻沒處, 靑山一髮是中原.

澄邁驛 징매역 | 해남도 북쪽 해안에 있는 징매현의 역.
通潮閣 통조각 | 징매역의 건물 이름. 통명각(通明閣)이라고도 한다.
巫陽 무양 | 고대 여자 무당의 이름. 굴원(屈原)의 영혼이 구천을 떠도는 것을 하느님이
　　　　불쌍히 여겨 무당에게 영혼을 불러오라고 명령했다고 한다.
鶻 골 | 송골매. 산비둘기라는 견해도 있다.

수년 동안 유랑 생활을 한 시인이 고향을 그리워하며 돌아가고 싶어 하는 마음을 서술한 시이다. 2구에서는 굴원의 고사를 빌려 시인의 우국지정을 비유했고, 3, 4구에서는 고향을 생각하는 심정을 나타내었다. 격한 감정보다는 온화하고 완곡한 표현이 많지만, 그 이면에 도사리고 있는 것은 비참함과 고달픔이다.

오중 농사짓는 아낙네의 한탄 — 가수의 운에 화답하다 吳中田婦嘆 — 和賈收韻

금년 메벼 어찌 이리 더디 익는지
얼마 있으면 서리 바람 불어올 것 같았는데
서리 바람 불 때는 비가 퍼부어
고무래는 곰팡이 피고 낫은 녹이 슬지요
눈에 눈물 말랐건만 비 그치지 않고
누런 이삭이 진흙 위에 누워 있는 것을 보았지요
한 달 동안 거적 깔고 밭두렁에서 자다가
날 맑자 벼 거두어 수레에 싣고 돌아왔지요
땀 흐르는 어깨 붉게 물들었는데 짐 싣고 시장으로 들어가니
값이 낮아 싸라기 값 주듯 하네요
소 팔아 세금 내고 집 부숴 불을 때니
생각 얕아 내년 굶주림은 생각도 못하지요
관가에서 오늘 돈을 요구하지 쌀을 요구하지 않음은
서북 만 리 강족(羌族)을 불러들이려는 것이지요
공수와 황패가 조정에 가득해도 사람들은 더욱 고통스러우니
오히려 하백의 부인 되느니만 못하답니다

今年粳稻熟苦遲, 庶見霜風來幾時.
霜風來時雨如瀉, 杷頭出菌鎌生衣.
眼枯淚盡雨不盡, 忍見黃穗臥青泥.

茅苫一月隴上宿, 天晴獲稻隨車歸.
汗流肩頳載入市, 價賤乞與如糠粞.
賣牛納稅折屋炊, 慮淺不及明年飢.
官今要錢不要米, 西北萬里招羌兒.
龔黃滿朝人更苦, 不如却作河伯婦.

吳中 오중 | 지금의 강소성 남쪽 및 절강성 태호 주변과 전당강(錢塘江) 서쪽 해안 일대
　　　를 뜻한다.
賈收 가수 | 자(字)는 운노(耘老)이며, 오정(烏程, 절강성 오흥현(吳興縣)) 사람이다.
和韻 화운 | 차운(次韻)과 같다. 가수가 지은 것과 똑같은 각운을 사용하여 다른 시를 짓
　　　는 것.
粳稻 갱도 | 메벼.
庶 서 | 흔히 '많다'라는 의미로 사용되지만, 여기서는 기원을 나타내는 것으로 '바라다'
　　　라는 뜻이다.
杷 파 | 밭의 흙을 가늘게 부수는 도구인 발고무래.
鐮 염 | 낫. '겸(鐮)'과 같다.
頳 정 | 붉은빛.
糠粞 강서 | '糠'은 쌀겨, '粞'는 부서진 쌀.
慮淺 여천 | 생각이 얕아 눈앞의 일은 생각하지 않다.
招羌兒 초강아 | '강(羌)'은 오대(五代)부터 송대(宋代)에 이르기까지 강대한 세력을 구
　　　축하여 서하를 세웠다. '강아(羌兒)'는 '강인(羌人)'과 같은 뜻이다. '招'는
　　　침입을 뜻한다.
龔黃 공황 | 한나라의 순리(循吏)인 공수(龔遂)와 황패(黃霸)를 가리킨다. 공수는 발해
　　　태수가 되자 농사를 권장하여 모두 창검을 팔아 소를 사게 되어 인생이 부유
　　　해져서 경내(境內)가 잘 다스려지게 했고, 황패는 영천 태수를 지내면서 지
　　　방민을 위해 선정을 베푼 인물로 널리 알려졌다.
河伯婦 하백부 | 하백은 수신(水神)이다. 『사기』 「골계열전(滑稽列傳)」을 보면 전국시대
　　　위(魏)나라에 해마다 수신(水神, 황하의 신)에게 젊은 여자를 바치는 풍습
　　　이 있었다.

신법의 폐단을 공격한 이 시는 두 단락으로 구분된다. 앞 단락은 1구부터 8구까지로 침수로 인한 고난을 노래하였고, 뒤의 단락은 가혹한 정치가 농민들의 고통을 한층 무겁게 하고 있음을 그렸다.

앞 두 구절에서는 금년에 메벼의 성숙기가 많이 늦어져 걱정이었는데 다행스럽게도 가을이 빨리 찾아오지 않았음에 안도한다.

후반부 여덟 구절에서는 곡식 값이 떨어지자 상심하는 농부들의 일을 통해 통화량 부족이라는 신법의 병폐를 비판하고 있다. 그렇게 거둔 세금이 강족을 회유하는 데 쓰인다는 게 더 기가 막힌다. 마지막 두 구에서 시인의 감정은 더욱 격앙된다.

동파 東坡

비에 씻긴 동파 달빛이 맑고
저자 사람 다 지나가면 농부들이 지나간다
울퉁불퉁한 언덕길 싫지 않고
홀로 시끄럽게 지팡이 끄는 소리를 좋아한다

雨洗東坡月色淸, 市人行盡野人行.
莫嫌犖确坡頭路, 自愛鏗然曳杖聲.

東坡 동파 | 지명. 시 제목을 이렇게 붙인 것은 백거이를 사모하는 마음에서 비롯된 듯하
다. 백거이는 충주(忠州)로 추방되었을 때 그곳의 동파에서 「동파에서 꽃을
심다(東坡種花)」, 「동파를 걷다(步東坡)」, 「동파의 꽃과 나무와 이별하다(別
東坡花樹)」 등을 지어 폄적지에서의 한적한 삶을 읊었다. '東坡'는 황주 황
강성(지금의 호북성에 속한다.) 동쪽에 있던 지명으로 명승고적지는 아니지
만, 시인에게는 일을 하고 심리적 안정을 찾던 공간이다.
野人 야인 | 앞의 '市人'은 성안에 사는 주민을 가리키고, 이와 반대인 '野人'은 성 밖에
사는 주민이나 농부를 뜻한다.
犖确 낙각 | 산에 큰 돌이 많은 모양.
鏗然 갱연 | 금속이 부딪치는 소리를 형용한다.

우선 시인은 동파를 청정한 경관 속에 배치한다. 비에 씻긴 동파 언덕에 새하얀 달빛이 비추어 맑은 경지를 이룬다. '청(淸)' 자로 인해 그런 분위기가 더욱 선명해진다. 이곳은 '시인(市人)'들이 누릴 수 있는 공간이 아니라 소박하고 진솔한 '야인(野人)'들만이 만끽할 수 있는 곳이다. '야인'들의 몸에서는 '유인(幽人)'들이 도시를 피하여 뜻을 지키려는 풍모를 느낄 수 있기 때문이다.

달은 그만의 공간이 유지되는 '동파'에서 더욱 맑게 빛나고 있으며, 시인이 갈구하는 삶과도 같은 것이다. 물론 시인은 무엇이 진정한 삶인지 고뇌한다. 저 아름다운 달빛이 있는 '동파'에서 꿈을 포기하고 현실의 삶으로 되돌아오느냐, 아니면 현실이 고달플수록 더욱더 아름다운 달에 대한 꿈에 열중하느냐를 고뇌한다.

눈 내린 뒤 북대 벽에 적다 雪後書北臺壁

(一)

황혼녘에 오히려 비가 가늘게 내리더니

밤 고요하고 바람도 없는데 기세는 사나워졌다

단지 이불과 요 위에 물 날려 떨어지는 것을 느낄 뿐

정원에 쌓인 눈이 있음을 알지 못한다

오경 새벽빛이 서재 창문으로 찾아들고

반달 아래 차가운 소리가 채색된 처마에 떨어진다

한번 북대를 청소하고 마이산 바라보니

눈에 파묻혀 두 봉우리만 뾰족하다

黃昏猶作雨纖纖, 夜靜無風勢轉嚴.

但覺衾裯如潑水, 不知庭園已堆鹽.

五更曉色來書幌, 半月寒聲落畫簷.

試掃北臺看馬耳, 夫隨埋沒有雙尖.

北臺 북대 │ 주청(州廳) 뒤에 있는 성벽에 세워진 건물. 소식은 그다음 해에 이곳을 수리
　　　　　하여 초연대(超然臺)라고 불렀다.

纖纖 섬섬 │ 가늘고 고운 모양. 가랑비가 내리는 모양.

衾裯 금주 │ 이불과 요.

堆鹽 퇴염 │ 소금을 쌓다. 소금은 눈을 비유한 것이다.

半月 반월 │ '반야(半夜)'로 되어 있는 책도 있지만, 이것은 앞 구의 '오경(五更)'과 모순
　　　　　되므로 '半月'이 옳다.

馬耳 마이 | 산 이름. 마이산.
雙尖 쌍첨 | 두 개의 뾰족한 산을 가리킨다.

희녕 7년(1074) 시인이 밀주(密州, 지금의 산동성 제성현(諸城縣))의 지
사로 자리를 옮긴 뒤 추운 겨울날에 지은 두 편의 시 가운데 첫째 수
이다.

 '눈(雪)'을 소재로 한 이 시는 '황혼' 무렵부터 '아침'까지의 시간에
느낀 시인의 서정을 표현하였다. 4구에서 '눈'을 '소금'으로 표현한
의도는 시적 의미를 풍부하게 하면서 독자의 공감을 자아낸다.

 이 시에서 특히 독자의 마음을 끌어당기는 곳은 5, 6구이다. 날이
밝아 옴에 따라 제 모습을 분명하게 드러내는 눈에 대한 묘사도 시각
적, 청각적 효과를 충분히 살리고 있다. 여기서 우리는 시인이 사물의
자태를 묘사하는 데 치밀한 관찰력과 뛰어난 묘사력을 가지고 있음을
보게 된다.

6월 20일 밤에 바다를 건너다 六月二十日夜渡海

삼성이 북두칠성을 돌 때는 삼경인데

궂은비와 종일 부는 바람은 또 맑게 갤 수 있을까

구름 흩어지고 달 밝은데 누가 달을 가릴까

하늘과 바다 빛은 본래 맑구나

헛되이 노나라 노인 뗏목을 타려고 하는데

무지한 헌원이 즐거운 소리를 연주한다

구사일생으로 남방 황무지에서 살아남아도 난 한탄하지 않고

이 놀이를 삶의 최고 즐거움으로 여기리

參橫斗轉欲三更, 苦雨終風也解晴.

雲散月明誰點綴, 天容海色本澄淸.

空餘魯叟乘桴意, 麤識軒轅奏樂聲.

九死南荒吾不恨, 玆遊奇絶冠平生.

渡海 도해 | 해남도 북단에서 뇌주반도(雷州半島) 앞 광동성 서문현(徐聞縣)까지를 배로 건너는 것을 말한다. 이 길은 배로 하루 정도 시간이 걸린다.

參橫斗轉 삼횡두전 | '參'은 삼성(參星). 28수(宿)의 하나로 오리온자리의 남쪽 세 별과 그 부근의 작은 별을 가리킨다. '斗'는 북두칠성. '參橫斗轉'은 각 별자리의 위치를 뜻하므로, 시간의 경과를 나타낸다.

三更 삼경 | 한밤중.

苦雨 고우 | 오래 두고 내리는 궂은비. 장맛비.

點綴 점철 | 달이 구름을 가리다.

魯叟 노수 | 노나라 늙은이. 공자를 가리킨다.

麤 추 | 거칠다. '조(粗)'와 같다.
奏樂 주악 | 황제가 감지(感池)의 즐거움을 연주하다.
南荒 남황 | 남방 야만(野蠻)의 땅. 여기서는 해남도를 가리킨다.
玆遊 자유 | '玆'는 '이'라는 뜻. 밤에 바다를 건너는 것을 가리킨다.

이 시는 원부(元符) 3년(1100) 해남도에서 뇌주반도를 건너는 배 안
에서 지은 작품이다. 1연은 시각의 추이와 날씨의 변화를 나타내고
있고, 2연은 2구의 '청(晴)' 자로부터 한 걸음 더 나아가 경치를 묘사
한 듯하면서도 시인의 서정성에 치중했으며, 그 서정성 속에는 의론
(議論)을 내포하고 있다. 3연은 '바다(海)'를 묘사하고 있다. 3, 4구에
서는 상하 교차하여 한 전고를 사용하고 있는 데 비해, 이 연에서는
구분하여 사용함으로써 변화를 추구했다. 즉 '노나라 노인' 공자가 추
구한 이상적 정치가 좌절된 것을 빌려 현재 쫓겨난 자신을 노래한 것
이다. 마지막 연은 인생 최고의 즐거움을 맛보았으므로 지금 죽는다
해도 후회하지 않겠다는 강한 희열의 표출이지만, 그 이면에는 꼭 그
런 희열만 존재하는 것이 결코 아니다.

술 마시고 홀로 걸어 자운, 위, 휘, 선각 네 친구의 집에 이르다 被酒獨行徧至子雲威徽先覺四黎之舍

반쯤 깨고 반쯤 취한 듯해서 토박이들 집을 찾아가는데
찌를 듯한 대나무와 등나무 끝이 걸음을 흐려 놓는구나
다만 소똥을 찾아 돌아갈 길 찾는데
집은 외양간 서쪽에서 또다시 서쪽에 있구나

半醒半醉問諸黎, 竹刺藤梢步步迷.
但尋牛矢覓歸路, 家在牛欄西復西.

竹刺죽자 | 찌를 듯한 대나무 혹은 대나무와 가시나무.
藤梢등초 | 등나무 끝. 혹은 등나무와 땔나무.
牛矢우시 | 소똥. '矢'는 '시(屎)'와 같다.
牛欄우난 | 외양간.

시인은 62세 때 황량한 땅 담주로 좌천되었다. 시인이 64세 때 지은 이 시의 가장 큰 특징은 대다수 사람이 저속한 것으로 생각하는 소똥을 시의 제재로 취하여 묘사하고 있다는 점이다. 제목에 나와 있듯이 친구와의 돈독한 우정도 돋보이고 평이한 묘사가 일품이다. 이 작품이 단아하면서도 정갈하게 느껴지는 것은 시인의 표현력 때문이다.

백보홍 百步洪

(一)

긴 물줄기 급히 떨어져 파도를 솟구치고
가벼운 배는 베틀 북처럼 빠르게 남으로 내려간다
뱃사공의 외침에 갈매기와 기러기 떼 날아오르고
어지러이 흩어진 돌은 곧게 뻗은 수로를 다투듯 쪼아 댄다
토끼가 질주하는 듯하고 송골매가 내려오는 듯하고
준마가 천 길 산비탈을 꿰뚫는 듯하다
끊어진 현이 안족을 떠나듯, 화살이 손에서 벗어나듯 하고
번갯불 사이를 지나듯, 빗방울이 연잎에 구슬 되어 구른다
주위 산이 어지럽게 돌고 바람은 귀를 때리는데
겨우 흐르는 포말이 온갖 소용돌이를 만드는 것만 보인다
험난함 속에서 즐거움 얻으니 비록 한 가지 기쁨이지만
수신이 가을 강물을 불리는 것은 무슨 뜻인가
나는 만물의 변화 속에서 태어나 시간의 흐름을 따라가며
앉아서 신라 뛰어넘을 생각을 한다
취중에 꾸는 꿈속에서도 어지러이 다투었는데
낙타 동상을 가시나무 속에 묻었음을 어찌 믿으리
순식간에 천겁 잃은 것을 느끼고
돌아보니 이 물이 유달리 길게 굽이져 흐르는구나
그대 해안가의 푸른 돌 위를 보았는가

예로부터 삿대 구멍은 벌집 같았지
단지 이 마음 머무는 곳 없건만
조물주는 비록 몰아가도 나를 어찌하겠는가
배를 돌려 말을 타고 각자 돌아가나니
말 많고 시끄러워 뱃사공이 화를 낸다

長洪斗落生跳波, 輕舟南下如投梭.
水師絶叫鳧雁起, 亂石一線爭蹉磨.
有如兎走鷹隼落, 駿馬下注千丈坡.
斷絃離柱箭脫手, 飛電過隙珠翻荷.
四山眩轉風掠耳, 但見流沫生千渦.
嶮中得樂雖一快, 何意水伯誇秋河.
我生乘化日夜逝, 坐覺一念逾新羅.
紛紛爭奪醉夢裏, 豈信荊棘埋銅駝.
覺來俯仰失千劫, 回視此水殊委蛇.
君看岸邊蒼石上, 古來篙眼如蜂窠.
但應此心無所住, 造物雖駛如余何.
回船上馬各歸去, 多言譊師所呵.

百步洪 백보홍 | 지명. 서주(徐州) 동쪽으로 2리쯤 떨어진 곳에 있는 급류.
斗 두 | 갑자기. 홀연히. 급하게.

投梭 투사 | '梭'는 베틀에 딸린 제구이고, '投'는 그것의 오가는 속도가 빠름을 뜻한다.

水師 수사 | 뱃사공.

鳩雁 구안 | 갈매기와 기러기.

一線 일선 | 돌이 있는 배의 통로를 뜻한다.

隼 준 | 송골매.

千丈坡 천장파 | '千丈'은 높이를 뜻하는 듯하다. '坡'는 비탈.

珠翻荷 주번하 | '珠'는 빗방울, '荷'는 연꽃. 연꽃잎에 빗방울이 떨어지는 것을 가리킨다.

眩 현 | 눈이 어지러운 것.

嶮中 험중 | 위험한 가운데. '嶮'은 '험(險)'과 같다.

何意 하의 | 어떤 뜻. 반어적인 표현이다.

水伯 수백 | 수신(水神).

夸 과 | '과(誇)'와 같다.

秋河 추하 | 가을이 되면 물의 양이 불어나는 강을 가리킨다.

坐覺 좌각 | '坐'는 부사, '覺'은 느끼다.

紛紛 분분 | 생각이 어지러운 모양.

豈信 기신 | 이것의 주어는 위 구의 세속 사람들이다.

荊棘 형극 | 가시나무.

銅駝 동타 | 낙양의 궁전 문에 세워진 낙타상. 한대에는 구리로 주조했기 때문에 동타(銅駝)라고 했다.

俯仰 부앙 | 위를 보고 아래를 보는 것으로 아주 짧은 시간을 뜻한다.

千劫 천겁 | '劫'은 불교 용어. 천지의 시작부터 끝까지를 '일겁(一劫)'이라고 한다. 따라서 '千劫'은 가장 긴 시간을 가리킨다.

此水 차수 | 백보홍의 물.

委蛇 위이 | 길게 굽이져 있는 모양.

篙 고 | 노를 젓는 상앗대.

蜂窠 봉과 | 벌집.

住 주 | 앞의 '천겁'과 마찬가지로 불교 용어. '집착하다'라는 뜻이다.

駛 사 | 말이 질주하는 것으로, 여기서는 빠른 것을 가리킨다.

如余何 여여하 | '如何'는 '어떻게'라는 뜻의 반어적인 표현이다.

譊譊 요뇨 | 시끄럽게 따지는 소리.

첫 네 구가 인상적인 이 시는 신종 원풍 원년(1078) 시인이 서주지
주로 있을 때 지은 2수의 작품 중 첫 수이다. 그는 자신을 싣고 있는
날랜 배와는 대조적인 백보홍의 특징을 '두(斗)', '투(投)', '절규(絶
叫)', '난석(亂石)' 등의 글자를 이용하여 표현하였고, 후반부에서는
자유자재한 마음에 대해 노래하고 있다. 9구부터 12구까지는 배에 탄
나그네의 감회와 경험을 적었고, 13구부터는 삶의 철학적 이치를 묘
사하였는데, 마치 산문을 쓰듯이 써내려 간 기법이 인상적이다. 그는
이런 경지를 얻는 방법으로 불가 사상의 수용과 도가의 호방함을 채
용했다. 마지막 두 구는 앞의 스물두 구를 총괄한 것이다.

임고정으로 이주하다 遷居臨皐亭

내가 세상에서 살고 있는 것은
한 마리 개미가 큰 맷돌에 붙어서 사는 것
악착같이 오른쪽으로 나아가려 해도
풍륜이 왼쪽으로 움직이는 것을 막지 못한다
비록 인(仁)과 의(義)의 길을 걸으려 했으나
빈곤에서 벗어날 수 없다
칼날 위에 쌀을 놓고 불을 피우는 듯한 위험이 있지만
바늘방석에 숨어 앉으려는 생각은 없다
어찌 아름다운 산수가 없을까만
잠시 눈을 돌리면 비바람이 쫓아 버린다
전원으로 돌아가려고 늙기를 기다리지 않고
용감하게 결단하는 이가 몇이나 될까
나는 지금 불행히 떠돌며 남은 생을 보내는데
피곤한 말은 말안장을 푼다
가족이 함께 강가의 역사에 사는 것은
절체의 위험에서 하늘이 도와준 덕분
굶주림과 가난을 인생에서 빼면
울어야 좋을지 웃어야 좋을지
평정한 심경으로 근심도 즐거움도 없지만
입을 열면 쓰디쓴 말만 나올 뿐

我生天地間, 一蟻寄大磨. 區區欲右行, 不救風輪左.
雖專走仁義, 未免違寒餓. 劍米有危炊, 鍼氈無隱坐.
豈無佳山水, 借眼風雨過. 歸田不待老, 勇決凡幾箇.
幸茲廢棄餘, 疲馬解鞍馱. 全家占江驛, 絶境天爲破.
饑貧相乘除, 未見可弔賀. 澹然無憂樂, 苦語不成些.

邊居 변거 | 이전하다. 옮겨 거주하다.
臨皐亭 임고정 | 황주(호북성 황망현) 성 밖에 있으며 장강 가에 있는 역사 이름. 임고관
　　(臨皐館)이라고도 한다.
寄大磨 기대마 | 큰 맷돌에 몸을 맡기다.
區區 구구 | 악착같다. 성급하다. 원래는 사소하다.
風輪 풍륜 | 불교에서 수미산을 버티고 있다는 삼륜의 하나.
未免違 미면위 | 아무리 해도 밀어져 가다. '未免'은 '불면(不免)'과 같다. '違'는 등지다,
　　떨어지다.
劍米有危炊 검미유위취 | 칼날 위에 쌀알을 두고 불을 피운다는 말로, 위험에 당면한 때
　　를 뜻한다.
鍼氈無隱坐 침전무은좌 | 바늘방석에는 숨어서 앉지 않는다.
借眼 차안 | 눈을 돌리다. '借'는 빌리다.
歸田 귀전 | 관직에서 물러나 고향으로 돌아간다는 뜻이다.
江驛 강역 | 장강 부근의 역. 임고정을 가리킨다.
絶境 절경 | 절체절명의 경지.
乘除 승제 | 가감승제(加減乘除)의 승제(乘除)이나, 여기에서는 인생의 빈 공간을 산정
　　하는 것을 말한다.
澹然 담연 | 평정한 심경으로 있는 상태.
些 사 | 어세(語勢)를 강하게 하는 조사.

신법 실시로 인해 사회가 피폐한 상황을 시로 비판하고 있는 시인은 부국(富國)이 아니라 부민(富民)에 정치적 이상을 갖고 있었는데, 이 점이 그를 감찰어사에 의해 기소되어 옥에 갇히게 만들었다. 이 시에는 그러한 고통을 겪은 인생 철학이 담겨 있다. 사람의 일생, 그것은 자기 자신의 힘으로 완결지을 수 있는 게 아니다.

사람은 환경에 적응하면서 살아가는 존재이기 때문에 주관적인 의도는 환경을 바꿔 버리게 된다. 그 관계를 비유하자면 개미와 맷돌의 관계이다. 개미는 열심히 오른쪽으로 나아가고 있다. 주관적으로는 그렇다. 그러나 개미를 태운 맷돌은 개미보다 더 빠르게 왼쪽으로 회전하고 있다. 사람을 둘러싸고 있는 환경은 인위적인 것으로만 한정할 수는 없다. 인간을 위안하는 자연 또한 하나의 환경이다. 그래서 시인에게 유배 생활이 더 행복했는지도 모른다. 그가 황주에 유배된 뒤로는 비애와 절망을 담은 시를 노래한 적이 거의 없기 때문이다.

자유를 희롱하다 戲子由

(二)

만 권의 책을 읽었으나 법률 책은 읽지 않았으니
군왕을 요순이 되게 하려 해도 방법이 없음을 안다
농사 관장 나으리가 구름처럼 소란 피워도
늙은 몸을 봉양하는 짠맛의 채소는 꿀처럼 달다
문밖의 세상만사에는 눈 한 번 주지 않고
머리는 비록 줄곧 숙이고 있지만 기개는 굽히지 않는다

讀書萬卷不讀律, 致君堯舜知無術.
勸農冠蓋鬧如雲, 送老虀鹽甘似蜜.
門前萬事不掛眼, 頭雖長低氣不屈.

不讀律 부독률 | '律'은 법률. 법률 책은 읽지 않았다는 뜻이다.
勸農 권농 | 농업을 장려하다. 송대에는 농정을 감독하는 권농사가 있었다. 아래의 '관개
    (冠蓋)'와 관계가 있다.
冠蓋 관개 | 고급 관리를 상징한다.
鬧 요 | 떠들썩하게 하다.
送老 송로 | 늙은 몸을 봉양하다. 33세의 소철이 장난삼아 '老'라고 한 것이다.
虀鹽 제염 | 짠맛의 야채. 반찬으로 생채, 마늘, 생강 등을 잘게 자른 것.
不掛眼 불괘안 | 주의를 기울이지 않다.

(四)

평생 부끄러워했던 것도 지금은 부끄러워하지 않으면서

앉아서 피폐한 백성에게 더욱 채찍을 친다

길에서 양호를 만나면 불러 말하고

마음속으로는 그 잘못을 알면서 입으로는 좋다고 한다

사는 곳은 높고 뜻은 낮으니 무슨 참된 이익이 있을까

기개는 위축되어 지금은 거의 없네

平生所慚今不恥, 坐對疲氓更鞭箠.

道逢陽虎呼與言, 心知其非口諾唯.

居高志下眞何益, 氣節消縮今無幾.

疲氓 피맹 | 피폐한 백성. '氓'은 그들의 토지에서 떠난 백성을 뜻한다.

鞭箠 편추 | '鞭'은 가죽 채찍, '箠'는 대나무 채찍. 이 두 글자로 죄인을 처벌하듯 한다는
          뜻의 동사로 썼다.

陽虎 양호 | 춘추시대 노나라 대부인 양화(陽貨). '虎'는 그 이름. 노나라의 실력자로서
          공자를 임명하려고 했지만, 공자는 그의 무례함을 싫어하여 피했다.

消縮 소축 | 위축되다.

無幾 무기 | 거의 없다.

다섯 수의 연작시 중에서 두 수를 가려 뽑았다. 이 연작시들은 시인이 희녕 4년(1071) 항주통판으로 있을 때 지은 작품이다. 봉상(鳳翔)의 임기를 마치고, 치평 2년(1065)에 직사관이 되어 중앙에 오른 소식은 이듬해 부친이 사망하여(전년에는 처 왕씨(王氏)를 잃었다.) 고향에 돌아와 3년간 상을 지냈다. 그가 다시 상경했을 때 중앙의 정세는 크게 바뀌어 치평 4년(1067)에 영종이 물러나고 신종이 즉위해 왕안석을 등용하여 신법을 계속 실시하고 있었다.

신법당과 구법당의 정쟁이 시작되어 소식과 소철 형제도 신법 비판에 가세했다. 그 때문에 희녕 3년(1070)에 소철은 신법당에 의해 중앙에서 물러나 진주(陳州)의 교수(教授)가 되고, 이듬해에는 소식도 항주에 부임하였다. 그때부터 관리와 문학자로서 소식의 본격적인 활약이 시작되었다.

이 시는 그 작업의 첫 작품이라고 할 수 있다. 시 제목이「자유를 희롱하다」라고 되어 있듯이, 동생에게 장난을 치는 '희작(戱作)' 형식을 취해 해학적인 표현이 많지만 시가 포함한 내용에는 깊은 뜻이 있다. 소식은 좌담의 명수이며, 기발하고 해학적인 풍자를 시 속에 담아 내는 기술을 습득했다.

2수는 진나라의 정치를 비판한 듯하나 속으로는 신법당의 정치를 비판한 것이고, 4수에서는 자신이 현실에서 벗어나지 못하는 불안감을 표출하고 있다.

한 해를 보내다 別歲

친구는 천 리 길을 떠나면서
작별에 즈음하여 오히려 망설인다
사람은 다시 돌아올 수 있지만
가는 세월을 어찌 좇아갈까
세월에게 어디까지 가는지 물으면
멀리 하늘 저편이라고 한다
벌써 동쪽으로 흘러간 강물을 좇아가도
바다에 들어가면 돌아올 기약이 없다
동쪽 이웃에서는 술이 막 익었고
서쪽 이웃에서는 돼지도 살이 쪘다
잠시 하루 즐거움을 위해
이 세밑의 슬픔을 위로해 본다
흘러간 세월과의 이별을 탄식하지 말지니
오래지 않아 새로운 세월과도 이별해야 한다
떠나가는 것을 돌아보지 말지니
나는 그대의 늙음과 쇠함을 되돌려 보내리

故人適千里, 臨別尙遲遲. 人行猶可復, 歲行那可追.
問歲安所之, 遠在天一涯. 已逐東流水, 赴海歸無時.
東隣酒初熟, 西舍彘亦肥. 且爲一日歡, 慰此窮年悲.

勿嗟舊歲別, 行與新歲辭. 去去勿回顧, 環君老與衰.

別歲 별세 | 가는 해를 작별하는 행사. 이 시는 궤세(饋歲), 별세(別歲), 수세(守勢)의
　　　　 삼수(三首) 중 한 수이다. 세밑에 서로 방문하는 것을 '궤세'라 하고, 술과
　　　　 음식을 갖고 서로 맞이하며 부르는 것을 '별세'라 하며, 제야에 날을 새는 것
　　　　 을 '수세'라 한다. 관직에 있으므로 세밑에 고향에 돌아갈 생각은 엄두도 못
　　　　 내 시를 지어 동생 자유에게 보낸 것이다.
適 적 | 행(行)과 같다. 가다.
遲遲 지지 | 꾸물대는 모양. 망설이는 모양.
天一涯 천일애 | 하늘의 한쪽 끝.
東流水 동류수 | 동쪽으로 흐르는 강물이 계속 흘러가는 것. 한번 떠나가면 다시는 돌아
　　　　　 오지 않는 것의 상징으로 시에 자주 쓰인다.
酒初熟 주초숙 | 술이 드디어 익다. '初'는 기대했던 것이 처음으로 그 상황이 되었을
　　　　　 때의 기분을 나타낸다. 술은 겨울에 담아 봄부터 마시는 게 일반적인 관례
　　　　　 였다.
西舍 서사 | 서쪽 이웃의 집.
豨 체 | 돼지.
窮年 궁년 | 일 년의 끝. 세밑.
行 행 | 곧. 이윽고 가까운 장래에 그렇게 된다는 것을 나타낸다. '장(將)'과 같다.
去去勿回顧 거거물회고 | 이 구는 '세(歲)'가 주어가 되어 '떠나가는 것을 돌아보지 말
　　　　　　　 라'는 뜻이다.

가우 7년(1062) 세밑에 봉상부(鳳翔府)의 관직에 있던 때 지은 시이다. 이 작품은 고향에서의 추억을 계기로 시의 빠른 변화 속에서 자신은 어떻게 살아갈 것인가를 노래하고 있다. 세월이 흘러간다는 점에서는 여행과 비슷해도, 한번 가면 돌아오지 않는 점이 다르다고 얘기한다. 한번 가서 돌아오지 않는 것에 집착하면 비애가 생기며, 특히 세월의 변화는 노쇠함을 가져오는 것 말고도 무서움과 비애를 깊게 한다. 인간에게 노쇠함이 피할 수 없는 필연적인 것이라면, 세월에 집착하여 그 변화를 무서워하는 것은 어리석은 일일 것이다.

사람은 언제나 현재에 살고 있다. 현재의 시간에 충실한 것이야말로 매우 중요하고 현재를 계속 쌓는 것에 의해 인생은 오랫동안 지속된다. 그리고 누구에게나 흘러가는 세월을 슬퍼하는 감정이 있게 마련이다.

그러나 이 시에 표출된 낙관주의는 시인 자신이 오랜 기간 동안 받아 온 정치적 부침과 무관하지 않을 듯하다.

소철

蘇轍

1039~1112

자는 자유(子由)이고, 소순(蘇洵)의 아들이며 소식의 동생이다. 소성(紹聖) 원년(1094) 신법당에 속하여 균주로 좌천되었고, 4년에는 뇌주(雷州, 광동성 해강현(海康縣))로, 후에는 순주(循州, 광동성 용천현(龍川縣)), 영주(永州, 호북성 영릉현(零陵縣)), 악주(岳州, 호남성 악양현(岳陽縣))로 옮겼다.

원부(元府) 3년(1100) 겨울, 대중대부로 복직되어 거주의 자유를 얻어서 허주(許州, 하남성 허창현)에 집을 정하고, 숭녕(崇寧) 원년(1102)에 관직을 떠나 영빈유로(潁濱遺老)라 부르고, 만년 10년 동안 저술 작업에 전념했다. 당송팔대가 중 한 명이지만 시는 형 소식만 못하다.

서호에서 노닐다 游西湖

문 닫고 나가지 않은 지 십 년이나 오래됐건만
호수에서 다시 노닌 것은 한바탕 꿈속이었네
마을을 지나면 다투어 안부를 묻고
문득 물고기와 새를 만나니 또 놀라고 의심하는구나
가련하게도 눈을 들어 보았건만 우리 무리가 아닌데
누구와 더불어 술동이를 열어 잔을 함께 들까
돌아가서 말없이 병풍 가리고 누우니
옛 사람이 때때로 꿈속에 나타난다

閉門不出十年久, 湖上重游一夢回.
行過閭閻爭問訊, 忽逢魚鳥亦驚猜.
可憐擧目非吾黨, 誰與開樽共一杯.
歸去無言掩屛臥, 古人時向夢中來.

閭閻 여염 | 민간. 여문(閭門).
掩 엄 | 가리다.

원부 3년(1100) 철종이 죽고 휘종이 즉위하자, 신구 양당의 싸움이 진정 국면으로 들어가기를 모두 바랐다. 원우(元祐) 연간 소철은 영남에서 사면되어 북쪽으로 돌아오는 길에 영창(潁昌, 하남성 허창시 동쪽)에 머물게 된다. 이때 휘종이 원우당(元祐黨) 사람들을 박해하기 시작했는데, 철종보다 더하면 더했지 덜하지는 않았다. 소철은 이를 피하기 위해 문을 걸어 잠그고 사람들과 만나지 않으며 스스로를 '영빈유로'라고 불렀다.

이 시는 소철의 만년 생활을 진솔하게 기록하는 한편, 휘종 조정의 정치적 암흑상을 반영하려는 의도에서 지어졌으므로 처량한 분위기가 강하게 느껴진다.

자는 노직(魯直)이고, 호는 산곡도인(山谷道人, 줄여서 산곡(山谷)이라고도 한다.) 혹은 부옹(涪翁)이라고도 한다. 홍주(洪州) 분녕(分寧) 사람으로, 몇 대에 걸친 사대부 가문에서 태어났지만 부친 황서(黃庶)는 하급 관료로서 황정견이 14세 때 강주(康州)의 지주대리(知州代理)로 지내다가 임지에서 죽었다. 살림이 곤궁하여 약초 매매를 하려는 계획까지 세울 정도였다. 당시 저명한 장사치요 학자였던 이상(李常)에게 지도를 받아 23세 때(1067) 진사에 급제했다.

원풍(元豊) 8년(1085) 비서성교서랑(秘書省校書郎)이 되었고 저작좌랑(著作佐郎)을 역임하기도 했으며, 신종의 실록 편찬에도 참여하였다. 원우 6년(1091) 어머니가 돌아가시자 복상을 하려고 고향으로 돌아왔다. 후에 또다시 조정에 나가 벼슬살이도 하고 유배도 갔다가 삶을 마쳤다.

황정견의 생애는 40대 때 몇 년 동안의 호시절을 빼면 신구파의 치열한 정치적 투쟁 때문에 불안정한 편이었다. 특히 중년 이후로 접어들면서 거듭된 정치적 부침과 타향을 전전해야 하는 불안감으로 말미암아 더더욱 힘겨운 삶을 살게 되어 염세주의적인 면모를 띠게 되었다. 27세와 35세에 각각 두 명의 아내를 잃고 나서 자신의 정치적 포부를 실현할 수 없다는 안타까움에 전원으로 돌아가고픈 마음이 강하여 이를 시 세계를 담고자 했다.

강서시파(江西詩派)의 창시자인 황정견은 생전에는 소식

과 나란히 명성을 누렸으며, 죽어서는 두보의 철저한 계승자로서 추앙받았다.

그의 시를 논함에 환골이니 탈태니 하는 식의 기본 틀이 형성된 데에는 무엇보다도 '두보 시를 배운다.'라는 일관된 그의 시론이 중요한 역할을 한 것으로 평가된다. 즉 강서시파의 영수인 그가 창작 규범으로 설정한 이 두 방법론의 이면에 시란 학문 축적을 바탕으로 새로운 뜻(新意)을 창출해야 한다는 새로운 가정이 놓여 있었던 것이다.

황기복에게 부치다 寄黃幾復

나는 북해에 살고 그대는 남해에 있으니

기러기에게 부친들 편지를 전할 수 없다

복사꽃 자두꽃, 봄바람 속의 술 한 잔

밤비 내리는 강호에서 서로 등불을 마주한 지 십 년

집이라 하나 사방 벽만 서 있을 뿐이지만

세 번이나 어깨를 부러뜨리길 바라지 않을 유능한 사람

독서하느라 머리가 벌써 하얗게 새었겠네

장기(瘴氣)가 피어나는 계곡 너머로 등나무엔 원숭이가 운다

我居北海君南海, 寄雁傳書謝不能.

桃李春風一杯酒, 江湖夜雨十年燈.

持家但有四立壁, 治病不蘄三折肱.

想見讀書頭已白, 隔溪猿哭瘴溪藤.

黃幾復 황기복 | 휘(諱)는 개(介), 기복(幾復)은 자(字). 강서성 남창현(南昌縣) 사람으로 황정견과는 같은 고향 사람이며, 어릴 때부터 친구였다. 광동 지방의 관리로 오래 있었는데, 당시는 광동성 사회현지(四會縣知)로 있었다. 그가 원우 3년(1088)에 죽자 황정견이 묘비명을 썼다.

北海 북해 | '남해(南海)'와 대구로 쓰였는데, 두 사람 사이의 거리가 너무 멀어 만날 수 없음을 강조한 것이다. 현재의 발해만.

南海 남해 | 황개(黃介)가 있는 곳.

雁 안 | 기러기. 먼 곳에서 편지를 나르는 새. 북쪽의 기러기는 호남의 형산(衡山) 회안봉(回雁峯)에 이르면 더 이상 남쪽으로 나아가지 않는다.

謝不能 사불능 | 형산에서 다시 남쪽 광동에 있는 황개에게 편지를 전해야 되는데, 기러기가 더 이상 나아가지 않음을 뜻한다.

江湖 강호 | 냇물과 호수로 가득한 강남의 수향(水鄕) 지대. 두 사람의 고향 강서도 그 속에 포함된다. 세간(世間), 부세(浮世)의 뜻도 있다.

十年 십년 | 시인이 황개와 함께 급제한(1067) 이후 서로 헤어진 지 10년이 된다는 말이다.

持家 지가 | 집 하나 있다. 생계를 세운다는 뜻이다.

蘄 기 | 희망하다.

三折肱 삼절굉 | 세 차례 어깨를 부러뜨려야만 비로소 뛰어난 의사가 될 수 있다는 뜻으로, 큰일을 하려면 좌절을 경험해야 좋은 결과를 얻을 수 있음을 비유한다.

瘴 장 | 남방의 하천에서 발생하는 유독성 가스. 당시 학질 등 전염병의 병원(病源)으로 알려졌다.

신종 원풍 8년(1085)에 황정견이 감덕천(監德川, 지금은 산동성에 부속됨)의 덕평진(德平鎭)에 있을 때 쓴 시로, 친구 황기복에게 보내는 서간문 형식으로 되어 있다. 이 시에는 이지적인 감정이 깊숙이 뿌리내리고 있으며, 친구와의 우정을 노래한 가작으로 평가된다.

전반 네 구는 서로 만날 수 없는 현실과 상대에 대한 회상이 주를 이루고, 후반 네 구에서는 '지가(持家)', '치병(治病)', '독서(讀書)' 등세 방면에서 황기복의 사람됨과 처지를 나타내고 있다. 5, 6 구에서는 대조적인 수법을 통해 보다 선명하게 의미를 전달한다. 7구는 1구와 호응하는 표현이다. 10년 전 수도에서 '도리춘풍(桃李春風)'의 분위기에서 술을 마시며 이상을 얘기하던 친구가 지금 보니 백발이 성성한

데도 여전히 학문을 좋아하고 있다. 마지막 구절에는 회재불우한 친구에 대한 따스한 우정이 스며 있다.

쾌각에 오르다 登快閣

못난 내가 조정 일을 마치고
쾌각에서 동서를 맑은 저녁에 기댄다
낙엽 나무 온 산에 있고 하늘은 높고도 넓으니
한 줄기 맑은 강물의 달빛은 밝기도 해라
붉은 줄은 이미 벗 때문에 끊어졌고
잠시 맛난 술에 반가운 눈길을 준다
만 리 길 돌아가는 배에서는 긴 횡적 소리 들리고
이 마음을 나는 흰 갈매기에게 맹세한다

癡兒了却公家事, 快閣東西倚晚晴.
落木千山天遠大, 澄江一道月分明.
朱弦已爲佳人絶, 靑眼聊因美酒橫.
萬里歸船弄長笛, 此心吾與白鷗盟.

快閣 쾌각 | 건부(乾符) 원년(874)에 창건되었으며, 태화현청(太和縣廳) 동쪽에 있는 자
            은사(慈恩寺) 경내의 누각. 이 시로 인해 유명해졌으며, 언제인지 확실치는
            않지만 중수하여 청나라 말까지 명소로 남아 있었다.
癡兒 치아 | 못난이. 시인 자신을 가리킨다.
了却 요각 | 끝마치다.
公家 공가 | 조정.
澄江 징강 | 감강(贛江)을 가리킨다. 쾌각은 이 강물 바로 옆에 있었다.
朱弦已爲佳人絶 주현이위가인절 | 자기를 알아주는 이가 죽었다는 뜻이다.
靑眼 청안 | 반가운 눈빛을 뜻한다. 진(晋)나라 문인 완적(阮籍)은 혜희(嵆喜)가 조문하

238

러 오자 흰 눈동자를 보였으나, 혜희의 동생 혜강(嵆康)이 술을 들고 거문
고를 끼고 방문하니 크게 기뻐하며 푸른 눈동자를 해 보였다고 한다.(『진서』
「완적전(阮籍傳)」)

歸船 귀선 | 고향으로 돌아가는 배. '船'은 '강(舡)'과 같다.

白鷗 백구 | 흰 갈매기. 황정견의 시에 자주 등장하며 자유로운 생활을 상징한다. 백구는
그들을 잡으려는 저의를 가진 사람에게는 가까이 가지 않는다고 한다.

원풍 5년(1082) 시인이 스스로 산곡도인(山谷道人)이라 부르면서 유
람하던 38세에 지은 칠언율시로, 공간적 배경은 태화현에 있는 쾌각
이다. 관청의 일을 끝내고 쾌각에 올라 삼라만상을 바라보며 느낀 쾌
감을 경쾌하게 그려 나가고 있다.

1연은 단순한 저녁 경치 묘사가 아니어서 시인의 언어 감각이 돋보
이고, 2연은 비가 갠 뒤의 경관을 묘사한 것이며, 3연은 서정적인 필
치가, 마지막 연은 형상미가 돋보인다.

이 시가 인구에 회자되는 명편으로 손꼽히는 이유는 간결하면서도
거침없는 필치 가운데 독자에게 깊숙하게 전달하는 함축미에 있다.

낙성사에 시제(詩題)하다 題落星寺

낙성사 스님이 깊숙한 곳에 절을 짓자
용문 노인이 와서 시를 짓는다
보슬비에 감추어진 산에 나그네 앉은 지 오래고
하늘에 맞닿은 장강에 돛단배는 늦게 도착한다
연침(宴寢)의 맑은 향에 세상과 동떨어져
절묘한 그림이건만 알아주는 이가 없다
벌집 같은 승방은 오히려 제각기 창문을 열어 두고
곳곳에서 차를 끓이는데 땔나무는 등나무 한 가지

落星開士深結屋, 龍門老翁來賦詩.
小雨藏山客坐久, 長江接天帆到遲.
宴寢清香與世隔, 畵圖妙絶無人知.
蜂房却自開戶窓, 處處芬煮藤一枝.

落星寺 낙성사 | 강서성 내의 큰 호수인 파양호 북쪽 끝, 장강과 이어진 부분의 팽려호
　　(彭蠡湖)에 있는 절이다.
開士 개사 | 깨달음이 열린 사람. 화상(和尙)의 존칭. 물론 여기서는 이 절에 와서 시를
　　지은 묵객(墨客)을 통칭하며, 시인 자신도 포함된다.
龍閣老翁 용각노옹 | 황정견의 외삼촌인 이상(李常, 1027~1090)을 가리킨다. 그는 원
　　우 3년(1088)에 용도각직학사(龍圖閣直學士)로 부임했다.
藏山 장산 | 산을 감추다.
宴寢 연침 | 쉬는 방. 여기서 '寢'은 '실(室)'과 같다.
蜂房 봉방 | 벌집.

戶窓 호창 | 집의 창문. '호유(戶牖)'라고 되어 있는 판본도 있다.
藤 등 | '장(杖)'의 의미로 사용되는 것이 보통인데, 이렇게 하면 '등나무 지팡이를 세우
　　　고 있다.'가 된다. 또는 '등나무 가지를 땔나무로 하다.' 등으로 해석된다.

이 시는 예술적 경지가 높은 명작으로, 시인이 일부러 평측을 엇섞어
놓아 음조를 어색하게 하는 수법을 취하고 있다. 상당한 변형을 가하
여 율격에 제대로 들어맞지 않으므로 왕사정(王士禎)은 칠언고시로
구분하였고, 방회(方回)는 칠언율시로 분류하였다. 시의 분위기는 그
윽하여 낙성사의 고즈넉한 분위기가 잘 살아있다. 시인은 이러한 파
격의 미학을 통해 독자에게 강한 필력과 비속성(非俗性)을 전달하려
하였다.

하방회에게 부치다 寄賀方回

소유(少游)는 술 취해 오래된 등나무 아래에 누워 있으니
누가 수심에 겨운 눈썹으로 노래 부르며 한잔할까
강남을 풀어 애끊는 시구를 지을 사람
지금은 오직 하방회가 있을 뿐

少游醉臥古藤下, 誰與愁眉唱一杯.
解作江南斷腸句, 只今唯有賀方回.

賀方回 하방회 | 북송 후기의 사인(詞人) 하주(賀鑄)의 자(字). 그는 태조 하 황후(賀皇
后)의 친척이지만, 성품이 강직하여 오랜 세월 뜻을 얻지 못하다가 결국에
는 은거하였다. 문집으로『동산사(東山詞)』가 전한다. 그의 시풍은 자연 경
물에 의탁한 서정시가 많으며 호방한 면모도 적지 않다는 평가를 받는다. 특
히 황정견과 장뢰(張耒)의 존경을 한 몸에 받았다.

少游 소유 | 북송 진관(秦觀)의 자(字). 진관은 여성스러운 사풍(詞風)을 견지한 시인
으로「회해사(淮海詞)」를 남겼으며, 원부(元符) 3년(1100) 등주(藤州)에서
죽었다.

이 시는 악주(鄂州, 지금의 무창(武昌))에 머물 때 지은 것이다. 황정견은 검주(黔州)와 융주(戎州)에서 6년간 기나긴 유배 생활을 하다가 불행인지 다행인지 태평주(太平州)를 다스리는 일을 맡게 된다. 때마침 얻은 기회인지라 꿈인지 생시인지 모를 바쁜 날들을 보내지만, 기쁨도 잠시뿐 9일 만에 파면되고 또다시 강호를 떠돌아다니는 서글픈 처지에 놓이게 된다. 시인은 진관과 사주(泗州)의 통판으로 있을 때부터 알게 되었으며 우정도 자못 두터웠다.

이 시는 짧은 편폭에 세 사람의 우정을 잘 채워 넣은 기교가 특히 돋보이는 작품이다. 그런데 우리가 염두에 둘 것이 있다. 이 시가 단순히 우정을 노래한 것이 아니고, 북송의 격렬한 당쟁의 와중에서 재능 있는 문사들이 쫓겨나고 심지어 유배지에서 목숨을 잃게 되는 현실을 빗대어 풍자한 것이라는 점이다.

자첨이 도연명의 시에 화답한 시에 덧붙이다
跋子瞻和陶詩

자첨이 영남(嶺南)에 폄적된 건

당시 재상이 죽이려고 했기 때문이지

혜주(惠州) 음식 배불리 먹으면서

꼼꼼히 도연명의 시에 화운했네

도연명은 천고의 인사(人士)요

동파는 백대의 현사(賢士)라

벼슬살이와 은거는 본래 같지 않으나

풍류와 맛은 서로 비슷하다

子瞻謫嶺南, 時宰欲殺之. 飮喫惠州飯, 細和淵明詩.
彭澤千載人, 東坡百世士. 出處雖不同, 風味乃相似.

時宰 시재 | 당시의 재상, 장돈(章惇)을 가리킨다.

飮喫 음끽 | 온종일 수심에 차 괴로워하는 모습을 빗대어 표현한 말이다.

彭澤 팽택 | 지금의 강서성 호구현(湖口縣) 동쪽 30리 밖에 있는 지역. 도연명이 이곳에
서 현령을 지내다가 "쌀 다섯 말 때문에 허리를 굽힐쏘냐.(爲五斗米折要)"
(「귀거래혜사(歸去來兮辭)」)라고 한탄하면서 벼슬을 버리고 가 버렸다는 말
이 전한다.

東坡 동파 | 소식은 백거이를 존경하고 앙모하여, 황주에 있을 때 황강산(黃岡山)의 동
파를 개간하고 스스로 호(號)를 '동파거사(東坡居士)'라고 하였다.

處 처 | 은거하고 벼슬에 나가지 않는 것.

황정견은 원풍 7년(1078)에 써 놓은 시문을 그 당시 문단의 영수인 소동파에게 보내면서 질정을 바랐는데, 동파는 즉시 화답하면서 "뜻은 초연하여 속세와 인연을 끊은 듯하고, 만물의 표상에 홀로 섰으며 바람과 기운을 부려 조물주와 노니는 것 같다.(意其超逸絶塵, 獨立萬物之表, 馭風騎氣, 以與造物者遊)"(「답황로직서(答黃魯直書)」)라고 극찬하였다. 이때부터 두 사람은 직접 만나기까지 수년 동안 시문을 주고받았다.

폄적 생활은 고달프고 힘든, 아니 죽음이라는 어두운 그림자만이 쫓고 있는 처절한 고통의 연속이므로 대개의 경우 절망에 빠지기 쉽다. 그러한 차원에서 자첨(소식)이 지은 「화도음주시(和陶飮酒詩)」20수는 고통스러운 현실 한가운데서 방랑하는 시인 자신을 올바르게 인식하려고 하는 정신을 보여 주었다. 황정견은 폄적으로 표상된 고통의 극한 상황을 적극적으로 인식, 수용함으로써 그것을 이겨 내는 정신주의를 표방하였다. 그러한 정신주의의 승리는 마지막 구절의 '풍미(風味)'라는 말로 집약된다.

북창 北窓

살아 있는 것들은 공을 다투되 세월은 흘러가고
정원은 막 여름이건만 보리는 벌써 걷이를 한다
녹음 속의 꾀꼬리, 북쪽 창가의 대자리
사과를 주고 석류를 나누어 준다

生物趨功日夜流, 園林才夏麥先秋.
綠陰黃鳥北窓簟, 付與來禽安石榴.

黃鳥 황조 | 꾀꼬리.
來禽 내금 | 능금나무. 일명 '임금(林檎)', '사과(沙果)'라고도 한다.
安 안 | 안배하다.

246

1구는 자연계의 일반적인 현상과 규율을 담담하게 묘사한 듯하지만 그 속에 시의 핵심이 들어 있다. 그다음 세 구는 1구에 대한 부연 설명이다. 2구에서는 자연계의 모든 생명체가 변하는 모습과 어느 한 시기에는 그 시기에 맞는 식물이 발전하는 특징을 지닌다는 평범한 사실을 표현했다. 여기에는 시인의 감개와 더불어 인간 세상의 무상함이 깃들어 있다. 3, 4구에서는 창문 밖 풍경을 빌려 시인의 감수성을 펼쳐 나간다.

대나무, 돌, 방목한 소에 시제하다 題竹石牧牛

들에는 올망졸망한 괴석이 삐죽삐죽하고
울창한 대숲에는 푸른 잎들이 서로 기대고 있다
아이가 석 자 채찍으로
이 늙은 소를 몰고 간다
돌은 내가 매우 아끼는 것이니
소를 풀어 뿔을 갈게 하지 말게나
소가 뿔을 가는 것은 그나마 괜찮으나
소싸움에 내 대나무 부러질까 봐

野次小崢嶸, 幽篁相倚綠. 阿童三尺箠, 御此老觳觫.
石吾甚愛之, 勿遣牛礪角. 牛礪角尚可, 牛鬪殘我竹.

崢嶸 쟁영 | 주로 산의 높고 험준한 모습을 형용하는 데 사용되지만, 여기에서는 돌, 그
것도 뾰족뾰족 모가 나 있는 괴석의 겉모양을 형용한다.
箠 추 | 매질하다. 여기서는 채찍을 가리킨다.
阿童 아동 | 목동을 가리키는데, 어리고 유치함을 강조하기 위해 사용되었다. 특히 그의
손아귀에 있는 채찍은 그러한 점을 한층 더 부각시킨다.
觳觫 곡속 | 두려워 떠는 소를 가리킨다.
礪 여 | 숫돌에 갈다.

시인이 잘 되었다고 평가하는 이 시는 소식과 이공린(李公麟)이 합작한 「죽석목우도(竹石牧牛圖)」에 적은 제화시(題畫詩)인데, 시인은 이 그림의 의태가 재미있어 흥미가 일었다는 것이다. 1, 2연은 그림을 보고 느낀 것을 정태적으로 묘사한 것으로, 시 속에 묘사된 소재들은 따로따로 고립되어 있지 않다.

이 시는 그저 자연에 대한 애호와 자연미가 파괴되는 데서 오는 괴로운 심정만을 노래한 것이 아니다. 황정견이 살았던 때는 통치 계급이 내부적으로 지극히 분열되어 있던 북송 후기이다. 왕안석의 변법이 야기시킨 신구 당쟁(新舊黨爭)이 신종 때부터 전개되었고, 철종 원우 연간에는 잠시나마 신당이 밀려나고 구당이 정치 무대에 들어섰으나 곧이어 낙(洛), 촉(蜀), 삭(朔) 등 세 집단으로 갈라져 서로 다툼에 여념이 없었다. 그러니 이 시에서 바위와 대숲은 시인이 지켜 나가고자 하는 삶의 모습이고, 소는 정치적 야심을 위해 싸우는 정치인들을 빗댄 것이다.

악주의 남쪽 누각에서 쓰다 鄂州南樓書事

(一)

사방을 둘러보니 산빛은 물빛에 닿아 있고
난간에 기대니 십 리 밖 연꽃 향기가 풍겨 온다
청풍과 명월을 관여하는 이 없으니
남쪽 누각의 서늘한 기운만 일어 그것을 짝한다

四顧山光接水光, 憑欄十里芰荷香.
淸風明月無人管, 倂作南樓一味凉.

南樓 남루 | 무창의 황학산 꼭대기에 있으며, 장강과 인접하고 아울러 동호(東湖)와 접
　　해 있다.
芰荷 기하 | 물에서 나는 연꽃.
凉 양 | 산수 자연에 도취해 있는 시인의 모습을 형용한 것이다. 3구의 '청(淸)' 자와 어
　　울려 불가에서 말하는 용어를 연상시킨다. 『대집경(大集經)』을 보면 "삼매
　　(三昧)가 있으니, 이름지어 청량(淸凉)이라고 한다. 이는 이별, 증오, 사랑,
　　연고를 끊을 수 있다.(有三昧, 名曰淸凉, 能斷離憎愛故)"라고 쓰여 있으니
　　탈속의 우의(寓意)가 숨겨져 있다.

250

네 수의 연작시 중 하나인 이 시는 숭녕(崇寧) 원년(1102) 악주의 남쪽 누각에 올라 아름다운 풍경에 젖어 쓴 작품이다.

1구에서는 누각에 올라 내려다본 경치를 활달한 필치로 그렸다. '접(接)' 자는 달빛에 물든 상큼한 풍경을 맵시 있게 표현한 것이다. 2구는 '향(香)' 자를 사용해 독자에게 시각적, 후각적 인상을 강하게 심어 준다. 3구의 '청풍(淸風)'과 '명월(明月)'이 야기하는 함축적 의미는 넓고도 깊다. 이 두 시어는 동적이라기보다는 정적이며, 연륜을 지닌 원숙함을 추구하는 풍모와 연관된다.

마지막 구절에서는 일종의 신선감을 안겨 주는 표현 기법을 사용하고 있다. 황정견은 6년여 동안 의주에 폄적되어 힘든 인생을 살다가 죽었다. 이로 인해 그는 산수 자연에 뜻을 두면서 생사영욕에 마음을 두지 않았으니, 이것이 바로 '청(淸)'과 '양(凉)'의 정서이다.

빗속에 악양루에 올라 군산을 바라보다
雨中登岳陽樓望君山

(一)

벽지에 유배되었다가 구사일생으로 하얀 귀밑머리 되어
구당협의 염여관에 살아서 돌아왔다
강남에 도착하기 전에 먼저 한번 웃어 보려고
악양루 위에서 군산을 마주한다

投荒萬死鬢毛斑, 生入瞿塘灩澦關.
未到江南先一笑, 岳陽樓上對君山.

岳陽樓 악양루 | 지금의 호남성 악양현(岳陽縣, 악주(岳州)) 서쪽에 있는 3층 누각. 당나
라 개원(開元) 연간에 창건되었고, 송나라 경력(經歷) 5년(1045)에 보수되
었다.
君山 군산 | 악주의 서남쪽, 동정호 가운데에 있는 산으로 악양루를 마주하고 있다. 동정
호에 사는 상수(湘水)의 여신 상군(湘君)이 놀던 곳으로도 유명하다.
投荒 투황 | 벽지로 유배되다. 소성 2년부터 원수 12년에 이르기까지 약 5년 동안 검주
(黔州), 융주(戎州)에 유배되었음을 가리킨다.
萬死 만사 | 1만 번 죽을 뻔하다.
鬢毛斑 빈모반 | 귀밑머리가 하얗게 변하다.
瞿塘 구당 | 장강 상류의 대협곡인 삼협(三峽) 중 하나. 위험하기로 유명하다.
灩澦關 염여관 | 구당협 입구에 있는 염여퇴(灩澦堆). 장강 수위의 증감에 따라 출몰하
고, 장강을 항해할 때 가장 두렵고 힘든 곳이다.
江南 강남 | 여기에서는 시인의 고향인 분녕을 가리킨다.

두 수의 연작시 중 첫 수인 이 시는 숭녕 원년 2월 형주에서 귀향하던 중 악주에서 지은 명작으로, 그때 황정견의 나이는 58세였다. 시인은 형주를 출발하여 악양에 이르고, 며칠 동안 끊임없이 내리는 비를 맞으며 악양루에 올라 군산을 바라보는 과정을 짧은 시구 속에 응축시켰다.

시인은 생사의 갈림길 속에서 허우적거렸던 과거의 시간으로 거슬러 올라가 시상을 전개기 시작한다. 그의 과거는 어둠이고, 불행이고, 고독과 슬픔만이 고여 있다.

시인은 언어 대비를 통해 죽음에서 삶으로, 어둠에서 밝음으로, 슬픔에서 기쁨으로의 감정 변화를 굵직하고 분명하게 묘사하는데, 각별히 신경 쓴 마지막 4구는 황정견이 이러한 슬픔을 안은 두보의 마음으로부터 한 발 물러나 지금 자신의 상황이 그보다는 좀 더 나은 처지임에 기쁨을 느끼는 것과 비슷하다.

청명 淸明

좋은 계절 청명에 복숭아꽃 자두꽃이 웃음 짓는데
황폐한 들판 언덕에서 절로 시름 생겨난다
우레가 천지를 놀라게 하니 용과 개구리 일어나고
비가 들판을 적셔 초목이 부드럽다
사람들은 제삿밥 빌려 처첩에게 뽐내건만
선비는 분사(焚死)할지언정 공후(公侯)를 원치 않는다
어질고 어리석음은 천 년 지나면 누가 옳은지 알지니
눈앞엔 다북쑥이 무덤 하나와 같다

佳節淸明桃李笑, 野田荒壟自生愁.
雷驚天地龍蛇蟄, 雨足郊原草木柔.
人乞祭餘驕妾婦, 士甘焚死不公侯.
賢愚千載知誰是, 滿眼蓬蒿共一丘.

淸明 청명 | 청명절. 춘분(春分)에서 15일이 지난 때(태양력으로는 4월 5일이나 6일경)
　　　이다. 그보다 앞 절기에는 한식이 있는데, 한식을 전후로 하여 3일은 조상의
　　　묘를 벌초하는 관습이 있었다.
荒壟 황롱 | 황폐해진 들판. '壟'은 두렁길.
雷驚天地龍蛇蟄 뇌경천지용사칩 | 음력 2월은 처음으로 우레가 울고, 겨울잠을 자던 곤
　　　충들이 활동을 시작하는 때이다.
士 사 | 여기서는 춘추시대 사람 개자추(介子推)를 가리킨다.
千載 천재 | 천 년. '載'는 '연(年)'과 같다.
蓬蒿 봉호 | 잡초가 무성한 풀.

'청명'은 조상의 무덤을 다듬는 일을 주요한 행사로 삼는 절기이다. 시인이 이것을 시 제목으로 삼은 데에는 대체로 중층적인 의미가 있다. 우선 때는 바야흐로 이른 봄이라 삼라만상의 생기발랄함에 무엇인가 느낌이 일어났기 때문이다. 둘째로 청명이라 하면 곧바로 무덤이 연상되니 이는 인간의 생사 문제, 즉 인생의 가치는 어디에 있느냐는 철학적 의미를 내포하고 있다.

이 시는 아마 후자가 적합할 듯한데, 여기에는 그럴 만한 이유가 있다. 본래 황정견은 사람 됨됨이가 호방하면서도 내심으로는 오히려 우울한 면모를 함께 갖추고 있었다. 그 때문에 그의 시에는 장자와 같은 호방함이 꿈틀거리면서도 또 한편으로는 그러한 기세에 걸맞지 않게 기괴하고 편벽된 심정이 교묘히 섞여 있다. 물론 그의 삶 자체가 고통과 번뇌의 나날이 길었던 탓도 있지만 긍정적이든 부정적이든 우울함과 오만방자함이 시의 행간마다 꿈틀거리고 있다. 이 시도 예외는 아니다.

의접도 蟻蝶圖

나비가 쌍으로 득의양양 날아다니다가
우연히 거미줄에 걸려 죽는다
한 무리 개미는 떨어진 날개를 거두려 다투지만
공을 세워 봐야 한바탕 꿈으로 돌아가거늘

蝴蝶雙飛得意, 偶然畢命網羅. 群蟻爭收墮翼, 策勳歸去南柯.

得意 득의 | 뒤 구절의 '필명(畢命)'과 강한 대비를 이룬다. 정치적으로 뜻을 이룬다는 의미이다.

偶然 우연 | 우연이라는 뜻으로, 여기에는 원망과 한탄이 배어 있다.

策勳 책훈 | 공을 세우다. '策'은 옛날에 죽간(竹簡) 위에 쓴 공문서이다.

南柯 남가 | 당나라 소설가 이공좌(李公佐)의 『남가기(南柯記)』에 나오는 말인데, 내용은 다음과 같다. 순우분(淳于芬)은 괴안국(槐安國)에 도착하여 공주를 아내로 맞아들이고 남가 태수(南柯太守)가 되어 인생을 마음껏 즐긴다. 그러다가 문득 꿈에서 깨어나 집 앞의 홰나무 밑을 파 보니 그곳의 개미굴이 괴안국과 같은 구조임을 보고는 부귀공명이 한낱 개미굴에 불과하다는 것을 깨닫는다.

이 시는 풍자시이다. 전반부는 '나비(蝴蝶)'의 '죽음(畢命)'이 결코 나비의 죄가 아니고 '거미줄(網羅)' 때문임을 분명히 하여 짙게 풍자하고 있다. 후반 두 구절은 당시 조정의 공 다툼에 대해 철저히 비판한 것이다. 아무 죄 없는 나비가 날아다니다가 거미줄에 걸려 죽어야 하는 현실은 바로 자신을 비롯한 구파 인물들이 무고하게 죽임(폄적)을 당하는 데 대한 애석함과 서글픔이다.

이 시를 짓게 된 동기를 몇 가지 추측해 볼 수 있다. 우선 소식 형제를 염두에 두고 썼다는 견해가 있는데 1, 2구가 신파에 의해 정치적 박해를 당한 소식 형제를 비유한 것이라고 보았기 때문인 듯하다. 당시 황정견이 그를 애도하는 시를 적지 않게 남겼으니 이 견해도 설득력이 있다.

분명한 것은 자신의 정치적 입장을 어느 정도 드러내면서도 조금 떨어진 거리에서 현실 세계를 관조했다는 점이다. 물론 이 시에서 공통적으로 발견되는 것은 시인이 정치 세계의 불안정함과 순간적 지속성에 상당한 회의를 품었으며, 이를 벗어나 보다 탈속적인 정신 세계를 유지하려 했다는 점이다.

죽지사 竹枝詞

뜬구름 백팔 굽이에 에둘러 있고
떨어지는 해는 마흔여덟 개 나루터에서 밝다
귀문관 밖을 멀다고 말하지 말지니
사해 안은 한집이고 모두 형제 같구나

浮雲一百八盤縈, 落日四十八渡明.
鬼門關外莫言遠, 四海一家皆弟兄.

竹枝詞 죽지사 | 장강 중류 삼협 지방의 민요. 중당 시인 유우석(劉禹錫)이 그 곡조에 맞
　　춰 「죽지사」 9수를 지은 것으로 유명하다. 그 이후 일반적으로 칠언절구로 토
　　지의 풍속이나 남녀의 정을 노래한 시체(詩體)가 되어 많은 작품이 지어졌다.
一百八盤 일백팔반, 四十八渡 사십팔도 | 모두 삼협 지방에서 검주(黔州)에 이르는 길에
　　있는 지명인데 동사처럼 쓰였다. '盤'은 굽은 비탈길, '渡'는 나루터.
鬼門關 귀문관 | 협주(峽州, 호북성 의창현(宜昌縣))에 있는 관소 이름. 중국 남쪽에는
　　이름이 같은 관소가 여러 개 있었다.

시인이 51세 때 지은 작품이다. 바로 전해 12월, 신종의 실록 편집에 가담하여 신법을 비방한 죄를 물어 명목상 관직인 검주별가(黔州別駕)로 임명되었는데, 검주에 도착하기(4월 23일) 직전에 생각을 시로 옮겼다.

철종의 친정(親政)이 시작되면서 정권은 다시 신법당의 손으로 들어가고 시인은 검주로 유배된다. 이것은 그에게 첫 유배이지만「죽지사」는 세계관을 가지고 역경을 뚫고 나가는 자세를 직접적으로 묘사하고 있다. 특히 4구의 '사해일가(四海一家)'라는 표현은 그 휴머니즘의 발로를 엿보게 한다.

6월 17일 낮잠을 자다 六月十七日晝寢

속세에서 등나무 모자와 검은 신발은
흰 갈매기 한 쌍이 창주(滄洲)에서 노닒을 그리워한다
말이 마른 콩대 씹는 소리에 낮잠에서 깨어나니
꿈속에서 비바람이 되어 물결이 강을 뒤엎었다

紅塵度帽烏鞾裏, 想見滄洲白鳥雙.
馬齕枯其誼午枕, 夢成風雨浪飜江.

度帽 도모 | 등나무로 엮어 만든 가벼운 모자.
烏鞾 오화 | 검은 신발. 관리가 신는 신발. '鞾'는 '화(靴)'와 같다.
滄洲 창주 | 동방의 청해원(靑海原)에 떠 있는 신선이 사는 섬.

이 시에는 기지(機智)가 넘쳐흐른다. 그러나 이 기지 속에 상당히 격한 정념(情念)의 움직임이 내재되어 있다. 2구의 '흰 갈매기'는 황정견이 갈구하는 자유를 상징하고, 3구는 말이 콩대 씹는 소리를 매개로 하여 천지 회명(晦冥)의 격동하는 풍경으로 옮겨져 시인의 마음이 움직이는 데 주목한다.

　요컨대 이 시에는 시인에게 닥쳐오는 관료 생활의 무거운 압박감을 강한 정신력으로 헤쳐 나가고자 하는 마음이 깃들어 있다.

밤에 분녕을 출발하여 두간수에게 부치다
夜發分寧寄杜澗叟

양관(陽關)의 한 굽이 물은 동쪽으로 흐르고
정양산(旌陽山)의 등불에 낚싯배 한 척
나만 홀로 날마다 취해 있으니
물에 가득한 바람과 달이 사람 대신 슬퍼한다

陽關一曲水東流, 燈火旌陽一釣舟.
我自只如常日醉, 滿川風月替人愁.

分寧 분녕 | 강서성 수수현(修水縣). 시인의 고향.
杜澗叟 두간수 | 시인의 친구로, 이름은 반(槃). '澗叟'는 자(字)이고, 그에 관한 전기는
　　　　　　상세하지 않다.
陽關 양관 | 돈황 서남쪽에 있는 관소.
水東流 수동류 | 분녕현에서 발원하여 동쪽으로 흐르는 수수(修水)를 가리킨다.
旌陽 정양 | 분녕현 동쪽으로 1리쯤 수수에 인접한 산의 이름.

원풍 6년(1083) 태화지현(太和知縣)에서 감덕평진(監德平鎭)으로 전임되어 가는 도중 고향 쪽을 향해 출발할 때 쓴 시이다.

그는 사실상 해임되어 가는 중이므로 무거운 직책에서 벗어난 데서오는 심리적 해방감이 크게 자리잡고 있다. 1구에서는 자연의 불변과 시간의 흐름을 보여 주고, 2구에서는 자신의 무료함과 적막감을 드러내고 있으며, 3, 4구에서는 자신이 여유를 갖고 이별을 슬퍼하는 모습을 그렸다.

황정견의 시는 한 구 안에서, 또는 구와 구 사이에서도 단절과 비약이 나타나므로 그 빈 곳을 메우기 위해 독자의 상상력이 요구된다.

공택 외숙에게서 차운하다 次韻公擇舅

어제 꿈에 누런 기장밥이 반쯤 익었는데
선 채로 흰 패옥 한 쌍을 이야기했다
놀란 사슴은 반드시 들풀을 먹으려 하고
우는 갈매기는 본래 가을 강을 원한다

昨夢黃粱半熟, 立談白璧一雙. 驚鹿要須野草, 鳴鷗本願秋江.

公擇 공택 | 이상(李常)의 자(字). 이공택(李公擇)이라고도 한다.
黃粱 황량 | 누런 기장밥. 노생이라는 젊은 남자가 자신의 불우한 삶을 한탄하자 한 노인
이 베개를 빌려 주었다. 이때 여인숙 주인은 누런 기장밥을 하고 있었다. 노
생은 꿈속에서 고관이 되어 50년간 영화를 누리다 죽는데, 문득 깨어 보니
아직도 기장밥이 불 위에 올려져 있었다고 한다.
立談 입담 | 선 채로 이야기하는 것.
璧 벽 | 둥근 모양의 패옥.
要須 요수 | 반드시 ~하려 하다.

264

원풍 3년(1080) 봄, 국자감교수 직책을 버리고 태화지현의 사령(辭令)을 받은 시인이 고향으로 돌아가는 도중에 서주(舒州)에서 지은 작품이다.

1, 2구는 꿈으로 일관한 듯하지만 사실은 시인의 현재 모습을 비유한 것이고, 3구는 관직에 몸담고 있을 때의 불안감을 노래한 것이며, 4구에서 보다 짙은 감정의 음영을 드리운다.

이 시가 육언절구라는 시형을 견지한 것은 중요한 의미를 갖는다. 이 시형은 당대에는 성숙하지 못했지만, 송대에 이르러 제 모습을 갖추게 되었다. 황정견은 이 시형의 명수로 50수 이상의 작품을 남겼다. 2 · 2 · 2를 구의 기본 분절로 하는 6언 리듬은 4 · 3의 7언이나 3 · 2의 5언에 비해 율동감이 부족하며, 중단된 듯한 공백감을 수반하므로 감정 유출이 풍부한 시에는 적합하지 못하다. 그러나 분단된 각 행의 완결도가 높고 여백의 감각을 남기는 리듬은 감정을 일단 제거하고 이치로 나아가는 경향이 강한 송대 시인들에게 애용되었다. 이 시도 육언의 이러한 성격을 잘 발휘하였다.

왕형공의 「서태일궁벽」에 차운하다
次韻王荊公題西太一宮壁

저녁 바람에 연못의 연꽃 향기가 넘나들고
새벽 해에 궁궐 느티나무는 그림자를 서쪽으로 향한다
백하(白下)와 장간(長干)이 꿈속에 이르렀는데
청문(靑門)과 자곡(紫曲)은 먼지로 혼미하구나

晚風池蓮香度, 曉日宮槐影西. 白下長干夢到, 靑門紫曲塵迷.

王荊公 왕형공 | 왕안석을 가리킨다. '荊公'은 왕안석의 작위 이름. 즉 형국공(荊國公)을
　　　　말한다. 10년 전에 재상직을 사임하고 건강(建康, 남경시) 교외 종산 부근에
　　　　은둔하였는데, 그해 4월에 죽었다.
題西太一宮壁 제서태일궁벽 | 태일신(太一神)에게 제사 지내는 궁전인 태일궁(太一宮)
　　　　의 벽에 쓴 것.
度 도 | '도(渡)'와 같다.
白下 백하, 長干 장간 | 건강 부근의 마을 이름. 육조(六朝) 이래의 옛 지명으로 시에 자
　　　　주 등장한다. 여기서는 건강을 가리킨다. 왕안석은 강서 사람이지만 건강에
　　　　서 기거했으며, 부모의 묘지도 이곳에 있었으므로 고향처럼 생각했다.
靑門 청문, 紫曲 자곡 | 개봉을 가리킨다. '靑門'은 한나라의 수도였던 장안의 문 이름이
　　　　고, '紫曲'은 수도 거리이다.

이 시는 원우 원년(1086) 가을, 수도에서 비서성 교서랑을 역임할 때 지은 작품이다. 이 시를 창작하기 바로 전해(1085) 2월에 신종이 죽고 철종이 즉위함에 따라 정권도 신법당에서 구법당으로 자리바꿈을 하였는데, 구법당에 속한 시인은 중앙으로 소환되었다.

1, 2구에서는 저녁과 새벽의 풍경을 병렬시킴으로써 시간의 추이에 대한 감개를 은근히 나타내고 있다. 4구의 '청문자곡(靑門紫曲)'은 3구의 '백하(白下)'에서 야기되어 나온 것이지만, 단순히 글자상의 취합이 아니라 백하(白下)와 장간(長干)의 담채(淡彩)에 대한 농도 짙은 색채 효과를 견지하고 있다. '몽도(夢到)', '진미(塵迷)'에는 자신도 고향 강남을 그리는 신세임을 반영하였다.

진관

秦觀

1049~1100

진관의 자는 소유(少游) 혹은 태허(太虛)이며 양주(揚州) 고우(高郵) 사람이다. 훗날 글을 지어 소식에게 인정을 받아 소문사학사(蘇門四學士)의 한 사람이 되었다. 원풍 8년(1085)에 진사에 급제하여 정해(定海)의 주부를 거쳐 채주(蔡州)의 교수가 되었다. 원우 3년(1088)에는 소식의 추천으로 대학박사(大學博士)가 되었고, 국사편수관(國史編修官)이 되어 황정견과 함께 『신종실록(神宗實錄)』을 편찬하기도 했다. 문집에 『회해집(淮海集)』이 있다.

진관은 시어를 꾸미는 데 힘겨운 노력을 기울였는데, 수사적인 면은 매우 정치(精緻)하지만 내용은 빈약하다고 평가받는다.

가을날 秋日

서리가 한구(邗溝)에 떨어지니 괸 물 맑고
차가운 별 무수하여 배 곁이 밝다
줄과 부들 깊은 곳은 아마 땅이 아닌지
문득 인가에서 소담(笑談) 소리 들려온다

霜落邗溝積水淸,　寒星無數傍船明.
菰蒲深處疑無地,　忽有人家笑語聲.

邗溝 한구 | 장강 북쪽의 양주(揚州)로부터 경유하여 회안(淮安)에 이르는 운하. '한강
　　　　(邗江)'이라고도 한다. 진관은 별호를 '한청거사(邗淸居士)'라고 하였다.
菰蒲 고포 | 줄과 부들.

이 시는 한구 부근의 가을 풍경을 노래한 작품이다. 시인은 시를 지은 때가 가을임을 제목에서 이미 밝혔고, 1, 2구에서는 '상(霜)'과 '한(寒)'으로 계절적 감각을 적절하게 표현하였다. 3, 4구는 조용하다 못해 적막하기까지 한 환경을 찬미하고 있다. 3구에 제기된 의문이 4구의 '소담(笑談) 소리'에 의해 풀리는 장면이 이 시의 백미인데 '홀(忽)' 자가 그 역할을 다한다.

저물녘 금산에서 바라보다 金山晚眺

서진도(西津渡) 강어귀 달은 상현달이고
물 기운이 아득한데 위로는 하늘에 닿았다
맑은 물가와 흰 모래톱 흐릿하여 구분도 없는데
아마 등불은 고깃배이겠지

西津江口月初弦, 水氣昏昏上接天.
清渚白沙茫不辨, 只應燈火是漁船.

金山 금산 | 지금의 강소성 진강(鎭江) 서북쪽에 위치한 산. 송나라 사람 주필대(周必
　　　　大)는 이 산이 큰 강에 둘러 있었기 때문에 남조 사람들이 '부옥산(浮玉山)'
　　　　이라고 했다고 한다. 당대에 배(裴)씨 성을 가진 이가 강가에서 황금을 주웠
　　　　기 때문에 금산으로 개명했다.
初弦 초현 | 매월 초 8, 9일째 되는 날에 뜨는 달은 윗부분이 당긴 활처럼 들어갔기 때문
　　　　에 상현(上弦)이라 한다. '月初弦'은 시간과 공간을 동시에 나타낸다.

전반 두 구는 병렬식 구성으로 강 위에 떠 있는 달과 몽롱한 물 기운을 묘사하고 있다. 3구의 '청저(淸渚)'와 '백사(白沙)'는 달빛 아래의 풍경을 묘사한 것이다. 한낮에 금산에서 바라본 서진도의 해안가 풍경은 더없이 맑고 깨끗하다. 시인은 자신의 회포를 직접 나타내지 않고 경치를 빌려 내면의 정서를 드러내고 있다.

봄날 春日

저녁에는 가벼운 우레가 수많은 빗방울을 떨어뜨리더니
아침에는 맑은 빛이 푸른 기와 위를 비춰 반짝인다
정 깃든 작약꽃은 봄 눈물을 머금고
힘없는 장미꽃은 새벽 가지에 기댄다

一夕輕雷落萬絲, 霽光浮瓦碧參差.
有情芍藥含春淚, 無力薔薇臥曉枝.

輕雷 경뢰 | 가볍게 울리는 우렛소리.
萬絲 만사 | 헤아릴 수 없을 정도로 많은 빗방울.
霽光 제광 | 비가 갠 후의 햇빛.
浮瓦 부와 | 햇빛이 유리 기와에 반사된 것을 뜻한다.

이 시는 제목에서도 알 수 있듯이 '봄'이라는 계절에서 느낀 한 단편을 서정적 필치로 노래한 것으로, 객관적인 경물과 시인의 서정성이 적절히 부합되어 예술적 효과가 높은 작품이다. 이 시가 유난히 생동감을 갖는 것은 '춘(春)'과 '효(曉)'의 역할 때문이다. 이 두 글자는 단순히 계절과 시간을 나타낸 듯하지만, 실제로는 시 전체에 감정과 화의(畵意)를 담아 주는 역할을 한다.

조충지
晁冲之
?~?

자는 용도(用道) 혹은 서용(敍用)이며 제주(濟州) 거야
(鉅野) 사람이다. 호는 구자(具茨)이며 조보지(晁補之),
조설지(晁說之)와는 종형제간이다. 어려서는 방탕한 생활
을 하였으나, 나중에 진사에 급제하여 승무랑(承務郎)을
제수받았다.

소성(紹聖) 연간(1094~1097)에 신구의 충돌이 일어났
으니 신법당에 의해 종형제들이 잇달아 추방되는 것을 보
고 구자산(具茨山)에 은거하면서 두보의 시를 배우다가
여본중(呂本中)에게 알려져 강서시파 25명의 한 사람으로
들어가는 행운을 누렸다. 그의 시는 격정을 토로한 강개한
작품이 많으며, 육유(陸游)의 시에 영향을 끼쳤다.

가을비에 감개하다 秋雨感事

장맛비에 황량한 가을 집
한기 피어나니 나뭇잎이 슬퍼한다
반쯤 드리운 등나무 덩굴이 벽을 감싸고
속 빈 덩굴풀이 울타리를 뚫는다
책을 뒤지고 때로는 책갈피를 펼쳐 보기도 하고
술병을 들어 매일 끈으로 매단다
관을 쓴 나는 이미 글렀으니
어찌 다섯 사내아이를 책망하랴

苦雨荒秋宅, 寒生木葉悲. 半垂藤護壁, 中缺蔓穿籬.
書校時開峽, 壺提日繁絲. 儒冠吾已悞, 何責五男兒.

感事 감사 | 감개를 불러일으켜 시를 짓다.
中缺 중결 | 속이 비어 있는 것. 알맹이가 없는 것.
書校 서교 | 책을 뒤지다. 교정(校正)하는 것. 문맥상 교서(校書)로 해야 할 것을 거꾸로
　　　　쓴 것 같다.
壺提 호제 | 술병을 들다. '제호(提壺)'라고 써야 하는데, 앞 구와 대구를 이루도록 순서
　　　　를 바꾸었다.
儒冠 유관 | 유학자가 쓰는 관, 곧 유학자.

창작 시기는 불분명하지만, 시인이 구자산에서 은둔하고 있던 어느 가을날 쓴 작품일 것이다. 가을 장마 속에서의 무료함, 그것은 곧 인생의 무료함이며, 자신의 생각대로 잘 되지 않는 감개로까지 넓혀진다.

1, 2연에서는 초가집 주위의 쓸쓸한 모습을 노래하여 시인의 심상을 암시하였다. 여기서 '반쯤 드리운(半垂)'과 '속 빈(中缺)'은 덩굴과 덩굴풀의 형상과 성질을 표현한 것이지만, 그 어감은 쇠미한 모양을 떠오르게 한다.

3연은 앞 부분에서 읊은 정경 속에서 시인이 느끼는 무료함을 표출하고 있다. 때때로 책을 펼쳐 보지만 기분이 나아지지 않는다. 매일 술독에 표주박을 허리춤에 매달고 나갈 준비는 했지만 비 때문에 그것도 불가능하다. 또한 해학적인 표현으로 다섯 아들이 모두 성적이 나쁜 것을 이야기하면서 달관하지도 여유롭지도 못한 것을 한탄한다.

조보지
晁補之
1053~1110

자는 무구(無咎)이며 제주 거야 사람이다. 어린 나이에 자신의 문재(文才)를 인정받았으며, 17세 때 지은 「전당칠술(錢塘七述)」로 소식의 격찬을 받았다. 원풍 2년(1079) 진사과에 일등으로 급제했다.

그가 편수(編修)에 종사했던 『신종실록』이 사실성을 잃었다는 이유로 좌천되기도 했다.

휘종(徽宗)이 즉위하자 예부낭중겸국사편수실록검토관(禮部郞中兼國史編修實錄檢討官)으로 복직되었으며, 그 뒤로는 각지의 지주(知州)를 지내다가 은퇴하여 귀래자(歸來子)라고 불렸다.

들녘에서 原上

문 닫고 세월 보내다가
들녘에서 세월을 느낀다
오랜 가뭄으로 밭의 콩싹 보이지 않고
중양절 들꽃만이 피어 있다
집들은 쓸쓸하여 적막하고
샛길이 아득히 이어져 있다
해질 무렵 천천히 떠나는데
가을바람 속에 말(馬) 꼬리가 비껴 있다

閉門遣日月, 原上感年華. 久早無場藿, 中陽有野花.
蕭蕭幾家靜, 脈脈一岐賒. 向晚悠然去, 秋風馬尾斜.

原上 원상 | '原'은 교외의 들녘.
年華 연화 | 세월. '일월(日月)'과 같은 뜻을 말만 바꿔 표현한 것이다.
久旱 구조 | 오랜 가뭄.
場藿 장곽 | 밭에 난 콩의 새싹. '場'은 밭, '藿'은 콩의 새싹. 묘(苗)와 같다.
中陽 중양 | 중양절. 음력 9월 9일. 중국의 명절 중에서 국화(菊花)의 명절.
蕭蕭 소소 | 쓸쓸한 모습.
脈脈 맥맥 | 끊이지 않는 모습.
一岐 일기 | 하나로 된 샛길. '岐'는 갈림길, 기로.
向晚 향만 | 해질녘. '向'은 시간이 가까워지는 것을 나타낸다.
悠然 유연 | 천천히 하는 모습. 또한 느긋하게 가라앉은 모습.
馬尾斜 마미사 | 말 꼬리가 바람에 흔들리는 모습.

이 시는 '귀래자'라 불리며 은둔하고 있던 시인의 말년 작품이다. 시인은 수많은 소식 문하의 시인 중에서 시풍과 관력(官歷) 면에서 가장 모범적인 존재이지만 서경 속에 정감을 담은 그의 시에는 은근한 정취가 있다.

시의 제재인 '들녘(原上)'은 원래 교외의 들판을 가리키지만, 시어로서는 놀이를 즐기는 장소의 이미지와 죽어 장사지내는 묘지의 이미지를 동시에 내포하고 있다. 2연과 3연의 대구에는 그러한 조화, 즉 모든 사물을 변화시켜 가는 근원에 대한 시인의 감개가 나타나 있다.

7구의 '유연(悠然)'에는 '이것저것 생각하다.', '이것저것 고민하다.'라는 뜻이 담겨 있다. 그렇게 봄으로써 비로소 마지막 구인 '추풍마미사(秋風馬尾斜)'의 정경이 시인의 심정을 응축시켜 시를 결말짓게 한다. 은자이고자 하면서도 가을 풍경과 농촌의 모습을 접하고 흔들리는 시인의 심정이 '사(斜)' 자로 고스란히 표출된다.

장뢰
張耒
1054~1114

자는 문잠(文潛)이고 초주(楚州) 회음(淮陰) 사람이다. 13세 때 글을 지었고, 17세 때 지은 「함관부(函關賦)」로 사람들에게 알려졌다. 진주(陳州, 하남성 회양현)에 유학하여 학관이었던 소철에게 총애를 받아 소식에게 알려졌다. 숭녕 5년(1106) 이후부터는 진주에 은거하면서 소문사학사의 일원이 되어 후학 지도에 전념했다.

이처럼 장뢰는 어려서부터 시재(詩才)가 있다고 자부하였으나 벼슬길은 순탄하지 못했고, 만년에는 더욱 곤궁한 생활을 하였다. 그는 중당의 백거이와 장적(張籍)의 시풍을 익혔으며 평담한 시풍을 추구하였다.

밤에 앉아서 夜坐

뜰에 인적 없고 가을 달만 밝은데
밤 서리 내리려 하니 기운이 먼저 맑다
오동잎은 정녕 시들려 하지 않거늘
잎새 몇 개만이 바람을 맞아 오히려 수런거린다

庭戶無人秋月明, 夜霜欲落氣先淸.
梧桐眞不甘衰謝, 數葉迎風尙有聲.

欲 욕 | 장차 어떤 일이 일어나려고 하는 것을 나타낸다.
梧桐오동 | 오동나무.

첫 구절부터 평온한 어조로 흐르고 있으며, 자연스러움을 바탕에 깔고 있다. 하지만 후반부에서 극적인 전환을 도모하다가 마지막 구에서 더욱 고조된다.

2구는 자연을 바라보는 시인의 눈빛이 결코 예사롭지 않음을 암시하며, 1구와 호응하여 달과 시인의 거리가 아주 가까워졌음을 나타낸다. 여기서 '욕(欲)' 자가 핵심어이다. 3, 4구는 시인이 상상력을 동원하여 감정의 요동을 나타내고 있으니, '상(尙)' 자가 핵심어이다.

복창의 북쪽 마을을 가을 햇살 속에 가다
福昌北秋日村行

가을 들녘 사람도 없이 가을 햇살이 하얀데
오곡이 무르익은 들녘의 가을은 산들산들 소리가 난다
콩밭 누렇게 물들 무렵 서리가 이미 많고
누에가 잎을 다 먹은 뽕나무엔 앙상한 가지만 남았다
작은 나비 나풀거리며 철 늦게 핀 보랏빛 꽃에서 놀고
들녘 메추라기가 좁쌀을 물다 인기척에 놀라 날아간다
낙양의 서쪽 들녘에 그대 가지 말지니
가을 풍경은 곳곳에서 사람 마음을 아프게 한다

秋野無人秋日白, 禾麥登場秋索索.
豆田黃時霜已多, 桑蟲食葉留空柯.
小蝶翩翩晚花紫, 野鶉啄粟驚人起.
洛陽西原君莫行, 秋光處處傷人情.

福昌 복창 | 지명. 당나라 때의 의양(宜陽) 땅으로 당나라 시인 이하(李賀)의 고향이기
도 하다.
禾麥 화맥 | 벼와 보리. 또는 오곡.
登場 등장 | 곡물이 익은 밭.
索索 삭삭 | 산들산들. 바람 소리를 형용한 말이다.
桑蟲 상충 | 누에.
空柯 공가 | 잎이 떨어진 앙상한 가지.
翩翩 편편 | 나풀나풀 나부끼며 날리는 모습.
野鶉 야순 | 들녘의 메추라기.

洛陽西原 낙양서원 | 낙양의 서쪽 들판. 복창의 북쪽을 가리킨다.

시인에게는 복창에 관한 시가 10여 수나 있다. 독자는 이 시를 읊으면서 시인의 젊은 시절 창작 방식을 알 수 있다. 특히 사물을 빌려 자기의 감정을 나타낸 구(句)의 병렬은 이 점을 선명하게 이해시킨다. '화맥(禾麥)', '두(豆)', '상충(桑蟲)', '소접(小蝶)', '야순(野鶉)' 등의 동식물을 각각 가을의 모습으로 읊었다.

이 시에는 가을 햇살 아래에서 사물이 급격히 변하는 모습을 감상조로 써내려 간 젊은이의 마음이 담겨 있다. 아마도 그것은 시인의 젊음과 함께, 복창에서 27년의 짧은 삶을 마친 당나라 시인 이하에 대한 애착의 정이 드리웠기 때문일 것이다.

느낀 바 있어 有感

채찍 든 여러 어린아이 관청을 본받고
늙은이는 저능아를 가여워하며 옆에서 냉소할 뿐
늙은이 나와 앉아 안건을 처리하면서 채찍을 들고 꾸짖기만 하니
어찌 어린아이들보다 현명하다 하겠는가
어린아이들은 서로 채찍질하며 희희덕거리는데
늙은이는 노하여 사람을 매질해 땅을 온통 피로 물들인다
기다리며 농지거리하니 누가 뒤이고 누가 먼저인가
나 웃으며 말하건대, 여남은 살 어린아이가 더 현명하다

群兒鞭笞學官府, 翁憐癡兒傍笑侮.
翁出坐曹鞭復呵, 賢於群兒能幾何.
兒曹相鞭以爲戲, 翁怒鞭人血滿地.
等爲戲劇誰後先, 我笑謂翁兒更賢.

鞭笞 편태 | 채찍.
癡兒 치아 | 저능아.
坐曹 좌조 | 관아로 가서 큰 마루에 앉아 안건을 심판한다는 뜻이다.
於 어 | 비교를 나타낸다. ~보다.

흥미로운 풍자시로, 관료 사회의 병든 모습을 해학적인 어투로 담아내고 있다.

1구부터 해학성이 그대로 드러나는데, 현실 생활을 모방하려는 어린아이들의 모습에서 관청의 행정 구조를 엿보게 된다. 시인이 붓을 들어 전편을 구성하게 된 것은 아마 이런 맥락에서일 것이다.

시인은 여기에 대비적으로 '옹(翁)'을 등장시킨다. '옹'의 존재는 무엇인가? 이 늙은이는 어린아이들의 유희 심리를 제대로 이해하지 못한다. 그러나 '저능아(癡兒)'라는 말에서 알 수 있는 것처럼 해학적인 존재이다. 특히 맨 마지막 구절에서는 거드름만 피우면서 위세를 부리는 관료들의 직무가 어린애들 장난만도 못함을 풍자하고 있다.

하주
賀鑄
1063~1120

자는 방회(方回)이고 스스로 경호유로(慶湖遺老)라고 불렀으며, 위주(衛州) 사람이다. 당시 소식 문하에 소속되지 않으면서 강서파에도 들어가지 않으며 문학적 조예를 발휘하여 만당의 이상은(李商隱)과 온정균(溫庭筠)의 유미주의 시풍을 계승하고자 애썼다. 그의 시는 세밀하거나 유연한 게 아니고 어조사를 많이 사용한 것이 특징인데, 시풍이 청신하고 깔끔하다는 평가를 받는다.

청연당 清燕堂

참새 짹짹거리고 제비 휙휙 날아가는데
지다 남은 붉은 꽃이 한두 가지에 남아 있다
문득 졸음이 다가왔다가 또 문득 달아나
긴 해에 발 내리고 책을 펼친다

雀聲嘖嘖燕飛飛, 在得殘紅一兩枝.
睡思乍來還乍去, 日長披卷下廉時.

嘖嘖 책책 | 참새가 짹짹거리는 소리.
思 사 | 별 뜻 없는 어조사.
乍 사 | 문득. 잠시.

1, 2구는 늦봄의 경치를 묘사하면서 시인의 향수를 은은하게 전한다. 꽃은 봄과 멀어져 저만치 갔는데, 봄과 함께 온 참새와 제비는 봄의 끝이 얼마 남지 않았음을 모르는지 희희낙락한다. 3, 4구는 고통을 묘사하고 있다. '수(睡)'는 날씨와도 무관하지 않지만, 심사가 매우 무거운 데서 말미암은 것이기도 하다. '사래사거(乍來乍去)'는 시인이 잠에서 완전히 깨어나기 전의 심란한 정신 상태이다.

진사도
陳師道

1053~1101

자는 이상(履常) 혹은 무기(無己)이고 호는 후산(後山)
이며, 서주(徐州) 팽성(彭城, 강소성 동산현(銅山縣)) 사
람이다. 어려서부터 고학하여 16세 때 글로 증공(曾鞏)과
교분을 맺었다. 왕안석의 과거 개혁에 반대하여 진사에 응
시하지 않았으며, 원풍 4년(1081)에 증공이 오대사(五代
史) 편찬의 명을 받았을 때 사관의 일원으로 증공의 추천
을 받았지만 무관(無官)이라는 이유로 인정받지 못했다.
원우 4년(1086) 수도로 왔을 때, 한림학사로 있던 소식을
알게 되었다.

그는 매우 가난하게 살다가 세상을 떠났으므로 그가 죽
었을 때 장례비도 없어 친구 추호(鄒浩)가 관(棺)을 사 가
지고 와서 그의 유해를 거둘 정도였다. 두보의 철저한 계
승자이기를 자처했던 진사도가 시어(詩語)를 조탁하는 데
온 힘을 기울이자, 친구 황정견은 그가 문을 굳게 잠그고
시구를 찾는 데만 고심한다고 말하곤 했다. 진사도는 황정
견과 더불어 강서시파의 비조로 평가되며, 북송 말기부터
남송 초기까지 상당한 영향을 끼쳤다. 그의 시론은 「후산
시화(後山詩話)」에 잘 나타나 있으며 문집으로 『후산선생
집(後山先生集)』 30권이 있다.

어떤 이는 그의 오언고시가 너무 고통스럽게 새겨 나가
듯 하여 당대(唐代)의 시인 맹교(孟郊)와 가도(賈島)의
시풍을 닮았다고 말하지만, 그들과는 분명히 다른 시풍을
개척했다. 진사도가 강서시파의 황정견과 같은 위치에 놓

일 수 있는 기교파인 것은 사실이며, 자구의 신기함을 지나치게 표방한 면도 있다. 그러나 우리가 쉽사리 그의 시를 강서시파의 시풍과 구분하는 것은 그의 진지하고도 소박한 감정에서 우러나온 세밀한 예술 기교에 있다. 진사도의 현실 감각이 형식과 언어 두 면에서 놀랍게 발휘된 예가 작품에 많이 제시된다. 농촌의 장면을 제시한 데에 현실에 대한 독자적인 인식이 담겨 있지만, 이런 묘사를 통하여 제시한 통찰력은 감정을 자제하는 놀라운 시적 능력을 보여 준다.

농가 田家

닭 울면 사람은 떠나야 하고
개 짖으면 사람은 돌아와야 한다
가을이 와서 요역 급박해지니
나가는 곳 때를 기약 못하네
어젯밤 석 자나 되는 비에
아궁이 바닥은 벌써 진흙투성이
사람들은 농가의 즐거움을 말하지만
당신의 고통을 저들이 알겠는가

鷄鳴人當行, 犬鳴人當歸. 秋來公事急, 出處不待時.
昨夜三尺雨, 竈下已生泥. 人言田家樂, 爾苦人得知.

公事 공사 | 요역(徭役)을 말한다. '公事'라고 했지만 글자 그대로 공적인 일은 아니다.
　　　　송나라 때의 요역은 농민들에게 과중하고 잦아서 세금 내는 일 못지않게 큰
　　　　짐이었다.
竈 조 | 아궁이.

각종 요역에 시달리는 농민의 비참한 생활을 실감나게 묘사한 오언고시이다. 시의 주인공이 구체화되어 있지는 않지만 시인이 서민들 속에서 그들과 함께 호흡하면서 따스한 연민의 정을 느꼈기에 이처럼 평이하면서도 간단명료한 시어로 당시 사회의 문제점(요역)을 폭로할수 있었던 것이다.

전체적인 구도에서 보면 1, 2구와 5, 6구는 형상을 묘사한 것이고, 3, 4구와 7, 8구는 의론과 진술이 교차되어 있다.

전체적으로 구어체로 쓰였으면서도 독자에게 던지는 의미는 평범하지 않다. 우선 주목해야 할 것은 시에 깊숙이 배어 있는 시인의 숨결이다. 현실 세계는 작품의 내면에 뻗쳐 있고, 구어적 표현은 섬세한 시인의 시적 진술을 담아 내기에 더할 나위 없이 편안하다.

세 자식에게 보이다 示三子

멀리 떠나 있을 때는 서로 잊고 지냈는데
돌아올 날 가까워지니 참을 수 없구나
아이들이 이미 눈앞에 있어도
눈썹과 눈도 전혀 알아보지 못하네
지극한 기쁨에 한마디 말도 못하고
그저 눈물만 흘리다가 한바탕 웃는다
이건 정녕 꿈이 아님을 알고 있으되
홀연 마음이 잠잠해지지 않는다

去遠卽相忘, 歸近不可忍. 兒女已在眼, 眉目略不省.
喜極不得語, 淚盡方一哂. 了知不是夢, 忽忽心未隱.

忍 인 | 참다.
哂 신 | 웃다. 빙그레 웃다.
忽忽 홀홀 | 홀연.

원풍 7년(1084) 시인의 장인 곽개(郭槩)가 옥살이를 하게 되자, 그의 아내와 딸, 세 아들은 곽개를 따라 서쪽으로 동행하게 된다. 하지만 노모를 모시고 있던 시인은 함께 가지 못하고 이별의 고통을 맛보게 된다. 이로부터 4년이 지난 후 시인은 소식과 손각(孫覺) 등의 추천을 받아 서주(徐州)의 교수(敎授)가 되는데, 그때 사랑하는 처자식과 극적으로 만나게 된다. 생이별해 있는 동안 그는 사람의 심금을 울리는 걸작을 많이 지었는데「아내를 보내며(送內)」, 「세 아들과 이별하며 (別三子)」, 「외숙 곽 대부에게 부치며(寄外舅郭大夫)」 등이 그것이다.

1구의 '거원(去遠)'에는 시인의 진실된 감정이 집약되어 있으며, 어찌할 수 없는 실망과 쓰라린 심정이 잘 표현되어 있다. 그러나 2구의 '귀근(歸近)'을 보면 다소나마 안정을 되찾은 모습이다. 3구는 가족과 막 만나는 장면을 묘사한 것인데, 어린 자식들은 자신을 잘 알아보지도 못한다. 5, 6구 역시 시인의 복잡한 감정의 일단으로, 희비고락(喜悲苦樂)의 모순된 심리가 시시각각 변하는 모습이 배어 있다. 마지막 두 구절은 이러한 감회에 대한 부연 설명이다.

질박한 언어로 구성되어 있으면서도 독자에게 진한 감동을 주는 것은 시인의 진지한 감정에서 우러난 진실된 언어에서 비롯된다.

절구 絶句

(四)
책은 기쁜 마음으로 읽어야 쉽게 다 읽히고
나그네 중에는 좋은 사람 있으되 기약해도 오지 않는다
세상일 서로 어긋남이 매번 이러할진대
인생 백 년에 좋은 마음 품은 것이 몇 번에 열릴까

書當快意讀易盡, 客有佳人期不來.
世事相違每如此, 好懷百歲幾回開.

如此 여차 | 이와 같다.
百歲 백세 | 인생.

4수의 연작시 중 마지막 시로, 생활의 감동을 적은 것이다. 철종 원부 2년(1099)에 진사도는 서주에서 교수를 하고 있었는데 생계를 걱정할 만큼 힘겨운 나날이 계속되었다. 그러나 그의 방은 온통 책으로 뒤덮여 있었다. 그는 만 권의 책을 다 읽은 사람이니 책 읽는 즐거움이 남달랐을 것이다. 하지만 벗이 찾아와 정담을 나눠 주길 바라는 마음은 책으로도 채울 수 없다. 현실은 으레 이론과 괴리되는 것이 아니던가.

봄의 회포를 이웃에게 보이다 春懷示隣里

허물어진 담장이 비에 젖으니 달팽이가 글자를 그리고
낡은 집에 중은 간 곳 없이 제비가 둥지를 튼다
대문 나서서 사람들과 담소하고 싶건만
돌아오는 길에 온몸에 모래 먼지 뒤집어쓸 것이 싫구나
바람 불어 대니 거미줄은 세 갈래 되고
우레가 움직이듯 벌 떼가 두어 차례 집을 나온다
남쪽 마을 사람들과 봄놀이 가자는 약속 여러 번 어겼거늘
지금도 아직 피지 않은 꽃이 있음을 용납할까

斷墻著雨蝸成字, 老屋無僧燕作家.
剩欲出門追語笑, 却嫌歸鬢著塵沙.
風翻蛛網開三面, 雷動蜂窠趁兩衙.
屢失南隣春事約, 只今容有未開花.

蝸成字 와성자 | 달팽이가 기어다닌 곳에 남긴 점액으로, 전자(篆字)를 쓴 것 같은 흔적
　　　이 있는 것을 가리킨다.
無僧 무승 | 어떤 독자는 '무인(無人)'이 맞지 않느냐고 말하겠지만, 실제로는 자조적으
　　　로 한 말에 불과하다.
剩 잉 | '경(更)', '경가(更加)'와 비슷한 의미를 지니며, '각(却)' 자와 대응 관계를 이루
　　　면서 시인의 오만한 기상을 은연중에 암시한다.
網開三面 망개삼면 | 상나라 탕왕(湯王)이 거미줄을 세 갈래나 째고 새와 짐승을 살려
　　　보냈다는 고사가 『여씨춘추(呂氏春秋)』에 보인다.
兩衙 양아 | 벌은 아침저녁으로 두 번 보이는데, 그 모습이 마치 관리들이 관청에 출퇴근

하는 것과 같다.
容有 용유 | 있는 것을 용납하다.

이 시를 쓴 때는 시인에게 어두운 시기였고, 때로는 참담한 절망감과 위기의식마저 느끼곤 하던 때였다. 그러면서도 시인에게 가중되는 시대적 상황의 압력은 비애와 감상으로 이어지는 감정의 맥락을 연결시켜 주었다.

첫 두 구절에서는 시인의 누추한 집을 그렸고, 3, 4구는 시인의 상상을 적은 것이다. 5, 6구는 서글픈 감정이 드러나 있는 명구이며, 마지막 두 구는 앞 두 구에 대한 부연이다.

이 시의 공간적 초점은 시인이 서주에서 경제적 곤궁함을 느끼면서 독서로 소일하던 때이다. 원부 3년(1100) 봄날에 쓴 이 시는 전체적으로 삶의 무상함을 표방하는 테두리 안에서 펼쳐지고 있다. 이러한 감상이 주조를 이루는 까닭은 우선 시인이 시대 상황에서 비롯된 개인적 상황의 처지를 자신의 의식 속에 내면화시키지 못했다는 점이 주된 것이고, 또 하나는 개인의 구체적인 비애를 보편적 차원으로 승화시키지 못했다는 점이다.

세 아이와 헤어지다 別三子

부부는 죽어 함께 묻히지만
부자는 빈천하면 헤어진다
천하에 어찌 이런 일이 있으랴마는
옛날에 들었던 일 오늘 보는구나
어머니 앞서고 세 아이 뒤따라가는데
자세히 보려 해도 눈이 좇지 못한다
아! 어찌 어질지 못하여
나를 이 지경에 이르게 했는가
딸은 처음 머리를 묶었는데
이미 생이별의 슬픔을 안다
내 팔을 베고 일어나지 않으려 하며
나와 이제부터 이별함을 두려워한다
큰아이는 말을 배웠으되
예를 갖추어도 아직 옷 무게를 이기지 못하여
아버지를 부르니 나도 가고 싶은데
이 말을 어찌 생각해야 할까
작은아이 강보에 있는 순간만은
안았다 업었다 어머니의 자애로움이 있다
네 울음소리 지금도 귀에 쟁쟁한데
내 그리움은 그 누가 알랴

진사도

夫婦死同穴, 父子貧賤離. 天下寧有此, 昔聞今見之.
母前三子後, 熟視不得追. 嗟乎胡不仁, 使我至於斯.
有女初束髮, 已知生離悲. 枕我不肯起, 畏我從此辭.
大兒學語言, 拜揖未勝衣. 喚爺我欲去, 此語那可思.
小兒襁褓間, 抱負有母慈. 汝哭猶在耳, 我懷人得知.

三子 삼자 | 세 아이. 시 속에 보이는 장녀, 장남, 차남 세 명을 말한다.
同穴 동혈 | 한 구멍에 함께 묻히는 것. '穴'은 묘지.
束髮 속발 | 머리를 묶다. 15세가 되었음을 말한다.
枕我 침아 | 무릎에 머리를 대는 것.
大兒 대아 | 큰아이. 장남.
拜揖 배읍 | 공경스러운 예절을 가리킨다.

이 시는 원풍 7년(1084), 시인이 32세 때 쓴 작품이다. 당시 일개 서생이던 시인은 가난한 아내와 세 자식을 장인에게 의탁하였는데, 장인이 성도부 제형(提刑)이 되어 사천(四川)으로 떠날 때 시인의 처자도 함께 갔다. 바로 그때 자식들과 헤어지면서 지은 것이다. 자식들과 헤어지면서 지은 시에 그려진 시인의 모습은 평범한 가장의 모습 그 자체이다. 그 모습이 슬픈 비애로 투영되어 있다.

멀리 유배 간 사람을 생각하다 懷遠

바다 건너 삼 년이나 유배된 것은

하늘 남쪽으로의 머나먼 여행이다

생전에는 재난만 당했지만

죽고 나면 반드시 더욱 이름나겠지

무사하다는 소식 아직 없기에

예전의 두터운 정만을 헛되이 떠올릴 뿐

훌륭한 인물이 이와 같으니

한없이 흐르는 눈물을 막을 수 없다

海外三年謫, 天南萬里行. 生前只爲累, 身後更須名.

未有平安報, 空懷故舊情. 斯人有如此, 無復涕縱橫.

懷遠 회원 | 먼 곳에 유배되어 있는 사람을 생각하다. 스승인 소식이 해남도에 유배되어
　　　　　 있는 것을 생각하며 지은 시이다.
海外 해외 | 바다 건너 저편. 해남도를 가리킨다.
三年謫 삼년적 | 유배된 채로 3년이 지난 것. 소식은 소성 4년(1097)에 광동성 혜주에서
　　　　　　　 해남도로 유배되었다.
天南 천남 | 하늘 남쪽의 끝.
萬里行 만리행 | 머나먼 여행.
身後 신후 | 죽은 뒤.
平安報 평안보 | 무사히 있다는 소식.
故舊情 고구정 | 가까운 사람의 기분. '故舊'는 예로부터의 친분.
斯人 사인 | 이 사람. 여기서는 훌륭한 인물을 가리킨다.
如此 여차 | 이 같은 상태. 소식이 남쪽 끝에 유배되어 있는 것을 가리킨다.

涕縱橫 체종횡 | 눈물이 한없이 흐르는 것.

이 시는 원부 2년(1099)에 쓴 작품이다. 이해에 신법당에 의해 관직에서 쫓겨난 시인은 서주에서 임시로 살았고, 소식은 해남도에 유배된 몸이었다. 수많은 소식 문하의 시인들은 한결같이 스승과 함께 구법당에 속해, 신법당과의 항쟁에서 몇 번이나 좌천과 유배의 아픔을 맛보아야만 했다. 그러나 그들은 이러한 좌절을 개인의 비애로 여기고 시로는 읊지 않고 그 대신 같은 처지에 있는 사람들에 대한 깊은 관심을 표출했다. 이 시도 그러한 유형으로, 스승을 생각하는 마음이 행간마다 넘치고 있다.

앞의 세 연은 대구 형식으로 구성되어 있고, 소식에 관한 생각은 마지막 두 구에 드러나듯 생생한 눈물로 연결된다.

추운 겨울밤 寒夜

머물며 정체되면 항상 옮길 것 생각하나
괴로움을 맛보아 오히려 온 것을 후회한다
겨울날 등불 돋우어도 불꽃이 일지 않고
남은 불은 불씨를 일구어도 재가 된다
낙숫물도 얼어서 떨어지는 소리 끊어졌는데
발은 바람에 흔들려 닫히더니 또 열린다
글에서 꺼려야 할 것 있음을 잘 알지만
감정이 지극하여 홀로 비애가 생겨난다

留滯常思動, 艱虞却悔來. 寒燈挑不焰, 殘火撥成灰.
凍水滴還歇, 風簾掩復開. 熟知文有忌, 情至自生哀.

寒夜 한야 | 추운 밤. 겨울밤.
留滯 유체 | 한곳에 가만히 머물러 정체되는 것.
艱虞 간우 | 괴로운 것. 근심스러운 것. 고생.
寒燈 한등 | 으스스 추운 듯한 등불. 겨울밤의 등불을 말한다.
挑 도 | 돋워 일으키다. 타서 짧아진 심지를 길게 하는 것.
撥 발 | 불씨를 일구다.
凍水 동수 | 언 물. 여기서는 처마의 낙숫물이 언 것을 말한다.
風簾 풍렴 | 바람에 나부끼는 발. '簾'은 원래 대나무 발이지만 베나 갈대 등으로 출입문
이나 창을 가린 것을 총칭하는 말로도 사용된다. 여기서는 면직으로 된 겨울
용 발을 말한다.
文有忌 문유기 | 글에는 꺼려야 하는 것이 있다는 뜻. 꺼려야 될 것의 내용은 비애의 감정
을 숨김없이 이야기하는 것이다.

이 시는 원부 3년(1100) 겨울에 쓴 작품이다. 이해 정월에 철종이 붕어하고 휘종이 즉위해 구법당 사람들이 부활했다. 진사도도 7월에 체주(棣州)의 교수로 다시 기용되고, 11월에는 비서성정자(秘書省正字)로서 비로소 중앙 관직에 올랐다. 그러나 오십 가까운 나이에 겨우 얻은 자리도 중앙직으로서는 가장 낮은 한직이었던 걸 보면 그에게 집적된 인생의 비애를 말끔히 씻어 낼 만한 것은 아니었다. 소식이나 황정견처럼 낙관주의로 인생을 조율하는 강인한 정신은 이 시인에게 부족했던 것 같다.

그는 왕안석이나 소식처럼 문학에서 비애의 감정을 제거하고 평정을 얻을 수가 없었다. 시의 전체 분위기는 그가 가장 존경하고 시작법(詩作法)을 계승하려고 노력한 두보의 작품과 일맥상통하는 면이 있다.

당경
唐庚
1071~1121

자는 자서(子西)이고 단릉(丹陵) 사람으로서 『미산당선
생문집(眉山唐先生文集)』이 있다. 혜주(惠州)에서 수년
간 귀양살이를 한 탓에 소식에게 많은 영향을 받았으며 소
식을 존경하였다. 당경은 소식과 같은 고향 사람으로서 서
로 처지도 비슷한 점이 많아 세인들에게 '소동파(小東坡)'
라고 일컬어졌으니, 초당시인 두심언(杜審言)이 소두(小
杜)라고 불린 것과 비슷한 상황이다.

그는 고체시보다 근체시에 뛰어난 시적 역량을 발휘하
였으며, 율시의 경우 자구 선택에 주의하여 대구에 뛰어났
고, 새로운 뜻이 우러나는 시를 지어 결코 선배 시인들의
작품을 모방하는 일이 없었다.

술에 취해 잠들다 醉眠

산 고요하여 태곳적 같고

해 길어 짧은 한 해 같구나

남아 있는 꽃들은 오히려 취기가 돌고

귀여운 새들은 잠을 방해하지 않는다

세상살이 힘들어 사립문 항상 걸어 두고

돗자리 깔아 놓고 세월 가는 대로 편히 지낸다

꿈결에 떠오른 몇 시구는

붓을 잡으면 또다시 통발 잊어버리듯한다

山靜似太古. 日長如小年. 餘花猶可醉. 好鳥不妨眠.
世味門常掩. 時光簞已便. 夢中頻得句. 拈筆又忘筌.

小年 소년 | 짧은 한 해.
世味 세미 | 세상 살아가면서 겪게 되는 잡다한 일.
時光 시광 | 세월. 시간.
忘筌 망전 | 통발 생각을 잊어버리다. 물고기를 잡느라 정신이 팔려 통발조차 내팽개친

다는 뜻.

이 시가 보여 주는 것은 무엇일까. 속되고 번잡스러운 현실에서 두어 걸음 비켜선 자의 맑고 따스한 시선일까. 아니면 술을 마시며 위안하지 않으면 안 될 만큼 처절한 현실에서 빠져나오지 못하는 고통스러운 몸짓일까.

실상 세상의 시끄러움과 번잡함을 벗어나기 위해 마시는 이 술은 소박한 일상의 여유보다는 속됨과 위선의 몸부림이게 마련이다. 이런 술은 결국 풍류를 맛볼 수 있는 한가로움도 아니고, 자칫 속된 욕망과 작위의 범주에 머물 수 있다. 따라서 이 시가 시인 개인의 풍요로운 삶을 보여 주기에는 다소 거리가 있는 것이 아닐까 한다. 다만 '취면(醉眠)'이라는 제목이 환기시키는 것은 당시 개인적인 상황에 대한 알레고리로 작용한다는 점이다.

봄날 교외 春日郊外

성안 살피지도 않았는데 봄빛이 있고
성 밖 느릅나무와 느티나무 잎은 어느덧 반쯤 누렇다
산이 좋음은 쌓인 눈이 아직 남아 더욱 그러하고
강물 불어나 드리운 버들이 거꾸로 잠겨 있네
꾀꼬리는 따스한 햇살에 사람처럼 소리 내고
풀잎은 바람 불어오자 약초 내음 일으킨다
아마 이 강나루에 멋진 시구가 있을 법하거늘
그대 위해 찾아 적으려 하니 오히려 아득하다

城中未省有春光, 城外楡槐已半黃.
山好更宜餘積雪, 水生看欲倒垂楊.
鶯邊日暖如人語, 草際風來作藥香.
疑此江頭有佳句, 爲君尋取却茫茫.

倒垂楊 도수양 | 강물이 불어나 점차 버들 그림자를 비쳐 마치 나무를 거꾸로 심어 놓은
　　　　　 듯하다는 뜻이다.
茫茫 망망 | 아득하고 먼 모양.

이 시는 시인이 머문 장소를 지적하는 것으로 시작한다. 성안에 있는 사람은 봄소식을 알지도 못하는데 교외에는 이미 완연한 봄이 왔다. 1, 2구는 시인의 날카로운 관찰력을 보여 준다. 3, 4구는 이 시가 한 폭의 산수화임을 알 수 있게 한다. 먼 산에 남아 있는 희끗희끗한 눈은 아직도 선명한 색채를 하고 있거늘, 가까운 곳에서는 거울처럼 깨끗한 물결에 수양버들이 그림자를 드리우고 있다. 5, 6구에서는 이런 분위기에 새로운 변화의 서막이 시작된다. 즉, 이 두 구는 정제된 구조를 구축하고 있다.

마지막 두 구는 도연명의 "이 중에 참뜻이 있을 텐데, 변별하고자 하니 이미 말을 잊었네.(此中有眞意, 欲辨已忘言)"(「음주」)라는 구절을 떠올리게 한다.

서부
徐俯

1075~1141

자는 사천(師川)이고 스스로 동호거사(東湖居士)라고 불렀으며, 『동호거사시집(東湖居士詩集)』이 있다. 세 권으로 되어 있는 이 시집은 지금 전해지지 않지만 상권에는 고체시, 중권에는 오언 근체시, 하권에는 칠언 고체시를 수록했다고 한다.

서부는 강서파의 창시자 황정견의 외조카로 일찌감치 황정견의 영향권에 있었다. 그 때문에 여본중(呂本中)의 「강서시사종파도(江西詩社宗派圖)」에 편입되었는지도 모른다. 그러나 그는 만년에 들어서면서 난삽하고 꾸미고 다듬기만 하는 강서파의 시풍을 적극적으로 배척하였으며, 평범하고 자연스러운 시풍을 모색해 나갔다.

봄에 호숫가를 노닐다 春游湖

한 쌍으로 날아드는 제비는 몇 번인가
좁은 언덕에 복사꽃은 물에 닿아 피어 있다
봄비가 다리를 끊어 사람은 건너지 못하건만
작은 조각배는 노 저어 버드나무 그늘에서 나온다

雙飛燕子幾時回, 夾岸桃花蘸水開.
春雨斷橋人不度, 小舟撑出柳陰來.

蘸 잠 | 닿다, 묻히다. '蘸'은 복사꽃의 신비스러운 자태를 단적으로 드러낸다.
度 도 | 원래 '도(渡)'라고 되어 있는데, 인쇄가 잘못된 듯하다. '度'는 초당 시인 송지문
　　　의 "내가 돌다리를 건너는 것을 본다.(看余度石橋)"(「영은사(靈隱士)」)
　　　라는 시구에 보이는 '度'와 같다.
撑 탱 | 버티다. 지주(支柱). 여기에서는 동사로 쓰여 '노를 젓다.'라는 뜻이다.

첫 구의 '燕(제비)'은 봄이 갑작스레 왔음을 암시한다. '기시(幾時)'에는 제비를 대하는 시인의 마음이 마치 옛 친구를 만나는 것처럼 포근해진다는 의미가 숨어 있으며, 봄이 자신도 모르게 찾아온 데 대한 애틋함을 부연 설명한 것이다. 따라서 첫 구절은 이 시의 극적인 상황 설정이라는 측면과도 연관된다. 언뜻 보면 평이한 어조로 시작되는 것 같지만 교묘한 비유법이 이 작품의 수준을 한층 높여 준다. 이러한 특징은 두 번째 구절로 이어지면서 더 치밀한 짜임새를 보여 준다. 3, 4구는 교묘한 인과관계를 구성하여 마치 한 폭의 산수화를 보는 듯하다.

이 작품은 시인의 작시 태도를 보여 주는 명작이다. 따라서 이 작품의 의미를 해석할 때 시인의 생애(강서파라는 사실)와 시대적 시풍에 집착하다 보면 그 해석은 불완전해지기 쉽다. 물론 강서파의 잔상이 완전히 사라져 버린 것은 아니지만, 이 작품의 경우 한 편의 산수시로 놓고 감상해야만 적절한 이해가 가능하다. 글자 그대로, 아니 이 시의 제목대로 이른 봄날 호수에 놀러 가서 느낀 정서를 주변 경치와 잘 조화시켜 가며 경쾌한 필치로 쓴 자연시라는 말이다.

여본중

呂本中

1084~1145

처음에는 이름을 대중(大中)이라고 했으며, 자는 거인(居仁)이다. 진회(秦檜)와 사이좋게 지냈는데, 만년에는 금나라와의 화평을 도모한 진회와 정치적으로 다른 입장에 서게 되어 결국 진회 일파에게 탄핵을 받아 좌천되었다. 후에 문청(文淸)의 시호를 받았으며, 사람들은 그를 동래 선생(東萊先生)이라고 했다.

여본중은 진여의(陳與義), 증기(曾幾) 등과 함께 활약했으며 진사도와 황정견의 시풍을 계승했다. 「강서시사종파도」를 지어 황정견부터 자기까지 시인 다섯 명을 열거하였는데, 이로부터 이름이 알려지게 되었다.

유주 개원사의 여름비 柳州開元寺夏雨

비바람 후두둑 떨어지니 늦가을 같은데

까마귀 돌아가고 문 닫혀 있어 스님과 짝하니 조용하구나

구름 깊어 우뚝 솟은 수많은 바위산도 보이지 않고

물 불어 온 골짜기에 흐르는 소리가 막 들린다

종소리가 꿈속에서 돌아오도록 부르면 부질없이 슬퍼 바라보며

다른 사람이 전해 온 편지에 끝내 동요된다

밭 전(田) 자 같은 얼굴은 내 관상 아니니

반초가 열후에 봉해진 것을 부러워하지 않으리라

風雨翛翛似晩秋, 鴉歸門掩伴僧幽.

雲深不見千巖秀, 水漲初聞萬壑流.

鍾喚夢回空悵望, 人傳書至竟沈浮.

面如田字非吾相, 莫羨班超封列侯.

柳州 유주 | 현재 광서(廣西) 동족(僮族, 장족(壯族)) 자치구 유주시.
開元寺 개원사 | 측천무후 천수(天授) 원년(690) 10월 29일 양경(兩京)과 전국의 여러
　　　　　주에 대운사(大雲寺)를 하나씩 세웠는데, 개원 26년(738) 6월 1일에 그 이름
　　　　　을 개원사(開元寺)로 바꾸었다.
翛翛 소소 | 원래는 날개가 찢어지는 모양을 나타내는 의태어. 여기서는 비나 나뭇잎이
　　　　　떨어질 때 나는 소리를 형용했다.
千巖秀 천암수 | 수많은 바위산이 우뚝 서 있는 것.
鍾喚夢回 종환몽회 | 종소리로 인해 꿈에서 현실로 돌아왔다는 뜻이다.
書 서 | 편지.

沈浮 침부 | 감정이 가라앉았다 떴다 하는 동요된 상태를 나타낸다.
面如田字 면여전자 | 전(田) 자같이 생긴 얼굴은 장래에 후작 지위에 오를 길상이라고
　　　여겼다.
班超 반초 | 후한 명장의 이름.『한서』를 편찬한 반고의 동생. 관상을 보는 사람이 반초
　　　의 얼굴을 보고는 "이곳 만리후(萬里侯)의 재상이 될 것이오."라고 했다. 서
　　　역에서 30여 년간 싸운 뒤에 정원후(定遠侯)로 봉해졌다.

이 시는 북방을 탈출한 시인이 방랑할 때 지은 작품이다. 전란을 피해
먼 곳으로 온 시인이 느끼는 망향의 정과 유랑자 신세가 된 자신의 모
습을 노래하고 있다. 전반부는 경치 묘사를 통해 싸늘한 느낌을 나타
냈고, 후반부는 완곡하고 깊은 표현으로 시인의 서정적인 면을 묘사
했다.

　앞의 두 연에서는 비 내리는 개원사의 정경을 담담하게 묘사했고,
3, 4구에서는 정(靜) 속에 동(動)이 살아 숨쉬고 있는 것처럼 묘사하
였다. 후반 두 연은 전반부와 대조적으로 시인의 감정이 크게 흔들리
고 있다. 시인을 현실로 돌아오게 한 것은 저녁을 알리는 개원사의
'종소리'이다. 6구는 세인들에게 '절미(絶美)'로 평가받는데, 이 시구
의 리듬 있는 음조가 위의 네 글자와 아래 세 글자의 감정적 대비에서
말미암고 있기 때문이다.

　7, 8구에서는 재상의 얼굴과 관련된 두 전고를 이용하여 자신이 타

향살이를 하느라고 뜻한 바를 펼 수 없는 데 대한 무한한 감개를 직접 서술하였다. 이것은 격분된 말이며, 어려운 시대 상황과 위급한 나라의 운명을 슬퍼하는 깊은 감정을 드러낸 것이다.

연주 양산의 돌아가는 길 連州陽山歸路

창기(瘴氣)에서 조금 벗어나 상수 물가에 다가왔으나
질병으로 몸이 쇠약해져 이미 감당하기 어렵다
어린 딸은 벽지에 온 것 모르고
풍물이 강남보다 낫다고 힘주어 말한다

稍離烟瘴近湘潭, 疾病衰顏已不堪.
兒女不知來避地, 强言風物勝江南.

陽山 양산 | 현(縣) 이름. 지금의 광동성 양산현(陽山縣).
烟瘴 연창 | 창기(瘴氣). 옛날에 남방의 산림 속에서 습기와 열기가 뒤섞여 나와 사람들
        을 병들게 한 독기.

시인이 벽지에 있을 때, 광동(廣東)에서 호남(湖南)으로 돌아오면서 지은 시이다. 1구는 행역(行役)의 고난을, 2구는 허약해진 몸에 대해 적고 있다. 3, 4구는 어의가 처량하고 완곡하다. 시인은 강남으로 피난 온 것이므로 아름다운 경치를 감상할 마음의 여유가 없다. 그러나 어린 딸은 이런 마음을 이해하지 못한다. 마지막 구의 '강언(强言)'이 핵심어이다.

　나그네 생활을 서술한 작품으로, 시인은 쇠약해진 신체적 고초와 피난 걱정과 분함으로 상심해 있는 상태를 진술하게 노래하였다.

봄날의 감회를 적다 春日卽事

(二)

병석에서 일어나니 정은 넘치고 해 더디 가는데
억지로 뜰에 내려와 꽃피는 시절을 본다
눈 녹은 연못 객사에는 첫봄 후라
사람들이 난간에 기대니 해거름이 되려 한다
어지럽게 나는 나비와 미친 듯 나는 꿀벌 모두 생각이 있지만
토끼와 해바라기, 제비와 보리는 본래 무지하다
연못가에 늘어진 버들 허리는 생기가 찬데
긴 나뭇가지를 다 꺾어 누구에게 부칠까

病起多情白日遲, 强來庭下探花期.
雪消池館初春後, 人倚闌干欲暮時.
亂蝶狂蜂俱有意, 兎葵燕麥自無知.
池邊垂柳腰支活, 折盡長條爲寄誰.

白日遲 백일지 | 해가 더디게 가는 모양. 『시경』「빈풍(豳風)」「칠월(七月)」의 '춘일지지
(春日遲遲)'에서 비롯된 표현이다.

322

2수 중 두 번째 작품인 이 시는 시인이 병난 뒤에 본 아름다운 봄 경치와 적막하고 그리운 심정을 노래한 것이다.

1연은 시인이 병석에서 일어나 꽃을 구경하는 장면으로 봄날을 묘사하였다. 2연은 정원의 봄 풍경을 묘사한 가운데 시인의 감정 상태를 융합시켰는데, 훈훈한 봄바람이 대지 위로 경쾌하게 불어오니 정원 연못에 쌓였던 눈이 점점 자취를 감추고 있다. 3연에서는 앞 연에 이어 경치를 더욱 자세하게 묘사하였다. '나비'와 '꿀벌'은 모두 봄날의 생기를 상징한다. 4연에서는 연못가에 늘어져 있는 버드나무의 가지가 바람을 따라 흐느적거리는데 어여쁜 여인이 춤을 추는 것과 같다.

우리가 이 시를 훌륭한 작품으로 평가하는 이유는 경(景)과 정(情)을 모두 갖추고 있기 때문이다. 의인화 수법을 교묘하게 사용함으로써 자연물과의 심적 교융을 이루고 있다.

병란으로 비좁은 골목에서 은거하며 짓다
兵亂寓小巷中作

성 북쪽에서는 사람을 죽이느라 소리가 하늘을 꿰뚫고

성 남쪽에서는 방화로 밤에 배를 태운다

강호의 꿈 끊어져 갈 수 없으니

그대에게 묻건대 이곳에서 사는 것은 무슨 인연인가

비좁은 골목에 숨어 사는 이에게 쌀은 옥 같은데

늙은이는 젖은 장작 구해 오고 할멈은 죽을 끓인다

내일 문을 열면 눈이 처마 밑까지 쌓이고

담 너머 또 다른 소리는 이웃집 울음소리구나

城北殺人聲徹天, 城南放火夜燒船.

江湖夢斷不得往, 問君此住何因緣.

竄身窮巷米如玉, 翁尋溼溼薪媼饘.

明日開門雪到簷, 隔牆更聲隣家哭.

兵亂寓小巷中作 병란우소항중작 | '兵亂'은 '정강(靖康)의 변(變)'으로, 북송 말의 흠종
　　(欽宗) 정강 원년(1126) 겨울에 도읍인 변경이 금군에게 점령당했을 때의 전
　　란을 가리킨다.
江湖夢 강호몽 | 강남으로 피해서 은둔하며 마음 편하게 지내고 싶다는 꿈.
問君 문군 | '君'이 누구를 가리키는지 확실하지는 않지만, 시인과 마찬가지로 탈출에 실
　　패하여 이 골목에 몸을 숨기고 있는 인물인 듯하다.
竄身 찬신 | 몸을 숨기고 남의 눈에 띄지 않도록 하는 것.
窮巷 궁항 | 비좁은 골목. '소항(小巷)'과 같다.
溼溼 습습 | 장작 따위가 축축한 모양. '溼'은 '습(濕)'의 본자.

爨 찬 | 밥 짓는 것.

정강 원년(1126) 북송이 멸망하던 때 쓴 작품인데, 앞뒤 네 구씩 두 단락으로 이루어져 있다. 전반부에서는 성안에 쳐들어온 금나라 군대의 포학한 모습과, 탈출의 희망이 끊겨 비좁은 골목에서 숨어 살게 된 것을 읊었다. 이 시에 묘사된 상황은 시인의 단순한 수사가 아니다.

후반부에서는 좁은 골목에서의 생활상을 실제 상황에 근거하여 묘사하였다. 구체적으로 읊어지는 생활의 냉엄함과 비참함은 마지막 연의 '설(雪)'과 '인가곡(隣家哭)' 소리로 말미암아 한층 통절함을 더한다. 금나라 군사가 변경의 성 밑에 닥쳐온 때가 겨울인 11월인데 12월에 도읍이 함락되었다. 게다가 이때에는 수도가 함락된 뒤 뛰는 쌀값을 억제하기 위한 시책이 공표되었고, 장작이 없어서 어려움을 겪는 백성에게 궁중 정원에 있는 꽃나무를 베도록 허가했다는 기록도 보인다.

이청조
李清照

1084~1155?

호는 이안거사(易安居士)이며 제남(濟南) 사람이다. 부유한 관료 집안에서 태어났고, 당시 유명한 고고학자 조명성(趙明誠)과 결혼하여 금실이 좋았다. 전란중에 남편과 사별하고 강남을 유랑하게 되자, 외로운 마음과 그리움을 담은 슬픈 시를 많이 남겼다.

전기에는 여인의 애정을 주로 읊었지만, 후기에는 남편과 사별한 여인의 고독함과 당시의 혼란한 정세를 사실적으로 노래하였다. 세상에 전해지는 시가 너무 적어 세인에게 거론되는 경우가 드물지만, 다음과 같은 절구 한 편을 읽어 보면 이는 편견임이 쉽게 드러난다.

여름날의 절구 夏日絶句

살아서는 세상의 호걸이 되고
죽어서는 또 귀신의 영웅이 되어야지
이제 항우를 생각하는 것은
강동으로 건너가려 하지 않았기 때문

生當作人傑. 死亦爲鬼雄. 至今思項羽. 不肯過江東.

項羽 항우 | 초나라 패왕(覇王)이었으나 유방(劉邦)에게 패망했다.

항우라는 역사 인물을 소재로 삼아 비분의 심정을 적은 회고시이다. 이 시의 시대적 배경은 부패된 송나라 조정이 금나라의 침략을 받아 와해되고 휘종과 흠종 두 임금마저 포로로 잡혀가던 때였다.

시인은 항우가 오강을 건너지 않은 것을 예로 들어 구차하게 연명해 나가고 있는 남송의 타협주의와 굴욕적인 행동을 신랄하게 풍자하였다. 이 오언절구는 섬세한 여성적 필치보다는 웅혼한 남성적 필치가 돋보이는 명작이다.

증기
曾幾

1084~1166

자는 길보(吉父 혹은 吉甫)이고, 일족은 감주(贛州, 강서
성 감주시) 출신이다.

　그는 남송에 들어서면서 강서제형(江西提刑), 절서제
형(浙西提刑) 등을 역임했는데, 예부시랑(禮部侍郎) 형
개(兄開)가 재상 진회와 다투어 실각하게 되자, 이에 연좌
되어 상요(上饒, 강서성 상요시)의 다산사(茶山寺)에 칩
거하였으므로 다산거사(茶山居士)라고도 불렸다. 죽은 뒤
문청(文淸)이라는 시호를 받았다.

　증기는 남송의 대시인 육유의 스승으로도 이름이 높다.
육유는 그를 위해 장문의 「증문청공묘지명(曾文淸公墓誌
銘)」을 썼다.

삼구부 가는 길 三衢道中

매실이 누렇게 익을 때라 날마다 맑은데
작은 시냇물에 배 띄워 끝까지 가서 산길을 걷는다
녹음이 줄지 않은 돌아오는 길에
꾀꼬리 네댓 마리가 소리를 더하는구나

梅子黃時日日晴, 小溪泛盡却山行.
綠陰不減來時路, 添得黃鸝四五聲.

三衢 삼구 | 절강(浙江)의 구주부(衢州府)를 가리킨다.
梅子 매자 | 매실. 여름이 되면 매실은 누런색으로 익는다.
泛盡 범진 | '泛'은 '배를 띄우다'라는 뜻. 배를 타고 흘러갈 때까지 갔다는 말이다.
却 각 | 역접이나 반전의 의미를 나타내는 말. 해석하지 않아도 무방하다.
添得 첨득 | 더하다. '得'은 동사에 부가되어 동작의 기능, 혹은 확실하게 그 동작을 실현
　　　　 시키는 것을 나타낸다.
黃鸝 황리 | 꾀꼬리.

시인이 절서제형으로 있을 때 지은 작품인데, 시 내용으로 보아 특정한 목적이나 이유 없이 여행하는 길에 그를 에워싼 여름날의 풍경을 보고 상큼한 신선감을 느껴 붓을 든 것 같다.

1구에서 제시한 것은 계절과 날씨이다. 2구는 제목의 '도중(道中)'에 대하여 분명하게 표현한 것이다. 3, 4구는 2구의 '산행(山行)'에 의해 나타난 자연경관이다. 여기서 '불감(不減)'과 '첨득(添得)'은 같은 곳을 반복하는 사이에 계절이 봄에서 달려나와 초여름의 문턱을 넘어섰음을 암시적으로 나타낸 것이며, 집으로 돌아가는 기쁨을 섬세하게 묘사하였다.

소주에서 수주로 가는 길에 7월 25일 밤부터 사흘 간 폭우가 쏟아지자 가을 새싹이 돋아 기뻐 짓다

蘇秀道中自七月二十五日夜大雨三日秋苗以蘇喜而有作

하룻저녁에 강렬하던 태양이 장맛비로 바뀌어
꿈에서 깨어나니 찬 기운에 옷깃이 촉촉하다
집 새는 것 걱정 안했는데 침상마다 젖어 있고
잠시 시냇물이 흘러감을 기뻐하니 언덕마다 깊어졌다
천 리의 벼꽃은 응당 빼어난 자태이고
오경의 오동나무 잎은 가장 아름다운 소리
나처럼 밭 없는 이도 기꺼이 춤추는데
하물며 밭 사이에서 수확을 바라는 마음이랴

一夕驕陽轉作霖, 夢回凉冷潤衣襟.
不愁屋漏床床濕, 且喜溪流岸岸深.
千里稻花應秀色, 五更桐葉最佳音.
無田似我猶欣舞, 何況田間望歲心.

驕陽 교양 | 강하게 내리쬐는 태양.
霖 임 | 장마. 사흘 이상 계속하여 내리는 비.
稻花 도화 | 벼꽃.

332

두보의 「봄밤에 비를 기뻐하다(春夜喜雨)」라는 작품을 떠올리게 하는 이 시는 경쾌한 선율과 달콤한 정취가 충만한 작품이다. 시인이 이 시를 지은 때는 여름에서 가을로 넘어가는 시기인데도 비가 내리지 않아 온갖 초목이 말라비틀어졌다. 그런데 7월 25일 밤부터 사흘 동안 장맛비가 내려 해갈된다. 시인은 이 기쁨을 그냥 지나칠 수 없어 붓을 들었다.

1연은 비가 내리는 것에 대한 심리상의 희열을 암시하며, 2연에는 그런 기쁜 감정이 그대로 노출되어 있다. 3연은 보다 더 기쁜 감정을 암시하며, 4연은 시인과 농부들 간에 소통하는 즐거움을 나타내고 있다.

일반적으로 율시는 격률의 제한 때문에 세련된 표현에 급급한데, 이 시는 그와 달리 유창하고 경쾌하여 행운유수(行雲流水) 같은 분위기를 갖고 있다.

임술년 그믐날이니 내일 아침이면 예순 살
壬戌歲除作明朝六十歲矣

좌선하는 의자 쓸쓸하고 작은 방은 텅 비고

향 꺼지고 향로 불도 차갑고 문은 닫혀 있는 중

시간의 큰 흐름은 마치 끝 부분까지 다 탄 횃불 같은데

학문은 마치 바람을 거스르는 배처럼 더디다

한 해가 저무는 날 늙어 버렸음에 놀라

오경까지 함께 그믐날 밤 보내며 아이들을 보고 웃는다

날 새면 마흔한 살이 간다 말하지 말고

흰 수염의 예순 살 늙은이를 보라

禪榻蕭然丈室空, 薰銷火冷閉門中.

光陰大似燭見跋, 問學祇如船逆風.

一歲臨分驚老大, 五更相守笑兒童.

休言四十明朝過, 看取霜鬢六十翁.

歲除 세제 | 섣달 그믐날을 말하며, 악령과 재해를 쫓는 액막이 관습이 옛날부터 있었다.

禪榻 선탑 | 좌선을 할 때 쓰는 의자. 간혹 '선실(禪室)'로 되어 있는 판본도 있다.

蕭然 소연 | 고요하고 쓸쓸한 모양.

丈室 장실 | 사방 1장(丈, 10척)인 작은 방.

薰 훈 | 향 풀. 뿌리 부분을 말려 태우며 그 냄새로 나쁜 기운를 쫓는다.

火冷 화냉 | 연뿌리를 태우는 향로 불도 꺼져 차갑게 느껴진다는 뜻이다.

閉門中 폐문중 | '閉門'은 문을 닫는다는 것 외에, 사람을 피해 지낸다는 뜻도 있다.

燭見跋 촉견발 | 『예기(禮記)』 「곡례(曲禮)」에 보이는 '촉불견발(燭不見跋)'에 근거한
　　　　　표현이다. 『예기』의 이 구절은 손님을 접대하는 예절에 대한 것으로, 당나라

공영달(孔穎達)의 소(疏, 주석)에 의하면 '燭'은 횃불(화톳불)이고, '跋'은 그 끝의 잡는 부분으로 타 버리기 쉬운 횃불의 끝 부분을 손님 눈에 띄지 않도록 하여 시간이 지난 것이나 주인이 접대에 지쳤음을 느끼지 못하게 하는 것이다.

問學 문학 | 옛날부터 미지의 일을 질문하여 배운다는 뜻으로 사용되었다.

祗 지 | 진전이 없고 더디다.

船逆風 선역풍 | 배가 바람을 거슬러 좀처럼 나아가지 못하는 것. 진행이 어렵거나 늦음을 비유적으로 표현한 것이다.

驚老大 경노대 | 나이가 들었음을 알고 한숨쉰다는 뜻이다.

五更 오경 | 새벽녘의 밤을 다섯 등분한 시간의 마지막. 지금의 오전 4시경에 해당한다.

相守 상수 | '相'은 흔히 '서로'라는 의미로 쓰이는데, 여기서는 '가족과 함께'라는 뜻이다. '守'는 '수세(守歲)'를 가리키며, 예로부터 제야에 일가족이 담소하면서 밤새도록 자지 않고 새해를 맞이하는 관습이 있었다.

兒童 아동 | 아이. 시인 자신의 아이들을 가리킨다기보다는 좀 더 어린아이.

四十明朝過 사십명조과 | 날이 새면 41세가 된다는 뜻이다.

霜鬢 상염 | 흰 구레나룻. '鬢'은 뺨에 난 수염.

이 시를 읽어 보면, 절 안을 연상시키는 이미지나 은거를 생각하게 하는 '폐문중(閉門中)'의 어감이 비교적 부드럽게 다가온다. 불우한 생활 속에서 만들어진 작품 치고는 그다지 칙칙하지 않으며, 오히려 후반의 두 연은 밝으면서도 부드러워 안정감이 느껴진다. 청나라의 기윤(紀昀)은 이 시의 3연을 "고창함을 잃지 않고, 다른 작품의 조잡함에 비할 바가 아니다."라고 평했다.

이
미
손

李
彌
遜

1085~1153

자는 사지(似之)이고 오현(吳縣) 사람이다. 이미손은 남
송 초기 금나라에 대항하고 화의에 반대한 대표적 인물 중
한 명이다. 그는 주전파(主戰派)의 명재상 이강(李綱)과
좋은 친구 사이이며, 정치적인 견해도 일치하고 시가로 화
창도 많이 했다. 고종(高宗)의 재위 기간에 그는 금나라에
화의를 간구하는 조정의 정책에 반대하다가 파면당하여
연강(連江, 지금의 복건)의 서산(西山)에서 은거하였다.

동강에서 저녁에 산보하다 東崗晩步

동강에서 배불리 먹고 저녁 되어 명아주 지팡이에 기대니
돌다리 비껴 있는 나루터에는 푸른빛 개구리밥이다
좁고 험한 길 깊숙이 걸어 소 뒤를 따르니
높은 누대 위에 새 둥우리가 봉긋하다
어떤 사람에게 마을의 원근을 물으니
동서로 흐르는 포구의 배를 부른다
가련하게도 머리는 흰데, 강산 속에서
머리 돌리니 중원에는 마침 전쟁이 한창이다

飯飽東崗晩杖藜, 石梁橫渡綠秧畦.
深行徑險從牛後, 小立臺高出鳥栖.
問舍誰人村遠近, 喚船別浦水東西.
可憐頭白江山裏, 回首中原正鼓聲.

東崗 동강 | 서산 동쪽의 산마루.
鼓聲 고성 | 북소리. 곧 전쟁을 뜻한다.

은둔할 때 지은 시인데, 1구에는 시의 제목을 끌어다 썼으며, 2구에서는 청신하고 생기 있는 풍경을 그렸다. 2연에서는 저녁에 동강에서 산보할 때의 '심행(深行)'과 '소립(小立)'의 정경을 구체적으로 묘사하였다. 3연은 동강으로 오르면서 본 정경을 묘사한 것으로, 시골 들녘의 전원적인 색채가 짙게 배어 있어 시정이 넘쳐흐른다. '문사(問舍)', '환선(喚船)'은 저녁때의 특유한 풍경이다.

4연은 시인의 감개함으로 끝을 맺는다. 동강의 경치는 진실로 아름답지만, 시인은 오히려 전화(戰火)로 가득한 중원의 옛 땅을 연상하고는 국가의 운명을 구할 방법 없이 혼자 한가함을 즐기는 데에 상심한다. 시인은 1～3연과 4연을 선명하게 대조함으로써 시인의 몸은 비록 강호에 있지만 마음만은 나랏일로 가득함을 부각시켰다.

봄날의 감회를 적다 春日卽事

가랑비가 가닥가닥 봄을 붙들려 하건만
떨어지는 꽃 이리저리 흩어져 황혼이 다가온다
수레 먼지는 벽지에까지 이르지 않고
잠을 청하는 새소리에 홀로 문을 닫는다

小雨絲絲欲网春, 落花狼藉近黃昏.
車塵不到張羅地, 宿鳥聲中自掩門.

小雨 소우 | 조금 오는 비.
宿鳥 숙조 | 잠을 청하는 새.
掩門 엄문 | 문을 가리다. 여기서는 문을 닫는다는 뜻이다.

이미손

이 시는 시인이 화의에 반대하다가 관직에서 쫓겨났을 때 지은 작품인 듯하다. 봄에 내리는 비는 본래 봄빛이 퇴색해 가는 데 대한 슬픔을 쉽게 야기한다. 그러므로 내리는 비는 곧 수심을 대변하는 것이고, 봄을 붙들려 함을 연상하는 것은 매우 자연스러운 일이다. 2구의 황혼은 처량함을 자극하며, 3, 4구에서 보이듯 시인의 적막함과 근심 또한 더욱더 깊어진다. 특히 '자(自)' 자는 이처럼 적막한 곳에서 외부 세계와 단절된 채 자신의 의도대로 살아가겠다는 의지를 담고 있다.

진여의
陳與義
1090~1138

자는 거비(去非)이고 호는 간재(簡齋)이며 선조는 미주(眉州) 청신(青神) 사람이었는데, 증조부 진희량(陳希亮) 때 낙양으로 이주하여 낙양 사람이 되었다.

진여의는 북송과 남송의 교체기에 활동한 뛰어난 시인으로서 소식과 황정견을 추앙한다고 밝혔는데, 그의 이러한 경향은 전반기 작품에 잘 나타난다. 아울러 그는 두보의 율시를 학습의 디딤돌로 삼았다. 진여의는 견고한 시의 구조보다는 조밀한 서정성으로 널리 알려졌다. 그는 독자의 귀와 눈을 놀라게 하는 시어보다는 소박하고 진솔하며 매끄러운 시어를 즐겨 사용했다.

파구에서 감회를 적다 巴丘書事

삼분서에서 파구를 알게 되어
늘그막에 오랑캐 피하려고 처음 한 번 놀러 왔다
해질녘 나무 소리 동정 들녘에 가득 퍼지고
맑은 날 그림자가 악양루를 감싼다
사 년 동안 바람과 이슬이 나그네를 파고들고
시월의 강과 호수는 삼각주를 토해 낸다
상류 지역은 노숙이 필요하지 않으니
썩은 선비는 헛되이 흰머리만 가득하다

三分書裏識巴丘, 臨老避胡初一游.
晚木聲酣洞庭野, 晴天影抱岳陽樓.
四年風露侵游子, 十月江湖吐亂洲.
未必上流須魯肅, 腐儒空白九分頭.

三分書 삼분서 | 진(晉)나라 때 진수(陳壽)가 지은 정사 『삼국지』를 가리킨다.
四年 사년 | 선화(宣和) 7년(1125). 시인이 금나라 병사를 피해 남쪽으로 내려왔는데, 이
  시를 지은 것은 그로부터 4년 되던 해이다.
亂洲 난주 | 사주(沙洲). 삼각주가 어지럽게 분포되어 있는 모양을 나타낸다.

건염 2년(1128) 파구(지금의 하남성 낙양시)에서 지은 시인데, 전쟁과 피난의 비극이라는 주제를 구심점으로 하고 있다.

시의 전체적인 분위기는 '파구'로부터 형성된다. '파구'라는 지명은 원래 『삼국지』에 보이는 곳으로, 전쟁의 형세와 긴밀한 연관성을 맺고 있다. 이 파구에 시인이 찾아온 때는 행복에 대한 권리나 생활에 대한 의지에서 점점 소외되어 인생의 무상성 속으로 진입하려는 '늘그막(臨老)'이다. 물론 오랑캐의 침략을 피하기 위해 온 것이다. '처음으로(初)', 그것도 본의 아니게 떠돌아다니다가 '파구'에 도착하게 된 시인은 우선 역사의 한 페이지를 장식한 그곳의 주변 경관을 그린다. 3, 4구는 시인의 시야가 확장된 것을 보여 주며, 5구의 '침(侵)' 자와 6구의 '토(吐)' 자는 시어 선택의 깊이와 생동감을 보여 준다. 마지막 구의 '공백(空白)'이라는 시어에는 비애감과 허망함이 동시에 자리잡고 있다.

봄을 슬퍼하다 傷春

조정은 계책도 없이 오랑캐를 평정할 수 있다는데
감천의 봉화는 저녁에도 궁을 비추고 있다
처음 변경에서 싸우는 말 울음소리 괴이히 여겼을 때
어찌 먼바다에서 황제를 뵐 줄 알았으리
외로운 신하의 흰머리 삼천 장인데
해마다 안개에 쌓인 꽃은 일만 겹이네
자못 기뻐하며 장사에서 상연각으로 향하는데
피폐한 병사로 예리한 적들에게 맞선다 한다

廟堂無策可平戎, 坐使甘泉照夕烽.
初怪上都聞戰馬, 豈知窮海看飛龍.
孤臣霜髮三千丈, 每歲煙花一萬重.
稍喜長沙向延閣, 疲兵敢犯犬羊鋒.

坐 좌 | '인(因)'과 마찬가지로 '그런 까닭에', '그래서'라는 뜻. 해석하지 않아도 무방하다.
甘泉 감천 | 섬서성 감천산(甘泉山) 위에 세운 한나라 궁궐 이름. 『사기』「흉노열전」을
          보면 "변방의 봉화는 감천까지 통하였다.(邊烽火通於甘泉)"라고 했다.
上都 상도 | 장안. 여기서는 북송의 수도 변경을 가리킨다.
飛龍 비룡 | 날아가는 용. 고종이 머나먼 곳으로 피난 가는 것을 비유적으로 나타낸다.
孤臣 고신 | 시인 자신을 가리킨다.
向延閣 상연각 | 상자인(向子諲)을 가리킨다. 그는 일찍이 직비각(直秘閣)이라는 관직
            을 역임하였는데, 그 직책이 한나라 때 궁정장서처연각(宮廷藏書處延閣)과
            같은 것이므로 그를 '상연각'이라 일컬었다. 상자인은 병사와 백성을 통솔하

여 성을 지키려 했으나 포위된 지 8일 만에 함락되자 악전고투하여 포위망
을 뚫고 나와 계속 금나라에 대항하여 싸웠다.
犬羊 견양 | 침입자 금나라 병사를 멸시하며 부른 말이다.

시인은 우선 침략자를 막을 계책 하나 마련하지 못하는 조정의 무능
함과, 금나라 병사들이 송나라에 깊숙이 파고드는 데 대한 비탄의 심
정을 나타낸다. 1, 2구는 고른 호흡으로 이어진다. 3, 4구에는 시인의
애통한 마음이 묘사되어 있다. 5, 6구에서는 나라의 운명에 대한 한탄
이 시인 자신에게로 융해되어 들어간다. 마지막 두 구에서는 상자인
의 용감함을 칭찬하고, 송나라 병사들은 적에게 굴복할 수 없음을 말
한다. 비장하고도 웅혼한 기세가 돋보이는 작품이다.

천경과 지로가 그리워 방문하다
懷天經智老因訪之

올 이월 얼어붙은 대지가 처음 녹았는데
잠에서 깨어난 초계는 푸르게 동쪽으로 흘러간다
나그네의 시간은 시집 가운데 있고
살구꽃 소식은 빗소리 가운데 있다
서암의 선사는 병이 많고
북책의 유생은 단지 곤궁함을 견딘다
갑자기 날랜 배를 생각하고는 그들을 찾아가니
윤건 쓰고 학 옷 입고 봄바람을 시험한다

今年二月凍初融, 睡起苕溪綠向東.
客子光陰詩卷里, 杏花消息雨聲中.
西庵禪伯方多病, 北柵儒先只固窮.
忽憶輕舟尋二子, 綸巾鶴氅試春風.

天經 천경 | 성은 섭(葉)이고, 이름은 위선(慰先)이다.
智老 지로 | 홍지(洪智). 스님 이름. 진여의는 천경, 지로와 깊은 우정을 맺고 있었다.
苕溪 초계 | 물 이름. 절강성 천목산(天目山)에서 발원하여 여항(余杭), 항주(杭州), 호
　　　　　주(湖州) 등지를 거쳐 태호(太湖)로 들어간다.
西庵 서암 | 지로가 기거하던 곳.
禪伯 선백 | 불학(佛學)에 정통한 사람.
北柵 북책 | 천경의 숙소.
儒先 유선 | '유생(儒生)'과 마찬가지로 유학에 정통한 사람.
綸巾 윤건 | 실을 엮어 만든 두건.

346

소흥 6년(1136) 2월에 쓴 시이다. 이 시를 짓기 1년 전, 시인은 질병을 핑계로 관직에서 물러나 청돈(靑墩, 청진(靑鎭)이라고도 한다.)으로 이주하여 지냈다. 이곳은 천경과 지로가 살고 있는 곳과 마주보고 있으며, 두 지역 사이에 '초계(菁溪)'라는 냇물이 흐른다.

시인은 과거의 시간에서 새로운 시간 속으로 접어든 '2월(二月)'이라는 시간을 매우 민감하게 받아들이고 있다. 봄의 문턱에 들어서는 2월을 '녹았는데(融)'라는 강한 질감으로 묘사하여 시간의 변화를 민감하게 느낀 시인의 마음을 드러낸다.

2월의 외부적 정경 역시 시간의 흐름이다. 이러한 생명의 약동성을 나타내는 표현들은 시를 지은 때가 2월이기에 가능하며, 이로 인해 스며 나오는 싱그러운 대자연의 호흡 소리는 시인의 귀청까지 파고든다.

시인과 두 벗은 고도의 절제를 통하여 감정의 방출을 자제하고 고고한 삶을 유지하려는 의식이 시의 행간에 넘친다.

진여의

다시 악양루에 올라 감개하여 시를 짓다
再登岳陽樓感慨賦詩

악양의 장려한 풍경 천하에 전해지는데
누각의 그늘 해를 등지고 제방은 길게 뻗어 있다.
초목은 남쪽 멀리까지 서로 이어지고
강물과 호수의 남다른 자태가 난간 앞에 펼쳐 있다
천지의 모든 일 양쪽 귀밑머리에 모아 놓은 듯한데
신하로서 좌천된 지 오늘로 오 년
옛일 슬퍼하며 글을 적으려 하되
풍랑이 웅장하게 용솟음쳐 내 마음 망연해진다

岳陽壯觀天下傳, 樓陰背日堤綿綿.
草木相連南服內, 江湖異態闌干前.
乾坤萬事集雙鬢, 臣子一謫今五年.
欲題文字弔古昔, 風壯浪涌心茫然.

岳陽樓 악양루 | 당대 이후로 명승지가 되어 수많은 시인과 풍류 인사가 남긴 작품 수만
　　　　　도 이루 헤아릴 수 없을 정도이다.
南服 남복 | 주대(周代) 왕실이 직접 관할하던 지역을 제외한 곳은 수도에서 떨어진 거
　　　　　리에 따라 구복(九服)으로 구분하였는데, 여기서는 남쪽의 멀리 떨어진 곳
　　　　　을 가리킨다. 지금의 호남, 호북성 지역.
今五年 금오년 | 시인은 선화 6년에 좌천되었는데, 이로부터 5년이 흘렀다는 말이다.

고종 건염 2년 가을, 시인이 동정호 근처로 피난 갔을 때 지은 시이다. 진반부에 해당하는 4구까지는 악양루 주변의 특징적인 경관을 단숨에 포착하여 묘사하였다.

지금 시인이 묘사한 악양루를 에워싼 자연 공간은 끝없이 막막한 곳이다. 송나라 시인들은 무한대의 공간에서 안주하고 구제를 느끼며, 존재의 모태로 인식하곤 했다. 진여의도 지금 이 순간만은 악양루에 다시 오른 강개함으로 가득 차 있을 뿐이므로, 후반부에서 볼 수 있는 것과 같은 무거운 색채감은 느낄 수 없었던 것이다. 시인이 좌천이라는 쓰라린 고통을 겪은 지 5년의 세월이 지난 지금 40대 중반의 나이에 느끼는 감회는 8구에 나와 있듯이 '망연(茫然)' 그 자체이다.

모란 牧丹

한바탕 오랑캐 먼지가 한나라 관문에 들이친 지
십 년 되었건만 이수와 낙수 길은 멀기도 하다
청돈 시냇가의 힘없는 나그네는
봄바람에 홀로 서서 모란을 향한다

一自胡塵入漢關, 十年伊洛路漫漫.
青墩溪畔龍鍾客, 獨立東風向牧丹.

胡塵 호진 | '胡'는 흉노에 대한 경멸 섞인 단어이다. 광의적으로는 이민족을 가리키나,
　　여기서는 금나라 병사들의 남침을 가리킨다. 혹은 금인(金人)의 기병.

伊洛 이락 | 하남의 이수(伊水)와 낙수(洛水) 및 그 유역. 이수는 낙수의 지류이고, 낙
　　수는 황하의 지류이다.『국어(國語)』「주어(周語)」를 보면 "옛날에 이락(伊
　　洛)이 마르자 하나라가 망했다.(昔伊洛竭而夏亡)"라는 글이 보인다. 여기서
　　는 시인의 고향인 낙양을 가리킨다.

漫漫 만만 | 아득히 먼 모양.『초사』「이소」에 "길은 아득히 멀다.(路漫漫其修遠兮)"라
　　는 구절이 보인다.

青墩 청돈 | '청진(青鎮)'이라고도 하며, 절강성 동향현(桐鄉縣) 북쪽에 있다. 송나라 광
　　종(光宗) 조돈(趙惇)에 이르러 '墩' 대신에 '鎮'을 쓰기도 했다.

龍鍾 용종 | 활동적으로 움직이지 못하는 것을 나타내는 의태어이다. 여기서는 늙은 시인
　　의 모습을 나타낸다. 당시 시인은 47세였다. 당나라 잠삼(岑參)의 「서울로 들
　　어가는 사신을 만나다(逢入京使)」를 보면 "두 소매에 흐르는 눈물이 마르질
　　않는구려.(雙袖龍鍾淚不干)"라고 하여 '龍鍾'을 '눈물'의 의미로 사용했다.

東風 동풍 | 봄바람.

시인이 세상을 떠나기 2년 전인 소흥 6년에 쓴 시이다. 모란꽃을 보고 고향을 그리워하는 마음을 나타낸 여러 시편 가운데 빼어난 명작이다.

이 시를 지은 1136년 봄은 국가 상황이 혼란기였고, 시대적 상황에 편승이라도 하듯 시인 자신의 개인적 처지 또한 최악의 상태였으므로 무한한 감개가 끊이지 않았다. 자신의 진지하고도 강렬한 우국지정과 시대를 슬퍼하는 마음을 '모란'에 투영하여 적었다.

모두 네 구로 구성되어 있는데, 전체에 일관되게 흐르는 분위기는 향수이다. 우선 이 시가 향수를 기본 정조로 하고 있다는 사실이 작품의 영속성을 가능케 하는 일차적 요인이 된다. 1구는 격정적이고, 2구에는 망국의 처량한 신세와 통한이 숨어 있다. 3구에서는 자신의 신세를 국가의 처지에 비유했으며, 4구에서는 시인의 외로움을 '독립(獨立)'이라는 단어로 집약한다. 개인적인 성정과 시대 환경 등의 차이로 인해 진지한 사색과 정서를 부각시키고 있다.

봄추위 春寒

이월의 파릉엔 날마다 바람 불어
채 가시지 않은 봄추위에 나는 움츠러든다
해당화는 연짓빛이 아깝지 않은지
자욱이 내리는 가랑비 속에 나 홀로 서 있다

二月巴陵日日風, 春寒未了怯園公.
海棠不惜臙脂色, 獨立濛濛細雨中.

巴陵 파릉 | 고대 군(郡) 이름으로, 지금의 호남성 악양현.
怯 겁 | 담이 작다. 움츠러들고 나아가지 못하다.
園公 원공 | 시인이 자신을 일컫던 말이다.
濛濛몽몽 | 안개나 연기 같은 것이 자욱이 끼어 있는 모양.

고종 건염 3년(1129) 2월에 지은 시이다. 당시 남송의 조정은 풍전등화의 소용돌이에 휩싸여 있었다.

이 작품은 '봄'이라는 자연을 배경으로 깔고 있으면서 그것을 단순한 자연 정경에 머무르지 않게 한다. 시인이 '봄추위(春寒)'라는 자연 정경을 선택하고 감정을 표현한 이면에는 그의 날카로운 현실 인식이 도사리고 있다. 따라서 이 작품의 소재인 '해당화'가 전달하고자 하는 내용은 시인의 현실 인식과 독특하게 결부된다. 현실적 상황의 자극에 의해 촉발된 정서는 시인 자신의 고뇌와 갈등의 내면 세계를 드러낸다. 그에 걸맞은 것이 이 시의 기본 분위기인 '한(寒)'이다.

양읍 가는 길 襄邑道中

양 언덕에서 흩날리는 꽃 배를 붉게 물들이는데
백 리 느릅나무 둑을 순풍 따라 반나절에 왔다
누워서 하늘에 가득한 구름 보니 움직이지 않고
구름도 나와 함께 동쪽으로 가는 줄을 몰랐네

飛花兩岸照船紅, 百里楡堤半日風.
臥看滿天雲不動, 不知雲與我俱東.

襄邑 양읍 | 지금의 하남성에 있는 초현(雎縣).
不知 부지 | '알지 못한다.'라는 자의적 의미보다는 '안다.'는 말의 역설적 표현이다.

시인은 우선 자신의 생각을 동태적으로 나타내려 한다. 1구의 '흩날리는 꽃(飛花)'이라는 묘사는 이미지의 신선함이나 시어의 율동감을 한껏 표출한 것으로, 시의 전체적인 분위기를 '명(明)'의 위치에 놓는 역할도 담당한다. 2구의 분위기는 고무되어 있다. 3구는 독자의 시선을 다른 곳으로 옮기게 만들며, 그 분위기도 고요하고 가라앉은 면모로 바뀌었다.

비 雨

쓸쓸한 열흘 비는
남몰래 여름을 떠나보냈다
제비는 지난해를 꿈꾸건만
오동나무는 어젯밤과 다르다
한 번 서늘한 은혜가 뼛속까지 이르더니
빈곤했던 일이 모두 어그러진다
바쁘디바쁜 번화한 그곳에서
서풍은 나그네 옷깃만 날린다

蕭蕭十日雨, 穩送祝融歸. 燕子經年夢, 梧桐昨暮作.
一涼恩到骨, 四壁事多違. 憂憂繁華地, 西風吹客衣.

蕭蕭 소소 | 쓸쓸한 모양.
祝融 축융 | 여름을 맡은 신. 즉 여름.
四壁 사벽 | 사방이 벽밖에 없다는 뜻으로 매우 가난한 생활을 비유한다.
憂憂 곤곤 | 바쁜 모양.

356

휘종 정화(政和) 8년(1118), 진여의가 29세 되던 해에 지은 시이다. 시인은 24세 때 상사갑과(上舍甲科)에 올라 개덕부교수(開德府敎授)라는 직책을 맡았는데 불행히도 3년 뒤에 해임되었다. 그 뒤 또다시 관직에 오를 날만을 갈망하면서 당시의 처량한 신세를 노래한 것이 이 작품이다.

3, 4구는 처량하고 쓸쓸한 상념에 빠져들게 하고, 5, 6구는 시인이 느끼는 감회이다. 마지막 구의 '객의(客衣)'라는 시어에는 제자리를 찾지 못하고 정처 없이 떠도는 나그네의 설움이 배어 있다.

시인은 비 오는 날의 풍경을 있는 그대로 단순하게 표현하지 않고 동물, 식물 및 시인이 바라는 공통분모를 가지고 제각기 느끼는 감정을 층층이 겹쳐 노래함으로써 시적 깊이를 더했다.

빗속에서 술 대할 제 뜰아래 해당화는 비를 맞고도 시들지 않다 雨中對酒庭下海棠經雨不謝

파릉은 이월이라 나그네는 옷을 껴입고
허둥지둥 술잔을 들면서 더디 취함을 한스러워한다
제비도 연이은 밤비를 견딜 수 없는데
해당화는 오히려 늙은이의 시를 기다린다
천하가 뒤집혀 봄빛을 슬퍼하면서도
이 빠지고 머리 벗어졌으나 성스러운 때를 축원한다
흰빛 대나무 울타리 앞의 강호는 광활하기도 한데
망망한 이 몸은 슬픔을 두 번 감당해야 한다

巴陵二月客添衣, 草草杯觴恨醉遲.
燕子不禁連夜雨, 海棠猶待老夫詩.
天翻地覆傷春色, 齒豁頭童祝聖時.
白竹籬前湖海闊, 茫茫身世兩堪悲.

燕 연 | 제비. 제비는 조정의 소인을 빗대어 말할 때 주로 사용된다.
不禁 불금 | 금하지 않다. 아랑곳하지 않다.
海棠 해당 | 해당화. 뜻이 곧고 성품이 고결한 인물을 상징한다.
白竹籬 백죽리 | 군자정 밖의 경치로, 자욱이 내리는 봄비 속에 서 있는 대울타리가 흰빛
　　　　　을 발하고 있다는 뜻이다.
湖海闊 호해활 | 시인이 눈앞에 펼쳐진 경치를 보고 광활한 세계를 연상하는 것이며, 어
　　　　　지러운 시국을 구해 낼 수 있는 '호해(湖海)' 같은 의지를 비유한다.
堪 감 | 감당하다.

현실적 삶의 고통을 간결하면서도 감동적으로 그려 낸 시이다. 1구의 '파릉(巴陵)', '2월(二月)', '나그네(客)'만 보고도 우리는 이 시를 이해하는 데 별다른 어려움이 없다. 2연에서는 경치 묘사를 통해 투항하는 자들에 대한 증오와 질책, 그리고 이와 반대로 절개를 지키는 사람들에 대한 칭송과 존경의 마음을 그리고 있다.

3연에서 시인의 감정은 절정에 이른다. '천번(天翻)'과 '지복(地覆)', '치활(齒豁)'과 '두동(頭童)'을 대구적으로 표현함으로써 어기를 장중하고 엄숙하게 하여 자신의 가슴속에 담고 있던 것을 폭발하듯 서술하였다.

시인이 현실의 비극성을 시의 전반부에서부터 노출시킬 수밖에 없었던 데에는 그가 속한 거대한 사회집단인 국가의 불운이 중추적인 원인이 되기도 했으며, 파릉에서 거친 날씨가 계속되어 쌓인 피로도 한몫을 하였다.

청명 淸明

땅을 말아 올리는 바람은 시정의 소리를 던져 보내고
병든 사람이 위태롭게 앉아 청명절을 보낸다
발 하나로 저녁 해 모두 거두어질 때까지 바라보니
버드나무에 가벼운 바람 불자 온갖 아름다움이 피어난다

卷地風抛市井聲, 病夫危坐了淸明.
一簾晩日看收盡, 楊柳微風百媚生.

卷地風 권지풍 | 한유의 "봄바람은 땅을 말아 올리고(春風卷地起)"(「쌍조(雙鳥)」)라는
　　　　　　구절에서 따온 것이다.
市井聲 시정성 | 시끄러운 시정의 소리. 진사도의 "바람 돌아 불어오니 저녁 거리 소리
　　　　　　시끄럽구나.(風回晩市聲)"(「춘야(春夜)」)라는 시구에서 차용한 것이다.
百媚 백미 | 온갖 아름다움.

선화 5년 청명절에 즈음하여 쓴 시로, 시인의 전기 작품이다. 이 시는 편안하고 한가한 풍경을 시인의 개성을 돋보이며 쓰고 있다.

시인은 봄을 즐겨 보려고 하지만 쇠약해진 몸이라 그럴 수가 없다. 2구의 '위(危)' 자가 그런 안타까운 심정을 보여 준다.

짧은 네 구로 이루어졌으면서도 세 차례나 분위기 전환을 시도함으로써 매끄러운 리듬과 청신하고도 부드러운 분위기를 형성해 나가고 있다. 이런 분위기 속에 시인 자신의 마음속 감정을 나타내어 성숙한 경지를 확립했다.

이른 아침에 떠나다 早行

이슬이 웃옷까지 파고들어 새벽 한기가 가벼운데
별들은 흩어져 참으로 밝기만 하다
적막한 작은 다리 꿈과 함께 지나가니
논 깊은 곳에서 풀벌레가 운다

露侵駝褐曉寒輕, 星斗闌干分外明.
寂寞小橋和夢過, 稻田深處草蟲鳴.

駝褐 타갈 | 낙타 털로 만든 것으로 방습 효과가 있는 웃옷. 시인이 이 옷을 입고 떠났다
　　　는 것은 매우 이른 새벽녘임을 암시한다.
闌干 난간 | 어지럽게 흩어진 모양.

시각과 청각을 교묘히 사용하여 독자에게 미적 쾌감을 주는 시이다. 시인이 깨어 있을 때 세상은 이미 잠들었고, 다시 깨어났을 때 본 하늘은 이미 꿈속에서 보았던 세계이다. 그의 눈앞에는 명(明)과 암(暗), 훤(喧)과 적(寂), 동(動)과 정(靜)이 어우러진 모습이 있을 뿐이다. 특히 3구에 발휘된 시인의 상상력이 4구의 청각적 분위기와 어울려 시의 미적 쾌감을 높인다.

비가 개다 雨晴

하늘은 서남쪽에 이지러지고 강물은 맑고
조각구름은 움직이지 않는데 작은 여울은 비껴 있다
담장에서 지저귀는 참새는 날개 여전히 젖어 있고
누각 밖에 남아 있는 우레는 기세가 고르지 않다
서늘함을 모두 거두어들여 편안한 잠을 제공하니
급히 기이한 구절을 찾아 막 갠 날씨에 보답한다
오늘 저녁의 뛰어난 경치는 다른 사람이 함께하지 못해
누워서 은하수를 바라보니 밝은 빛이 다하네

天缺西南江面淸, 纖雲不動小灘橫.
墙頭語鵲衣猶濕, 樓外殘雷氣未平.
盡取微凉供穩睡, 急搜奇句報新晴.
今宵絶勝無人共, 臥看星河盡竟明.

臥看 와간 | 비스듬히 누워서 바라보다.
星河 성하 | 은하수.
竟明 경명 | 밝은 빛이 다하다.

364

찌는 듯한 무더위가 기승을 부리는 한여름에 뇌우(雷雨)가 한 차례 지나가자 시인이 즐거운 심정을 기탁한 시이다. 제목을 언뜻 보면 시인의 애증이 드러나지 않는 듯하나, 자세히 보면 '우(雨)'와 '청(晴)' 두 글자를 연용시켜 가면서 은근히 그런 감정도 나타내고 있다.

1연에서는 정경(情景)이 일치된 모습을 보여 주고, 2연은 형체 묘사에서 시작하여 소리 묘사로 바뀌고 있으며, 3연에서는 비 갠 다음의 기쁨을 정감의 교류라는 측면에서 부각시킨다. 마지막 연에는 서사적 성분이 짙게 배어 있다.

이 서정시는 기쁨을 나타내는 글자를 노출하지 않고 오히려 희열의 감정을 써내려 가는 중에 숨겨 두어 독자가 기본적인 정서를 읽게 해 준다. 이 작품에서 시인은 변화의 순간을 포착하는 데 뛰어나며, 미묘하면서도 다채로운 변화를 만들어 내는 대자연을 묘사하는 데 그 역량을 발휘하고 있다.

여름날 보진지 가에 모여 「녹음생주정」을 가지고 시를 읊고 정(靜)이라는 운자를 받다
夏日集葆眞池上以綠蔭生晝靜賦詩得靜字

맑은 연못가엔 더위 머물지 않는데
그 고요함을 찾으니 내 병도 낫는 듯하다
수레 오가는 장안 주위에는
이렇게 연꽃이 많은가
이 몸은 그저 게으른 것이 좋은 듯
이렇게 한없는 감흥을 함께한다
물고기는 시원스레 물 바닥에서 놀고
새는 조용한 숲 사이에서 지저귄다
이야기에 열중한 사이 정오가 되니
나무 그림자도 잠시나마 똑바르다
시원한 바람 나그네를 외면하지 않으니
어떠한 선물보다 더 고맙다
잠깐 이 풀어진 머리를
일어나서 천 길 거울 속에 비추어 보는데
파도가 그림자를 살짝 흔들면
나는 잠시 선 채로 가라앉기를 기다린다
양왕은 지금 어디 있고
버들 색은 몇 번이나 성쇠하는가
인생에는 즐거움만 있을 뿐
시율은 그 나머지

만나서 나누는 한 잔 술

다른 해에는 「오군영」을 읊겠지

바라는 건 다시 한 번 달빛을 밟고 와서

밤늦게 안개에 휩싸인 배에서 노래하는 것

淸池不受署, 幽討起予病. 長安車轍邊, 有此荷萬柄.

是身唯可懶, 共寄無盡興. 魚遊水底凉, 鳥語林間靜.

談餘日亭午, 樹影一時正. 淸風不負客, 意重百金贈.

聊將兩鬢蓬, 起照千丈鏡. 微波喜搖人, 小立待其定.

梁王今何許, 柳色幾衰盛. 人生行樂耳, 詩律已其仍.

邂逅一尊酒, 他年五君詠. 重期踏月來, 夜半嘯煙艇.

葆眞池 보진지 | 변경에 소재한 도교 사원인 보진궁에 있던 연못이다.

綠蔭生晝靜 녹음생주정 | 당나라 중기 위응물(韋應物)의 시 「유개원정사(遊開元精舍)」
　　　　중 한 구이다.

得靜字 득정자 | 시의 운자로 '靜' 자가 정해졌다는 말이다.

幽討 유토 | '幽'는 쥐 죽은 듯 조용함. 그것을 찾는 것을 '유심(幽尋)'이라 한다.

長安 장안 | 실제로는 북송의 서울인 변경을 말한다.

車轍 거철 | 수레의 바퀴 자국. 수레의 왕래를 가리킨다.

萬柄 만병 | '柄'은 연꽃의 줄기. 못에 연꽃이 많은 것을 말한다.

懶 나 | 게으른 것. 나태한 것.

亭午 정오 | 정오(正午).

蓬 봉 | 머리칼이 손질을 하지 않아 흐트러진 모습.

千丈鏡 천장경 | 연못을 깊은 거울이라고 한 것이다.

진여의　　　　　　　　　　　　　　　　　　　367

梁王 양왕 | 전국시대 양혜왕(梁惠王) 및 한나라 때 양효왕(梁孝王)을 가리킨다.
邂逅 해후 | 우연히 만나다. 여기서는 친구와 술을 주고받는 즐거움을 말한다.
五君詠 오군영 | 죽림칠현 중 산도(山濤)와 왕융(王戎)을 제외한 나머지 다섯 명. 모두
　　　가 술을 좋아하며 세속을 초월한 사람인 점에서 보진지에 모인 다섯 명을 오
　　　군자(五君子)에 비유했다.
重期 중기 | 다시 한 번 찾아올 것을 바라는 마음.
踏月 답월 | 달빛을 밟다.
煙艇 연정 | 안개 속에 있는 배.

선화 5년(1123) 시인이 태학박사로 변경에 있던 때 지은 시이다. 이
시를 인용한 『송시기사(宋詩紀事)』에서는 시 제목을 "여름날 다섯 동
료와 함께 보진궁의 못가에 모여 더위를 피해「녹음주정에서 생기다」
를 가지고 운을 나누어 시를 읊는데 정(靜) 자를 받았다.(夏日偕五同
舍集葆眞宮池上避暑取綠陰生晝靜分韻賦詩得靜字)"라고 했다.

어떤 책에 의한 것인지 미상이지만, 그것에 의하면 이 시가 지어진
상황은 더욱 명료해진다. 즉 여름날 다섯 동료와 보진궁의 연못가에
모여 위응물의 시 한 구를 분운(分韻)해서 시작을 겨뤘을 때 지은 작
품이다. 분운이란 이처럼 여러 사람이 모여 시를 지을 때의 취향으로,
대개 옛사람의 시 한 구를 골라 각자 추첨하여 그중 한 자를 배당받
고 그 운을 가지고 작시하는 것이다. '득정자(得靜字)'란 추첨한 결과
'정(靜)' 자를 받았다는 말이다.

이 시를 지은 지 몇 년 안 되어 북송은 멸망하게 되었다. 미증유의 동란을 눈앞에 두고 있는데도 이 시에는 멸망의 그림자조차 보이지 않는다. 오군영(죽림칠현)과의 대비를 난세의 암시로 볼 수 있다고는 하나, 칠현이 현실에 대한 강한 관심 때문에 모습을 감춘 것을 고려해 보아야 한다. 하지만 그것은 시끄러울 세상과 아무런 관계도 맺고 싶지 않은 시인의 심정을 나타내는 것이다.

과거 시험장에서 회포를 적다 試院書懷

자세히 가족의 편지 읽으면
근심으로 주변의 봄빛을 잃는다
발 밖에서는 비가 성기게 내리고
가지에 가득 핀 꽃은 담담하기만 하다
나이 들어서인지 시작(詩作)이 버릇되고
봄 지나 꿈에서나 고향집으로 돌아온다
우두커니 걸어온 십 년의 일
지팡이에 의지해 보금자리로 돌아오는 까마귀를 센다

細讀平安字, 愁邊失歲華. 疎疎一簾雨, 淡淡滿枝花.
投老詩成癖, 經春夢到家. 茫然十年事, 倚杖數栖鴉.

試院 시원 | 관리 임용 시험인 과거 시험장.
平安字 평안자 | 아무 일 없이 무사하다는 소식. 나아가 가족에게서 온 편지를 일컫는다.
歲華 세화 | 봄의 화려함. 봄 햇살. '歲'는 일 년의 시작인 봄을 상징한다.
疎疎 소소 | 드문드문 성근 모양.
投老 투로 | 노년에 들다. 나이를 꽤 먹다.
成癖 성벽 | 기이한 버릇이 되는 것.
栖鴉 서아 | 보금자리로 향하는 까마귀.

선화 6년(1124)에 지은 시로, 당시 시인은 과거 시험장의 감독관이었는데 그 시험장에서 고향의 그리움을 노래했다.

시에는 고향과 가족을 그리는 애틋한 감정이 전반적으로 고루 흐르고 있다. 시인이 그리워하는 정도는 가족의 편지를 자세히 읽을 수 없는 데서부터, 그 그리움의 고통으로 찬란한 봄빛마저 잃는 것, 그리고 꿈속에서나 고향으로 돌아가는 것으로 이어진다. 그러나 이것은 모두 10년이라는 긴 세월 동안의 반복된 그리움이며, 그 그리움을 현실화할 수 없기에 더욱 간절하다. 시인은 그때 35세의 젊은 나이였지만 '투로(投老)', '의장(倚杖)'으로 자신의 모습을 형상화할 수밖에 없다. '수(愁)'가 너무 깊어서 제 나이에 어울리는 건장한 모습은 어디론가 가 버리고 오직 노인의 애타는 마음만이 남았다는 것이다. 나약해질 대로 나약해진 시인의 마음은 보금자리로 되돌아오는 까마귀를 세는 가운데 더욱 위축된다. 고향을 생각하는 시인의 마음은 일관되게 현재까지 왔지만, 10년 세월은 시인에게 작시의 버릇만 남겼을 뿐 확연히 떠오르는 것은 아무것도 없다.

악양루에 오르다 登岳陽樓

(一)

동정호 강물 동에서 서로 흐르고

발과 깃발은 움직이지 않고 석양은 더디 온다

오와 촉의 경계였던 땅에 올라

호수와 산에 기대니 해가 지려고 한다

만 리를 찾아와서 또 멀리 바라보려고

고난 삼 년에 다시 위태로운 곳에 의지한다

백발은 풍상 속에서 옛날을 애도하자니

늙은 나무와 푸른 파도에 한없이 슬프다

洞庭之東江水西, 簾旌不動夕陽遲.

登臨吳蜀橫分地, 徙倚湖山欲暮時.

萬里來遊還望遠, 三年多難更憑危.

白頭弔古風霜裏, 老木蒼波無限悲.

岳陽樓 악양루 | 악양은 동정호 동북쪽의 마을. 악양루는 그 서쪽 문에 솟아 있는 누각으로, 예로부터 동정호를 조망하는 곳으로 유명하다.

簾旌 염정 | 발과 깃발.

登臨 등림 | 높은 곳에 올라 앞의 경치를 바라보는 것.

吳蜀橫分地 오촉횡분지 | 삼국시대 오나라와 촉나라가 형주(荊州)를 놓고 쟁탈하여 이 부근이 그 두 나라를 나누는 땅이 되었음을 가리킨다.

憑危 빙위 | '危'는 위험한, '憑'은 난간에 걸터앉은 것. 여기서 위험하다고 한 것은 역시

앞의 '다난(多難)'에 대응시킨 것이다.

風霜 풍상 | 세월.

시인은 정강의 난을 피해 변경을 떠나와 고난에 찬 3년 세월을 보낸 뒤 건염 2년(1128) 악양에 도착했다. 원래 두보를 좋아한 진여의가 이곳 악양에 와서 우선 머릿속에 떠올린 것은 두보의 말년 모습이었다.

시인은 두 번에 걸쳐 이곳을 찾아 그 감개를 시로 읊었는데, 이 시는 그중 하나로 두 연작시 중 첫 수이다. 경애하는 선배를 그리워하면서 똑같이 고향을 생각해 봐도 고향은 오랑캐들의 수중에 있으니 돌아갈 수가 없다. 시인의 신변을 둘러싸고 있는 것은 풍상(風霜)이고, 눈앞 풍경에서 시인이 느끼는 것은 감흥이 아니라 한없는 슬픔이다.

악
비
岳飛
1103~1142

자는 붕거(鵬擧)이고 탕양(湯陽) 사람이다. 여러 차례 금나라 군대를 무찔러 용맹함을 들날렸고, 빼앗긴 영토 회복에 뜻을 두었으나 이루지 못하였다. 나이 서른아홉에 간신의 모함으로 살해되었다. 그의 시에는 애국적인 정열이 충만하고, 작품집으로 『악무목집(岳武穆集)』이 있다.

지주의 취미정 池州翠微亭

한 해 지나 먼지 덮인 땅은 군복으로 가득한데
특별히 향기 찾아 취미정에 오른다
산수 좋은 곳 다 보지 못했건만
말발굽은 밝은 달 따라 돌아오기를 재촉한다

經年塵土滿征衣. 特特尋芳上翠微.
好水山看看不足. 馬蹄催趁月明歸.

征衣 정의 | 진중(陣中)에서 입는 옷. 군복.
特特 특특 | 특별히. 글자를 겹쳐 사용함으로써 의미를 강조했다.

악비는 휘종(徽宗) 선화 4년(1122) 19세 때 종군하여 소흥 11년(1141)에 38세의 나이로 세상을 떠났다. 그는 금나라 병사에 저항하여 남송을 지키고 나아가 중원을 수복하려 하였다. 소흥 4년과 11년에는 여주(廬州)에서 두 차례에 걸쳐 금나라 병사와 싸웠고, 11년에는 또 서주(舒州)에 주둔하였다.

1구에서는 자신의 경력을 서술하고, 2구에서는 격정을 담아 고국 사랑과 연결시켜 표현하였다. 3, 4구에서는 몰락해 가는 조국을 보면서 각별한 나라 사랑을 그렸다. 조탁이나 전고보다는 구어와 일상어가 뛰어난 시이다.

육유
陸游

1125~1210

자는 무관(務觀)이고 호는 방옹(放翁)이며, 월주(越州) 산음(山陰, 절강성 소흥현) 사람이다. 금나라가 남침해 오자 육유의 가족은 난을 피해 형양(榮陽, 하남성 형양현)에서 남쪽으로 옮겼다. 각지를 떠돌다가 맨 마지막에는 고향 산음에 정착했다.

남송 시인 육유는 중원을 함락시킨 이민족에 대항하여 싸울 것을 제창하고 스스로 선구자로 자처했으나, 자신의 뜻이 받아들여지지 않자 실의 속에서 국토가 회복되기만을 기원하며 살아간 '애국 시인'이다.

육유 시의 두드러진 특성 중 하나는 현실 비판(때로는 현실 부정)에 바탕을 둔 현실주의적 상상력이 아주 독특하다는 점이다. 그의 시에서는 적지 않은 역설이 발견된다. 따라서 고통과 슬픔 같은 요소도 즐거움을 동반하는 형태로 용해되어 나타난다. 그것은 그가 추구한 정치적 이상과 현실적 좌절을 겉으로 쉽게 드러내지 않으려는 적극적인 방법으로 전환되는데, 이것이 바로 그의 시에 나타난 상상의 세계이다.

9000여 수에 이르는 육유의 방대한 시집에서 아무것이나 뽑아 보더라도 현실에 대한 고뇌가 항상 따라다니고 있음을 발견하게 된다. 그리고 비분강개의 심정으로 삶의 의미를 손아귀에 움켜쥐려는 강한 의지력도 느껴진다. 그가 시를 짓는 것은 현실에서 벗어나기 위함이 아니고 현실의 문제를 헤쳐 나가기 위한 것이다.

매화 梅花

들건대 매화는 새벽바람을 가르며 핀다는데
눈이 사방에 쌓여 온 산에 가득하다
어찌하면 내 몸을 천억 개로 나누어
매화 한 그루 앞에 이 한 몸을 마주할 수 있을까

聞道梅花坼曉風, 雪堆遍滿四山中.
何方可化身千億, 一樹梅前一放翁.

聞道 문도 | 다른 사람들이 하는 말을 듣는 것.
坼 탁 | 가르다. 피다.
雪堆 설퇴 | 적설(積雪). 매화의 하얀색을 눈에 비유한 것이다.
遍滿 편만 | 사방에 가득하다.
何方 하방 | 무슨 방법. 어찌하면.
梅前 매전 | 『검남시고(劍南詩稿)』에 '매화(梅花)'로 되어 있는 판본도 있다.
放翁 방옹 | 시인 자신의 호.

시인이 78세 때 산음에 한거하면서 지은 시이다. 이 작품에 보이는 '매화(梅)'는 '난초(蘭)'와 마찬가지로 상징적인 의미를 지닌다. 그것은 군자나 현인들이 속물근성으로 가득 찬 속세를 떠나 깊은 산속으로 들어가 은둔 생활을 하거나, 아니면 반대로 자신의 지혜와 우국충정에 의지하여 관직을 얻어 백성의 고통을 구제하려는 다짐을 할 때의 위치(位)를 연상하게 만든다.

3, 4구에서 시인은 매화라는 자연물에 몰입하여 융합이나 동화의 상태에 도달하려는 경향을 보여 준다. 따라서 이 시에는 화자의 충만된 심정이 가득하며, 현실에 대한 만족감 같은 것도 이면에 담고 있다.

삼산의 서쪽 마을에 놀러 가다 遊山西村

농가의 섣달 술 텁텁하다고 웃지 말지니

풍년이라 손님을 붙들고 닭 잡고 돼지 잡기에 족하다

산과 물로 겹겹이 에워싸여 길 없나 의아해했더니

버들 색 짙고 꽃 활짝 핀 곳에 마을 하나

피리 소리 북소리 번갈아 울려 대니 봄 제사 다가온 듯한데

소박한 옷차림이 옛 모습 그대로일세

이제라도 한가로이 달 밟는 것을 허락하면

아무 때나 지팡이 짚고 한밤중에도 문 두드리리

莫笑農家臘酒渾, 豊年留客足鷄豚.

山重水複疑無路, 柳暗花明又一村.

簫鼓追隨春社近, 衣冠簡朴古風存.

從今若許閑乘月, 拄杖無時夜叩門.

山西村 산서촌 | 시인은 산음현(山陰縣, 지금의 절강성 소흥부) 서쪽으로 4킬로미터쯤
　　떨어진 곳에 있는 삼산(三山)이라는 마을에 살았으니, 여기서는 삼산의 서
　　쪽 마을이라는 뜻이다.
臘酒 납주 | 음력 12월에 빚어 1월에 마시는 술. 일반적으로 음력 12월을 납월(臘月)이
　　라고 한다. 납월은 납제(臘祭)를 지내는 달이라는 뜻인데, 납제는 동지가 지
　　난 3일 뒤 술일(戌日)에 온갖 신에게 제사 지내는 것이다.
山重水複 산중수복 | 산이 몇 겹으로 겹쳐져 있고, 물줄기가 복잡하다.
春社 춘사 | 입춘이 지난 뒤 다섯 번째 술일에 행하는 봄 축제. '社'는 씨신(氏神)인데,
　　여기서는 사일(社日, 씨신 제삿날)의 약칭이다. 춘분에 가장 가까운 술일을

춘사(春社)의 날로 잡아 토지신에게 제사 지내 풍년을 기원했다.

乘月 승월 | 달빛을 밟고 걷다.
拄杖 주장 | 지팡이에 의지하다.
叩門 고문 | 문을 두드리다.

건도(乾道) 3년(1167), 시인이 43세 때 지은 시이다. 당시 육유는 항전파 장군 장준(張浚)을 지지하여 북방 금나라에 대항하여 잃어버린 땅을 회복해야 한다고 주장하다가 융흥(隆興, 강서성 남창) 통판의 직에서 면직되었고, 이후 건도 5년까지 2년간 고향에 돌아와 심사를 달래고 있었다.

1연은 풍성한 수확이 끝난 후 농가의 정경을 통해 농민들의 후덕한 모습을 보여 주고, 2연에서는 농가 주변의 풍경을 섬세하게 묘사하였다. 3연에서는 농촌의 풍속을 묘사하였고, 마지막 연은 농민들과 일치된 마음을 보여 준다.

전원에 은둔한 시인의 내밀한 모습이 숨김없이 드러나 있으며, 속세에 때묻지 않은 질박한 언어를 사용하였다.

회포를 적다 書憤

젊을 때 어찌 세상일이 어려운 줄 알았으랴
중원에서 북녘 바라보니 기운이 산처럼 솟아
눈 내리던 밤 군선 타고 과주를 건넜고
가을바람 헤치며 철마 타고 대산관을 넘나들었다
변방 지키는 만리장성 되자던 스스로의 다짐 부질없고
거울 속에 머리털만 어느덧 희끗하다
출사표는 진실로 세상에 이름 떨쳤거늘
천 년이 흐른 지금 버금갈 이 누구일까

早歲那知世事艱, 中原北望氣如山.
樓船夜雪瓜洲渡, 鐵馬秋風大散關.
塞上長城空自許, 鏡中裏鬢已先斑.
出師一表眞名世, 千載誰堪伯仲間.

早歲 조세 │ 젊을 때. '早歲'는 융흥 원년(1163) 시인이 서른아홉에 진강(鎭江)에서 통
          판으로 부임하던 때부터 남정(南鄭)에서 왕염(王炎)의 막료로 부임하던
          (1172) 때까지를 가리킨다.
中原 중원 │ 중국의 중심부. 낙양을 중심으로 하는 황하 유역의 하남, 하북, 산동, 섬서
          일대로 당시 금나라의 점령하에 있었다.
樓船 누선 │ 갑판에 망루를 세우고 무장한 군함.
瓜洲 과주 │ 오늘날 강소성 양주 남쪽. 장강 북쪽 해안에 있는 나루터로 남쪽 해안은 진
          강을 마주하고 있다. 금나라 군대가 침략하여(1161) 군대를 집결시켰던 장
          소인데, 수전(水戰)에 패하여 물러간 곳이기도 하다. 시인은 당시 항전과 장

大散關 대산관 | 50세 때 사천 남정(南鄭)으로 부임하여 제일선에서 활약했는데, 남정 북쪽의 적지에 대산관이 있었다.

塞上長城 새 상장성 | 남조 송나라의 장군 단도제(檀道濟)는 자주 북조의 군사를 격파하 고 자신을 만리장성에 비유했다.

出師 출사 | 제갈량이 227년 위군(魏軍)을 격파하러 중원으로 가면서 후주(後主) 유선 (劉禪)에게 바친 글. 육유가 이 시를 지은 것이 1186년이니까 대략 천 년의 세월이 흐른 셈이다. 육유는 다른 시편, 예컨대 「병기서회(病起書懷)」, 「감 추(感秋)」, 「칠십이세음(七十二歲吟)」 등에서 출사표를 극찬했다. 육유에게 "출사표는 고금에 통달하여, 한밤중에 등불을 돋우고 다시 자세하게 살펴본 다.(出師一表通古今, 夜半挑燈更細看)"(「병기서회」)라고 할 정도로 삶의 지 침이었다.

千載 천재 | 공명이 죽은 뒤, 육유가 태어날 때까지의 기간이 약 천 년이라는 말이다.

伯仲間 백중간 | '伯'은 맏형, '仲'은 둘째 형. '伯仲間'은 우열이 없는 관계를 뜻한다.

칠언율시 중의 명작으로, 효종 순희 13년(1186) 시인의 나이 62세 봄에 지은 것이다.(61세에 지었다는 견해도 있다.) 당시 육유는 은둔 생활을 하고 있었는데, 벼슬을 그만둔 지 이미 6년이 넘은 때였다. 전반부에는 지난날에 대한 추억이, 후반부에는 나라의 은혜에 보답하겠다는 굳은 다짐이 교차하듯 구성되어 있다.

1연은 시인의 패기만만한 젊은 시절을 보여 준다. 2연에서는 자신이 활약하던 '과주'와 '대산관'이라는 지명을 통해 자신의 업적을 자찬하며 감개한 심정을 드러낸다. 3, 4연은 세월이 가져온 백발 속에

묻혀 버린 자신의 지난날을 아쉬워하며 마무리한다.

시인 자신이 직접 겪은 것을 바탕으로 썼지만 내면에 깔려 있는 의미는 사뭇 다르다. 어리석은 자신에 대한 날카로운 야유가 도사리고 있는 것 같기도 하지만, 한편으로는 어처구니없이 돌아가는 현실을 굳건한 기상으로 바로잡을 수 있다는 오만도 들어 있다. 이런 오만은 자신이 체험한 현실적 삶이 십여 년이 지난 오늘에 돌이켜 보더라도 소중하게 자리하고 있다는 것과 맥락을 함께한다.

검문산 산길 가다가 가랑비를 만나다
劍門道中遇微雨

옷에는 출정 먼지에 술 자국 뒤섞이고

머나먼 길 정처 없이 왔지만 넋은 나가지 않았다

이 몸은 정녕 시인이 아닌가

가랑비 속에 나귀 타고 검문산으로 들어선다

衣上征塵雜酒痕, 遠游無處不消魂.

此身合是詩人未, 細雨騎驢入劍門.

劍門 검문 | 사천성 검각현(劍閣縣) 북쪽에 있는 검문산을 말하는데, 북쪽에서 촉(蜀)으
　　　　 로 들어가는 관문이다. 좌우로 절벽이 깎아지르듯 서 있는 모습이 마치 문을
　　　　 열고 검을 세운 듯하므로 이러한 명칭이 붙었다.

微雨 미우 | 이슬비. 가랑비.

征塵 정진 | 출정한 군인이나 나그네의 몸에 붙은 먼지.

消魂 소혼 | 완전히 넋이 나가게 만드는 모양. '消'는 '쇄(鎖)'와 같다.

合是 합시 | '合'은 조자(助字)이다. '응(應)'과 거의 같은 뜻. 정녕.

詩人 시인 | 당나라의 이백, 이하 등 여마(驢馬)의 등에서 시상을 적은 시인들이 많다.
　　　　 예컨대 이백은 화음현(華陰縣)에서 나귀를 탔고, 두보는 스스로 "나귀 타기
　　　　 30년(騎驢三十載)"(「상위좌승장(上韋左丞丈)」)이라고 했으며, 가도(賈島)
　　　　 도 나귀를 타고 시를 지었다는 일화가 유명하다. 여기서 육유는 그들과 비슷
　　　　 한 입장에 있는 것이다.

未 미 | 구절 끝에 놓여 '부(否)'와 같은 의문사로 쓰인다. '~인가.'

남송 건도 8년(1172) 11월 겨울에 지은 시로, 육유의 시 중 명작으로 손꼽힌다. 시를 지을 당시 육유는 안무사참의관(安撫司參議官)이 되어 남정(南鄭, 지금의 섬서성 한중)에서 성도(成都)로 돌아오게 되었는데, 검문산을 지나며 느낀 감회를 적은 것이다.

육유는 남정에 있을 때 사천의 선무사(宣撫使) 왕염의 막하에서 군사 기밀과 관련된 일을 하고 있었다. 남정은 금나라의 최전방에서 대항하던 군사 요충지로, 시인의 "말안장 위에서 잠자고 먹는다.(寢飯鞍馬間)"(「억석(憶昔)」)라는 시구를 통해서도 알 수 있듯이 긴장과 피로의 연속이었다. 이러한 생활은 시인이 남정에서 있던 때에 한정된 것은 아니다. 2구의 '원유(遠游)'라는 시어가 암시하듯 그의 삶은 먼지로 뒤범벅될 정도로 순탄하지 못했을 뿐 아니라 고난의 연속이었다. 그래서 고통에서 잠시나마 벗어나기 위해 '술'에 빠지는 경우가 허다했다. 1구에 나타나듯 그는 먼지로 대변되는 고달픈 현실과, 그러한 현실로부터 탈출을 갈구하는 술 사이에서 방황하지 않을 수 없었다. 그러면서도 자신이 시인일 수밖에 없는 마음을 맨 마지막 두 구에서 보여 준다.

관산월 關山月

오랑캐와 화평하라는 조서 내린 지 십오 년
장군은 싸우지도 않고 공연히 변방만 지킬 뿐
붉은 대문 안 깊은 곳은 노래와 춤으로 흥청거리고
마구간의 튼실한 말은 살찐 채 죽고 활시위 끊겼다
술루(戍樓)의 조두(刁斗)는 달이 떨어지기를 재촉하고
서른 살에 종군하여 지금은 백발이구나
피리 소리에 누가 장사의 마음을 아는가
사막은 부질없이 출정한 병사들의 해골을 비춘다
중원의 전쟁은 옛날에도 들렸으니
어찌 오랑캐가 자손을 전할 수 있었으랴
떠도는 백성은 죽음을 인고하며 중원의 회복 바라는데
오늘 밤 곳곳에는 눈물 흔적뿐

和戎詔下十五年, 將軍不戰空臨邊.
朱門沉沉按歌舞, 廏馬肥死弓斷弦.
戍樓刁斗催落月, 三十從軍今白髮.
笛裏誰知壯士心, 沙頭空照征人骨.
中原干戈古亦聞, 豈有逆胡傳子孫.
遺民忍死望恢復, 幾處今宵垂淚痕.

關山月 관산월 | 악부 제목 중 하나. 또 서역의 군악인 '횡취곡(橫吹曲)'에 속한다. 관산
　　은 국경의 산.
和戎 화융 | 1164년 북벌에 실패하여 남송 왕조가 금나라와 두 번째로 굴욕적인 화친을
　　맺은 것을 뜻한다. 그로부터 순희(淳熙) 3년까지는 정확히 12년이 된다.
十五年 십오년 | 원래는 14년이므로, 이것은 개략적인 수치이다.
臨邊 임변 | 변방에 임하다.
朱門 주문 | 붉은 문. 고귀한 사람의 주택을 뜻한다.
沉沉 침침 | 깊고 조용한 모양.
按 안 | 음악을 연주하다.
廄 구 | 마구간.
肥死 비사 | 운동 부족으로 살이 쪄서 죽는 것을 가리킨다.
戍樓 술루 | 국경선 근처에 적을 감시하기 위해 쌓은 보루.
刁斗 조두 | 군대에서 사용하는 도구인데, 한낮에는 취사 기구로 사용했다가 밤이 되면
　　야경을 도는 데 썼다. 여기서는 그것을 칠 때 나는 소리를 뜻한다.
笛裏 적리 | 「관산월」은 본래 피리 곡명. 여기의 피리는 「관산월」을 연주하는 마음을 뜻
　　한다.
征人 정인 | 출정한 병사들.
干戈 간과 | 전쟁.
逆胡 역호 | 중국을 위협하는 이민족 금(金)을 가리킨다.
傳子孫 전자손 | 일대(一代)로 격퇴시킨 자손 대(代)까지를 말한다.
遺民 유민 | 여기서는 북송 이래의 신하를 뜻한다.

'횡취곡'을 제목으로 취하여 혼란스러운 시국의 모습과 그 사회의 구
성원인 시인의 입장을 노래한 시이다. 앞 부분에서는 금나라와의 굴
욕적인 강화 후에 나타난 비참한 결과를 격분한 어조로 그리고 있다.

8구의 '해골(骨)'이란 시어에 보이는 섬뜩함은 조정 대신 모두가 부끄러워해야 할 사안이 무엇인지 가늠케 한다. 맨 마지막의 '눈물 흔적(淚痕)'이란 시어도 독자에게 다시 한 번 가슴을 뭉클하게 만드는 힘이 있다.

따라서 이 시를 이야기시(narrative poetry)라고 할 수 있다. '융흥화의(隆興和議)'를 중심으로 하면서도 시적 상상력과 기술이 독자에게 충분한 설득력을 주기 때문이다. 이 시에는 백성과의 공동체 의식이 스며들어 있고, 시인이 꿈꾸는 남송 조정에 대한 저항과 부정도 들어있으며, 백성에 대한 연민과 위정자에 대한 분노 두 감정의 축은 결코 공허한 개인적 차원의 말놀음이 아님을 보여 준다.

아이들에게 보여 주다 示兒

죽어 버리면 원래 모든 일이 부질없음 알건만
오로지 구주의 통일 보지 못하는 게 슬플 뿐
천자의 군대가 북쪽 중원을 평정하는 그날
집안 제사 때 너희 아버지께 알리는 것 잊지 마라

死去元知萬事空, 但悲不見九州同.
王師北定中原日, 家祭無忘告乃翁.

示 시 | 사물을 전시하여 사람들에게 보여 주다. '시아(示兒)'는 아들에게 읽어 준다는
　　　의미가 깊다.
兒 아 | 육유에게는 65세의 장남을 비롯하여 33세의 막내까지 자식이 모두 여섯 명 있었
　　　다. 물론 여기서 시인이 말하는 '兒'는 친자식에게만 국한된 표현이 아니라
　　　남송 전체의 후손들을 가리킨다.
元 원 | '본래', '원래'라는 뜻으로 '원(原)'과 같다.
九州同 구주동 | 상고시대의 제왕 우(禹)가 천하를 기(冀), 곤(袞), 청(靑), 서(徐), 양
　　　(揚), 형(荊), 예(豫), 양(梁), 옹(雍) 등으로 나눈 것으로, 여기서는 고대
　　　중국을 대신 가리키는 말로 쓰였다.
王師 왕사 | 천자의 군대. 남송의 군대를 가리킨다.
家祭 가제 | 집안의 선조에게 제사 지내는 것. 이 구를 임경희(林景熙)는 「육방옹의 시
　　　집을 읽은 뒤에 짓다(書陸放翁書卷後)」에서 "자손들은 오히려 천하 통일을
　　　보고, 선조의 제사에서 아버지에게 뭐라고 말할까?(來孫却見九州同, 家祭如
　　　何告乃翁)"라고 했다.
翁 옹 | 부친. 아버지가 자식들에게 스스로를 일컫는 말로, 육유 자신을 가리킨다.

육유가 85세의 나이로 세상을 떠나기 직전인 가정(嘉定) 3년(1210) 어느 봄날에 지은 시이다. 이 시가 '사(死)'로 시작하는 것은 시인의 유언이나 다름없는 절필시이기 때문이다. 그는 우선 '원지(元知)' 두 글자로 자신의 광달한 마음과 어떤 것에도 얽매이지 않음을 강조한 다. 이 강조는 2구에 나오는 '단(但)'의 특성을 한층 부각시키기 위한 것이다. 목숨이 붙어 있는 마지막 순간까지 삶의 목표로 삼았던 '구주 의 통일(九州同)'이 이룩되지 않았는데, 그보다 앞서 이 세상을 떠나 야 하는 안타까움과 슬픔을 두드러지게 한다.

조각배 타고 마을 가까이서 놀다가 배 버리고 걸어서 돌아가다 小舟游近村舍舟步歸

비껴 선 태양, 오래된 버드나무, 조씨 별장
북을 짊어진 눈먼 노인이 때마침 연기를 한다
죽은 뒤에는 옳고 그름을 누가 관장하려나
온 마을 사람들 채중랑에게서 듣겠지

斜陽古柳趙家莊, 負鼓盲翁正作場.
死後是非誰管得, 滿村聽說蔡中郎.

趙家莊 조가장 | 대부분의 사람들이 조씨(趙氏) 성을 갖고 있는 마을.
負鼓盲翁 부고맹옹 | 북을 짊어지고 노래하면서 이 마을 저 마을로 떠도는 눈먼 노인.
蔡中郎 채중랑 | 후한 말의 문인 채옹(蔡邕, 133?~192). 자는 백개(伯皆)이고, 동탁이
　　　집권할 때 좌중랑장을 지냈기 때문에 채중랑이라는 명칭이 붙었다.

392

채중랑(채옹)은 효성이 지극한 사람이다. 민간 전설에 의하면 채옹이 부모와 조강지처를 버리고 대관의 딸과 결혼하여 출세했다가 결국에는 벼락맞아 죽었다고 하는데, 역사적 자료에 의하면 그는 결코 그런 짓을 할 사람이 아니다.

　시인은 채옹을 풍자적인 의도로 인용하였다. 즉 시인은 역사적 의미와 시의 새로운 문맥에서 창조된 의미의 혼용 현상에 주목한 것이다. 시인은 세상에 속해 있으면서도 속세를 초극하여 진정한 자유를 누릴 수 있기를 희망하고 있다.

산남행 山南行

내가 산남을 떠난 지 벌써 사흘인데
새끼줄처럼 큰길이 동서로 뻗어 있다
평평한 시내와 비옥한 들은 끝이 보이지 않고
보리밭 두렁은 푸르고 뽕나무는 울창하다
지세는 함진에 가까워서 습속이 호방하며
그네 타기와 축구를 조를 나누어 한다
말은 먹거리가 많아 발굽이 튼실하여
수양버들 우거진 좁다란 길에도 수레 소리 드높다
예로부터 흥하고 망하는 곳은 분명하거늘
눈을 들어 보니 산천은 의구하다
장군대 앞에는 차가운 구름이 낮게 걸려 있고
승상의 사당 앞은 봄날이 저문다
나라가 사십팔 년 동안 중원을 잃었건만
장강과 회하에 출병해도 공 이루기 힘들다
천하 형세로 왕의 군대를 보건대
오히려 관중을 근거지로 삼아야 하리라

我行山南已三日, 如繩大路東西出.
平川沃野望不盡, 麥隴靑靑桑鬱鬱.
地近函秦氣俗豪, 鞦韆蹴鞠分朋曹.

394

苜蓿連雲馬蹄健, 楊柳夾道車聲高.
古來歷歷興亡處, 擧目山川尙如故.
將軍壇上冷雲低, 丞相祠前春日暮.
國家四紀失中原, 師出江淮未易呑.
會看金鼓從天下, 却用關中作本根.

山南 산남 | '山'은 종남산을 가리킨다. 즉 종남산 남쪽이라는 뜻이다.

如繩 여승 | 새끼줄처럼.

函秦 함진 | 섬서성, 감숙성 일대 진(秦)나라의 옛터로 그 동쪽이 험준한 함곡관(函谷關)이었으므로 붙은 명칭이다.

鞦韆 추천 | 그네.

蹴鞠 축국 | 오늘날의 '축구'와 비슷하다.

分朋曹 분붕조 | '조(組)'나 '대(隊)'로 나누어 시합하는 것을 가리킨다.

苜蓿 목숙 | 속명은 '금화채(金花菜)' 혹은 '초두(草頭)'. 콩과에 속하는 일년초로, 소와 말의 사료 또는 먹이로 중요하게 사용된다.

歷歷 역력 | 분명한 모양. 사물이 질서정연한 모양.

丞相祠 승상사 | 제갈량의 공적을 기념하여 촉한 후주가 세운 무후묘(武侯廟).

四紀 사기 | 1기(紀)는 12년, 따라서 4기는 48년이다. 중원이 고종 건염 원년(1127)에 금나라의 수중에 들어갔을 때부터 육유가 이 시를 쓸 때(1172)까지는 이미 46년이 되었다.

江淮 강회 | 장강과 회하.

未易呑 미이탄 | 장강과 회하 일대는 형세가 좋지 않으므로 그곳으로부터 군대를 일으키면 공을 이루기 어렵다는 말이다.

金鼓 금고 | 옛날에 군대끼리 교전할 때 사용한 것이지만, 여기서는 왕사(王師)를 가리킨다.

關中 관중 | 함곡관 서쪽.

고종 소흥 초년에 이르러 남정은 금나라의 손아귀에 들어가게 되었고, 가까스로 이곳을 수복한 뒤에도 몇 년 동안 내팽개쳐졌다. 시인은 남정 일대를 자기 눈으로 똑똑히 보자 옛 땅을 회복해 보겠다는 희망을 갖게 되었다.

이 시는 뒷부분 네 구가 군사 출정에 관한 의론임을 제외하면, 나머지 부분은 마치 종남산 남쪽의 풍토와 인정 및 자연 경물을 묘사한 유기(游記)와 비슷하다. 이 시의 또 다른 특징은 시인의 정치관과 시국관이 잘 나타나 있을 뿐만 아니라 인생 역정과 창작 생애의 전환점도 잘 나타난다는 점이다.

망강 길에서 望江道中

내 길은 잘못되지 않았건만 광야에 왔고
장강 물결도 이와 같으니 어디로 갈까
출발은 까막까치가 처음 날개를 퍼덕거릴 때
투숙하는 것은 소와 양이 산을 내려가려 할 때
바람 힘이 점점 거세지니 돛에 힘이 붙고
노 젓는 소리는 늘 기러기 소리와 섞여 슬프다
저녁이 오니 또 회남 길로 들어왔는데
붉은 나무와 푸른 산에는 정녕 시가 있겠지

吾道非邪來曠野, 江濤如此去何之.
起隨烏鵲初翻之, 宿及牛羊欲下時.
風力漸添帆九健, 艣聲常雜雁聲悲.
晚來又入淮南路, 紅樹靑山合有詩.

望江 망강 | 지금의 안휘성 망강현(望江縣). '망강'은 장강을 끼고 안휘성에서 강서성으
　　　　　　로 들어가는 북쪽 해안에 있다.
吾道非邪 오도비사 | 『사기』「공자세가」에서 공자가 곤궁에 처했을 때 한 말이다.
曠野 광야 | 드넓은 벌판.
烏鵲 오작 | 까막까치. 일설에는 까마귀라고도 한다.
翻 번 | 새가 날개를 퍼덕이는 것.
牛羊欲下 우양욕하 | 산에서 방목하던 소와 양이 해가 저물어 내려오는 것을 말한다.
艣聲 노성 | 노 젓는 소리.
淮南 회남 | 회수 남쪽 일대. 망강은 당시 행정상 회남 서쪽 길에 속했다.

승 합 | '당當', '응應'과 같다. 정녕.

시인이 41세 때 지은 작품으로 좌천되었다가 장강에서 북방 망강으로 가는 길에 지은 것이다.

   1연에서는 산문식의 구법과 전고를 운용하였고, 2연에서는 여행 중의 아침과 저녁 모습을 대구적으로 묘사하였다. 3연 역시 엄격한 대구로 구성되어 있다. 문법적인 구성을 보면 '첨(添)'과 '잡(雜)'이라는 동사는 아래에 목적어 '범력(帆力)'과 '안성(雁聲)'을 두었으며, 그 목적어는 또 주어가 되어 아래에 술어 '건(健)'과 '비(悲)'를 두었다. 마지막 연은 회남 서쪽 길에서 망강 길을 바라본 것인데, 1연의 비장감을 조금은 사그라들게 한다.

초성 楚城

강가 황량한 성에 원숭이와 새가 슬피 우는데
강을 사이에 두고 바로 굴원의 사당이 있다
천오백 년이 지난 옛일이되
단지 여울 소리만 옛날과 같다

江上荒城猿鳥悲, 隔江便是屈原祠.
一千伍百年來事, 只有灘聲似舊時.

楚城 초성 | 장강 남쪽에 있는 산곡간(山谷間)에 있다. 귀주성(貴州城)과 그 동남쪽 5리
　　　　바깥에 있는 굴원의 사당과는 강 하나를 사이에 두고 있다.
屈原 굴원 | 초나라의 충신.

시 제목을 '초성(楚城)'이라 붙인 것은 단순한 공간적 배경 제시 이상의 의미를 함축하고 있다. 1구는 시대를 고뇌하는 시인의 모습을 담고 있으며, 2구는 '초성'에 와서 느낀 감회를 암시한다. 3, 4구에서는 쓰러져 가는 조국 남송에 대한 애틋한 마음을 보여 준다. 영사시(詠史詩)에 속하는 이 작품은 '비(悲)'의 감정이 처절하고 애절하면서도 고통과 괴로움을 동반하면서 전개되며, 정서적 체험이 밑바닥에 깔려 있다.

임안의 봄비가 막 개다 臨安春雨初霽

세상 사는 맛 요즘 들어 비단처럼 얇은데
그 누구를 말 태워 수도의 손님이 되게 하겠는가
작은 누각에는 밤새 봄비가 들리고
깊숙한 골목에서는 내일 아침 살구꽃이 팔리겠지
작은 종이 비스듬히 펼쳐 한가로이 초서를 쓰고
맑은 창 옆에서 세세하게 맛보며 짓궂게 차를 넣는다
흰옷에 먼지 바람 분다고 한탄하지 말지니
또 청명절에는 집에 당도하리라

世味年來薄似紗, 誰令騎馬客京華.
小樓一夜聽春雨, 深巷明朝賣杏花.
矮紙斜行閑作草, 晴窓細乳戲分茶.
素衣莫起風塵嘆, 猶及淸明可到家.

臨安 임안 | 남송의 수도로 지금의 항주.
霽 제 | 비가 그치고 날이 개다.
京華 경화 | 수도. 번화하다는 뜻을 갖고 있다.
賣杏花 매행화 | 살구꽃을 파는 것. 아침에 꽃을 팔기 위해 소리를 지르는 것은 남송 도
　　　　　회지 풍물의 하나이다.
矮紙 왜지 | 폭이 좁은 작은 종이.
細乳 세유 | 차를 들여왔을 때 서서 세밀하게 맛을 보는 것.
分茶 분다 | 차를 넣다.

육유　　　　　　　　　　　　　　　　　　　　　　　401

62세에 지은 이 시는 정치에 대한 시인의 실망으로 가득 차 있는 작품 중 하나이다. 사실 시인이 이 세상에 대한 관심을 '비단(紗)'에 비유하고 있는 것은 삶의 회한을 단적으로 나타내는 것인 동시에, 그 이면에는 여전히 그가 속해 있는 세상에 강한 연민을 느끼고 있음을 나타낸다. 그의 불안정한 마음 상태는 그가 부지사(副知事) 자격으로 떠나려는 엄주(嚴州) 지방의 한적함과 현재 머물고 있는 수도 임안의 번화한 모습의 대비를 통해 분명해진다. 이 두 공간의 두드러진 특징은 제목 '막(初)'이라는 부사의 활용과 '봄비(春雨)'에 의지하고 있다.

시인은 작은 누각(小樓)에 앉아 밤새도록 떨어지는 봄비 소리를 듣는다. 하지만 다음 날 아침 날이 개면 도시의 깊숙한 작은 골목에는 살구꽃 사라는 목소리가 낭랑하게 들려올 것이라는 4구는 3구와 대조적인 삶이 진행되고 있는 곳에서 못다 이룬 꿈을 펼쳐 보고 싶은 옅은 희망을 표현한 것이다.

11월 4일 거센 비바람이 몰아치다
十一月四日風雨大作

(二)

힘겹게 고적한 시골에 누웠어도 스스로 슬퍼하지 않고
오히려 나라 위해 변방 지키러 갈 일을 생각한다
밤에 난간에 누워서 듣는 비바람 소리
무장한 군마가 얼음 덮인 강물을 건너 꿈속으로 들어온다

僵臥孤村不自哀. 尙思爲國戍輪臺.
夜闌臥聽風吹雨, 鐵馬氷河入夢來.

僵 강 | 형체가 쇠락함을 형용한다. 힘겹게.
孤村 고촌 | 육유의 고향인 산음현.
輪臺 윤대 | 금나라와의 국경 지역을 가리킨다.

2수 중 두 번째 시인 이 시의 전반부는 시인의 숭고한 이상적 경지를 그리고 있다. '강(僵)'은 '고(孤)'와 어울려 시인의 처지를 좀 더 정확하게 그려 낸다.

밤이 깊어지면 깊어질수록 시인은 중원이 회복되리라는 가상을 한다. 그렇지만 이런 가상은 현실에서는 이루어지기 어려운 일이다. 여기에 쓰인 '몽(夢)' 자는 그런 감정을 토로할 수 있는 여유 공간이다. '몽래(夢來)'라는 단어에는 비극적인 현실이 반영되어 있다.

봄은 저물어 春殘

석경산 앞에서 석양을 배웅하는데
봄은 저물어 고개 돌려 떨치지 못한다
태평성대의 장사들은 공도 없이 늙어 가고
고향이 머나먼 병사들은 꿈속에서나 가 본다
목숙 싹은 관도 위에까지 뻗어 있고
들꽃과 잡초는 보리밭에 드문드문하다
떠도는 이 신세 병약함을 스스로 비웃건만
누가 기억하랴 매 날리며 사냥에 취했던 일을

石鏡山前送落暉, 春殘回首倍依依.
時平壯士無功老, 鄕遠征人有夢歸.
苜蓿苗侵官道合, 蕪靑花入麥畦稀.
倦游自笑摧頹甚, 誰記飛鷹醉打圍.

石鏡山 석경산 | 지금의 절강성 임안(臨安)에 있는 무담산(武擔山)을 가리킨다.
落暉 낙휘 | 태양이 산으로 떨어질 때의 엷은 빛.
依依 의의 | 떨치지 못하는 모양. 연민에 쌓인 모습.
時平 시평 | 태평성대. 여기서는 반어적으로 사용되어 조정을 풍자하는 말이다.
蕪靑 무청 | 잡초. 만청(蔓菁)이라고도 하며 노란색 꽃이 핀다.
麥畦 맥휴 | 보리밭.

새로운 탄생의 의미를 갖는 봄은 대체로 탄생이 주는 기쁨과 환희, 그리고 희망을 상징한다. 이런 긍정적인 감정을 산출하는 봄의 이미지와 달리, 이 시는 '춘잔(春殘)'이라는 제목이 암시하듯 부정적이다.

이 시에서 봄은 시인이 실재하기 위한 공간이 되지 못한다. 시인은 기쁨과 탄생의 이미지를 환기시키는 계절의 한가운데에 있으면서도 봄이라는 계절이 주는 아름다운 감정을 체험하지 못하고 있다. 이러한 사실은 시의 전반적인 분위기에서 나타나고 있지만 감정의 여운이 짙게 배어 있다는 점으로 요약된다.

9월 1일 밤 『검남시고』를 읽고 느낀 바 있어 급히 붓을 들어 노래하다 九月一日夜讀詩稿有感走筆作歌

나 옛날에 시를 배웠건만 터득하지 못하고

여생을 남 따라 구걸하는 일만 되풀이한다

힘과 기운 약해지고 타성에 젖은 것 스스로 아는데

망령되이 허명을 취하니 부끄럽기만 하다

마흔에 종군하여 남정에 주둔했는데

진영 안에서는 밤낮으로 잔치만 벌였다

공 차고 축대를 쌓은 것도 천 보나 되고

늘어선 마구간에서 말을 본 것만도 삼만 필에 이른다

화려한 등불 아래서 노름하는 소리 누각에 가득하고

옥비녀 낀 미인들의 고운 춤에 빛이 연회 자리를 비추었다

비파 줄 팽팽하여 얼음과 우박이 난무하는 듯하고

갈고 치는 솜씨 어우러져 비바람처럼 달린다

시 짓는 비결이 홀연히 앞에 나타나니

굴원과 가의가 눈앞에 멀리 역력하다

천기와 운금이 나에게 달려 있으니

다듬는 오묘한 솜씨는 자로도 잴 수 없다

세상에 재능 있는 인사 부족하지 않건만

서로 떨어진 하늘과 땅을 조금도 합치지 못한다

내가 늙어 죽는 것을 어찌 논하리오

육유

「광릉산」이 끊어지니 더욱 애석하네

我昔學詩未有得, 殘餘未免從人乞.
力屌氣餒心自知, 妄取虛名有慚色.
四十從戎駐南鄭, 酣宴軍中夜連日.
打球築場一千步, 閱馬列廐三萬匹.
華燈縱博聲滿樓, 寶釵艶舞光照席.
琵琶弦急氷雹亂, 羯鼓手勻風雨疾.
詩家三昧忽見前, 屈賈在眼遠歷歷.
天機雲錦用在我, 剪裁妙處非刀尺.
世間才杰固不乏, 秋毫未合天地隔.
放翁老死何足論, 廣陵散絶還堪惜.

詩稿 시고 | 시인이 편찬한 『검남시고(劍南詩稿)』를 가리킨다.
走筆 주필 | 붓을 빨리 놀리다.
學詩 학시 | 강서시파의 저명한 시인들은 일찍이 시 수업을 받았는데, 그것을 가리킨다.
屌 잔 | 유약하다. '약(弱)' 자와 같은 뜻이다.
打球 타구 | 중국 고대 운동 종목 중 하나로, 무술을 연마하는 데 이용했다. '격국(擊
　　　　鞠)', '격구(擊球)'라고도 부른다.
羯鼓 갈고 | 고대 소수민족 갈족(羯族)의 악기.
三昧 삼매 | 본래는 불교 용어인데, 여기서는 '비결, 요령'의 뜻으로 쓰였다.
屈賈 굴가 | 굴원과 가의.
歷歷 역역 | 분명한 모양.
天機雲錦 천기운금 | 신화 속에 나오는 직녀가 사용하던 방적기와 그것을 이용하여 짠 비단.
廣陵散 광릉산 | 옛날 금슬의 곡명.

408

시인이 68세 때 지은 시로 세 단락으로 구분된다. 1구부터 4구까지는 남정으로 종군가기 전의 생활을 노래한 것으로, 어린 시절 시를 처음 배울 때의 상황을 묘사하고 있다. 5구부터 16구까지는 남정으로 종군을 떠난 뒤 시적 경지의 전환이 이루어졌음을 노래하는데, 이 시의 주된 전장의 분위기와 시인의 감회가 담겨 있는 부분이다. 여기에는 구체적이고 세부적인 묘사를 통해 장려한 풍격이 형성되어 있고, 전반적으로 대구가 되도록 표현함으로써 안정된 분위기를 유도하였다. 17구부터 20구까지는 자신의 재능 부족으로 인해 뛰어난 작품을 쓰지 못하는 시인 스스로의 한탄으로 분위기를 종결시킨다.

돌아와서 한중의 경내에 묵다 歸次漢中境上

구름사다리와 병풍 같은 산에서 노닌 지 한 달 만에
말발굽은 이제 즐거이 양주 땅을 밟는다
땅은 진옹에 이어지고 냇물 흐르는 평원은 장대한데
강물은 형주와 양주로 내려가며 밤낮 흐른다
허약한 남은 적들 어찌 훗날을 도모하리
외로운 신하는 잠 못 이루고 홀로 사사로이 근심한다
좋은 때 뒷날의 한을 걱정하니
대산관 꼭대기는 또 가을빛이로구나

雲棧屛山閣月遊, 馬蹄初喜踏梁州.
地連秦雍川原壯, 水下荊揚日夜流.
遺虜屛屛寧遠略, 孤臣耿耿獨私憂.
良時恐作他年恨, 大散關頭又一秋.

歸次 귀차 | 돌아오는 도중에 묵는 것.
漢中 한중 | 지명. 지금의 섬서성 한중현(漢中縣)을 중심으로 하는 섬서성 남쪽 일대.
境上 경상 | 군경(郡境) 근처.
雲棧 운잔 | 구름이 걸려 있는 잔도(棧道). 산 중턱에 나무판을 놓아 사람이 건널 수 있
          게 한 사다리인데, 이백의 「촉도의 험난함이여(蜀道難)」에서도 노래했듯이,
          험난하기로 이름난 곳 중의 하나이다.
屛山 병산 | '屛山'은 문자상으로는 '병풍 같은 산'인데, 육유의 「금병산을 유력하다가 두
          보의 사당을 찾아(游錦屛山謁杜少陵祠堂)」라는 다른 시의 제목이 있음을 볼
          때 금병산(사천성 낭중현에 있는 산)을 가리키는 것 같다.

閏月 열월 | 한 달이 지나다. '閏'은 '월(越)'과 통한다.
梁州 양주 | 한중. 고대 중국의 구분으로 10주 중 한 곳.
秦雍 진옹 | 진(秦)은 고대 9주 중 옹주(雍州)에 있었으므로 '진옹(秦雍)'이라 부른다.
水 수 | 한수를 가리킨다.
荊揚 형양 | 형주(장강 중류 일대로 지금의 호북성 일대)와 양주(장강 하류 지역으로 지
　　　　금의 강소성 일대).
遺虜 유로 | 남아 있는 적. 금(金)을 가리킨다.
屠屠 잔잔 | 벌벌 떠는 모습.
耿耿 경경 | 잠이 오지 않는 것. 혹은 마음이 편안하지 않은 것을 가리킨다.
大散關 대산관 | 섬서성 서쪽, 지금의 보계시(寶鷄市) 남쪽 관채(關砦). 한중으로부터는
　　　　　　 북쪽에 해당한다. 당시 송과 금의 최전선이었다.

건도 8년(1172) 육유가 48세 때 지은 시이다. 시 제목에 나오는 '귀차
(歸次)'라는 말을 통해서도 알 수 있듯이, 육유의 생애에서 왕염의 막
하에 있던 때는 득의기이며 자신의 희망을 실현할 유일한 기회였다.
그러나 그의 눈앞에 펼쳐진 실제 상황은 이와는 정반대였다.

　시인은 '남은 적들(遺虜)', '허약한(屠屠)' 등의 시어로 금나라 병력
이 많지 않을 뿐 아니라 투지도 찾아볼 수 없음을 나타내고 있다. 마
지막 연에서 시인은 우국애민으로 일생을 보낸 사람답게 서북쪽 전선
에 친히 가서 관찰하고, 적군의 농태를 분석한 다음 지금이야말로 중
원을 수복할 절호의 기회라고 여긴다. 그러나 '공작(恐作)'이라는 단
어가 암시하듯 이미 시인은 현실 상황을 한탄하고 있다.

장가행 長歌行

인생 살면서 안기생이 되지 못하고
취해 동해로 들어가 큰 고래를 타며 놀았네
오히려 응당 이서평이 되어
손으로 역적을 때려잡아 옛 수도를 깨끗이 해야 한다
황금 도장이 번쩍일 뿐 수중에는 없이
흰 머리카락만 짧아 무정히도 자란다
성도의 옛 절은 가을 저녁에 누워 있고
떨어지는 해는 한편으로 스님 있는 창문을 밝힌다
어찌 말 타고 적을 죽이고
시를 길게 지어 읊으며 겨울 매미처럼 우는가
주흥이 일어나니 시장 다리의 술을 다 사 버려
큰 수레가 좋지 않은 길을 가는데 긴 술병으로 가득하다
슬픈 현악기와 호방한 관악기가 실컷 술을 마시게 돕고
거야택으로 황하가 기울어 쏟아지는 듯하다
평상시는 한 방울도 입에 대지 않더니
의기가 갑자기 모든 사람을 놀라게 한다
나라의 원수 갚지 못하는데 장사는 늙어만 가니
칼집 속의 보검이 밤에 소리 낸다
언제 개선하는 장병들에게 잔치를 베풀까
삼경인데 눈이 비호성을 짓누른다

人生不作安期生, 醉入東海騎長鯨.
猶當出作李西平, 手梟逆賊淸舊京.
金印煌煌未入手, 白髮種種來無情.
成都古寺臥秋晚, 落日偏傍僧窓明.
豈其馬上破賊手, 哦詩長作寒螿鳴.
興來買盡市橋酒, 大車磊落堆長瓶.
哀絲豪竹助劇飮, 如鉅野受黃河傾.
平時一滴不入口, 意氣頓使千人驚.
國仇未報壯士老, 匣中寶劍夜有聲.
何當凱旋宴將士, 三更雪壓飛狐城.

長歌行 장가행 | 고대 가곡의 일종.
安期生 안기생 | 전설에 의하면 진시황 때의 신선이라고 한다.
騎長鯨 기장경 | 호방하고 통쾌하게 노는 것을 형용한다.
李西平 이서평 | 당나라 덕종 때 주차(朱泚)의 난을 평정하고 서경을 수복한 명장 이성
            (李晟)을 가리키는데, 서평군왕(西平郡王)으로 봉해진 데서 붙은 이름이다.
梟 효 | 죽이다.
舊京 구경 | 당나라 수도 장안.
金印 금인 | 고대 대관(大官)이 지니던 황금 도장.
煌煌 황황 | 밝게 빛나는 모양.
種種 종종 | 머리카락이 짧고 적은 모양.
豈其 기기 | 설마 ~하겠는가.
哦 아 | 낮은 소리로 시를 외우다.
市橋 시교 | 시장의 다리 주변.
磊落 뇌락 | 돌이 일정하지 않은 모양으로 쌓인 것. 좋지 않은 길.
劇飮 극음 | 술을 양껏 마시다.

육유   413

鉅野 거야 | 고대의 거야택(鉅野澤). 현재의 산동성 거야현(巨野縣) 부근에 있었다.
匣 갑 | 칼집.
飛狐城 비호성 | 현재 하북성 내원현(淶源縣). 당시 금나라에게 침략당했다.

순희(淳熙) 원년(1174)에 지은 시로, 시인의 우국 정신을 낭만주의적
수법으로 노래한 압권이다. 이 시는 시인의 원대한 포부를 나타내는
것으로부터 시작한다. 앞 네 구는 각기 독립된 구로서 시를 이루는 것
이 아니라 '인생(人生)'이라는 공통된 주어를 갖고 있으므로, 구와 구
를 분리하기보다는 하나의 연결된 고리로 보는 것을 전제로 해야 할
것이다. 이러한 표현은 앞으로 전진하려는 패기와 기세를 드러내려는
시인의 의도에서 말미암은 것이다. 만일 인생이라는 것을 안기생 같
은 신선조차도 어찌할 수 없다면 술에 취해 큰 바다를 돌면서 이서평
같은 명장이 되어 역적을 몰아내고 수도를 회복하겠다는 의지를 표명
한다.

심씨의 정원 沈園

(一)

성 위로 해 기울고 채색한 호각이 애달픈데
심씨의 정원은 더 이상 옛 연못과 누대가 아니네
상심한 다리 아래엔 봄 물결이 푸르고
일찍이 놀란 기러기가 그림자를 비추며 오네

城上斜陽畫角哀, 沈園非復舊池臺.
傷心橋下春波綠, 曾是驚鴻照影來.

沈園 심원 | 심씨(沈氏) 소유의 정원. 심씨가 누구인지는 명확하지 않다. 이 정원은 절강
　　　　　성 소흥현 우적사(禹迹寺) 남쪽에 있다.
畫角 화각 | 각적(角笛) 모양으로 만들어진 호각으로 색채를 입힌 것이다. 옛날에 군에
　　　　　서 날이 샐 시간을 알릴 때 사용했다.
池臺 지대 | 연못과 높은 누각.
驚鴻 경홍 | 놀란 기러기. 조식(曹植)의 「낙신부(洛神賦)」에서는 여자의 아름다운 자태
　　　　　가 가벼운 것을 '驚鴻'으로 비유하였는데, 여기서는 당완(唐琬, 죽은 전처)
　　　　　의 대칭으로 사용되었다.

두 수의 연작시 중 첫 작품으로 경원 원년(1195) 시인이 75세 되던 해 봄에 지은 시이다. 육유는 20세경에 당완(唐琬)이라는 여자와 결혼을 했다. 육유와 당완은 서로의 애정으로 결혼 생활을 시작했지만, 시인의 어머니 당씨와 당완은 본래 고모와 조카딸 사이로 달갑지 않은 관계였고 결국 이혼하게 된다.

당완은 이혼한 뒤 송나라 왕실과 혈연관계가 있는 조사정(趙士程)이라는 사람과 재혼한다. 육유도 얼마 지나지 않아 새로이 조씨 성을 가진 여인을 아내로 맞이하여 자식을 두 명 두었으며, 가정도 안정되었다. 당씨는 육유가 71세 때 먼저 세상을 떠났다.

그런데 육유가 전시(殿試)에서 진회(秦檜)의 방해로 낙제한 31세 때, 심씨의 정원에 가서 뜻밖에도 전처 당완과 재회하게 된다. 그때 당완은 남편 조사정에게 말하여 육유에게 주연을 베푼다. 그때 육유는 심씨의 저택 벽에「차두봉(釵頭鳳)」한 편을 짓고 떠난다. 육유는 만년에 이르기까지 그녀의 일을 잊지 못하고, 이 시를 지어 그리운 마음을 노래했다.

2구의 '비(非)' 자는 두 삶의 회복 불가능한 관계를 의미하며, 3, 4구는 시인이 봄물을 따라 떠올리는 상(象)에 대한 묘사이다.

머리맡에서 우연히 짓다 枕上偶成

쫓겨난 신하 다시는 수문을 바라보지 않고
자신을 강가의 누런 단풍 든 촌락에 맡겼다
술 갈증에 성긴 비가 떨어지는 것을 즐거이 듣는데
꿈에서 돌아왔으나 수심에 잠겨 희미한 등불을 마주한다
황하와 동관 같은 빼어난 곳을 어찌 끝내 버릴진대
주나라와 한나라의 규모는 자세히 논의해야지
스스로 구름가의 기러기만 못함을 한탄하며
남쪽에서 와 여전히 중원을 지나간다

放臣不復望修門, 身寄江頭黃葉村.
酒渴喜聞疏雨滴, 夢回愁對一燈昏.
河潼形勝寧終棄, 周漢規模要細論.
自恨不如雲際雁, 南來猶得過中原.

放臣 방신 | 쫓겨난 신하로서, 여기서는 시인을 자칭한다.
修門 수문 | 남송의 수도 임안을 가리킨다.
潼 동 | 동관(潼關)을 가리킨다. 오늘날의 섬서성에 있으며 낙양(洛陽)에서 장안(長安)
　　　으로 가는 요충지이다.

효종(孝宗) 순희 16년(1189) 가을, 남송 조정은 육유에게 '조영풍월 (嘲咏風月)'이라는 죄명을 씌워 관직을 박탈해 버린다. 이런 참언과 무리한 조치에 대항하여 육유는 분연히 임안을 떠나 전에 살던 산음 으로 돌아가게 된다. 그는 수년 동안 관직에 있었으면서도 자신을 위 해 재산을 모은 적이 없었다. 물론 육유의 이런 심경이 사사로운 것은 아니다.

1구는 시인 자신의 불만을 드러낸 것인 동시에 분연한 심정도 기탁 되어 있다. 2연에서 '주갈(酒渴)'은 오랫동안 술을 마시지 않으면 갈 증이 나서 물을 생각하게 된다는 것이다. 3연은 주나라와 한나라 양 대가 하동(河潼)을 근거지로 하여 중원을 모색하고 전국을 통일한 것 을 잘 알아야 한다는 내용이다. 마지막 연은 끝없는 서글픔의 표출로, 극도의 비애감에 사로잡혀 있다.

산 위의 돌 山頭石

가을바람에 온갖 나뭇잎 떨어지고
봄비에 모든 풀이 자라난다
조물주는 처음에 어떤 마음이었기에
때가 되면 절로 마르고 번창하는구나
오직 산 위에는 돌만 있는데
세월 길어 헤아릴 수 없다
사계절 운행을 모르기에
항상 태곳적 빛을 지녔구나
늙은이는 한평생 이 산속에 살며
다리 힘 다하였는데도 산을 오른다
언제나 돌을 어루만지며 무수히 탄식하건만
어찌 이 몸이 당신처럼 강해질까

秋風萬木霣, 春雨百草生.
造物初何心, 時至自枯榮.
惟有山頭石, 歲月浩莫測.
不知四時運, 常帶太古色.
老翁一生居此山, 脚力欲盡猶躋攀.
時時撫石三歎息, 安得此身如爾頑.

이 시에서 시인은 자신도 돌처럼 흐르는 세월 속에서 완고하게 저항하며 살 수 있다는 강한 신념을 나타내고 있다. 이에 비하여 그의 도착 지점인 성도는 임안(지금의 항주)의 외곽 지역에 있는 남송 때 수도로서 당시 가장 번화했던 도시이다. 이처럼 최전방에서 번화한 도시로 이동하는 과정은 시인의 심리적인 면에도 공간의 이동만큼이나 큰 영향을 미친다.

집 북쪽의 조락하는 경물이 특히 아름다워 우연히 짓다 舍北搖落景物殊佳偶作

작은 마을은 사주 북쪽이고

가로놓인 숲이 어부 집의 동쪽이다

뱃머리에 취해 자는 노인

소 등에 서 있는 마을 목동

해 지니 구름은 온통 푸르고

서리가 남아 있어 나뭇잎이 반쯤 붉다

곤궁한 물고기는 날개를 쉬고 있는 새와 짝하고

끝내 기꺼이 연못과 새장에 있다

小聚鷗沙北. 橫林蟹舍東. 船頭眠醉叟. 牛背立村童.
日落雲全碧. 霜餘葉半紅. 窮鱗與倦翼. 終勝在池籠.

舍北 사북 | 집 북쪽.
搖落 요락 | 날씨가 추워져 초목의 잎이 시들고 떨어지는 것.
小聚 소취 | 조그만 집이 모여 있는 마을.
鷗沙 구사 | 사주(砂洲). 삼각주.
蟹舍 해사 | 게나 물고기를 잡는 어부의 작은 집.
窮鱗 궁린 | 곤궁한 물고기. 곤궁한 사람을 비유한다.
倦翼 권익 | 날개를 쉬고 있는 새. 인생에 지친 사람을 비유한다.
池籠 지롱 | 본래는 지어롱조(池魚籠鳥). 즉 연못의 물고기와 새장의 새라는 뜻으로 자
　　　　 유롭지 못한 몸을 비유적으로 나타낸 것이다.

경원 2년(1196), 육유가 72세 되던 해 겨울에 지은 시이다. 시인은 만년에 머물던 고향 산음의 집 주변 경물을 한적한 마음으로 그려 나가고 있다.

시인은 친구이면서 재상이었던 주필대(周必大)가 파면당하자, 그역시 탄핵 대상에 끼게 되어 면직을 당하고 고향 산음으로 돌아오게 된다. 이것은 그의 일생 중 세 번째 유랑 생활로, 78세까지 12년 반이라는 긴 세월을 견뎌야만 했다. 육유는 면직된 뒤 전과 마찬가지로 도관(도교의 절)의 사록(祠錄)을 받았는데, 이것은 명목상의 것으로 일종의 퇴직금에 해당한다.

1연에서는 자연과 인간의 만남을 묘사하였고, 2연 역시 자연과 일체가 된 시인의 자태를 그렸으며, 3연에서는 풍경을 노래하였다. 그러나 3연은 2연과 병렬적으로 묘사된 풍경이 아니라 전환이 이루어지고 있다. 물론 이 전환은 시인에게만이 아니라 독자에게도 전환으로 다가온다. '일락(日落)'은 앞 연에 보인 시간의 경과를 암묵적으로 나타낸다. 그리고 구름을 '푸르고(碧)'로 표현하여 시에 신선감을 더했다.

3월 17일 밤 취중에 짓다 三月十七日夜醉中作

몇 년 전 고래를 회 쳐 먹은 곳이 동해인데
흰 파도 산처럼 호방함에 기대었네
남쪽 산에서 호랑이를 쏜 게 지난해 가을인데
밤에 돌아올 때는 큰 눈 휘날려 가죽옷에 가득했지
금년에는 쇠하여 정녕 비웃음을 견뎌야 할 텐데
흰 머리카락에 창백한 얼굴 스스로 비추어도 부끄럽다
누가 알리, 내가 술 마시면 광기 발동하여
모자 벗고 사람들 향해 때때로 크게 울부짖음을
오랑캐 아직 멸하지 못했으니 내 마음 편치 않고
외로운 검 책상머리에서 소리만 쟁쟁하다
무너진 역사에서 꿈 깰 때 등불 꺼지려 하고
창문 때리는 비바람 때마침 삼경이다

前年膾鯨東海上, 白浪如山寄豪壯.
去年射虎南山秋, 夜歸急雪滿貂裘.
今年摧頹最堪笑, 華髮蒼顔羞自照.
誰知得酒尙能狂, 脫帽向人時大叫.
逆胡未滅心未平, 孤劍床頭鏗有聲.
破驛夢回燈欲死, 打窓風雨正三更.

南山 남산 | 통상 장안 남쪽에 있는 종남산을 가리키지만, 여기서는 남정(南鄭) 남쪽 산
　　　　을 뜻한다.
貂裘 초구 | 담비 가죽으로 만든 웃옷.
摧頹 최퇴 | 쇠약하다.
華髮 화발 | 하얗게 센 머리.
脫帽 탈모 | 모자를 벗다. 여기서는 '술에 취했음.'을 나타낸다. 두보의 「음중팔선가(飮
　　　　中八仙歌)」에 '왕공들 앞에서 모자 벗고 맨머리로, 붓을 휘둘러 종이에 대니
　　　　연기 같았다.(脫帽露頂王公前, 揮毫落紙如雲煙)'라는 구절이 보인다.

건도 9년(1173) 49세 때 시인은 성도의 참의관에 임명되는 동시에 촉
주의 통판을 겸하게 되었다. 당시 촉주에서 성도로 돌아오던 어느 날
술 한 잔 마시고 나서 현실적 좌절감을 느껴 짓게 된 시이다.

　이 시는 세 단락으로 구분된다. 전반 네 구절은 과거를 회고하는 내
용인데, 시인은 과거의 개인적 경험을 현재 시점에서 소급하고 있다.
2단락은 5구부터 8구까지인데, 전반의 호방함이 침통한 분위기로 바
뀌어 간다. 3단락은 9구부터 마지막 구까지로 앞의 두 단락과 달리 서
정적인 필치로 묘사되어 있다.

　그가 현재 처해 있는 입장은 마치 '고검(孤劍)'과 같다. 그는 검의
소리를 들으며 침울해하고 있다. 마지막 두 구절은 지극히 비극적인
시어를 사용함으로써 감정의 격정을 대변해 준다.

범
성
대

范
成
大

1126~1193

자는 지능(至能)이고 호는 석호거사(石湖居士)이며, 평
강부(平江府) 오현(吳縣, 강소성 소주시) 사람이다. 범성
대는 4~5세경에 부모를 여의고, 부친의 친구인 왕보(王
葆)의 보호를 받게 된다. 소흥 24년(1154), 29세로 진사에
급제하였다.

범성대는 남송 사대가 중 한 명으로 손꼽히는 전원시인
으로서 수려하고 청아한 시풍으로 일가를 이루었다. 그는
일찌감치 벼슬길에 올랐으나 57세 이후에는 관직에서 물
러나 소주(蘇州)의 석호(石湖)에 한거하면서 『사시전원
잡흥(四時田園雜興)』 60수를 짓게 되었는데, 이 시편들을
계기로 하여 전원시인이라는 호칭을 얻었다. 그의 전원시
의 위상에 대해 저명한 중국문학자 전종서(錢鍾書)는 『송
시선주(宋詩選註)』에서 다음과 같이 평가했다.

범성대의 『사시전원잡흥』 60수에 이르러 비로소 「칠월
(七月)」, 「회고전사(懷古田舍)」, 「전가사(田家事)」 등 세
편의 실마리가 하나로 매듭지어진다. 현실 초극의 전원시
는 진흙과 피땀으로 뒤범벅되어 숨결을 갖게 되었고, 시인
의 절실한 정감과 빼어난 관찰력을 근거로 1년 사계절 농
촌 생활의 모든 면모가 비교적 선명하게 부각되었다. 그의
전원시야말로 생명력을 얻고 새로운 경지를 확대하여 그
를 도잠과 함께 거론되게 하였으며, 심지어 도잠보다 윗자
리를 차지할 수 있게 했다.

이러한 평가에 걸맞게 범성대의 전원시는 철리(哲理)가 듬뿍 담겨 있는 송대 시단의 아주 흥미 있는 예외를 제공하고 있다. 그의 전원시는 비교적 일관성 있게 시인의 심정을 잘 피력했으며, 짤막하면서도 집중적인 시상 전개에 도움이 되는 절구 양식을 취했다.

　　범성대는 남송의 저명한 애국 시인이기도 하다. 그는 금나라에 사신으로 갈 때 '기행시(紀行詩)' 72수를 지었는데 깊숙한 감정을 토로한 걸작으로 평가받는다.

봄날 전원의 잡흥 春日田園雜興

(二)

땅은 기름기가 꿈틀거리고 비가 자주 재촉하니
온갖 풀과 갖가지 꽃이 순식간에 피어났다
집 뒤 황량한 밭은 여전히 짙푸른데
이웃집 뾰족한 죽순이 울타리를 넘어온다

土膏欲動雨頻催, 萬草千花一餉開.
舍後荒畦猶綠秀, 隣家鞭筍過牆來.

土膏 토고 | 땅이 기름지다. 범성대의 「힘써 밭을 갈다(勞奮耕)」에도 "붉은 흙만 있고 기
　　름진 땅은 없다.(赤埴無土膏)"라는 말이 있다.
一餉 일향 | 밥 한 끼 먹는 사이. '餉'은 '晌(향)' 자와 통하며, 백거이의 "잠시나마 근심
　　을 해소하는 것은 만금의 값어치가 있다.(一餉愁消直萬金)"(「대주(對酒)」)
　　에 적절한 예가 보인다.
畦 휴 | 25무(畝)부터 50무에 이르는 밭의 면적.
鞭筍 편순 | 뾰족이 돋은 죽순.

시인이 61세에 은둔하던 석호에서 지은 것으로 12수 가운데 두 번째 시이다. 당시 송나라는 금나라와 남북으로 대치하고 있었는데 잠시 휴전 국면에 접어든 때였다. 따라서 강남의 농민들은 전쟁의 긴 한숨을 돌리며 자못 생기가 넘치기 시작했다.

농촌은 이제 생명이 소생하고 불임 치유가 가능해진 희망의 세계이다. 결코 오지 않을 것 같던 봄이 오고, 삶의 터전이면서도 정다운 농촌이 독특한 활기를 띠고 있다.

3, 4구에서는 시야가 좁아진다. 집 뒤 황폐해졌던 땅에 들꽃과 잡초가 자라나기 시작한다. 마지막 구절도 시인의 뛰어난 표현력을 엿볼 수 있게 한다.

늦봄 전원의 잡흥 晚春田園雜興

(三)

나비 쌍쌍이 채소꽃 속으로 날아드는데
해 길건만 농가 찾는 손님이 없다
닭은 울타리 넘어 날아가고 개는 개구멍에 짖어 대니
행상이 차를 사러 왔음을 알겠구나

胡蝶雙雙入菜花, 日長無客到田家.
雞飛過籬犬吠竇, 知有行商來買茶.

籬 리 | 대나무나 땔나무를 엮어 만든 울타리.
竇 두 | 개구멍.

12수로 이루어진 작품 중 세 번째인 이 시의 중심은 늦봄의 바쁜 정경이다. 집 주인이 일을 나간 자리에는 심심한 개들만이 노는 닭들을 바라보고 지나가는 행상에게 자기 존재를 알리며 짖어 댄다. 4구는 3구와 인과관계를 형성하면서 농촌 생활의 중요한 단면을 제공한다. 이 시의 중심 심상은 전원이다. 시인이 전원의 이런 분위기에 잠기는 것은 그가 추구하는 시풍과 맞닿아 있다.

여름날 전원의 잡흥 夏日田園雜興

(九)

누런 먼지의 행객은 땀이 간장처럼 젖어
잠시 우리 집에 머물며 향기로운 우물로 목을 축였다
문 앞의 반석을 자리로 빌려 드리는 것은
버드나무 그늘에 정오라 마침 시원한 바람 때문이네

黃塵行客汗如漿, 少住儂家嗽井香.
借與門前盤石坐, 柳陰亭午正涼風.

汗如漿 한여장 | 땀이 간장처럼 젖다.
儂 농 | 오나라 방언으로 일인칭 대명사. 나.
井香 정향 | 향기로운 우물물.
盤石 반석 | 편편하고 두터운 큰 돌.

12수로 이루어진 작품 중 아홉 번째인 이 시는 농민의 후덕하고 선량한 품덕을 '행객'에게 취하는 행동을 통해 짐작할 수 있도록 표현하고 있다. 시의 시간적 배경은 한여름이며 농민도 작열하는 태양 아래서 일을 하고 고생하는 사람이지만, '향기로운 우물'과 '반석'이라는 시어가 암시하듯 그는 인정 어린 모습으로 다가온다.

세금 독촉 노래—왕건을 본받다 催租行 — 效王建

세금 내고 증서까지 받았건만 관리는 더욱 독촉하고

이장이 허둥지둥 대문을 두드리며 들어온다

손에 고지서를 들고 눈 부라렸다가 웃으며 하는 말이

나도 술 한잔 먹고 돌아가려고 온 것일세

침상맡 돈주머니 크기가 주먹만 한데

몽땅 털어도 겨우 삼백 전뿐

나리의 한 잔 술값이나 될는지

나리의 한 켤레 심부름 값이나 될는지

輸租得鈔官更催, 踉蹌里正敲門來.

手持文書雜嗔喜, 我亦來營醉歸爾.

牀頭慳囊大如拳, 撲破正有三百錢.

不堪與君成一醉, 聊復償君草鞋費.

租 조 | 땅에 대한 세금.
行 행 | 악부 중 한 체로 '가(歌)'와 거의 같지만, 비교적 짧고 단순하게 부르는 것이 많다.
王建 왕건 | 당나라 시인. 악부시로 유명하며, 현실을 반영하고 사회의 모순을 폭로하는
　　　　작품을 많이 썼다.
鈔 초 | 문서 따위를 베끼다. 여기서는 세금을 완납한 다음 관청으로부터 받는 영수증.
　　　　호초(戶鈔).
踉蹌 양창 | 허둥대며 달려가는 모양.
里正 이정 | 향관의 명칭. 세금 징수를 재촉하는 일들을 한다.
雜嗔喜 잡진희 | 눈을 부라렸다가 웃는 낯을 보이면서 어르는 것.

慳囊 간낭 | 본래의 의미는 인색한 사람의 돈주머니인데, 여기서는 농민들이 돈을 쌓아
두는 장독을 뜻한다.
草鞋費 초혜비 | 자의적 의미는 짚신 값이지만, 본질적으로는 심부름 값을 뜻한다.

시인의 현실주의적 상상력이 가하는 신선한 충격이 각별한 작품이다.
이는 일종의 경험적 사실이 날카로운 언어로 표상되어 나온 것이다.
따라서 시의 분위기는 생활과 밀접한 관련을 맺고 있으면서 현실에
대한 시사와 각박한 관리들에 대한 곱지 않은 눈길이 예사롭지 않다.
잘못된 현실에 대한 시인의 참담한 심경은 비정상적 상황이 야기된
현실에 대한 날카로운 천착을 보여 준다. 특히 맨 마지막 구절에 보이
는 '초혜비(草鞋費)'는 역설이다.
    첫 구절부터 시의 무게 중심이 강하게 실려 있다. 관리가 독촉하는
모습이 2구에 풍부하게 표현되어 있고, 3구와 4구는 뻔뻔스러운 관리
를 비유한 것이다. 5구부터 8구까지는 찾아온 이장에게 대처하는 농
부의 모습을 현실감 있게 묘사했다.

악주의 남쪽 누각 鄂州南樓

누가 옥피리를 중추절에 부는가
황학 날아와 옛날에 놀던 곳을 알아본다
한양의 나무는 정겨움이 있어 강 북쪽에 비껴 있고
촉강은 말없이 남루를 안고 돈다
하늘 밝힌 등불은 삼경인데
달빛 아래 흔들리는 깃발은 만 리 길 배로다
도리어 농어의 고향에서 낚시질하는 사람임을 비웃는데
무창의 고기가 좋아 그대로 머무네

誰將玉笛弄中秋, 黃鶴飛來識舊游.
漢樹有情橫北渚, 蜀江無語抱南樓.
燭天燈火三更市, 搖月旌旗萬里舟.
却笑鱸鄉垂釣手, 武昌魚好便淹留.

鄂州 악주 | 지금의 호북성 무창현.
南樓 남루 | 무창성 안의 황학산(지금의 사산(蛇山)을 가리킨다.) 정상에 있는 누각 이
       름으로, 백운루(白雲樓) 혹은 안원루(安遠樓)라고도 한다.
漢樹 한수 | 한양(漢陽)에 있는 나무.
蜀江 촉강 | 장강. 옛날 사람들은 사천의 민강(岷江)을 장강의 근원으로 생각했기 때문
       에 이렇게 불렸다.
三更市 삼경시 | 마을의 집들이 물고기 비늘처럼 빽빽이 들어서 있는 남시(南市)를 가리
       킨다.
萬里舟 만리주 | 먼 곳에서 온 배.

鱸鄕 노향 | 시인의 고향인 소주 일대를 가리키는 말로, 진(晉)나라 장한(張翰)이라는
　　　　　자가 고향인 오군(吳郡)의 순채국과 농어회를 잊지 못하여 벼슬을 버리고
　　　　　고향으로 돌아왔다는 전고를 사용한 것이다.
垂釣手 수조수 | 은둔 생활을 하는 사람을 가리키는데, '무창어호(武昌魚好)'를 비유한다.
淹留 엄류 | 빠지듯 머물다.

순희 4년(1177) 시인은 사천 지방을 떠나 동쪽으로 발걸음을 옮기고
있다. 중추절을 하루 앞둔 8월에 시인은 배 한 척과 더불어 무창이라
는 곳에 정박했는데, 그곳 관리인 유자선(劉子宣) 등이 남루에서 개
최한 연회에 초대를 받았다.

　초당 시인 왕발(王勃)도 「등왕각(滕王閣)」이라는 유명한 시를 남겼
지만, 이 양자가 연회에 초대되어 시를 남긴 점만 같을 뿐 시의 구조
와 형식과 분위기는 전혀 다르다. 당시 악주는 상업이 발달하여 도
시가 번화하였으며, 군사 요지이기도 하여 관선과 상선이 운집해 있
었다.

　1구는 연회의 분위기이며 시적 분위기가 2구로 나아간다. 2연은 남
루의 위치 묘사이고, 3연은 악주성 시내와 강 수면의 야경을 묘사한
것이며, 마지막 연은 자신의 고향에 미치지 못하는 악주의 풍경을 묘
사한 것이다.

횡당 橫塘

남포에 봄 오니 냇물 푸르게 비치고
돌다리와 붉은 탑은 둘 다 예전 그대로
해마다 나그네 배웅하는 횡당 길에는
가랑비와 수양버들이 화선(畵船)을 붙들어 맨다

南浦春來綠一川, 石橋朱塔兩依然.
年年送客橫塘路, 細雨垂楊繫畵船.

橫塘 횡당 | 지명. 만남과 이별의 장소로 유명하며, 소주 서남쪽으로 10리쯤 떨어져 있다.
南浦 남포 | 굴원의 시가 나올 만큼 꽤 유래가 깊은 곳이다.

1, 2구는 송별의 정서 묘사로 시작하고, 3, 4구는 이별의 아쉬움을 직접 서술하는 방법을 취하였다. 물론 전반과 후반의 묘사 기법은 방식이 전혀 다른데 3구의 '연년(年年)'이 분위기를 돋우고, 마지막 구절의 '수양(垂楊)'은 이별의 애틋함으로 처절한 어조가 깃들게 한다.

가을날 秋日

파란 갈대와 푸른 버들은 서리를 견디지 못하여
삼각주에 물을 들여 누린 띠를 둘렀네
강남 풍경을 북방 나그네에게 과장하지 마라
찬 구름 차가운 물은 더욱 황량하기에

碧蘆青柳不宜霜, 染作滄洲一帶黃.
莫把江山誇北客, 冷雲寒水更荒凉.

不宜 불의 | 견디지 못하다.
滄洲 창주 | 삼각주.
江山 강산 | 여기서는 남송의 산하를 가리킨다.
北客 북객 | 북방 나그네. 여기서는 금나라 사절을 가리킨다.

범성대가 청년 때 지은 시로, 강남의 가을 경치를 빌려 조정이 반토막 난 남송에서 구차하게 살아가는 것을 풍자하고 있다. 1구는 앞 네 글자에서 강남의 풍경을 묘사하고 뒤의 세 글자는 가을에 접어든 시간을 의미한다. 2구는 '황(黃)' 자를 통해 가을 분위기를 물씬 풍긴다. 3, 4구는 '북방 나그네(北客)'라는 시어를 통해 함축된 의미 전달을 도모하고 있다.

하시에서 노래 부르는 자를 읊다 詠河市歌者

어찌 조용히 「위성곡」을 부르랴
그 속에 마땅히 불평 소리 있는데
가련하게도 날 저물었건만 굶주린 안색을 참으며
깊은 봄에 벗 찾는 노래를 억지로 한다

豈是從容唱渭城, 箇中當有不平鳴.
可憐日晏忍饑面, 强作春深求友聲.

河市 하시 | '수시(水市)'와 같다. 수도로 통하는 중요한 읍의 번화한 장소를 뜻하기도
            한다.
從容 종용 | 조용한 모습.
渭城 위성 | 당대의 가곡명.
箇 개 | '개(個)'와 마찬가지로 '이', '그'의 뜻.

이 시는 당나라 백거이(白居易), 장적(張籍), 왕건(王建)을 중심으로 하는 신악부(新樂府)의 현실주의 정신을 계승하고 있다. 비록 하층 백성의 힘겨운 삶을 노래한 것이긴 하지만, 그의 다른 전원시와 마찬 가지로 신악부나 죽지사의 운치를 갖추고 있다. 2구의 '불평(不平)', 3구의 '가련(可憐)', 4구의 '강작(强作)' 등의 시어에서 보이듯 전반적 인 분위기는 침체되어 있다.

처음으로 석호에 돌아오다 初歸石湖

새벽 안개 속 아침에 떠오른 태양 연한 청색으로 타오르는데

횡당은 서쪽 언덕이고 월나라 성은 동쪽 언덕이다

행인들 벼꽃 위로 반쯤 나와 있고

잠든 백로는 마름잎 녹음 속에 광채를 내뿜는다

발 가는 대로 가니 옛길 절로 알 수 있고

놀란 마음 있을 때 다시 이웃 노인 알아본다

그때 손수 사교 근처에 버드나무 심었는데

끊임없이 우는 쓰르라미만이 허공에서 시끄럽다

曉霧朝暾紺碧烘, 橫塘西岸越城東.

行人半出稻花上, 宿鷺孤明菱葉中.

信脚自能知舊路, 驚心時復認隣翁.

當時手種斜橋柳, 無限鳴蜩翠掃空.

石湖 석호 | 범성대의 고향은 소주(蘇州)인데, 그 성의 서남쪽으로 10리쯤 떨어진 곳에
　　　빼어난 아름다움을 자랑하는 석호가 있다.
暾 돈 | 방금 떠오른 태양. 『수서(隋書)』「악지(樂志)」「조일가(朝日歌)」에 "부상(扶桑)
　　　위로 아침 해가 떠오른다.(扶木卜朝暾)"라고 했다.
紺碧 감벽 | 붉은 기운이 있는 연한 청색.
橫塘 횡당 | 소주 서남쪽에 있다.
越城 월성 | 월나라가 오나라를 정벌할 때 쌓은 성으로 월왕성(越王城), 구천성(勾踐城)
　　　이라고도 한다.
菱 능 | 마름. 물속에서 자라는 식물.

信脚 신각 | '신보(信步)'와 마찬가지로 '발 가는 대로'라는 뜻이다.
驚心 경심 | 세월의 빠른 흐름에 놀라는 마음.
鳴蜩 명조 | 우는 쓰르라미. 『시경』「빈풍」「칠월」에 "오월에는 쓰르라미가 운다.(五月鳴
　　　蜩)"라고 했다.

이 시를 지은 때가 정치적 실의기임에도 불구하고, 전체적인 배경이
어두운 그림자로 드리워져 있다기보다는 유유자적한 맛을 짙게 풍긴
다. 1구는 색채 묘사가 돋보인다. 2구에서는 석호 별장에 있는 시인
자신의 마음을 표현하였다. 3구의 '행인들'과 4구의 '잠든 백로'는 정
교한 호응을 이룬다. 5, 6구에서는 시인의 주관적 감수성과 객관적 경
치의 절묘한 조화가 이루어진다. 7, 8구에는 속된 욕망에 안달하지 않
고 소박하게 살고자 하는 바람이 있다. 언뜻 보면 평범하고 소박하고
여린 듯한 작품이지만, 그 내면에는 깊은 형이상학적 고뇌와 깔끔한
심상이 잘 어우러져 자연과의 융합을 꾀하는 의미 공간을 획득하고
있다.

주교 州橋

"남쪽을 바라보니 주작문이요, 북쪽을 바라보니 선덕루요, 이 모두 옛날 임금이 행차하던 길이었다.(南望朱雀門, 北望宣德樓, 皆舊御路也)"

주교 남북은 천자의 길

노인들은 해마다 어가(御駕)가 돌아오기를 기다린다

눈물을 참으며 실성하여 사자에게 물었더니

언젠가는 정말로 육군(六軍)이 올 것이라네

州橋南北是天街, 父老年年等駕回.

忍淚失聲詢使者, 幾時眞有六軍來.

州橋 주교 | 북송의 옛 수도인 변경성 안의 천한교(天漢橋). 평범한 지명이 아니라, 이
　　　　　 시의 제목으로 취해져 고국에서 떨어져 사는 백성의 슬픔을 이끌어 내는 교
　　　　　 량 역할을 하고 있다. 즉 '주교'는 현실적 체험의 앙금이며, 이 시의 문맥과
　　　　　 결부되어 절망적인 체험의 축소판이기도 하다.
父老 부로 | 마을의 대표격 노인들.
六軍 육군 | 주나라 제도에 천자는 '六軍'을 수하에 둘 수 있었다. 여기서는 '왕사(王師)'
　　　　　 의 뜻. 백거이의 「장한가」에 "천자의 군대 나아가지 않으니 어찌할 수 없
　　　　　 어.(六軍不發無奈何)"라는 구절이 있다.

범성대는 효종 건도 6년(1170) 금나라에 사신으로 가던 중 회하 북쪽에 있는 북송의 옛 땅을 지나면서 칠언절구 72수를 지었는데, 이 시는 그중 하나이다.

변경이 금나라에게 점령된 것은 1126년의 일로, 당시 소년들이 지금은 어느덧 백발 노인들로 변했다. 세월은 비록 44년이나 흘렀건만 고국을 그리워하는 그들의 마음은 예나 지금이나 변함이 없다. 2구의 '연년(年年)'은 유민들의 쇠하지 않는 조국애를 표상하며, 그들에 대한 시인의 동정과 경의의 표현이며, 또다시 백성의 기대를 저버리는 남송 조정에 대한 불만을 역설적으로 표출한 것이기도 하다. 시인은 3, 4구에서 변경의 한 노인이 사자를 찾아가 자신의 소망이 이루어질 날을 묻는 장면을 그리고 있다.

푸른 기와 碧瓦

푸른 기와의 누각 앞에 비단 휘장이 가리워져 있고
붉은 난간의 다리 밖에는 초록 시냇물이 비껴 있다
바람 없건만 수양버들은 드넓은 하늘에 솜 날리고
비 내린 적 없건만 팥배나무 꽃잎이 땅바닥에 가득하다

碧瓦樓前繡幕遮, 赤欄橋外綠溪斜.
無風楊柳漫天絮, 不雨棠梨滿地花.

繡幕 수막 | 비단 휘장.
絮 서 | 솜.
棠梨 당리 | 팥배나무. 이시진의 『본초강목』을 보면, 이것은 보통 배처럼 생겼지만 그 모
　　　양이 작고 2월에 흰 꽃이 핀다고 한다.

1구에서는 가까운 곳에 있는 '누각(樓)'과 '휘장(幕)'을, 2구에서는 먼 곳의 '다리(橋)'와 '시냇물(溪)'을, 3구에서는 '하늘(天)'에 흩날리는 '버들개지(絮)'를, 4구에서는 '팥배나무(棠梨)'를 현란한 색채감을 지닌 단어로 수식하면서 묘사하고 있다. 이러한 언어의 절묘한 배합은 이 작품을 명작으로 꼽게 만드는 버팀목이다.

청원의 객사 清遠店

계집종은 땀 흘리며 수레를 좇아가서
회남 고향에 부모 형제가 있다고 한다
노비를 죽여도 관가에서 죄를 묻지 않으니
큼지막하게 쓴 얼굴의 묵형은 죄가 오히려 가볍네

女僮流汗逐軿軿, 云在淮鄕有父兄.
屠婢殺奴官不問, 大書黥面罰猶輕.

清遠 청원 | 지명.
女僮 여동 | 여자 노비. 계집종.
軿軿 전병 | 사면을 모두 막은 부인용 수레.

이 시는 「주교(州橋)」와 마찬가지로 금나라의 통치하에 있을 때 지은 연작 중 하나로, '청원(淸遠)'이라는 신도시와 '계집종(女僮)'을 중심으로 하여 시인의 사회 현실에 대한 인식의 한 단면을 표현하고 있다. '땀', '좇아가서', '죽여도', 묵형' 등으로 대변되는 이 계집종은 바로 송나라 백성 전체의 모습이며, 주권을 잃어버린 송나라 자체를 대변한다. 그래서 시인도 절망과 눈물로 계집종을 바라보고 있는 것이다.

이른 아침에 황죽령을 출발하다 早發竹下

새벽 옷 단단히 입고 소한을 깨뜨리며
말안장에 오르니 잠시 피곤이 가신다
가는 길엔 엷고 가벼운 안개 가득하며
보이는 것은 겹겹의 첩첩산중이다
푸른 연기 나무 위로 곧장 올라오고
짙푸른 시냇물은 조그만 다리 아래로 굽이친다
푸른 새는 나그네를 맞이하는 듯 백 번이나 지저귀고 있으니
바로 마음만 있고 생각은 없는 순간이네

結束晨裝破小寒, 跨鞍聊得散疲頑.
行沖薄薄輕輕霧, 看放重重疊疊山.
碧穗吹煙當樹直, 綠紋溪水趁橋彎.
靑禽百囀似迎客, 正在有情無思間.

竹下 죽하 | 황죽령(黃竹嶺). 지금의 안휘성(安徽省) 휴녕(休寧) 서쪽에 있다.

지금 시인은 연속된 긴장에서 잠시 벗어나 교외를 산책하며 상쾌함을 느끼고 있다. 시인은 어느덧 봉우리를 돌게 된다. 이때 그의 눈에 들어온 것은 연기와 계곡물이다. 3연은 연기와 물을 변화의 미를 주어 묘사하고 있다. 즉 연기는 나무 위로 곧바로 올라가는 데 반해 물은 다리 아래로 굽이쳐 흐르고 있어 정(靜)과 동(動), 직(直)과 만(彎)의 대조 속에 조화를 이루며 같은 계열의 '벽(碧)'과 '녹(綠)'을 사용하여 일관성 또한 유지한다. 마지막 연에서도 시인을 맞이하는 산속 새소리가 마냥 즐거워 이 시가 밝은 분위기임을 확인시켜 준다.

처음으로 태성을 떠나며 농부와 이별하다
初發太城留別田父

가을날의 벼 이삭 오월 말이면 땅속에 뿌리내리는데

행인 떠나려 하니 마음 더욱 괴롭네

길에서 만난 늙은 농부는 좋은 말을 하는데

어젯밤에 비가 삼 척이나 내렸다고 다투듯 말한다

행인은 비록 떠나지만 눈썹을 찌푸리는데

노인들은 잘 있으니 마음 쓰지 말라 하네

도랑에 콸콸 흐르는 물소리 들녘에 가득 차니

올해도 취하여 배불리 먹고 닭과 돼지로 제사 지내리

秋苗五月末入土, 行人欲行心更苦.

路逢田翁有好語, 競說宿來三尺雨.

行人雖去亦伸眉, 翁者好住莫相思.

流渠湯湯聲滿野, 今年醉飽鷄豚社.

太城 태성 | 촉나라의 성도에 있는 지명.
留別 유별 | 멀리 여행을 떠나는 사람이 남아 있는 사람에게 이별의 기분을 남기는 것.
　　　　또는 그것을 노래한 시.
秋苗 추묘 | 가을날의 벼 이삭.
入土 입토 | 씨앗이 뿌리를 내리는 것.
宿來 숙래 | '야래(夜來)', '작래(昨來)'와 같다. 어젯밤 이래로.
三尺雨 삼척우 | 양이 3척이나 되는 비.
伸眉 신미 | 눈썹을 찌푸리다
好住 호주 | 구어적인 표현으로 남게 되는 사람에게 하는 작별 인사.

相思 상사 | 본래는 남녀가 그리워하는 마음을 가리키지만, 여기서는 '마음을 쓰다'라는
　　　　뜻으로 해석해야 한다.
流渠 유거 | 물 흐르는 도랑, 또는 그곳으로 흐르는 물.
湯湯 탕탕 | 물이 흘러가면서 내는 소리.
鷄豚社 계돈사 | '社'는 가을 수확을 감사하는 제사. 닭이나 돼지는 그때 제사상에 올리
　　　　는 제물.

이 시는 6월 1일 가족을 떠나보내고 혼자 말을 달려 성도의 성문을 나
와 서쪽 비현(郫縣)으로 향하는 길에 지은 것으로 추정된다.

　시인이 출발하기 20일 전만 해도 농작물은 그 뿌리를 땅에 완전히
내리지 못했는데, 며칠 동안 세찬 비가 내리더니 길에서 만난 농부들
이 올해도 풍년이라며 기뻐한다. 그 기쁨은 오랜 가뭄 뒤에 온 것이
기에 더욱 값진 것이다. 시인은 정들었던 임지를 떠나면서 기쁨과 슬
픔을 함께 나눈 그곳 백성과 이별의 말을 건넨다. '삼척우(三尺雨)'는
하늘이 준 최상의 이별 선물인 셈이다.

자는 정수(廷秀)이고 호는 성재(誠齋)이며, 길주(吉州)
길수(吉水, 강서성 길수현) 사람이다. 소흥(紹興) 24년
(1154)에 진사가 되었다. 감주사호(贛州司戶)에 임명되
고, 이어서 영주(永州) 영릉(零陵, 호남성 영릉현)의 승
(丞)으로 전임되었다. 효종 때 중앙으로 가 관직을 역임했
는데, 자주 직언하여 시정(時政)을 논하였고, 순희 11년
(1184)에는 재상 왕회(王淮)의 물음에 답하여 주희(朱熹)
등 60명을 추천했다. 그러나 그의 강직한 성격이 천자의
비위를 거슬렀고, 항전파로 타협하지 않는 주장은 화전파
의 반대에 부딪혀 결국 지방으로 떠돌게 된다. 만년에는
고향에서 은둔하다가 세상을 떠났다.

그는 육유에 이어 다작한 시인으로 현존하는 시가 4,200
여 수나 된다. 『강호집(江湖集)』, 『형계집(荊溪集)』, 『서
귀집(西歸集)』 등 9권의 문집이 있다. 그가 죽은 뒤 아들
이 시문을 합쳐 『성재집(誠齋集)』133권을 엮었다.

양만리는 자연 경물 묘사에 뛰어나 삼라만상과 날씨 변
화나 미세한 동식물까지도 시재(詩材)로 삼았다. 그래서
그는 자연파 시인 혹은 산수시인으로 지칭되어 왔으며, 당
대의 저명한 시인 강기(姜夔)는 그를 평하여 "곳곳의 산
천이 그대에게 보일까 두렵네.(處處山川怕見君)"라고 말
하기도 했다. 예컨대 그의 200여 수나 되는 오언절구 가운
데 자연과의 합일을 노래한 것이 80여 수나 되는 것도 그
를 자연파 시인이라고 일컫는 준거가 된다.

양만리 시의 중요한 특징으로 손꼽히는 것은 빈번한 속어 사용에서 오는 청신함이다. 다만 우리가 유의할 점은 "성재가 사용한 속어는 모두 출전이 있다.(他用的俗語都有出典)"(『전종서(錢鍾書)』)라고 하였으니, 그가 속어를 사용하면서 문어(文語)에서 그 발상을 구하기도 했다는 점이다. 물론 그가 속어를 자주 사용한 이유에 대해 명확한 해답을 제시하기는 결코 쉬운 일이 아니다.

한가로운 초여름에 낮잠 자고 일어나다
閑居初夏午睡起

(一)

매실은 신맛 남겨 이빨을 무르게 하고
파초는 푸르름 나누어 비단 창문을 물들인다
해 길어 낮잠 자고 일어났으되 무료하여
한가롭게 아이들이 버들꽃 잡는 것을 바라본다

梅子留酸軟齒牙, 芭蕉分綠與窗紗.
日長睡起無情思, 閑看兒童捉柳花.

梅子 매자 | 매실. 매실은 본래 숙취를 깨는 데 사용하는 열매.
無情思 무정사 | 무료하여 어찌해야 할지를 모르다.

두 수 중 첫 작품인 이 시는 낮잠을 자다 일어나는 한가로운 풍경으로 시작된다. 그러나 그 한가로움은 개인의 암울한 자의식적 고통의 세계에 머물러 있으며, 근본 성격은 절망의 또 다른 표현에 불과하다고 보는 편이 타당하다. 따라서 이 시의 내면에 형성된 차원은 한가로움 그 자체의 본질에 파고들지 못한 채, 현실이라는 물 위에 뜬 기름처럼 시의 표층을 이룬다. 이 모습은 매실의 신맛과 시인의 무른 이빨이 맞물리는 데서 이루어진다. 그러므로 언뜻 명시적인 표현을 얻고 있는 듯 보이는 한거(閑居)는 시 전체를 떠받드는 일관된 힘이 되지 못한다. 특히 3구에 있는 부정어 '무(無)' 자가 시인의 심정을 대변해 주며, 4구의 '한(閑)' 자가 현실에서 벗어나고픈 심정을 상징적으로 보여 준다. 여름 해는 길건만 찾아오는 이 아무도 없고 저 멀리 어린아이들의 재롱만 보일 뿐이다.

백가도를 지나다 過百家渡

성을 나서서 교외로 들어서니 모든 것이 그윽하고
상수를 반쯤 건널 때 고깃배를 만났다
아마 어부는 물고기를 급히 잡으려는 마음을 알겠으니
봄옷을 뒤집어 입은 채 두건마저 쓰지 않았나 보다

出得城來事事幽, 涉湘半濟值漁舟.
也知漁父趁漁急, 翻著春衫不裹頭.

百家渡 백가도 | 호남성 영릉현(零陵縣) 교외 나루터.
出得城來 출득성래 | '出得', '來'라는 말은 속어로 나가고 들어온다는 뜻이다.
湘 상 | 상강(湘江). 광서(廣西) 영릉(零陵)을 지나 북으로 흘러 소수(瀟水)와 합류된다.
値 치 | 만나다.

시인이 37세쯤 되었을 무렵 백가도를 지나며 지은 이 시는 영릉 교외의 봄 풍경과 그 속에 에워싸여 있는 어부의 살아 있는 듯한 동작을 생동감 있게 스케치하듯 묘사하여 독자의 마음을 잔잔하게 흔든다. 1구의 '출(出)'과 '래(來)'라는 대조적인 동사의 활동으로 공간 이동을 나타내고, 4구에서는 '번(翻)'이라는 글자를 통해 생기 넘치는 어부의 모습을 표현하였다. 물론 이 어부의 모습은 시인에게는 부러움의 대상이다.

새벽에 정자사에 나와 임자방을 배웅하다
曉出淨慈寺送林子方

마침내 서호는 유월이기에
경치는 사계절과 더불어 다르다
하늘에 맞닿아 있는 연잎은 끝없이 푸르고
햇살에 비친 연꽃은 저마다 붉다

畢竟西湖六月中, 風光不與四時同.
接天蓮葉無窮碧, 映日荷花別樣紅.

淨慈寺 정자사 | 절 이름. 당시에는 '정자보은광효선사(淨慈報恩光孝禪寺)'라는 이름으
　　　로 불렸다.

임자방이라는 친구와의 담담한 우정을 서호의 6월 풍경을 배경으로 하여 묘사한 시이다. 1구에서는 시인이 있는 장소와 시간을 묘사하였고, 2구에는 즉흥적인 감흥이 배어 있다. 3, 4구에서는 서호의 6월 풍경을 구체적으로 묘사하였다.

이 작품이 보여 주는 강점은 자연을 매개로 하여 초현실적 은둔 세계로 들어가려는 시인의 강한 의도가 묻어난다는 점이다.

8월 12일 밤 성재가 달을 바라보다
八月十二日夜誠齋望月

중추절 다가오니 달 벌써 맑고
짙푸른 처마엔 둥그런 고드름이 달려 있다
문득 깨달았네 오늘 밤 달은
전혀 하늘에 의지하지 않은 채 홀로 운행하는 것을

纔近中秋月已淸, 鴉靑幕掛一團冰.
忽然覺得今宵月, 元不黏天獨自行.

鴉淸 아청 | 짙푸른 색. 여기서는 달밤의 하늘을 형용한 것이다.
元 원 | '원(原)'과 같다. 여기서는 '불(不)' 자와 합쳐져 '전혀 ~ 아니다.'라는 뜻.

남송 고종 소흥 24년(1154)에 지은 이 시는 양만리의 시에서 흔히 볼 수 있는 청신발랄한 시풍을 두드러지게 나타내고 있다. 1구는 중추절을 며칠 앞둔 시기임을 말해 준다. 2구는 달을 바라보는 모습이다. 3구의 '홀연각득(忽然覺得)' 같은 통속적인 어구를 통해 생동감을 느낄 수 있다. 4구는 3구의 '홀연각득'을 보충하여 설명한 것이다.

이 짧은 시를 통해 우리는 신기한 가상을 통한 사고의 꿈틀거림을 느낄 수 있다.

봄에 날 개자 고향의 해당화를 그리워하다
春晴懷故園海棠

고향에는 오늘 해당화가 필 텐데
꿈에서 강서의 해당화 더미를 보았다
만물은 모두 봄이건만 나만 홀로 늙었으니
한 해 제사를 지내면 제비가 비로소 돌아온다
푸른 듯 흰 듯한 하늘엔 농담이 서려 있고
떨어졌다가 또 날려는 듯 버들개지가 흔들린다
어찌할 수 없어 경치를 다 감상할 수 없으니
시 남겨 비췻빛 옥 술잔에 불러들이리라

故園今日海棠開, 夢入江西錦繡堆.
萬物皆春人獨老, 一年過社燕方回.
似靑如白天濃淡, 欲墮還飛絮往來.
無那風光餐不得, 遣詩招入翠瓊杯.

故園 고원 | 고향.
社 사 | 옛날에 봄과 가을 두 차례 토지신에게 제사를 지냈다.
無那 무나 | 어찌할 수 없다.
風光 풍광 | 경치.

이 시는 효종 순희 8년(1181)에 지은 것인데, 당시 양만리는 고향이 아닌 광주(廣州)에서 관리 생활을 하고 있었다. 1, 2구는 시어의 중복된 표현을 배제하면서 서로 긴밀한 유사 관계가 있으며, 3구부터 6구까지는 꿈꾸고 난 다음에 본 자연을 구체적으로 묘사한 것이다. 시에 묘사된 자연은 생동하는 상태를 집중적으로 추구하는 시인의 마음을 잘 나타내고 있다.

처음 회하에 들어가다 初入淮河

배는 홍택을 떠나고 언덕 머리는 모래사장인데
사람들은 회하에 이르니 마음이 즐겁지 않다
하필 상건이 멀리 흐르는가
중류 북쪽은 곧 하늘 끝이로구나

船離洪澤岸頭沙, 人到淮河意不佳.
何必桑乾方是遠, 中流以北卽天涯.

淮河 회하 | 하남성에서 발원하여 안휘성 북부를 가로질러 동쪽으로 흘러서 강소성으로
　　　　　들어가 대운하와 합쳐지는 냇물이다. 옛날부터 하남성, 섬서성으로 갈 때는
　　　　　이 물을 이용했다. 고종 소흥 11년(1141) 11월, 회하를 경계로 하여 그 이북
　　　　　지역을 할양하는 것을 조건으로 금나라와 강화를 맺었다.
洪澤 홍택 | 강소성에 있는 작은 호수로, '파부당(破釜塘)'이라고도 한다. 수양제가 남쪽
　　　　　으로 유력할 때 이곳을 지나는데 비가 내리자 홍택포(洪澤浦)라고 개명했다
　　　　　고 한다. 북송의 신종 희녕 때는 홍택 물을 열어 회하까지 통하게 했다.
意不佳 의불가 | 마음이 좋지 못하다.
桑乾 상건 | 냇물 이름. 산서성 북쪽으로부터 하북성으로 들어와 북경 부근의 하류를 영
　　　　　정하(永定河)라고 한다.
中流 중류 | 회하 중류를 가리키는 말로, 당시 송나라와 금나라의 국경선이었다.
天涯 천애 | 원래는 아주 먼 곳을 가리키는데, 여기서는 송과 금이 회하를 국경선으로 삼
　　　　　은 것을 말한다.

순희 16년(1189) 겨울, 양만리는 금나라에 파견되어 '하정사(賀正使, 신년 하례 인사차 오는 사신)' 접견 임무를 띠고 회하로 들어가게 되는데, 그곳으로 가면서 느낀 마음을 평이한 언어에 담은 것이 바로 이 시이다.

1, 2구에서는 동적인 세계를 묘사했고, 3, 4구에서는 자기 나라의 영토가 예전과 달리 줄어들어 하늘 끝이 변한 것에 대해 침통해하고 있다.

이 시에 구현되어 있는 세계는 송나라가 상징하는 가치 질서의 붕괴에 따른 현실 판단의 기준을 당시의 오랑캐 금나라와 결부시킬 수밖에 없는 시인의 비극적인 세계관과 맥을 같이하고 있다.

양자강을 지나다 過揚子江

하늘이 만든 천연의 요새 오나라 하늘을 지키는데

함곡관 수는 헤아릴 수 없이 많구나

만 리 은하는 옥빛 바닷물을 쏟아붓고

옥탑 한 쌍은 금산을 상징한다

깃발들은 강안 저편 회남 근처에 닿아 있고

북과 뿔피리 서리 속에서 울리지만 변방 북쪽은 한가롭다

강신에게 풍경이 꽤 좋음을 감사드리매

천 이랑 파도도 한순간이로구나

天將天塹護吳天, 不數殽函百二關.
萬里銀河瀉瓊海, 一雙玉塔表金山.
旌旗隔岸淮南近, 鼓角吹霜塞北間.
多謝江神風色好, 滄波千頃片時間.

揚子江 양자강 | 강소성 양주에서 진강 사이에 걸쳐 있는 강으로, 그곳에 양자진(揚子
津), 양자현(揚子縣)이 있으므로 붙여진 이름이다.

天塹 천참 | 천연적으로 만들어진 요새.

吳天 오천 | 장강의 하류 일대는 옛날에 오나라 땅이었으므로, 여기서는 강남에 위치한
남송의 국토를 가리킨다.

殽函 효함 | 하남성 영보(靈寶)에 있는 함곡관을 가리킨다. 효산이 그 동쪽에 있기 때문
에 효함이라고 했다. 옛날에 함곡관은 진(秦)나라 본토로 향하는 유일한 입
구로서 지금의 하남성 서부 영보에 있었다.

百二關 백이관 | '百二'에 대해서 어떤 이는 진나라가 험난한 요새에 용병 2만 명을 주둔

시킨 것이 제후 백만의 무리에 해당한다는 말이라 하고, 어떤 이는 배수(倍
數)로 보아 진나라 병사가 제후 병사의 두 배, 즉 200만이라는 뜻이라고 한다.
銀河 은하 | 양자강을 형용하는 말이다.
瓊海 경해 | 옥빛을 띠는 바다. 여기서는 시어에서 흔히 볼 수 있는 미칭(美稱)이라고 보
    면 된다.
淮南 회남 | 진강이 해안을 마주하면 송대의 회남 동쪽 길에 해당하며, 당시에는 변방이
    었다.
鼓角吹霜 고각취상 | 변방 풍경을 묘사한 것으로, 범중엄의 「어가오(漁家傲)」 중 "피리
    소리 서리 가득한 땅에 유유히 퍼지고, 사람은 잠 못 이루고 장군과 백발 성
    성한 병사들은 눈물 흘리네.(羌管悠悠霜滿地, 人不寐寐將軍白髮征夫淚)"라
    는 시구를 연상하게 한다.
塞北 새북 | 변방 북쪽. 금나라를 가리킨다.

순희 16년 비서감으로 있을 때 금나라 하정사를 영접하러 가며 양자
강을 지나다가 지은 시로, 양자강의 기세와 위험한 형세를 묘사하면서
우뚝 솟은 금산의 모습을 형상적으로 그리고 있다. 그러면서도 이면에
는 당시 송나라의 불우한 처지를 슬퍼하는 정서를 듬뿍 담고 있다.

  이 작품은 단순한 풍경 묘사보다는 현실적인 느낌이나 분위기를 매
우 강조하고 있다. 구성 방식도 명확하게 드러나는 것이지 은밀하고
모호한 상태로 전달되는 것이 아니다. 이러한 특성은 시인의 내면 정
서를 외부 현실과 교묘하게 형상화했다는 사실과 관련된다. 부정어,
역설적인 표현 등을 사용하여 현실감을 제시한 것은 모두 이런 마음
의 음영을 드러내기 위해 고안한 것이다.

모내기 노래 揷秧歌

농부가 볏모 던지니 아낙네가 이어받고
작은 녀석이 볏모 뽑으니 큰 녀석이 심는다
삿갓은 투구요 도롱이는 갑옷인데
머리 위에 쏟아지는 비가 어깨뼈까지 적신다
아침 먹고 잠시 쉬라고 외치되
고개 숙이고 허리 꺾은 채 대답이 없다
볏모 뿌리를 완전히 심지 못했으나
거위와 새끼 오리에게나 신경 쓴다

田夫抛秧田婦接, 小兒拔秧大兒揷.
笠是兜鍪蓑是甲, 雨從頭上濕到胛.
喚渠朝餐歇半霎, 低頭折腰只不答.
秧根未牢蒔未匝, 照管鵝兒與雛鴨.

揷秧 삽앙 | 볏모를 꽂다. 즉 모내기를 뜻한다.
兜鍪 두무 | 전사들이 쓰는 투구.
霎 삽 | 잠시.
蒔 시 | 식물을 옮겨 심는 것.
雛鴨 추압 | 새끼 오리.

시인은 농촌을 일종의 감정을 환기시키는 무대로 설정하면서 농촌 현장에서 벌어지는 사람살이의 구체적인 면모를 깔끔하게 보여 주려고 하였는데, '모내기(揷秧)'라는 제재를 통해 적당하게 부각되고 있다.

1, 2구에서는 가족 전체가 모내기하는 모습을 그려 가족애를 엿볼 수 있고, 3, 4구는 모내기에 열중하고 있는 긴장된 분위기를 보여 준다. 5구부터 8구까지는 농부와 그 아낙네의 대화 내용과, 그 대화가 이루어지는 공간적 배경을 구체적으로 묘사하고 있다. 앞 네 구가 소박한 언어와 백묘수법(白描手法, 동양화에서 엷고 흐릿한 곳이 없이 먹으로 진하게 선만을 그리는 기법)으로 모내기하는 장면을 생동감 있게 제시했다면, 뒤 네 구는 농촌 부부의 쉼 없는 대화가 화면 위에 살아 꿈틀거리면서 독자가 귀를 열도록 유도하고 있다.

다음 날 취해서 돌아가다 次日醉歸

날 저물어 꼭 돌아가려 했으되
주인이 간곡히 붙잡는다
나는 술 마실 수 없지는 않으나
늙고 병들어 술잔이 두렵다
다른 사람의 뜻 거스를 수 없어
가려다가 다시 잠시 멈춘다
내가 취하면 그도 저절로 그만둘 텐데
취하면 또한 무엇을 근심하랴
돌아가는 길에 마음이 혼미한데
떨어지는 해는 산마루에 걸려 있다
대나무 숲 속에 인가가 있어
잠시 몸을 던져 쉬려고 한다
웬 늙은이가 내가 옴을 기뻐하여
나를 귀인이라 부른다
나는 옳지 않음을 알리려 했지만
그는 얼굴 숙이고 웃으며 가로젓는다
불순한 마음이 오랫동안 이어지니
오히려 갈매기가 달아나 버린다
농부도 나를 도외시하니
내 노년을 누구와 함께할까

日晚頗欲歸, 主人苦見留. 我非不能飮, 老病怯觥籌.
人意不可違, 欲去且復休. 我醉彼自止, 醉亦何足愁.
歸路意昏昏, 落日在嶺陬. 竹裡有人家, 欲憩聊一投.
有叟喜我至, 呼我爲君侯. 告以我非是, 俛笑仍掉頭.
機心久已盡, 猶有不下鷗. 田夫亦外我, 我老誰與遊.

次日 차일 | 다음 날. 건도 4년 인일(人日) 다음 날을 가리킨다.

見留 견류 | 만류하다.

觥籌 굉주 | '觥'은 술을 담는 그릇이고, '籌'는 술자리에서 잔의 수효를 세는 것. 여기에
　　　　서는 잔을 올리는 것을 뜻한다.

彼 피 | 주인을 가리킨다. 또 아래의 '자(自)'는 주인의 자발적인 행위를 나타내는 말이다.

昏昏 혼혼 | 의식이 혼미한 상태.

嶺陬 영추 | 산마루.

君侯 군후 | 한대에는 승상을 가리켰지만, 시대가 내려오면서 고위직 관리에 대한 존칭
　　　　어가 되었다. 여기서는 귀인에 대한 존칭이다.

俛笑 면소 | 얼굴을 숙이고 웃다. '俛'은 '부(俯)'와 같은 뜻이다.

掉頭 도두 | 상대방의 말에 동의하지 않음을 나타낸다.

機心 기심 | 마음속으로 의도하는 바가 불순함을 가리킨다.

不下鷗 불하구 | 『열자(列子)』 「황제(黃帝)」 편의 고사를 가리킨다. 해변에서 매일 갈매
　　　　기와 노닐던 자가 아버지의 분부로 갈매기를 잡으려 하자 모두 멀리 달아나
　　　　버렸다는 내용이다. 여기에서는 농가의 노인을 '鷗'에 비유했다.

田夫 전부 | 농부.

外我 외아 | 나를 도외시하다.

건도 4년(1168), 시인이 42세 때 지은 시이다. 이 시는 두 가지 사건 묘사로 양분되고 있다. 1단락에 해당하는 앞 여덟 구에는 시인이 지속적으로 술을 권하는 주인의 마음을 돌리려는 모습이 나온다.

그리고 후반부는 시인과 농부의 대화 장면이다. 시인은 주인집을 떠나 걷다가 대나무 숲 속에 있는 한 인가를 보자 잠시 쉴 생각을 한다. 농가 주인은 시인을 반겨 맞으며 '군후(君侯)'라 불렀고, 이런 호칭에 깜짝 놀란 시인이 급히 해명하려 했지만 노인은 막무가내였다. 산골 노인에게는 시인이 '관리'로 보였던 모양이다.

그러나 4구의 '노병(老病)'이라는 시어가 암시하듯 시인의 고독감은 훨씬 강하다. 그 고독의 침통한 절규는 마지막 네 구에 잘 나타나 있으며, 이것이 이 시의 주제가 들어 있는 핵심이다.

길 옆 여관 道旁店

길 옆 시골 여관에 두세 집인데
이른 새벽이라 끓인 물도 없는데 하물며 차가 있으랴
그곳 사람들은 풍류를 즐기지 않는다고 말하는데
푸른 자기 꽃병에 백일홍이 꽂혀 있다

路旁野店兩三家, 清曉無湯況有茶.
道是渠儂不好事, 青瓷瓶挿紫薇花.

野店 야점 | 관에서 설치한 여관이 아니라 개인적으로 운영하는 숙박 시설.
清曉 청효 | 날이 완전히 밝기 전.
道 도 | 말하다.
渠儂 거농 | 그 사람들. 속어로 삼인칭을 나타낸다.
青瓷瓶 청자병 | 푸른색을 띠는 자기 꽃병.

조악한 환경의 시골 여관을 배경으로 쓴 시이다. 푸른 자기 꽃병에 백일홍이 꽂혀 있음을 굳이 표현한 것은 시골에서 찾아보기 힘든 풍류가 있음을 나타내기 위함이다. 익숙한 주변 현상들 속에서 새로운 경험을 일상적인 언어를 한껏 살려 생동감 있게 그리고 있다.

조
사
수

趙
師
秀

?~?

자는 자지(紫芝)이고 호는 영수(靈秀)이며 온주(溫州)
영가(永嘉, 절강성 영가현) 사람이다. 영가사령(永嘉四靈)
중 한 명이고, 소희(紹熙) 원년(1190)에 진사로 나갔으며
지방관을 역임했다.『청원재집(淸苑齋集)』4권이 있다.

조사수를 비롯한 영가사령은 송나라 말기 시단에 서 오
언율시에 뛰어났다. 영가사령은 두보와 강서시파가 황정
견을 받들며 학식을 중시하여 환골탈태와 고전 속의 말을
빌려 쓰는 것을 토대로 하는 데 반대했다. 이들에게는 중
만당, 그중에서도 가도(賈島), 장적(張籍) 등의 청신한
시풍이 하나의 목표가 되었다.

며칠간 數日

며칠간 가을바람이 병든 이를 속이더니
바람 다하자 누런 나뭇잎들이 황량한 뜰에 떨어져 있다
숲은 성글게 내버려져 먼 산을 드러내는데
다시 구름에 가려 반쯤 없는 듯하다

數日秋風欺病夫, 盡吹黃葉下庭蕪.
林疏放得遙山出, 又被雲遮一半無.

欺 기 | 속이다.
下 하 | 동사로 쓰여 '떨어지다'라는 뜻이다.
被 피 | 가리다.

이 시는 가을날의 쓸쓸하고 처량한 분위기와 연계시키면서도 교묘하게 묘사하고 있다. 앞 두 구에서 시인은 가을, 낙엽 같은 매개물로 인해 떠오르는 슬픈 정감으로부터 탈출하려고 시도한다. 1구의 '기병부(欺病夫)'는 시인이 자연계의 쇠락을 풍자와 해학적인 태도로 표현한 것이다. 2구에는 슬픈 정서로부터 벗어나고픈 마음이 담겨 있다. 3, 4구는 낙엽으로 인해 드러난 풍경이다.

약속한 나그네 約客

누런 매화꽃 피는 시절엔 집집마다 비
푸른 풀 연못엔 곳곳마다 개구리
약속하고도 오지 않고 한밤이 지났는데
한가로이 바둑알 두드리니 등화(燈花)가 떨어진다

黃梅時節家家雨, 靑草池塘處處蛙.
有約不來過夜半, 閑敲碁子落燈花.

池塘 지당 | 연못.
碁子 기자 | 바둑알.

약속 불이행으로 인한 초조감을 노래한 시이다. 1, 2구는 강남의 여름 밤 모습을 묘사한 것이다. 친구는 오지 않고 개구리 울음소리만 들린다. 3구는 시의 제목을 그대로 표현했다. 4구의 '한(閑)' 자는 시인의 무료함을 나타내며, 이면에는 시인의 한탄이 가득하다.

안탕산의 보관사 雁蕩寶冠寺

걸어서 돌난간에 서면

청아한 추위는 말할 수도 없다

흘러온 다리 밑의 물

반쯤은 동굴 속의 구름

머물려고 하는 사이에 한 해가 다하고

시를 읊는 사이 한밤중이 지났다

안탕산의 호수는 정상에 있건만

한 마리 기러기 소리도 들은 적이 없다

行向石欄立, 淸寒不可云. 流來橋下水, 半是洞中雲.
欲住逢年盡, 因吟過夜分. 蕩陰當絶頂, 一雁未曾聞.

雁蕩 안탕 | 절강성 남쪽에 있는 산으로, 산 정상에 호수가 있다. 봄이 되면 북쪽에서 돌
        아온 기러기가 이곳에 머물기 때문에 붙여진 이름이다. 북으로는 북안탕산
        (北雁蕩山)이 있고 남으로는 남안탕산(南雁蕩山)이 있다.
向 향 | '어(於)'와 같다. 위치를 나타내는 어조사.
夜分 야분 | 한밤중.
蕩陰 탕음 | 안탕산 위의 호수. '음(陰)'은 물을 가리킨다.

이 시는 독자에게 편안함을 주는 동시에 시를 공유하도록 한다. 수묵화처럼 어렴풋한 어둠을 배경으로 깔고 있는 2연은 특히 그러하다.

　3연도 전반부의 분위기를 그대로 이어 가려고 노력하고 있다. 연말과 한 해를 보내는 밤이라는 시간을 설정했는데, 그 연속되는 시간의 흐름 속에 자신도 함께하고 싶었던 것이다. 4연은 시인의 현재 위치를 분명하게 나타내는 동시에 고독한 자신의 모습을 기러기에 빗대어 노래하고 있다.

대
복
고

戴
復
古

1167~?

자는 식지(式之)이고 호는 석병(石屛)이며 강호파의 대
표시인이다. 대주(台州) 황엄(黃巖, 절강성 황엄현) 사람
이며, 동고자(東皐子)로 불린다. 대복고는 자라면서 시
에 뜻을 품고 있었을 뿐 아니라 부친의 유언에 시인이 되
기로 결심하고, 육유에게 사사를 받아 현실주의에 눈뜨게
되었다.

그는 평생 관직에 오르지 못했고, 고관 귀족들에게 시를
팔며 직업 시인으로 살았다. 혁신적인 문인의 모습을 지키
려 하였으며 청정한 시어를 골라 쓰고자 노력했다.

밤에 농가에 머물다 夜宿田家

우산과 삿갓 바꿔 쓰고 갈림길 가는데
봄은 바뀌지 않았건만 헌 나그네 옷이다
비 맞으며 산길 걷노라니 진흙 언덕길이고
밤중에 농가의 하얀 판자 사립문을 두드린다
몸은 어지러운 개구리 울음 속에 잠들고
몸이 나비가 되어 꿈속에서 돌아온다
고향 편지는 십중팔구 도착하지 않는데
기러기는 남북의 하늘로 홀로 날아간다

簦笠相隨走路岐, 一春不換舊征衣.
雨行山崦黃泥坡, 夜扣田家白板扉.
身在亂蛙聲裏睡, 身從化蝶夢中歸.
鄕書十寄九不達, 天北天南雁自飛.

簦 등 | 자루가 길며 삿갓 비슷한 우산.
笠 입 | 삿갓.

486

포의(布衣) 신분으로 여행 중의 괴로움을 반영한 작품이다. 앞 네 구에서는 시인 자신의 궁핍한 삶을 투영하고 있으며, 뒤 네 구에는 나그네 신세로 느끼는 향수가 짙게 배어 있다. 그의 떠도는 유랑 생활에 동반자는 오직 '등(簦)'과 '입(笠)'뿐이며, 행간마다 여행길의 고독함과 적막감과 고달픔이 집약되어 있다.

경자년에 기근이 잇따르다 庚子薦饑

(一)

굶주림에 집 버리고 떠났으나

종횡으로 헤매다가 갈림길에서 죽어 간다

하늘은 곡식에 비도 내리지 않고

땅이 없어 시신을 묻을 수도 없다

재난의 참담함이 이와 같거늘

우리는 이 꼴을 차마 볼 수 있겠는가

관청에서는 구휼한다고 하지만

그저 문서만 오갈 뿐

餓走抛家舍, 縱橫死路歧. 有天不雨粟, 無地可埋尸.
劫數慘如此, 吾曹忍見之. 官司行賑恤, 不過是文移.

庚子 경자 | 송나라 이종(理宗) 가희(嘉熙) 4년(1240)을 말한다.
薦 천 | 잇따르다.

488

3수 가운데 첫 작품인 이 시의 화자는 격앙된 어조로 일관하고 있다. 1, 2구에서 그 어조가 감지된다. 즉 '굶주림', '죽어 간다'라는 단어가 내포하는 의미가 기근에 죽어 가는 처참함을 강조한 3연과 어울려 관료들의 행태를 비판하는 시인의 논점에 힘이 실린다. 그러나 마지막 두 구절에서 보이듯 관료들의 탁상 행정에 의해 갈기갈기 찢긴다.

시박제거 관중이 만공당에 올라 술을 마시며 시를 쓰다 市舶提擧管仲登飮于萬貢堂有詩

칠순 늙은이의 머리 눈처럼 흰데
세상에 던져져 시집 팔러 다니다가
평생지기 관이오 덕택에
만공당의 손이 되었다
풍자시 읊조린 것이 하늘의 책망을 받게 되어
귀향 꾀하지만 노자 마련이 어렵다
계림에 내 시 사 줄 상인이 있지 않으니
날 밝으면 수고롭겠지만 변방의 무역선에 물어 주시게

七十老翁頭雪白, 落在江湖賣詩冊.
平生知己管夷吾, 得爲萬貢堂前客.
嘲吟有罪遭天厄, 謀歸未辨資身策.
鷄林莫有賣詩人, 明日煩公問蕃舶.

市舶提擧 시박제거 | 내외의 무역선을 감독하는 부서인 제거시박사(提擧市舶司)의 장관.
管仲 관중 | 성이 '管'인 인물이지만, '仲'은 춘추시대 제나라의 명재상 '관중'을 본떴다.
萬貢堂 만공당 | 만국(萬國)의 공물이 모이는 공간. 제거시박사의 접객용 건물인 듯하다.
落在江湖 낙재강호 | 영락해서 세상을 두루 돌아다니는 신세가 되다.
管夷吾 관이오 | '夷吾'는 제나라 관중의 휘(諱). 실제로 '관중'이라 불린 인물을 가리킨다.
嘲吟 조음 | 익살스러운 풍자시를 노래하다.
遭天厄 조천액 | 하늘의 책망을 받다.
資身策 자신책 | 필요한 돈을 마련하는 수단. 여기서는 귀향 여비를 마련하는 것을 말한다.
鷄林 계림 | 삼국시대 신라를 가리키던 말이다.

蕃舶 번박 | 변방의 배. '蕃'은 일반적으로 이민족을 가리킨다.

대복고의 『석병시집』에 방랑의 생애를 노래한 시가 매우 많지만 그 가운데서도 이 작품이 대표작이다.

시라는 전통 장르를 표현의 장으로 하는 시인에게 강호는 어디까지나 '던져져서(落在)' 존재하는 임시 숙소에 지나지 않았다. 가난하고 속된 자조(自嘲)의 구조는 이 같은 시(詩) 장수의 의식에서 유래한 것이지만 시인은 그 속됨에 자리를 바로잡고 있고, 그것이 다른 군소 시인과는 구별되는 일종의 풍격을 낳고 있다.

노비 계약 僮約

네가 살던 고향 어디고 성과 이름은 무엇인가
여행 중에는 만사에 재치 있는 일 처리를 좋아한다
갈아입은 옷 똑바로 잘 정돈하고
음식 끓이고 굽는 일은 깨끗한 맛 귀히 여긴다
매번 쉴 때마다 대나무 밭을 찾고
잠자리는 반드시 술집 옆이어야 하네
나의 노비 계약은 지나친 것 없으니
정신 차려 명령대로 열심히 일하면 될 뿐

汝佳何鄕何姓名, 路途凡百愛惺惺.
衣裳脫着勤收岩, 飮食烹炰貴潔馨.
每遇歇時尋竹所, 須敎宿處近旗亭.
吾家僮約無多事, 辨取小心供使令.

僮約동약 | '僮'은 노복 혹은 남자 종이고, '約'은 계약 혹은 계약 문서를 가리킨다. '僮
約'이란 노복 혹은 남자 종의 매매 또는 고용계약(문서). 전한의 왕포(王襃)
에게 「동약(僮約)」이라는 통속적인 부(賦)가 있었다.
惺惺성성 | 재치가 뛰어남.
脫着탈착 | 벗거나 입다. 옷을 갈아입다.
烹炰팽포 | 끓이는 것과 굽는 것, 즉 요리.
潔馨결형 | 청결하고 맛있다. '馨'은 본래 냄새가 좋은 것이지만, 여기서는 맛이 좋다는
뜻이다.
歇時헐시 | 쉴 때. '歇'은 쉬다.

492

旗亭 기정 | 술집.
無多事 무다사 | 왕포의 집처럼 지나친 것은 아무것도 없다.
辨取 변취 | 속어로 '똑바로 실행하다'라는 뜻이다.
供使令 공사령 | 명령대로 움직이다.

이 작품에는 시의 제재인 노복이 법적, 사회적으로 어떤 규정 속의 신분이었는지, 또 이 고용이 성립하는 노동 시장이 어떤 성질의 것이었는지 분명히 나타나 있지는 않다. 남송의 '노비 계약'이 싼값으로 가볍게 노동력의 상품화가 이루어진 사회의 산물임은 분명하다. 7구의 '지나친 것 없으니(無多事)'라는 말에 강호를 떠돌아다니는 시인의 모습이 그대로 투영되어 있다.

조
여
수

趙
如
鐩

1173~1246

자는 명옹(明翁)이고 호는 야곡(野谷)이며 강호파의 한 사람이다. 어렸을 때 부친의 임지이던 무주(婺州, 절강성 금화현)에서 당시 유명한 도학자 여조겸(呂祖謙, 호는 동래(東萊))에게 사숙하고, 가태(嘉泰) 2년(1202)에 진사가 되었다. 그는 유극장(劉克莊)과 친분을 맺은 것 외에 강호파 시인들과 교유하였으며, 영가사령이라고 불린 조사수(趙師秀), 옹권(翁券) 등과 교제하였다. 시집으로는 『야곡시집(野谷詩集)』 6권이 남아 있다.

전종서(錢鍾書)는 조여수를 "강호파 시인 중 재기가 가장 호방하다."라고 했는데 탈속, 한적한 정취를 아주 호방하게 노래한 시가 많아 이백과 소식의 풍모도 있다. 특히 오언율시에는 영가사령의 시풍이 거의 나타나지 않는다.

밭두렁에서 隴首

밭두렁에서 뽕 따는 아낙네들 자주 만나는데

가시나무 비녀와 흐트러진 머리에 짧은 남색 치마일세

모든 종소리 끊어진 절에 닭이 정오에 우는데

시 읊으며 지팡이 끌고 산속을 나오면 개는 구름 속에서 짖네

돌 피해 소가 옆길에서 돌아 나오고

방죽 물은 골짜기의 중간쯤에서 내려온다

농가에서는 현의 세금 징수가 심하다고 불평하며

띠풀 처마 밑에서 나를 붙들고 고지서를 보여 준다

隴首多逢采桑女, 荊釵蓬鬢短靑裙.

齊鐘斷寺雞鳴午, 吟杖穿山犬吠雲.

避石牛從斜路轉, 作陂水自半溪分.

農家說縣催科急, 留我茅簷看引文.

隴首 농수 | '隴'은 밭의 이랑, 두렁. '隴首'는 '밭두렁에서'라는 뜻이다.
采桑 채상 | 뽕을 따다. '采'는 '채(採)'와 같다.
荊釵 형차 | 가시나무로 된 비녀. 아낙네의 검소한 차림. 후한 양홍(梁鴻)의 처 맹광(孟
　　　　光)이 "형차포군(荊釵布裙, 비단이 아닌 마, 모시 등의 치마)익 변변치 못한
　　　　옷차림으로 남편을 받들었다."(황보밀,『열녀전(烈女傳)』)
蓬鬢 봉빈 | 흐트러진 머리카락.
短靑裙 단청군 | 수수한 남색 짧은 치마.
作陂水 작피수 | 방죽에 담겨 있는 물.
半溪 반계 | 골짜기의 중간쯤.

催科 최과 | 조세의 징수.
芽簷 아첨 | 띠풀의 처마 밑.
引文 인문 | 조세 할당액을 적은 고지서.

이 칠언율시는 과중한 세금의 괴로움을 호소하는 농민의 어투로 장식
되어 있다. 그러니 시인이 한가롭게 산책을 즐기고 있는 것이 아니다.
1연의 가난한 농촌 아낙네의 모습과, 3연에서 돌길을 걷는 소와 방죽
을 곁들인 데에 전원시의 특색이 나타나 있다. 다만 1연과 3연은 거의
단순한 객관적 관찰을 서술한 데 지나지 않는다. 닭과 개가 우는 소리
의 조화는 『도화원기(桃花源記)』를 떠올리게 한다.

고저

高翥

?~?

자는 구만(九萬)이고 스스로 국간(菊磵)이라고 불렀다.
여요(餘姚) 사람이며 『국간소집(菊磵小集)』과 『신천소유
고(信天巢遺稿)』가 있다.

　남송 고종 때의 유사(游士)였던 시인은 홀로 타향에서
떠돌아다니게 되었기 때문인지 예민한 감성을 지니고 있
다. 그는 강호파 시인 중에서 비교적 재능이 뛰어난 작가
로서, 담사동(譚嗣同) 같은 청나라 말기 변법 운동가도 그
의 시 「청명일에 술을 마주하다(淸明日對酒)」를 읽고 감
동했다고 한다.

가을날 秋日

정원 풀 가을을 머금어 홀로 길고 짧은데
슬픈 귀뚜라미가 전하는 울림은 추위에 떠는 매미에 답한다
콩꽃은 이웃 좋은 줄 알았는지
넝쿨이 은근히 멀리 담장을 넘는다

庭草銜秋自短長, 悲蛩傳響答寒螿.
豆花似解通隣好, 引蔓殷勤遠過牆.

蛩 공 | 귀뚜라미.
螿 장 | 매미.

늦여름 혹은 초가을에 쓴 시로, 정원을 거닐다가 어디선가 불어오는 가을바람에 감흥을 느껴 지은 것이다.

1구에 보이는 정원의 자그마한 풀은 '가을(秋)'을 가장 두려워한다. 2구는 풀무더기와 담장 가에서 들려오는, '귀뚜라미(蛩)'와 '매미(蟬)'의 울음소리에 대한 묘사이다.

새벽에 황산사를 나오다 曉出黃山寺

새벽녘 대나무 수레에 올라 절을 나오니
들녘 연못과 산길에 봄빛이 다한다
소나무 그림자를 뚫고 평지에서 올라
이미 종소리를 깨달은 것은 맨 꼭대기이다
풀빛과 흐르는 물은 위아래로 푸르고
유채꽃과 수양버들은 엷고도 짙은 누런 빛이다
명아주 지팡이 짚고 총총히 가지 말며
지나가는 봄 짝하여 서두르지 말라

曉上籃輿出寶坊, 野塘山路盡春光.
試穿松影登平陸, 已覺鍾聲在上方.
草色溪流高下碧, 荣花楊柳淺深黃.
杖藜切莫匆匆去, 有伴行春不要忙.

籃輿 남여 | 대나무를 엮어서 만든 수레. '죽교(竹轎)'라고도 한다.
寶坊 보방 | 절에 대한 경칭.
上方 상방 | 맨 꼭대기.

이른 새벽에 황산사를 나오면서 봄빛을 만난 즐거움과 대자연에 대한 끝없는 애정을 노래한 작품이다. 1연은 시인이 새벽을 깨고 대나무 수레로 절을 나온 사실을, 3연은 봄날 들녘의 특징적인 풍경을 묘사하고 있다.

시인이 느끼는 봄의 정취는 시간에 쫓기면서 제대로 감상할 수 없다는 강박관념에 의해, 결국 동행하는 사람들에게 지나가는 봄을 짝하라고 권하는 것으로 끝맺는다.

왕
질
王
質

1127~1189

자는 경문(景文)이고 강직한 성품의 소유자였으며 스스로
설산(雪山)이라고 불렀다. 『영산집(靈山集)』이 현존한다.
왕질의 시는 대부분 소식의 시와 풍격이 비슷하여 유창하
고 상쾌한 시풍을 개척하였고, 고전을 인용하는 것을 자제
했다.

동류로 가는 길에서 東流道中

산 높고 나무 많아 해 느릿느릿 나오고
밥때 되어도 안개와 이슬이 자욱하다
말발굽이 두 역참을 밟고서야
인가는 점점 두 짝 대 사립문을 연다
추운 겨울 들길에는 벌이 난무하고
보리 가득한 밭에는 산의 참새가 난다
내일 아침이면 큰 강은 떠나는 나를 배웅하고
만 리 바람은 나그네 옷깃을 날리겠지

山高樹多日出遲, 食時霧露且雰霏.
馬蹄已踏兩郵舍, 人家漸開雙竹扉.
冬靑匝路野蜂亂, 芥麥滿園山雀飛.
明朝大江送吾去, 萬里天風吹客衣.

東流 동류 | 원래는 현(縣) 이름으로, 장강의 남쪽 해안에 있다.
雰霏 분비 | 안개나 이슬이 자욱이 낀 모양.
郵舍 우사 | 역참. 송대에는 '우포(郵鋪)', '우사(郵舍)'라고 했다.

이 시의 제목은 '만박동류(晚泊東流)'라고도 하며, 가장 큰 특색은 소박함과 진지함이다.

　각운의 운율이 적절하고, 중간의 두 연은 대구를 이루면서도 평측의 안배는 운율에 딱 들어맞지 않게 했다. 즉 1구의 '고(高)', 4구의 '가(家)'는 측성 자리에 평성을 쓴 것이다. 그러면서도 꾸민 흔적이 별로 없이 잘 어울린다.

산행의 감회를 적다 山行卽事

뜬구름 푸른 하늘에 걸려 있고
오가는 논의는 흐렸다 갰다 한다
연꽃에 뿌리는 빗방울이 옷을 적시고
부평초 사이로 부는 바람은 맑은 옷소매를 날린다
까치 소리 시끄러우니 해가 나오고
갈매기는 성품이 잔잔한 물결에 친숙하다
산색은 말도 없이
사흘간 취해 있던 나를 불러 깨운다

浮雲在容碧, 來往議陰晴. 荷雨灑衣濕, 蘋風吹袖淸.
鵲聲喧日出, 鷗性狎波平. 山色不言語, 喚醒三日酲.

蘋 빈 | 부평초.
狎 압 | 친숙하다. 좋아하다.
酲 정 | 이튿날까지 깨지 아니한 술의 취기.

독특한 구도가 인상적인 시이다. 1구는 매우 일상적인 경치를 그렸고, 2구는 그 정채로움을 더하면서 '산행'의 과정보다는 정겨움을 표현하였다. 2연은 2구의 '음(陰)'을 계승하고 있는데 연꽃의 아름다운 자태에 취한 모습을 그렸다. 3연은 까치의 울음소리가 곧 시인 자신의 기쁨임을 나타낸다. 4연에서는 1연과 마찬가지로 의인화 수법을 사용하였다.

강기
姜夔

1155?~1221?

자는 요장(堯章)이고 별호는 백석도인(白石道人)이다. 파양(鄱陽, 강서성 파양현) 사람으로 어려서부터 사(詞) 의 명수로 알려졌으며, 작곡에도 능하였다.

소덕조(蕭德藻)와 사귀어 그의 조카딸을 아내로 맞이하고, 호주(湖州)에 거처를 정했다. 그가 살고 있던 곳이 초계(苕溪)의 백석동천(白石洞天)에 가까웠기 때문에 백석도인이라고 부른 것이다. 강기는 양만리, 범성대 등과 교유하였고, 중년 이후에는 항주(杭州)에서 살았다. 60여 세에 서호(西湖)에서 세상을 떠났다. 『백석도인』 2권, 『집외시(集外詩)』 1권 등이 있다. 그는 함축을 중시하였고 이전 시인들의 시를 많이 모방하여 짓기도 했다.

호숫가 집에서 읊다 湖上寓居雜咏

(一)
연꽃잎 바람 따라 여기저기 흩어지고
푸른 갈대 살랑살랑 오늘 밤 슬피 운다
평생 가장 강호의 맛을 알았으나
가을바람 소리 들으니 고향이 그립다

荷葉披披一浦涼, 靑蘆奕奕夜吟商.
平生最識江湖味, 聽得秋聲憶故鄕.

雜咏 잡영 | 여러 사물을 읊은 시가라는 뜻이다.
披披 피피 | 연꽃잎이 호수 위에 흩어져 있는 것을 가리킨다.
奕奕 혁혁 | 살랑거리는 모양.

508

시인이 관직에 급제하지 못하고 은둔 생활을 하며 지은 시로, 모두 14수의 연작시 중 1수에 해당하는 작품이다.

이 시에 나와 있듯이 시인의 마음을 붙잡는 것은 연꽃보다 연잎이다. 2구는 의인화 수법으로 쓸쓸하고 처량한 심정을 묘사하여 더욱 색다른 맛이 있다. 3, 4구는 시인이 일생 동안 경험한 것을 응축시킨 것이다. 그 맛은 서호의 정태미(靜態美)와 어울려 더욱 빛을 발한다.

그믐날 밤 석호에서 초계로 돌아오다
除夜自石湖歸苕溪

(一)

가녀린 풀이 모래를 뚫고 눈은 반쯤 녹았는데
오나라 궁궐의 안개는 차갑고 물은 아득하네
매화 대나무 숲에 피어 사람에게 보이지 않지만
하룻밤에 불어온 향기는 석교를 건넌다

細草穿沙雪半銷, 吳宮煙冷水迢迢.
梅花竹裏無人見, 一夜吹香過石橋.

石湖 석호 | 지금의 강소성 소주시 서남쪽에 있는 호수. 태호(太湖)로 통하고 산봉우리
　　　　들이 그 주위를 에워싸 절경을 이룬다.
苕溪 초계 | 태호로 흐르는 절강성의 강.
吳宮 오궁 | 석호에 있는 고소대(古蘇台)를 가리킨다. 지금의 소주시 서쪽 고소산에 세
　　　　워진 궁전으로, 일찍이 소실되고 유적만 남아 있을 뿐이다.
迢迢 초초 | 아득히 먼 모양.

소희 2년(1191) 겨울쯤에 지은 시로, 당시 시인은 73세 전후였다. 10수의 연작시 가운데 첫 번째 수이다. '석호'에 있는 범성대의 별장으로부터 배로 출발하여 태호에서 초계를 지나 호주(湖州) 무강현에 있는 강기의 집으로 돌아갈 때 지은 것이다.

앞 두 구는 먼 경치를 그리고 있는데, 2구는 제목의 '귀(歸)' 자에 대한 의미 부연이다. 시 후반에 묘사된 매화의 모습은 시인의 청고(淸高)한 정취와 어울리는 멋을 획득한다.

장평보가 부르되 가고 싶지 않다 平甫見招不欲往

(一)

늙어 가니 무심하게 연주 소리를 듣고
병들어 술잔 들어도 서로 편치 않다
인생에서 가을 문턱의 비를 맞기 어려우니
나에게 조용한 집을 주면 스스로 잠자리라

老去無心聽管絃, 病來杯酒不相便.
人生難得秋前雨, 乞我虛堂自在眠.

平甫 평보 | 남송의 저명한 장수 장준지(張俊之)의 손자 장감(張鑒). 그 외사촌인 강기
　　　는 그의 나이 39세 때인 소희 4년(1193)에 장감을 처음 만났으며, 장감은 가
　　　태(嘉泰) 4년(1202)에 죽었다.
秋前雨 추전우 | 가을 문턱에 내리는 비.
虛堂 허당 | 조용한 집.

장평보의 초대를 받은 시인이 지은 두 수 가운데 첫 번째 작품이다. 1구에서는 늙음과 더불어 찾아든 착잡한 심경을 적고 있다. 3, 4구는 장평보에게 자신의 심정을 밝힌 것이다.

시인은 평이한 언어를 사용하여 안정된 분위기를 형성하였다. 그러나 그의 심정은 이처럼 편안하지 못하다. 오랫동안 타향으로 떠도는 나그네 신세였기 때문에 쓸쓸한 정조가 느껴진다.

서기
徐璣

1162~1214

자는 문연(文淵) 혹은 치중(致中)이고, 호는 영연(靈淵)
이다. 집은 진강(晉江, 복건성 진강현)에 있었지만, 아버
지 서종(徐宗)이 온주(溫州) 영가(永嘉)의 포씨(鮑氏)와
결혼하여 일가는 영가로 이주했다. 무당(武當, 호북성 균
현) 현령에서 장태(長泰, 복건성 장태현)의 현령이 되었으
나 임지에 도착하기 전에 죽었다.

그는 강서시파의 시풍에 반대하고 중만당 시기의 오언율
시에서 영감을 얻었다. 『이미정집(二郿亭集)』 1권이 있다.

막 서늘해지다 新凉

물 밭두둑에 가득하고 벼 잎새 가지런한데
햇빛은 나무 사이를 뚫고 새벽 연기는 나지막하다
꾀꼬리도 막 서늘해짐 좋아하여
청산으로 날아가 그림자 속에서 운다

水滿田疇稻葉齊, 日光穿樹曉烟低.
黃鶯也愛新涼好, 飛過靑山影裏啼.

新凉 신량 | 새롭게 서늘해지는 시기, 곧 초가을을 비유한다.
疇 주 | 논두렁.
穿樹 천수 | 햇빛이 나무 사이를 뚫고 비치는 것.

이 칠언절구는 강호파가 내세우는 묵화 수법을 대표한다. 시 제목
은 '신량(新涼)'이지만 앞 두 구에서는 서늘한 날씨에 대한 직접적인
묘사를 피하고 초가을 농촌의 새벽 풍경으로 대신한다. 시인은 '만
(滿)', '제(齊)', '천(穿)', '저(低)' 같은 평이한 글자를 교차시키면서
초가을날 새벽의 특징을 그림 그리듯이 표현하였다. 그 방식이 자연
스럽고도 소박하여 독자에게 청신한 느낌을 준다.

옹권

翁卷

?~?

자는 속고(續古)이고, 후에 영서(靈舒)라고도 불렀다. 온주(溫州) 영가(永嘉) 사람이다. 경력도 명확하지 않은데, 순희(淳熙) 10년(1183)에 향천(鄕薦)을 받았다. 그는 일생을 떠돌아다니다가 만년에 고향으로 돌아와 살았다. 같은 고향 출신 학자 섭적(葉適)의 제자로서 함께 수학한 서기(徐璣), 서조(徐照), 조사수 등과 함께 영가사령으로 일컬어졌다. 『서암집(西巖集)』 1권이 있다.

시골의 사월 鄕村四月

산과 들 온통 푸르고 가득한 강물 흰데
두견새 소리 속에 비가 안개 같다
시골은 사월이라 한가한 사람 드물다
누에치기 끝나면 또 밭에 모종 심어야 하네

綠遍山原白滿川, 子規聲裏雨如煙.
鄕村四月閒人少, 纔了蠶桑又揷田.

滿川 만천 | 물이 가득한 강.
子規 자규 | 두견새.
揷田 삽전 | 모종을 심는 것.

초여름의 농촌 생활을 배경으로 쓴 이 시는 자연 풍경 묘사로 시작된다. 1구의 '녹(綠)'은 수목의 울창함이요, '백(白)'은 하늘에 비친 강물의 모습이다. 이 두 시어의 탁월한 효과는 시인의 눈에 비친 자연 모습이 아니라, 대비되는 색채를 통해 멀리서 바라본 풍경을 그려 낸 것이다. 2구에서는 '안개'로 '비'를 비유하고 있다. 산수의 내면 정신을 있는 그대로 재현하려고 애쓴 흔적이 돋보인다.

들녘을 바라보다 野望

하늘 가득한 가을빛에 큰 물굽이 차고 맑은데
무수한 산봉우리 멀고 가깝다
한가로이 산에 올라 들녘의 시냇물 바라보니
문득 시냇물 밑으로 푸른 산이 보인다

一天秋色冷晴灣, 無數峰巒遠近間.
閒上山來看野水, 忽於水底見青山.

灣 만 | 바다가 육지 안으로 움푹 들어온 곳.

1구는 별다른 언어로 구성되어 있지 않으면서도 시의(詩意)가 무궁하다. 시인의 뛰어난 상상력에 의해 무형의 '추색(秋色)'과 실재하는 '청만(晴灣)'이 교묘하게 결합되었다.

이 시가 갖고 있는 매력은 고요한 이미지 속에 감추어진 전환과 굴곡의 이미지이다. 물에 비친 푸른 산의 그림자는 평이한 경물 묘사이지만 4구의 '수저견청산(水底見靑山)'에서 알 수 있듯이 물의 맑음, 산의 푸르름이 '홀(忽)' 자에 의해 부각된다.

유극장
劉克莊
1187~1269

자는 잠부(潛夫)이며 후촌거사(後村居士)라고 불렸고, 시호는 문정(文定)이며 흥화군보전(興化軍莆田, 복건성 보전현(莆田縣)) 사람이다. 처음에는 영가사령의 영향을 많이 받아 중당과 만당 시인의 시법을 배웠다. 강호파의 한 명으로 서점 주인이었던 진기(陳氣)가 같은 파 시인들의 시집을 총서로 간행하였는데, 유극장의 시집 『남악고(南岳稿)』도 그 속에 있었다. 그중 「낙매(落梅)」라는 시가 필화 사건을 일으켜 시집의 판본은 불태워지고 출판자 인진기는 유배당했다. 또한 일반 사람들의 작시도 자주 금지되었다. 『후촌선생전집(後村先生全集)』 196권이 있다.

북쪽에서 온 사람 北來人

(一)

동쪽 수도의 일을 시험 삼아 말하니

사람들은 백발이 더해만 간다

제왕들의 묘지에는 석마가 부서졌고

황폐한 궁전에서는 청동 낙타가 울고 있다

오랑캐의 운세 지속되기 어려운데

변방 정세는 쉽게 와전되어 버린다

처량한 옛 도읍의 여인은

쪽진 머리가 도리어 선화 때 같구나

試說東都事, 添人白髮多, 寢園殘石馬, 廢殿泣銅駝.
胡運占難久, 邊情聽易訛. 凄涼舊京女, 妝髻尚宣和.

寢園 침원 | 능원(陵園). 북송 여러 제왕들의 묘지.
銅駝 동타 | 서진(西晉)의 색정(索靖)이 일찍이 낙양 궁궐문의 청동 낙타가 장차 가시
　　　　 덤불 속에 매장될 것이라며 개탄했다. 후인들은 망국 후의 진영을 묘사할 때
　　　　 이 말을 쓴다.
宣和 선화 | 송나라 휘종(徽宗)의 연호.

북송의 수도 변량(汴梁, 하남성 개봉(開封))이 점령된 후의 상황을 묘사한 시이다 북쪽, 즉 금나라의 통치하에서 남쪽으로 도망온 사람이 침통한 심정으로 고도(古都)와 그 부근의 황량한 경치 및 자신의 비참한 경력을 서술하고 있다.

표현상 주인공이 독자를 직접 마주 대하여 말하는 것처럼 구성함으로써 공감대의 폭을 넓혔으며, 7, 8구는 중원 유민이 고국을 그리워하는 마음을 남송 조정 권문세족들의 향략적인 생활에 대비시켰다.

병 나은 뒤 매화를 찾아 절구 아홉 수를 짓다
病後訪梅九絶

유몽득은 복숭아로 인해 몇 번이나 좌천당했고
이장원은 버드나무로 인해 권력자에게 미움을 샀다
다행히 나는 복숭아도 버드나무도 모르는데
오히려 매화로 인해 십 년이나 괴로웠다

夢得因桃數左遷, 長源爲柳忤當權.
幸然不識桃幷柳, 却被梅花累十年.

九絶 구절 | 절구 9수. 이 시는 첫 번째 작품이다.
夢得 몽득 | 중당 시인 유우석(劉禹錫)의 자(字). 현도관(玄都觀)의 꽃놀이 시가 권세
　　　　　있는 관리들의 노여움을 사서 파주(播州)로 유배당했다. 나중에 부름을 받
　　　　　고 수도로 되돌아왔을 때, 복숭아꽃을 읊은 시로 비난을 받았다.
長源 장원 | 당나라 이필(李泌)의 자(字). 현종의 부름을 받고 동궁을 모셔서 태자에게
　　　　　후대를 받지만, 양국충(楊國忠)에게 미움을 사 영양(穎陽)에 은거했다. 나
　　　　　중에 숙종(肅宗), 덕종(德宗)을 섬겼고 덕종의 재상이 되었다.
當權 당권 | 정권을 맡은 사람. 권력자.
却被 각피 | 오히려 ~로 인하다. 예상했던 것과 반대 결과를 얻은 기분을 나타낸다.

인명과 그에 관계 있는 고사를 함께 읊어 1구와 2구를 대구가 되게 했다. 앞 두 구에서는 영물시에 의한 필화 사건을 강조하고, 매화라면 문제없을 것이라는 데로 옮겨간다. 결과는 매화꽃을 어떻게 읊었는지 10년이나 마음을 졸이게 되었다며 능숙하게 끝맺는다. 본래 매화는 북송의 임포 등이 노래한 바 있지만 정치적으로 곤궁에 빠진 시인들이 많이 읊은 제재이다. 따라서 이 시의 이면에는 당시 시단을 감싸고 있던 현실 상황을 비꼬는 감정이 더 날카롭게 자리잡고 있다.

북산에서 짓다 北山作

내 골상은 너무 빈한한 상이어서

오직 은자가 되는 게 좋을 듯싶다

산길 걷다가 길을 잃어

들판에 주저앉아 하늘 모양을 분별한다

글자는 힘이 없어도 일부러 돌에 썼고

시는 빈약하고 반쯤은 구름을 말했다

요즈음 더욱 귀가 어두워진 것을 기뻐하는데

자질구레한 일이 들리지 않기 때문이다

骨法枯閒甚, 惟堪作隱君. 山行忘路脈, 野坐認天文.
字瘦偏題石, 詩寒半說雲. 近來仍喜聵, 閒事不曾聞.

骨法 골법 | 뼈대. 골격. 관상을 점칠 때의 용어. 골상(骨相)을 말한다.

枯閒 고한 | 빈상이어서 적적한 모습.

堪 감 | 어울리다. 잘 걸맞다. 원래는 '~할 능력이 있다.', '충분히 할 수 있다.'라는 뜻이
지만 시에서는 '딱 좋다.'라는 뜻으로 이용되는 경우가 많다.

野坐 야좌 | 들판 바닥에 그대로 앉는 것.

天文 천문 | 해, 달, 별 등 천체의 현상을 말한다.

偏 편 | 일부러. 오로지. 본뜻은 어느 한쪽에 치우쳐 있는 것으로 중정(中正), 중앙(中
央) 등에서 벗어나 있다는 뜻이다.

聵 외 | 귀머거리. 태어날 때부터 귀머거리인 경우를 이르는 말이지만, 여기에서는 귀가
어둡다는 뜻이다.

속세를 떠나 자연에 잠겨 기분 내키는 대로 산행하는 모습을 읊은 정취 있는 작품이다. 이 시에는 은일(隱逸)이 있는데, 도연명이 관직을 버리고 전원으로 돌아가 궁핍하면서도 절개를 지킨 삶을 이상으로 하고, 그러한 삶을 지향 내지 동경하는 마음을 노래한 시이다. 도연명의 시풍과 비슷하면서도 독특한 묘미가 깃들어 있고, 연마다 발상이 기발하며 대범하다. 선승(禪僧)이 지을 수 있는 선미(禪味)를 지닌 소품이라 해도 좋을 법한 시이다.

군영의 일락 軍中樂

군영 곳곳에 조두를 설치하고
장막 문은 깊디깊게 수많은 병사가 지킨다
장군은 귀하고 중한데 말안장에 오르지 않은 채
밤마다 병사 보내 위험한 관소를 지킨다
스스로 말하기를 오랑캐는 두려워 감히 침범하지 못한다며
큰 사슴을 죽이고 사슴을 잡아 주연을 연다
더욱이 술에서 깨어나면 산의 달이 떨어지고
비단 백 단을 기녀에게 준다
누가 알랴 군영에서 피 흘리는 병사들이
돈 없어 상처에 바를 약도 못 구하는 것을

行營面面設刁斗, 帳門深深萬人守.
將軍貴重不據鞍, 夜夜發兵防隘口.
自言虜畏不敢犯, 射麋捕鹿來行酒.
更闌酒醒山月落, 彩嫌百段支女樂.
誰知營中血戰人, 無錢得合金瘡藥.

刁斗 조두 | 고대 군영에서 사용한 도구인데 구리로 만든 것이다. 낮에는 밥을 하는 데
　　　사용하고, 밤에는 순찰하는 데 썼다.

장군의 편안하고 즐거운 생활을 노래함으로써 병사들의 고통을 상대
적으로 부각시켜 묘사한 작품이다. 1구부터 8구까지는 '낙(樂)'에 초
점을 맞추어 장군의 생활을 묘사하고 있다. 마지막 두 구는 시인의 초
점이 장군에게서 병사로 옮겨졌으며, 분위기는 낙(樂)에서 비(悲)로
전환되었다. 이 같은 선명한 대비가 시인의 감개한 심정을 드러내게
한 것이다.

자는 거산(巨山)이며 호는 추애(秋崖)이고 주기문(州祁門, 안휘성 기문현) 사람이다. 소정(紹定) 5년(1232) 진사에 급제했다. 이부시랑(吏部侍郎), 비서랑정승(秘書郎正丞)이 되었다가 지방으로 나가 회곤참의관(淮閫參議官)이 되었고 남강(南康, 강서성 남강현), 원주(袁州, 강서성 의춘현)의 지주(知州)가 되었다. 당시 남송 후기 시인답지 않게 명성이 높아서 유극장을 뛰어넘을 정도였다. 그는 본래 강서시파로 입문하였으나 양만리와 범성대의 깊은 영향을 받으면서 시풍을 개척해 나갔다. 특히 그는 전고와 성어를 조합하여 교묘한 대구법을 만들어 시에 운용하기도 했다. 시집『추애소고(秋崖小稿)』 38권이 현존한다.

춘사 春思

봄바람은 많이 좋지만 너무나 바쁘게 일어
언제나 꽃과 버드나무 주위를 함께 걷는다
제비 위해 진흙 만들고 벌은 꿀을 쌓는데
마침 가랑비에 불어와 다시 날을 맑게 하네

春風多可太忙生, 長共花邊柳外行.
與燕作泥蜂釀蜜, 纔吹小雨又須晴.

多可 다가 | 많이 좋다.
與 여 | ~을 위해서.
纔 재 | 마침.
小雨 소우 | 적게 내리는 비. 즉 가랑비.

시인은 봄바람을 도량이 넓고 매우 바쁜 존재로 규정짓는데, 그 이유를 2구부터 구체적으로 설명한다. 2구의 '장공(長共)'은 시간적인 면과 공간적인 면에서 봄바람과 꽃, 버드나무의 밀접한 관계를 묘사하였는데 구어와 의인화 기법이 탁월하다.

호숫가에서 湖上

(一)

모래 따사로워 원앙이 버드나무 옆에서 잠자고
봄 오니 또 나른해져 호수의 배를 피한다
청춘 남녀들은 안색을 아끼건만
절로 밝은 파도가 비춰 주니 반듯한 비취 장식이구나

沙暖鴛鴦傍柳眠, 春來亦懶避湖船.
佳人窈窕惜顏色, 自照晴波整翠鈿.

(二)

올 봄바람 유난히 차가워
온갖 꽃 의지할 수 없어 벌써 지려 하고
마권의 새벽비는 마치 가는 먼지 같은데
곳곳에서 푸른 대광주리에 모란을 판다.

今歲春風特地寒, 百花無賴已摧殘.
馬塍曉雨如塵細, 處處筠籃賣牧丹.

(三)

푸른 물결 그림 같고 비 막 개니
한 줄기 언덕의 물안개는 들을 끝까지 바라본다
날 저물어 꽃 떨어지니 바람이 머물려 하는데
작은 누각에서 현악기 관악기가 새로운 소리를 연주한다

綠波如畵雨初晴, 一岸煙蕪極望平.
日暮落花風欲定, 小樓弦管壓新聲.

(四)

나그네는 죽음의 자리에서 봄 호수를 아까워하는데
따뜻한 바람과 향기로운 꽃은 다하지 않았다
반드시 선현의 집으로 올라갈지니
그림 그린 배가 수없이 긴 다리에 머문다

游人抵死惜春沼, 風暖花香未消.
須向先賢堂上去, 畵船無數泊長橋.

翠鈿 취전 | 비취 장식.
弦管 현관 | 현악기와 관악기. 즉 연주하는 소리.
游人 유인 | 나그네.

이 네 수의 칠언절구는 어느 봄날 호수 위의 경관을 청신하게 묘사한 것으로, 마치 네 폭의 춘유도(春遊圖) 같다.

　1수는 호수에서 노니는 '가인(佳人)'들을 묘사하였다. 화면의 한쪽 끝에는 따스한 모래사장이 펼쳐져 있고 수양버들이 늘어졌으며, 원앙새들의 모습이 보인다. 2수는 호수 근처에서 모란을 파는 모습을 그리고 있는데 봄 추위를 배경으로 하였다.

　3수는 비 오고 날 저문 뒤의 정경을 묘사한 것이다. 비가 그친 지 얼마 안 되는 사이에 호수를 에워싸고 있는 산은 방금 세수를 한 듯 청아하며, 출렁이는 물결은 더욱 생명력이 넘쳐흐르는 것 같다. 그리고 저녁 물안개 너머로 멀리 보이는 올망졸망한 풀 또한 색다른 맛을 느끼게 한다. 4수는 선현을 존경하는 나그네의 마음을 노래하면서 선현의 경지에 도달하고자 다짐하고 있다.

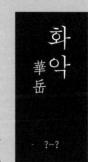

화
악
華岳

?~?

자는 자서(子西)이고 취미(翠微)라고 부르며 지주(池州)
귀지(貴池, 안휘성 귀지현) 사람이다. 무학생(武學生) 출
신이다. 개희(開禧) 원년(1205), 조정의 정치에 반대하는
상서를 올렸다가 감옥에 갇히기도 했다. 송대에는 무관도
문학을 존중하여 시를 지었는데, 화악의 시는 진사 출신인
관료 문인들의 시와는 달리 평이하고 솔직한 표현이 특징
이다. 저서로『취미남정록(翠微南征錄)』11권이 있다.

농가 田家

늙은 농부는 논을 갈고 아들은 벼를 수확하고
늙은 아낙은 베틀을 당기고 딸은 북을 놀려 옷감을 짠다
벼와 비단 벌써 되었다고 마주 보며 즐거워하지만 헛되니
관청에 내고 나면 주인에게 오는 것 별도로 많이 없구나

老農鋤水子收禾, 老婦攀機女織梭.
苗絹已成空對喜, 納官還主外無多.

鋤서 | 호미질하다. 논밭을 갈다.

시인은 원래 무학생인데 황제에게 상서를 올렸다가 건녕(建寧)으로 폄적당했다. 이 시는 그곳에서 지은 것으로, 가혹한 세금 수탈에 관해 묘사하였다. '서수(鋤水)', '수화(收禾)', '반기(攀機)', '직사(織梭)'는 서로 긴밀한 호응을 이루며 농사짓는 남녀의 근면성을 나타낸다. 이들의 고통스러운 노력은 수확물로 분명해지지만 헛웃음을 웃을 수밖에 없다. '관세(官稅)' 말고도 지주에게 내는 땅세와 고리대금 등이 있기 때문이다.

소나기 驟雨

소꼬리 쪽의 검은 구름은 짙은 먹물을 튀기고
소머리 쪽의 비바람은 수레 축을 뒤집는다
성난 파도가 순식간에 모래톱을 감싸니
십만 군사가 포효하는 소리 같다
목동은 계곡의 서쪽 집에서 사는데
날 밝으면 소 타고 계곡 북쪽에서 풀을 먹인다
황망히 비 무릅쓰고 급히 시내를 건너니
비의 형세 소나기라 맑아지고 산 다시 푸르다

牛尾烏雲潑濃墨, 牛頭風雨翻車軸.
怒濤頃刻卷沙灘, 十萬軍聲吼鳴瀑.
牧童家住溪西曲, 侵早騎牛牧溪北.
慌忙冒雨急渡溪, 雨勢驟晴山又綠.

驟雨 취우 | 소나기.
烏雲 오운 | '흑운(黑雲)'과 마찬가지로 먹구름을 뜻한다.
車軸 거축 | 수레의 심봉. 큰 빗방울이 떨어지는 것을 비유적으로 나타낸 것이다.
沙灘 사탄 | 모래톱.
鳴瀑 명폭 | 소리가 울려 퍼지는 것.
侵早 침조 | '능신(凌晨)'과 같이 이른 아침을 뜻한다.

농촌의 여름날 소나기가 내리는 장관을 묘사한 이 시는 당대 전원시인들이 고요함 가운데 흥취를 느꼈던 것과는 전혀 다른 분위기를 이루며, 또 목동의 눈을 통해 그의 생활을 그리고 있다.

1연은 '발(潑)'과 '번(翻)' 자를 통해 생동감을 강조하고, 2연 또한 '노(怒)'와 '후(吼)' 자를 통해 소나기의 기세를 나타내고 있다. 3, 4연에서는 목동의 모습과 비가 개고 난 뒤의 상큼함이 자연의 신선한 경관과 더불어 묻어난다.

1구부터 8구까지 우(牛)—우(牛)—우(雨)—계(溪)—우(牛)—계(溪)—우(雨)—계(溪)—우(雨)라는 세 글자가 연속적으로 적당한 간격을 두고 교차되며 어우러져 정교한 구성이 돋보인다.

섭소옹
葉紹翁

?~?

자는 사종(嗣宗)이고 포성(浦城) 사람이며 『정일소집(靖逸小集)』이 있다. 강호파 시인으로서 청담한 시풍을 특징으로 하며 현실에는 무관심한 편이었다. 그는 칠언절구에 가장 뛰어나다는 평가를 받았다.

정원에 놀러 갔지만 만나지 못하다 游園不值

분명히 나막신 자국 푸른 이끼 위에 남길까 안쓰러워
자그맣게 사립문 두드려도 오랫동안 열리지 않네
정원에 가득 찬 봄빛을 다 가두어 둘 수 없는지
붉은 살구나무 한 가지가 담장으로 넘어온다

應怜展齒印蒼苔, 小扣柴扉久不開.
春色滿園關不住, 一枝紅杏出牆來.

展齒 극치 | 나막신.
柴扉 시비 | 사립문.

섭소옹   543

초봄이 움트는 것을 얇은 장막을 한 겹 씌워 표현한 명작으로, 독자에게 읽는 맛을 주는 시이다.

1구의 다소 어두운 분위기가 2연에서도 이어지다가 3구에서 새로운 분위기로 일탈을 시도한다. 3구의 '가두어 둘 수 없는' 이유가 4구의 '출(出)' 자에 의해 구체적으로 드러난다.

이 시에 등장하는 인물은 감정을 지닌 고결한 사람이다. 그에게 문은 형식적인 것일 뿐이며 항상 잠겨 있다. 그러나 닫혀 있는 문과는 달리 정원은 봄빛으로 가득하고, 그런 봄빛을 가장 실감나게 느끼는 이는 시인 자신이다.

엄우
嚴羽

?~?

자는 의경(儀卿) 또는 단구(丹邱)이고 창랑포객(滄浪逋客)이라고 불렸다. 만송 시단의 영가사령이라든지 강호파 시인들은 한결같이 중만당의 시를 높이 평가하고 그 시풍을 배우려고 하였는데, 엄우 홀로 성당시를 좇는 기이함을 보였다. 엄우는 주로 인위적인 모습을 보이지 않고 자신의 서정적인 정서를 묘사하며, 현학적인 표현이나 조탁된 시어 사용을 피했다.

저서로는 『창랑시화(滄浪詩話)』, 『엄창랑선생시집(嚴滄浪先生詩集)』 6권이 있다. 『창랑시화』는 동시대에는 고립적인 위치에 있었지만 명청대에 큰 영향을 주었다.

상관 위장의 「무성만조」에 화답하다
和上官偉長蕪城晩眺

잡초 무성한 들녘의 옛 성벽 날 저무니 쓸쓸하고
돌아오는 마음은 높은 곳에 기대 무거운 기분을 녹이지 못한다
도읍엔 차가운 안개 자욱한데 까마귀 성 밖으로 사라지고
역양은 가을빛인데 기러기는 한쪽으로 멀리 있다
맑은 강물에 나뭇잎 떨어질 때마다 비인가 의심하고
어두운 나루터엔 바람 많아 물결 일렁이려 한다
이때를 슬퍼하여 자주 끝까지 보는데
강남도 강북도 길은 아득히 멀기만 하다

平蕪古堞暮蕭條, 歸思憑高黯未消.
京口寒烟鴉外減, 歷陽秋色雁邊遙.
清江木落長疑雨, 暗浦風多欲上潮.
惆悵此時頻極目, 江南江北路迢迢.

上官偉長 상관위장 | 이름은 낭사(郎史)이고, 호는 낭풍산인(閬風山人)이다. 엄우와 고
　　　향 친구이다.
蕪城 무성 | 한나라 오왕(吳王) 비(濞)와 육조 진(晋)의 환온(桓溫)이 지은 것인데, 육
　　　조 송나라의 광릉왕(廣陵王) 탄(誕)의 반란 및 죽음과 더불어 그 형체가 없
　　　어졌다. 이로부터 수년 뒤에 포조(鮑照)가 「무성부(蕪城賦)」라는 작품을 지
　　　었는데, 그도 오래지 않아 임해왕(臨海王, 566~569 재위)의 반란으로 죽게
　　　되었다.
平蕪 평무 | 잡초가 나 있는 편평한 들녘.
堞 첩 | 성벽 위에 쌓은 담.

546

蕭條 소조 | 쓸쓸한 것을 뜻한다.
憑高 빙고 | 높은 곳에 올라가서 보는 것.
京口 경구 | 지금의 강소성 진강시. 수도.
歷陽 역양 | 군(郡) 이름. 지금의 안휘성 화현(和縣). 장강 상류로부터 110여 킬로미터
　　　　　떨어진 곳에 있다.
木落 목락 | 나뭇잎이 떨어지는 것.
惆悵 추창 | 슬픔. 실의에 빠지다.
迢迢 초초 | 아득히 먼 모양.

고향 친구 위장의 「무성만조」에 화답한 시로, 저녁 무렵 장강 가에서 가을의 소슬한 경치를 묘사하여 자신의 어두운 마음을 점철시키고 있다. 1연은 황폐한 고성의 성벽에 서서 저녁 풍경을 바라보는 모습이고, 2연은 '무성'에서 바라본 풍경을 묘사한 것이다. 3연에서는 깊은 가을에 느낀 강물을 묘사하였고, 4연에서는 공간을 초월한 우정을 빗대고 있다.

　고향에 대한 그리움과, 친구와의 우정이 시어에 스며들어 있으며 그 강도가 매우 처절하다.

악뇌발

樂雷發

?~1253?

자는 성원(聲遠)이고 도주(道州) 영원(寧遠, 호남성) 사람이다. 진사 시험을 보았지만 합격하지 못했고, 나중에 제자 요면(姚勉)이 수석으로 급제하였다. 요면은 급제의 영광을 스승 악뇌발에게 돌리고 싶다는 상소를 올렸다. 이종(理宗)은 기특한 일이라 생각하고, 몸소 악뇌발을 불러 시험하고 급제의 자격을 주었다. 그는 당시 정치에 대해 강경한 정의감을 갖고 토로했지만, 자신의 충언이 받아들여지지 않자 고향으로 돌아와 스스로 설기(雪磯)라고 불렀다. 『설기총고(雪機叢稿)』 5권이 있다.

집을 도망치다 逃戶

세금 명부에 이름 여전히 있으되
어떤 사람이 세금을 내겠는가
불이 주인 없는 무덤을 범하고
땅은 관청의 밭으로 몰수되었다
변방에는 전쟁이 한창이고
만주에는 장기(瘴氣)가 몰려 있네
모르겠다, 노인과 아이 데리고
어느 곳이 풍년일까

租帖名猶在, 何人納稅錢. 燒侵無主墓, 地占沒官田.
邊國干戈滿, 蠻州瘴癘偏. 不知携老稚, 何處就豊年.

老稚 노치 | 늙은이와 어린아이.
官田 관전 | 관청 소유의 밭.

시인이 이 시를 지을 당시 북방의 몽골 제국이 금을 멸망시켰으며, 남송 왕조는 붕괴되기 직전이었다. 이 시는 세금을 거두기에 온 힘을 기울이는 남송 왕조를 비판하고 있다.

1연에서는 세금을 내야 하는 사람의 도망을 그렸고, 2연에서는 황량한 마을을 그렸다. 마지막 연에서는 백성에 대한 동정과 가혹한 정치에 대한 격분을 나타내었다.

자는 송서(宋瑞) 또는 이선(履善)이며, 호는 문산(文山)
이고, 길주(吉州) 여릉(廬陵, 강서성 길안현) 사람이다.
보우(寶祐) 4년(1256)에 수석으로 진사에 급제했다.

함순(咸淳) 9년(1273)에 호남(湖南)의 제형(提刑)이
되었다가, 곧이어 감(贛, 강서성 감현)의 지(知)로 옮겼
다. 덕우(德祐) 원년(1275)에 원나라 병사가 장강을 넘어
남쪽으로 내려오자 가사도(賈似道)는 실각하였고, 문천상
은 조서에 응하여 병사를 일으키고 강서안무대사지평강부
(江西安撫大使知平江府, 강소성 오현) 등으로 임명되어
전쟁을 막으려고 노력했지만 평강(平江)은 함락당하고 임
안(臨安) 끝까지 몰리게 되었다.

이듬해 정월 원나라 재상 백안(伯顔)의 병사가 임안까
지 밀어닥치자 진의중(陳宜中), 장세걸(張世傑) 등 중신
은 도망가고, 문천상은 우승상추밀(右丞相樞密)로 임명되
어 화의를 맺으라는 명을 받고 백안이 있는 곳으로 갔다가
적진에 억류되었다.

그때 항복을 알리는 문서가 전해져 백안은 문천상 등을
북방으로 보냈지만, 그는 경구(京口)에서 기회를 보아 탈
출하여 그대로 진주(眞州, 강소성 의정현(儀徵縣))에 이르
러 부흥 계획을 도모하고 이정지(李庭芝)에게 대항하였
다. 그 뒤 여러 차례 고난을 겪다가 복주(福州, 복건성 민
후현(閩侯縣))에서 단종(端宗)의 신정권에 참여했다. 그
러나 신정부도 원군의 싸움에서 패하여 문천상은 포로가

되었다. 그 직후 남송 왕조는 전멸하였고, 문천상은 북경에 있는 감옥으로 보내졌다. 감옥에 갇혀 귀순을 종용받았지만 받아들이지 않다가 3년간의 옥고 끝에 처형되었다.

이런 격동의 시기를 살다간 시인이라 그의 작품에는 비장한 정서가 어려 있고 무너져 가는 조국에 대한 향수를 달래는 시가 적지 않다.

금릉의 역사 金陵驛

(一)

잡초로 뒤덮인 이궁에 저녁 햇살 구르는데
외로운 구름 떠돌며 또 무엇에 의지할까
산하 풍경은 본디 다를 바 없건만
성곽과 백성은 이미 반쯤 다르다
땅에 가득한 갈대꽃 나와 함께 시드는데
옛집 찾아든 제비는 누구 곁에서 날고 있나
이제부터 이별하고 되레 강남길 망각해도
우는 두견새 되어 피 머금고 돌아오리라

草合離宮轉夕暉, 孤雲飄泊復何依.
山河風景元無異, 城郭人民半已非.
滿地蘆花和我老, 舊家燕子傍誰飛.
從今別却江南路, 化作啼鵑帶血歸.

金陵 금릉 | 지금의 강소성 남경으로 육조의 수도였다.
離宮 이궁 | 황제가 정사를 쉬면서 여가가 생기면 머물던 별궁. 행궁.
江南路 강남로 | 강남을 떠나 북쪽으로 가는 길.

상흥(祥興) 원년(1078) 시인이 포로가 된 뒤, 다음 해 원나라 연경으로 압송되어 가면서 금릉을 지날 때 지은 작품이다. 고국을 떠나는 슬픔, 망국의 고통, 애국심과 나라의 은혜에 보답하려는 마음이 잘 나타나 있다.

시의 공간적 배경인 '금릉'은 육조의 옛 수도이다. 남송 초, 고종은 이곳에 잠시 머무는 동안 행궁을 세웠다. 당시 이 궁전의 휘황찬란함은 다른 어느 조대의 태평성대 못지않은 모습이었다. 그런데 지금은 1구에 보이듯 잡초가 우거지고 저녁 햇살이 돌아드는 처량함을 간직하고 있다. 폐허가 된 궁궐은 정권 상실과 국가의 쇠망을 의미한다. 3, 4구는 대구를 통해 자신의 슬픔을 토로하고 있고, 5, 6구에서는 세월의 무상함을 강조하면서 시를 쓰던 당시 남송의 현실을 반영하고 반드시 두견새가 되어 목으로 피를 토해 내며 망국의 설움을 달래리라 다짐한다.

정기가 正氣歌

천지에는 정기가 있어

다양하게 온갖 형상 빚어낸다

아래로 강과 산이 되고

위로 해와 별이 된다

사람에게는 호연(浩然)이라고 부르니

하늘에 가득 차 메운다

정치의 길이 맑고 평탄할 때에는

조화 머금어 밝은 조정에 토하고

시대가 다급하면 절개 곧 드러나

일일이 역사에 드리운다

제(齊)나라 때는 태사의 죽간이 있고

진(晉)나라 때는 동호의 붓이 있으며

진(秦)나라 때는 장량의 철퇴가 있고

한(漢)나라 때는 소무의 절개가 있다

엄·장군의 머리가 되고

혜 시중의 피가 되며

장 수양의 이빨이 되고

안 상산의 혀가 된다

어떤 때는 요동의 모자가 되어

맑은 지조 얼음이나 눈보다 매서웠고

어떤 때는 출사표가 되니
귀신도 장렬하게 울었고
어떤 때는 강 건너는 삿대 되니
강개함이 오랑캐를 삼키려 하고
어떤 때는 도적을 치는 홀이 되니
역적의 머리를 깨기도 했지
이러한 정기가 곁에 가득하여
늠렬함이 만고에 전해졌다
이 정기가 해와 달을 뚫을 때
어찌 생사를 족히 논하리
땅의 동아줄이 이로써 세워지고
하늘의 기둥이 이로써 높아졌다
삼강(三綱)이 진실로 명을 따르고
도의(道義)가 여기에 뿌리를 내렸다
아, 나는 나라의 재난 만났어도
미천한 이 몸 실로 힘없다
초나라 죄수처럼 관을 매고
수레에 실려 황량한 북쪽으로 보내졌다
가마솥에 삶겨도 엿처럼 달게 받으려 했건만
그런 요구도 이루어질 수 없었다

음습한 방엔 도깨비불 희미하고
봄날 정원은 굳게 닫혀 칠흑 세계 되었다
소와 천리마 한 마구간에 함께 있고
닭장에서 봉황이 모이를 먹는다
어느 날 아침 안개 이슬 뒤덮이면
분명 도랑 속 백골이 되어 있겠지
이렇게 다시 겨울나고 여름나니
백 가지 병이 절로 쉽게 피해 간다
아아, 습기 찬 방이지만
내 안식처가 되었지
어찌 다른 기묘한 술책이 있으랴
음양조차도 날 해칠 수 없겠는가
돌아보면 이 정기는 밝고
우러러보면 뜬구름은 희다
유유히 흐르는 내 마음의 슬픔은
저 푸른 하늘 다할 날이 언제인가
철인들 떠난 지 이미 오래건만
남긴 교훈 여전히 있고
바람 드는 처마 밑에서 책 펼쳐 읽으면
고인의 법도가 내 얼굴을 비춘다

天地有正氣, 雜然賦流形. 下則爲河嶽, 上則爲日星.
於人曰浩然, 沛乎塞蒼冥. 皇路當清夷, 含和吐明庭.
時窮節乃見, 一一垂丹青. 在齊太史簡, 在晉董狐筆.
在秦張良椎, 在漢蘇武節. 爲嚴將軍頭, 爲嵇侍中血.
爲張睢陽齒, 爲顏常山舌. 或爲遼東帽, 清操厲冰雪.
或爲出師表, 鬼神泣壯烈. 或爲渡江楫, 慷慨吞胡羯.
或爲擊賊笏, 逆豎頭破裂. 是氣所旁薄, 凜烈萬古存.
當其貫日月, 生死安足論. 地維賴以立, 天柱賴以尊.
三綱實係命, 道義爲之根. 嗟予遘陽九, 隷也實不力.
楚囚纓其冠, 傳車送窮北. 鼎鑊甘如飴, 求之不可得.
陰房闃鬼火, 春院閟天黑. 牛驥同一皂, 鷄棲鳳凰食.
一朝蒙霧露, 分作溝中瘠. 如此再寒暑, 百沴自辟易.
嗟哉沮洳場, 爲我安樂國. 豈有他繆巧, 陰陽不能賊.
顧此耿耿在, 仰視浮雲白. 悠悠我心悲, 蒼天曷有極.
哲人日已遠, 典刑在夙昔. 風簷展書讀, 古道照顏色.

賦 부 | 어떤 성질이나 형상을 부여하다.
流形 유형 | 일정하지 않은 모양, 즉 다양한 모양. 우주 사이에 있는 만물을 가리킨다.
蒼冥 창명 | 하늘 또는 우주.
皇路 황로 | '皇'은 크다는 뜻. 국운, 국가의 정치 국면을 가리킨다.
淸夷 청이 | '夷'가 '안정되다'라는 뜻이므로 '맑고 안정되다.'라는 말이다.
明庭 명정 | 공명정대한 조정.
丹靑 단청 | 일반적으로 미술에서의 붉은색과 푸른색을 가리키는데, 여기서는 단서(丹
        書, 붉은 문자)로 쓴 것을 말한다.

太史簡 태사간 | '太史'는 고대에 역사를 기록하는 일을 담당한 사관(史官)이고, '簡'은 기록할 때 사용하던 죽간(竹簡)을 말한다. 여기서는 춘추시대 제나라의 권신 최저(崔杼)가 영공(靈公)을 죽였을 때 제나라 태사가 그 사실을 기록하자, 화난 최저가 태사를 죽이고 기록을 말소시켰지만 태사의 동생이 똑같이 기록하여 역사에 남겼다는 고사를 가리킨다.(『춘추좌씨전(春秋左氏傳)』 「양공(襄公) 25년」)

董狐筆 동호필 | '董狐'는 춘추시대 진(晋)나라의 사관. 당시 재상이었던 조순(趙盾)이 영공을 살해한 것처럼 꾸미고 망명하였지만 일족(一族)인 조천(趙穿)이 영공을 죽이고 순을 불러들였다. 사관 동호는 임금을 죽인 조천을 토벌하지 않은 조순을 비판하며 조순이 임금을 죽였다는 기록을 남겼다.(『춘추좌씨전』 「선공(宣公) 2년」, 『사기』 「진세가(晉世家)」)

張良椎 장량추 | '張良'은 한(韓)나라 재상 가문 출신으로, 진시황제에 의해 한나라가 멸망하게 되자 복수를 하고자 120근이나 되는 철퇴를 시황제에게 던졌으나 실패했다.(『사기』 「유후세가(留侯世家)」)

蘇武節 소무절 | '節'은 천자가 사용하는 기. 한무제 때 흉노의 포로가 된 소무는 19년간의 고난 속에서도 자신의 절개를 버리지 않았다.(『한서』 「소무전(蘇武傳)」)

嚴將軍 엄장군 | '嚴將軍'은 엄안(嚴顔)을 가리킨다. 그는 삼국시대 사천(四川)을 근거지로 한 유장(劉璋)의 장군 유비가 사천을 침입했을 때 저항하다가 장비에게 붙잡혔지만 "우리나라에는 목을 잘리는 장군은 있어도 항복하는 장군은 없다." 라고 말함으로써 장비를 감복시켰다.(『촉지(蜀志)』 「장비전(張飛傳)」)

嵇侍中 혜시중 | 육조 서진(西晉)의 혜소(嵇紹)로 위나라 혜강(嵇康)의 아들이다. 진(晉)나라 혜제(惠帝)가 내란으로 위급할 때, 시중 혜소는 혜제를 향해 날아오는 수많은 화살을 자신의 몸으로 막아 냈는데, 그 피가 혜제의 옷을 적셨다고 한다. 내란이 평정되고 신하들이 그 옷을 빨려고 하자, 혜제는 "혜시중의 피를 씻어 내지 말라."라고 하였다.(『진서』 「혜소전(嵇紹傳)」)

張睢陽齒 장수양치 | 안녹산의 반란 때 수양(睢陽)을 지키던 장순(張巡)이 죽음으로 성을 사수하려 맹세하면서 이를 다물자 이가 다 부서져 버렸다는 데서 나온 말이다.(『구당서』 「장순전(張巡傳)」)

顏常山舌 안상산설 | 당대 서예가로 유명한 안진경(顏眞卿)의 종제(從弟)인 안구경(顏邱卿)은 안녹산의 추천으로 상산(常山, 하북성 태수)이 되지만, 안녹산이 반란을 일으키자 그를 토벌하려다 역으로 포로가 되어 혀를 깨물고 죽었다.(『구당서(舊唐書)』 「안진경전(顏眞卿傳)」)

遼東帽 요동모 | 후한 말, 관녕(管寧)은 황건적의 난을 피해 요동(요녕성)에 머물 때, 조조가 수차례 불렀으나 응하지 않았다.

出師表 출사표 | 군대를 출정하면서 신하가 천자에게 올리는 글. 촉나라 재상 제갈량이 위나라를 토벌하기 위해 섬서로 출병할 때, 촉의 후주 유선(劉禪, 유비의 아들)에게 올린 글을 가리킨다.

渡江楫 도강즙 | 동진의 명장 조적(祖逖)은 북방의 이민족에게 빼앗긴 화북 지역의 회복을 꿈꾸며 병사들을 이끌고 장강을 건널 때, 삿대를 치며 "만일 만족을 무찌르지 못한다면 돌아가지 않겠다."라고 맹세하고는 적군의 대장인 석륵(石勒)을 토벌했다.(『진서』「조적전」)

胡羯 호갈 | 북방의 이민족을 총칭한다.

擊賊笏 격적홀 | 당나라 단수실(段秀實)은 덕종 때 장수 주차(朱泚)가 모반하자 그의 얼굴에 침을 뱉고 손으로 머리를 짓눌러 죽였다.(『구당서』「단수실전」)

旁薄 방박 | '방박(磅礴)'이라고 된 판본도 있다.

天柱 천주 | 하늘을 지탱하는 3천 척의 기둥. '지유(地維)'와 함께 우주 질서의 근원이다.

三綱 삼강 | 군신(君臣), 부자(父子), 부부(夫婦) 사이에 마땅히 지켜야 할 도리. 기본적인 인간 관계의 질서.

陽九 양구 | 재액이 천하에 내려졌음을 뜻한다.

隷也 예야 | '也'는 강조를 나타낸다. '隷'는 스스로를 천자의 노예로 하는 것.

楚囚纓其冠 초수영기관 | '纓'은 관의 끈인데, 여기서는 그것을 맨다는 뜻의 동사. 춘추시대 초나라 사람 종의(鍾儀)는 진(晉)나라의 포로가 되었을 때, 초나라 관을 써서 위엄을 잃지 않았다.(『춘추좌씨전』「성공(成公) 5년」)

窮北 궁북 | 북쪽 끝. 여기서는 원나라의 수도 연경.

鼎鑊 정확 | 죄인을 삶는 벌. '鼎'은 발이 세 개 달린 솥이고, '鑊'은 발이 없는 큰 솥.

陰房 음방 | 해가 들지 않는 음습한 방.

牛驥 우기 | 소와 말(천 리를 가는 명마). 범인과 비범한 인물. 다른 죄인과 자신을 비유적으로 나타낸다.

鷄棲 계서 | 닭이 깃들어 사는 닭장.

再寒暑 재한서 | 겨울과 여름을 두 번 지내다. 즉 2년 세월을 뜻한다.

繆巧 무교 | 교묘한 술책.

風簷 풍첨 | 바람이 드는 처마.

중국 지식인들에게 송 왕조의 멸망은 심각한 현실적 체험이었다. 당대 이래 과거제도의 발달로 천자와 관료들 사이에 생긴 절대적인 군신 관계의 관념은 송나라에 이르러 더욱 강화되었다. 새로운 왕조가 반역으로 이루어졌을 경우 그 지배자들은 백성 앞에 자주 모습을 드러내며, 전 왕조로부터 명망 있던 인물들을 끌어들여 그들의 권위를 과시하고 정통성을 증명하려 하게 마련이다.

이로 인해 저항 운동의 지도자였던 문천상의 존재는 커다란 위치를 차지하게 되었으며, 원나라는 그를 귀화시킬 필요가 있었다. 그래서 북경으로 보내진 3년간 원나라는 갖은 수단과 방법을 동원하고, 마지막에는 재상 지위까지 약속하면서 그의 마음을 돌리려고 애썼다. 그러나 문천상은 이러한 제의를 거절하고 오히려 사형을 원했으며, 끊임없는 설득에도 불구하고 자신의 뜻을 굽히지 않았다.

이 시는 그가 북경의 옥중에서 지은 것이다. '정기(正氣)'라는 시제에서도 느껴지듯이 호연지기가 충만한 시이며, 시인의 곧은 민족정기와 불굴의 신념이 표현되어 있다. 이 시는 세 단락으로 구분할 수 있다.

1단락은 '천지에는 정기가 있어(天地有正氣)'부터 '일일이 역사에 드리운다.(——垂丹靑)'까지 열 구로, 시인은 호연지기의 근원을 말하고 있다.

2단락은 '제나라 때는 태사의 죽간이 있고(在齊太史簡)'부터 '도의

가 여기에 뿌리를 내렸다.(道義爲之根)'까지 스물네 구이다. 역사적으로 춘추시대 제나라의 사관부터 안녹산의 난 때까지 '시궁(時窮)'한 시대를 만나 정기를 구현한 충의지사 12명의 사적을 열거하듯 표현하면서, 시인 자신의 이름을 말미에 놓음으로써 충절의 계보를 세웠다.

3단락은 '아, 나는 나라의 재난 만났어도(嗟予遘陽九)'부터 마지막까지 총 스물여섯 구인데, 이 부분은 또 셋으로 세분할 수 있다. 그는 조정을 위해 아무것도 할 수 없음을 부끄러워한다.

마지막 네 구에 이 시의 주제가 나타난다. 옛 현인들은 우리 곁을 떠난 지 오래되었지만 그들이 남긴 정기는 여전히 전해진다. 시인은 고인의 법도에 따라 남은 여생을 보내기로 굳게 마음먹는다. 이렇게 해야만 위로 나라에 부끄럽지 않고, 아래로는 백성에게 부끄럽지 않기 때문이다.

금나라의 침략에 저항했던 열사답게 지극히 드높은 기상이 꿈틀대는 명작이다.

영정양을 지나가다 過零丁洋

쓰라린 고통 견디다가 신임 받아 경전 하나로 일어섰는데

전쟁으로 사 년 세월 황폐해졌다

산하는 산산이 부서져 바람에 나부끼는 솜 같고

내 신세는 비 맞으며 부침하는 부평초 처지

황공탄 어귀에서 두렵다 말하더니

영정양 속에서 탄식하며 괴로워한다

사람은 나면 예로부터 누구든 죽게 마련

단심을 역사책에 비추어 남기련다

辛苦遭逢起一經, 干戈寥落四周星.

山河破碎風飄絮, 身世浮沈雨打萍.

惶恐灘頭說惶恐, 零丁洋裏嘆零丁.

人生自古誰無死, 留取丹心照汗靑.

零丁洋 영정양 | 광동성 주강(珠江) 어귀.

遭逢 조봉 | '만나다' 여기서는 '신임을 받다.'의 뜻으로 쓰였다.

經 경 | 경전. 즉 십삼경(十三經).

寥落 요락 | 황폐함.

四周星 사주성 | 4년. '周星'이란 세성(歲星, 목성(木星))이 12년마다 한 번 하늘을 운행하는 것 혹은 지구가 1년에 걸쳐 태양을 한 번 도는 것을 의미하는데, 여기서는 후자의 의미로 사용되었다.

風飄絮 풍표서 | '풍발서(風撥絮)'라고도 한다. '絮'는 버들개지.

身世浮沈 신세부침 | '신세표요(身世飄搖)'라고도 한다. '浮沈'은 성쇠나 득실을 비유한다.

惶恐灘 황공탄 | 강서성 만안현 감강에 있는 것으로, 원래는 황공탄(黃公灘)이라고 불렀다. 이곳은 감강 18탄(灘) 중 하나로 물의 흐름이 급하여 위험하다.

汗靑 한청 | 고대에는 죽간을 이용하여 글을 썼는데, 병충해를 막기 위한 방법으로 죽간을 만들 때 우선 불에 태워 대나무 속에 있는 수분(汗)을 제거했다.

마지막 구절이 특히 인상적인 이 시는 문천상의 대표작으로, 상흥 2년 (1279)에 지은 것이다. 당시 문천상은 광동항전(廣東抗戰)에서 져 원의 포로가 되었다. 원나라 군대는 그를 핍박하여 애산(厓山, 지금의 광동성 신회남해중(新會南海中))에 있던 남송의 마지막 황제 조병(趙昺)을 추격하게 했다. 그 이듬해 정월 영정양을 지날 때, 원군에 투항한 장수 장홍범(張弘范)이 끝까지 저항하는 문천상에게 편지를 보내 투항을 종용했다. 그러나 문천상은 "어찌 사람으로 하여금 부모를 배반하게 할 수 있느냐?"라며 호통을 치고는 이 작품을 쓴 것이다.

1연에서는 죽음과 삶의 갈림길에서 일생을 돌아보았고, 2연에서는 자연 경물을 통해 무너진 나라를 비유하였다. 3연에서는 '황공탄'과 '영정양'이라는 두 지명을 대구로 삼아 생사를 넘나드는 병사들의 고충을 그렸고, 마지막 연에서는 시인의 민족정기를 강조하면서 끝을 맺었다.

왕
원
량

汪
元
量

?~?

자는 대유(大有)이고 수운(水雲)이라고 불렸으며, 전당
(錢唐, 절강성 항주시) 사람이다. 그는 금슬을 잘 타서 남
송 궁정의 금사(琴師)로서 이종(理宗)의 황후를 가르치기
도 했다. 덕우 2년(1276)에 원의 군대가 수도 임안을 빼앗
고 어린 황제 공제(恭帝)와 사태후(謝太后) 등을 포로로
잡아 북쪽으로 데리고 갔는데, 그도 함께 갔다. 그는 남송
왕조가 멸망하는 고통을 겪고 변경 지방과 산수 자연을 중
심으로 보고 들은 것을 「월주가(越州歌)」, 「취가(醉歌)」,
「호주가(湖州歌)」 등의 시로 기록했다.
　대도(大都, 연경)에 13년간 억류되었는데, 그때 옥 안에
서 문천상을 만나 시로 화창하기도 했다.

호주의 노래 湖州歌

(六)

북으로 연운 바라보니 그 끝이 없고

큰 강 동으로 가니 물 아득하네

석양 한 조각에 추운 까마귀 밖에 있고

눈으로 끊어진 동서 사백 주

北望燕雲不盡頭, 大江東去水悠悠.

夕陽一片寒鴉外, 目斷東西四百州.

湖州 호주 | 지금의 절강성 오흥현(吳興縣) 임안 북쪽으로 60킬로미터쯤 되는 곳. 원나
라는 이곳에 군사를 주둔하고 임안의 항복을 요구했다.

燕雲 연운 | 송나라 때는 일찍이 연산부로(燕山府路)와 운중부로(雲中府路)를 설치하여
하북과 산서 두 성의 북부 지역을 포괄하였는데, 줄여서 '연운(燕雲)'이라
고 했다.

悠悠 유유 | 아득히.

大江 대강 | 큰 강. 장강을 비유한다.

四百州 사백주 | 남송 통치하의 부(府), 주(州), 군(軍) 1급 행정구역. 송조 전성기 때는
'팔백 군과 주(八百郡州)'라고 했다. 남송 이후 북방의 토지를 잃어 절반밖
에 안 남았으므로 '사백 군주(四百郡州)'가 되었다. 따라서 여기 나오는 '사
백주'는 남송 치하의 구역을 가리키는 말로, 대략적인 수치일 뿐 실제 수치
가 아니다.

이 시는 송나라 덕우 2년, 지원(至元) 13년(1276), 남송이 원나라에 항복할 때 지은 시로 배경은 다음과 같다. 병자년(丙子年) 정월 13일, 원나라 장군 백안(伯顏)의 군대가 북을 울리며 강남으로 내려왔다. 그들은 임안(任安)의 송 왕조에게 항복을 요구했다. 이 요구를 받아들여 항복하게 된 송 왕조는 일곱 살의 어린 황제 공제와 사태후 등을 북쪽 대도로 보냈다. 이때 시인은 배로 납치된 사실을, 북으로 향하는 노정과 대도에 이르기까지의 일을 이 작품에서 기록하였다. 본래 칠언절구 98수로 이루어졌는데 그중 여섯 번째 시이다.

이 시는 오직 '망(望)' 자 한 글자에 의해 이루어졌다고 해도 과언이 아니다. 북쪽으로 자기가 포로로 잡혀가기 전에 살던 연운 땅을 '바라보고(望)' 예측할 수 없던 운명이 닥쳤음을 '끝이 없고(不盡頭)'라는 말 속에 담았고, 눈앞으로 커다란 장강이 동쪽으로 흘러가는 것을 '바라보고는' 강물의 흐름이 '유유(悠悠)'하니 다시 세력을 만회할 힘이 없음을 알고 동서쪽에 있는 '사백주'를 바라보며 솟구치는 슬픔을 억누르지 못한다.

정사초
鄭思肖
1238~1316

자는 억옹(憶翁)이고 호는 소남(所南)이다. 복주(福州) 연강(連江, 복건성 연강현) 사람이다. 아버지 정진(鄭震, 호는 국산(菊山))은 서원(書院)의 장을 지낸 도학자였는데 시를 잘 지어 『국산시집(菊山詩集)』을 남기기도 했다. 정사초는 망국의 위기감 속에 조정으로 달려가 수화태황태후(壽和太皇太后)와 유주공제(幼主恭帝)에게 직간하는 상소를 올렸으나 문사가 매섭고 강하여 받아들여지지 않았다. 송나라가 멸망하자 사초(思肖)로 개명하였는데, '조씨(趙氏)를 생각한다.'라는 뜻이 내포되어 있다. 억옹(憶翁)이라는 자도 따지고 보면 '고국을 그리워하는 늙은이'라는 뜻을 담고 있고, '소남(所南)'이라는 호는 '남방은 태어날 장소'라는 뜻이다.

기묘년 11월 초하루에 또 매화꽃 먹는 꿈을 꾸고
꿈속에서 짓다 己卯十一月朔又夢食梅花夢中作

기러기는 글자 모양으로 높이 날고 달 기우는데
젖은 달빛과 날리는 이슬방울이 흐르는 노을을 씻어 낸다
미치면 청아한 흥취를 막을 수 없어
겨울 매화 한 그루에 핀 꽃을 모두 먹는다

雁字高高兎國斜, 濕光飛露沁流霞.
狂來淸興不可遏, 喫盡寒梅一樹花.

己卯 기묘 | 1279년. 항주가 함락된 3년 후로, 이해 2월에 애산해전(厓山海戰)에서 송나
라의 잔존 세력마저 완전히 멸망했다.
雁字 안자 | 글자 모양으로 무리 지어 날아가는 기러기 떼.
兎國 토국 | 달 가운데 토끼가 산다는 전설에서 달을 '토끼 나라'라고 한 것이다.
流霞 유하 | 공중을 떠도는 아름다운 노을.

『심사(心史)』에 수록된 시이다. 이 시는 속요풍으로 욕하며 조소하는 독특한 분위기의 작품이다. 산속에 은둔하여 속어로 세상을 비웃는 '여소(餘笑)'의 말투는 당나라 한산(寒山)의 시풍에 가깝다. 물론 '완고한' 시인 정사초의 편벽된 고독에서 뿜어 나오는 자존(自尊)의 목소리도 배어 있다. 이런 점에서 훈계조의 분위기도 감지된다.

임 경 희

林
景
熙

1242~1310

자는 덕양(德暘)이고 호는 제산(霽山)이며 이름은 경희
(景曦)라고도 썼다. 온주(溫州) 평양(平陽, 절강성 평양
현) 사람이다. 30세 때 태학상사(太學上舍) 자격으로 천
주교수(泉州敎授)가 되었고 예부가각(禮部架閣), 종정랑
(從政郎)을 역임했다. 망국 뒤에는 고향으로 돌아와 벼슬
생활을 하지 않았으며 저술과 강학(講學)에 전념했다. 만
년 20년에는 절강, 강소 등지를 유력했다. 지대(至大) 원
년, 항주에서 귀향하여 병을 앓다가 3년 겨울에 죽었다.
그의 시는 직설적이고 고통과 울분을 열정적으로 거르지
않고 토해 내는 품격을 지니고 있다. 문집으로 『제산선생
집(霽山先生集)』5권이 있다.

육방옹의 시집을 읽은 뒤에 짓다 題陸放翁詩卷後

천보 시인의 시에는 역사가 있어
두견새에게 두 번 절하니 폭포처럼 눈물을 흘렸다
귀당 한 노인의 북소리 웅장하고
강건한 기력은 종종 그 기백에 필적한다
가벼운 가죽옷에 준마 타고 성도의 꽃에 취해
얼음처럼 차고 눈처럼 흰 찻종에 건계의 차를 즐겼다
태평스러울 때는 나라의 반을 밟았지만
경호(鏡湖)의 만곡으로 돌아와 물가 갈매기와 맹세했다
시 쓴 먹물은 촉촉이 젖어 술을 헛되게 하지 않았지만
단지 유감은 금나라 황제의 해골로 마시지 못한 것
침대 옆 한 자루 검이 허무하게 소리를 내는데
앉아서 중원이 남의 손에 함락된 것을 보고만 있다
푸른 산속의 한 가닥 머리카락은 근심이 자욱하고
전쟁은 이미 천하의 동남쪽에까지 찼다
오는 자손들은 오히려 천하통일을 보고
제사 지낼 때 네 아버지에게 뭐라고 고할까

天寶詩人詩有史, 杜鵑再拜淚如水.
龜堂一老旗鼓雄, 勁氣往往摩其壘.
輕裘駿馬成都花, 冰甌雪椀建溪茶.

承平麾節半海寓, 歸來鏡曲盟鷗沙.
詩墨淋漓不負酒, 但恨未飮月氏首.
牀頭孤劍空有聲, 坐看中原落人手.
靑山一髮愁濛濛, 干戈已滿天南東.
來孫却見九州同, 家祭如何告乃翁.

題 제 | 시를 쓰는 것. 송나라가 멸망한 뒤 곧바로 육유(육방옹)가 자필한 시집을 보고 그 말미에 적은 시이다.

天寶詩人 천보시인 | 두보를 가리킨다. 천보는 당 현종 때(742~755)의 연호이다.

詩有史 시유사 | 두보의 시는 동란의 현실을 심각하게 묘사하고 있기 때문에 '시사(詩史, 시에 의한 역사)'라고 불린다.(『신당서(新唐書)』「두보전찬(杜甫傳贊)」)

杜鵑 두견 | 두견은 촉(蜀, 사천성)에 많이 서식하며, 촉나라 제왕의 망혼이 변하여 이 새가 되었다고 전해진다. 두보는 촉의 운안현(雲安縣)에 머물 때 「두견」이라는 시를 지어 당 왕조에 대한 충성을 표현했다.

龜堂 구당 | 고향 소흥(紹興) 시인의 저택 안에 있었던 건물 이름이다.

旗鼓 기고 | 깃발과 군영에서 쓰는 북.

勁氣 경기 | 강건한 기력.

摩其壘 마기루 | '摩'는 스칠 정도로 접근하는 것, '壘'는 흙으로 쌓은 요새. '摩其壘'는 거의 두보의 기백에 필적한다는 뜻이다.

輕裘駿馬 경구준마 | 육유는 50세부터 53세까지 사천의 성도에 머물렀는데, 이때 가슴속의 불만을 술과 기녀로 달래는 일이 많았고, 스스로 방옹(放翁, 방탕한 늙은이)이라고 일컬었다. '輕裘'는 고급스럽고 가벼운 가죽옷.

承平 승평 | 계속되는 태평스러운 세상.

麾節 휘절 | 장군과 신하가 하사받는 지휘권을 나타내는 깃발. 여기에서는 육유가 지방관이 된 것을 가리킨다.

海寓 해우 | 사해 안. 천하라는 뜻. 지방관으로서 육유의 발자취가 매우 광범위하게 미친 것을 말한다.

鏡曲 경곡 | 소흥의 남쪽에 있는 경호(鏡湖)의 만곡.

盟鷗沙 맹구사 | 해변에 노니는 갈매기와 친구로 사귀자는 약속을 하다. 갈매기는 세속

을 떠난 은자를 상징하며, 갈매기와 맹세하는 것은 은둔 생활을 즐긴다는 뜻이다. '沙'는 해변의 흰모래.

詩墨淋漓 시묵임리 | 시를 쓴 먹물 자국이 기세 좋게 방울져 떨어지고 있다. '淋漓'는 물방울이 똑똑 떨어지는 모습을 형용하는 쌍성의 의성어.

不負酒 불부주 | 술의 도움을 헛되이 하지 않다.

牀頭 상두 | 침대 옆. '牀'은 '상(床)'과 같다.

孤劍 고검 | 고독한 한 자루의 검.

空有聲 공유성 | 진가를 발휘할 수 없으므로 허무하게 울다.

濛濛 몽몽 | 연기와 안개 등이 자욱이 낀 모습.

九州同 구주동 | 천하가 통일되다. 구주는 상고에 우(禹)가 중국을 아홉 주로 나누었다는 전설에서 중국 전역을 가리킨다.

家祭 가제 | 집에서 지내는 선조의 제사.

乃翁 내옹 | 네 아버지.

애국 시인 육유를 송나라 조정에 충절을 맹세했던 유민(遺民) 임경희가 경모한 것은 당연했다. 시인의 눈에 비친 육유는 우국의 정이 넘치는 의기왕성한 시인이며, 그 행동 반경의 넓음과 굴절 없는 격정은 천지에 뿌리 없는 유민의 처지에서 보면 역시 태평스러운 세상이었기 때문에 허용된 생활 방식으로서 선망의 대상이었을 것이다.

이 선배의 진면목을 전하기 위해 시인은 육유가 자신의 격정을 가장 솔직히 나타낸 시형인 칠언고시를 흉내내고 있다.

이 작품은 육유의 시집을 읽고 난 뒤 감상을 표현한 것으로, 장렬하고 격하고 웅장한 기세가 충만하여 남송 유민의 애국 정서를 표출해내고 있다.

산 창 새로 바른 문종이에 쓰인 지난날 조정에 올린 상주문을 읽고 느끼는 감회
山窓新糊有故朝封事稿閱之有感

외로운 구름 짝하여 영동에 묵는데,
서산엔 눈 내리려 하고 화로는 벌겋다
어떤 이의 종이 한 장 가을을 대비하라는 상주문인데
오히려 산 창과 더불어 북풍을 막는구나

偶伴孤雲宿嶺東, 西山欲雪地爐紅.
何人一紙防秋疏, 却與山窓障北風.

山窓 산창 | 산속 집의 창문.
故朝 고조 | 옛 왕조. 망한 왕조.
封事稿 봉사고 | 신하가 임금에게 올린 상주문의 초고. '封事'란 관리가 상서할 때 상주
　　　문을 밀봉하는 것. 주로 국가 기밀을 다룬 중요한 것이다.
防秋疏 방추소 | 적이 가을에 쳐들어올 가능성이 있으니 이에 대비해야 한다는 내용을
　　　적은 상소문.

이 짧막한 시는 경치를 빌려 감정을 서술했다. 온 산에 눈이 내리려는데 시인은 방 안에서 새로 바른 창문에 씌어진 글씨를 읽고 있다. 남송이 멸망하게 되면서 시인은 망국의 비통함을 느껴야 했다. 온 사방에 유랑하는 사람들이 있고, 자신도 그런 처지이다. 그는 잃어버린 나라를 다시 세워 보려는 의식을 갖고 있기에 새 왕조와는 어떤 타협도 할 생각이 없다.

1구의 '우반고운(偶伴孤雲)'은 시인의 충정 어린 성품을 엿보게 한다. 2구는 겨울철이라는 시간 관념을 바탕에 깔고 있으면서 백색과 홍색의 강렬한 색채 대비가 일품이다. 3구는 '어떤(何)'이라는 의문구를 사용하여 독자의 주의를 집중시킨다. 마지막 구절의 '각(却)' 자가 유도하는 효과 또한 우의적(寓意的) 진실을 극대화한다. '장북풍(障北風)'이라는 세 글자도 앞의 '방추소(防秋疏)'와 어울려 시를 정교한 구조의 틀에 가두어 두기에 부족함이 없다.

송시 宋詩

1판 1쇄 찍음 2009년 6월 29일
1판 1쇄 펴냄 2009년 7월 10일

역 해   김원중
발행인   박근섭, 박상준
편집인   장은수
펴낸곳   (주)민음사
출판등록   1966.5.19. 제16-490호
주소   서울시 강남구 신사동 506번지 강남출판문화센터 5층 135-887
대표전화   515-2000 | 팩시밀리   515-2007
홈페이지   www.minumsa.com

ISBN 978-89-374-8267-0 03820

해 길어 중함에게 편지를 쓰다 日長簡仲咸

해 긴데 무얼 생각하며 황혼에 이를까

고을이 벽지라 관청은 한가로워 낮에도 문을 닫았네

자미의 시집은 시 세계를 열었고

백양의 책은 도의 근원을 말하네

바람이 북쪽 정원에 불어오니 꽃이 천 조각이고

달이 동쪽 누각에 떠오르니 술은 한 동이로다

함께 붙은 사람이 군을 다스리러 오지 않으니

이 마음 외로운데 누구와 함께 논할까

日長何計到黃昏, 郡僻官閑晝掩門.
子美集開詩世界, 伯陽書見道根源.
風騷北院花千片, 月上東樓酒一樽.
不是同年來主郡, 此心牢落共誰論.

簡 간 | '편지를 쓰다'라는 동사로 쓰였다.
仲咸 중함 | 성(姓)은 풍(馮)이고, 항렬은 열여덟 번째이다. 왕우칭과 같은 해에 진사 시
　　　　험에 급제한 인물이다.
郡僻 군벽 | '郡'은 상주군(商州郡). 상산은 한나라의 사호(四皓)가 은둔했던 곳으로 유
　　　　명하며, 섬서성 동남산에 있는 작은 마을이다. '僻'은 벽지(僻地)를 뜻한다.
官閑 관한 | 부사의 직책이 한가로움을 비유한다.
子美 자미 | 두보(杜甫)의 자(字).
伯陽 백양 | 노자(老子)를 가리킨다.
同年 동년 | 같은 해. 진사 시험에 함께 급제한 자는 서로 친하여 계속 연락을 하는 풍습

이 관계(官界)에 있었다. 여기서는 풍중함(馮仲咸)을 뜻한다.
牢落 뇌락 | 쓸쓸함. 외로움.

이 시는 시인이 단련부사로 좌천되어 쓴 작품으로 분위기가 침체되어
있다. 1구의 '일장(日長)'이라는 시어가 시를 총괄하며, 이것이 편지
를 쓰게 된 핵심어이다. 2구의 '한(閑)'으로 인해 나온 행동인 3, 4구
는 독서하다가 근심에 잠겨 있는 시인의 마음이다. 시인은 당나라 시
인들을 스승으로 받들고 그들의 시작 태도와 특징을 배우려고 노력하
였다. 또한 그는 『노자도덕경(老子道德經)』에서 정신적 안정을 찾으
려 했는데, 그렇다고 해서 세상을 피해 은둔 생활을 하기보다는 현실
과 부딪쳐 보려고 한 의지의 인물이다. '월상(月上)'이라는 시어는 시
인이 느끼는 감정의 골을 한층 더 깊게 만든다. 마지막 연은 시인과
중함의 친밀한 관계를 서정적으로 나타내고 있다.

여전사 畲田詞

(一)

모두 힘 합하여 우뚝 선 산을 찍으니
귀로는 농부가를 듣고 손은 한가롭지 말라
저마다 원하는 것은 씨앗을 뿌려 드넓은 밭을 이루고
콩대와 벼이삭이 푸른 산을 가득 덮는 것

大家齊力斸孱顏, 耳聽田歌手莫閒.
各願種成千百索, 豆萁禾穗滿靑山.

畲田 여전 | 초목을 태운 재를 비료로 뿌려 농사를 짓는 밭.
大家 대가 | 속어적인 표현이다. 많은 사람. 모두.
斸 촉 | 찍다.
孱顏 잔안 | 산이 우뚝 서 있는 모습을 가리킨다.
田歌 전가 | 농부가 밭을 경작할 때 부르는 노래.
索 삭 | 새끼. 밧줄. 원주(原注)에 의히면, 신속에 있는 밭은 100적(30여 미터) 길이의 새
끼줄을 둘러서 소유주를 구분하였다고 한다. 따라서 '천백삭(千百索)'은 아
주 넓은 면적을 가리킨다.
豆萁 두기 | 콩을 털고 남은 줄기와 가지. 콩대.
禾穗 화수 | 벼이삭.
靑山 청산 | 초목이 푸른색을 띠는 울창한 산.

5수의 연작시 가운데 첫 수로 순화 2년(991) 상주에 있을 때 지은 작품이다. 창작 배경을 살펴보면 당시 사법관(司法官) 도안(道安)이 학자로, 정치가로 이름이 높은 서현(徐鉉)에게 죄를 뒤집어씌우고 고소한 사건이 발생하자, 시인은 서현을 변호하는 상서를 올렸다가 같은 해 9월 상주 단련부사로 좌천되었다. 이때 그의 나이는 38세였다.

시의 배경이 된 상산(商山)은 벽지이다. 전반 두 구에서는 농민들의 소박한 공동 생산 양식을 묘사하였고, 후반 두 구에서는 농민들의 소망을 표현하였다. 속어는 소담하고 자연스러운 느낌을 더해 준다.

궁벽한 산간에서 생활하는 농민들의 모습이 시인의 눈에는 이상적인 정치의 모습을 구현한 것으로 비친다. 이 시는 위정자들에게 백성의 소리를 경청하여 정치에 참고하기를 바라는 마음을 표현한 것이기도 하다.

자는 평중(平仲)이고 화주(華州) 하규(下邽, 섬서성 위남현(渭南縣)) 사람이다. 19세의 나이로 진사에 급제했다. 진종(眞宗) 경덕(景德) 원년(1004)에 재상이 되었으며, 요(遼)가 남침했을 때 진종의 친정(親征)을 강력히 주장하고 전주(澶州, 하남성 복양현(濮陽縣))에서 유리한 화의(和議)를 맺는 데 공을 세우기도 했다.

그 후 태자태부(太子太傅)가 되기도 하는 등 벼슬 운이 있었으나 참언을 당해 지방의 작은 관리로 좌천되었다가 유배지인 뇌주(雷州)에서 병사하였다.

구준은 임포(林逋)와 함께 거론되는 시인으로 그의 사생활은 당나라 대관들과 아주 흡사했고, 시풍도 매우 호사스럽다. 그는 왕유(王維)와 위응물(韋應物)의 시를 꽤 좋아했고 칠언절구에 뛰어났다.

강남의 봄 江南春

(二)
아득하게 희뿌연 물결 천 리를 떨어져 있고
흰 물풀 향기가 흩어지고 봄바람 인다
해 떨어진 물가에서 한 번 바라볼 때
부드러운 정 끊임없음이 봄물 같다

杳杳煙波隔千里, 白蘋香散東風起.
日落汀洲一望時, 柔情不斷如春水.

江南 강남 | 장강의 하류 남쪽 지역.
杳杳 묘묘 | 강물이 아득하고 먼 것을 가리킨다.
白蘋 백빈 | 희고 작은 꽃이 피는 물풀 이름.
汀洲 정주 | 물가. 이 말은 강남의 이미지를 뜻한다.

2수 중 두 번째 시로, 강남의 봄날 황혼녘에 시인이 물가에 우두커니 서서 먼 곳을 응시하며 지은 것이다. 먼저 시인의 모습을 묘사하고 나서 주변 경관을 묘사해야 하지만 그 순서가 바뀌었다. 1연에서 묘사한 자연경관은 시인의 마음을 두 방면에서 자극하여 한편으로는 그 아름다움에 도취되어 '희(喜)'를 맛보게 하고, 또 한편으로는 슬픔과 애환의 강도를 더한다. 마지막 구의 '수(水)' 자가 시의 분위기를 대변한다.

봄날 누각에서 돌아갈 날 생각하다
春日登樓懷歸

높은 누각에서 잠시 멀리 바라보니
아득히 먼 강물이 펼쳐져 있다
들녘의 강물은 건너는 이 없고
외로운 배만 온종일 비껴 있다
황량한 마을에는 피어났다 끊기는 안개
낡은 절에는 지저귀며 옮겨 다니는 꾀꼬리
옛 가업은 맑은 위수를 아련하게 하는데
생각에 잠겨 있다가 홀연히 저절로 놀란다

高樓聊引望, 杳杳一川平. 野水無人渡, 孤舟盡日橫.
荒村生斷靄, 古寺語流鶯. 舊業遙淸渭, 沈思忽自驚.

聊 료 | 잠시.
引望 인망 | 고개를 빼고 멀리 바라보다.
靄 애 | 안개.
流鶯 유영 | 부드럽게 우는 꾀꼬리.
舊業 구업 | 고향에서 농사지으며 살아가던 옛 가업.
淸渭 청위 | 푸른 위수. 위수는 황하의 지류. 그 하류에서 남쪽으로 시인의 고향인 화주
(華州)가 있다.
沈思 침사 | 깊이 생각하다. 생각에 잠기다.

시인이 20여 세 때 지은 시로, 봄날 누각에 올라 보고 들은 경관을 그리면서 고향에 대한 그리움을 노래한 것이다.

시인이 '누각에 오르자' 시야와 생각이 광범위해지면서 멀어져 가는 것이 '인(引)', '묘묘(杳杳)', '요(遙)' 같은 시어를 통해 시선이 차례로 평야에서 냇물로, 외로운 배로, 황폐한 마을로, 옛 절로, 위수로 이동하는 것은 시인의 마음에 파장이 거듭 일고 있음을 나타낸다. 그 파장은 물론 시를 다 읽고 나면 알 수 있듯이 고향으로까지 이어진다.

여름날 夏日

떨어져 있는 마음은 아득하고 상념은 더디기만 한데
깊숙한 정원에 사람은 없고 버들만 홀로 드리워 있다
날 저물자 긴 회랑에 제비 말소리가 들리는데
가벼운 추위에 가랑비 오니 초여름이로구나

離心杳杳思遲遲, 深院無人柳自垂.
日暮長廊聞燕語, 輕寒微雨麥秋時.

離心 이심 | 멀리 떨어져 있는 사람이 고향을 그리워하는 마음.
遲遲 지지 | 시간의 경과가 더딘 감이 있음을 뜻한다.
微雨 미우 | 가랑비.
麥秋 맥추 | 초여름. 보리가 익을 때이고 곡물을 수확하는 계절이 가을이므로 옛사람들
        은 초여름을 '麥秋'라고 했다.

시인이 정치가로서 심각한 타격을 입을 때 지은 것이라서 적막하고 우울한 분위기가 지배적이다.

시인은 자기 마음이 고향에서 멀어졌고, 그로 인해 번뇌하며 괴로 워하는 것을 '묘묘(杳杳)'와 '지지(遲遲)'라는 두 첩자(疊字)를 사용 하여 섬세하게 표현하였다. 시인은 3구에서 적막한 자신의 감정을 나 타내려 하고 있다. 그는 자신의 현재 모습에서 벗어날 수 있는 어떤 실마리를 찾고 싶어하지만 그 바람도 이루어지지 않는다.

강가의 정자 벽에 적다 書河上亭壁

(三)

강 언덕 광활하나 돛대 드물고 물결만 아득한데
홀로 높은 난간에 기대니 상념이 어찌나 긴지
쓸쓸한 먼 나무 성긴 숲 밖에는
반쪽 가을 산이 석양빛을 띠고 있다

岸闊檣稀波渺茫, 獨凭危檻思何長.
蕭蕭遠樹疏林外, 一半秋山帶夕陽.

檣 장 | 돛대.
危檻 위함 | 높은 난간. '危'는 높다는 뜻이다.
帶 대 | ~을 띠고 있다. 시적 운치를 고조시키는 기능을 한다.

이 시는 4수의 연작시 중 하나로 시인이 좌천된 몸으로 가을 경치를 감상하며 느낀 감정상의 변화 과정을 은은하게 전하고 있다. 시인은 붉은 태양이 서산으로 지는 모습을 '일반(一半)'으로 묘사하였다. 좌천의 처지에 놓인 시인의 정서는 '독(獨)'으로 수렴된다. 이러한 감정의 유출은 슬픔을 씻어 내는 방법으로, 시인은 자신의 주의력을 풍경 감상에 쏟고 있다.

임포
林逋

967~1028

자는 군복(君復)이고 시호는 화정선생(和靖先生)이다.
어려서 아버지를 여의어 독학한 그는 시를 특히 좋아했고
행서와 그림에도 뛰어났다.

원래 병약하였는데, 정원에 매화를 심고 학을 놓아 기르
면서 즐거워했다. 사람들이 이를 보고 '매처학자(梅妻鶴
子, 매화 처에 학 아들)'라고 불렀다. 또 자주 서호에 조각
배를 띄워 근처 절에 가서 노닐었으며, 동자는 학이 나는
것을 보고 객이 온다는 것을 알았다.

임포는 만당의 가도(賈島)와 요합(姚合)을 흠모하여 청
신하고도 그윽한 시풍을 보여 주었다.

그는 시명(詩名)으로 평가되는 것을 꺼려서 지은 시를
많이 버렸고 자기 시가 후세에 전해질 것을 두려워한 나머
지 기록도 하지 않았다. 그의 시는 담담하면서도 고고한
선비의 풍모를 지녔다.

산속 정원의 작은 매화 山園小梅

뭇 꽃 이리저리 떨어졌건만 유독 산뜻하고도 아름다워
풍정을 독차지하고 작은 정원을 향한다
성긴 그림자 옆으로 비껴 있고 물은 맑고도 얕은데
그윽한 향기가 황혼녘 달빛에 풍겨 온다
서리 맞은 새 내려앉으려 먼저 엿보고
흰나비 향기를 안다면 혼을 끊는 듯하리라
다행히 나직이 읊는 소리 있으며 서로 친압할 수 있으니
단판도 필요 없고 황금 동이만 함께하는구나

衆芳搖落獨暄妍, 占盡風情向小園.
疏影橫斜水淸淺, 暗香浮動月黃昏.
霜禽欲下先偸眼, 粉蝶如知合斷魂.
幸有微吟可相狎, 不須檀板共金尊.

山園 산원 | 산속 정원.
搖落 요락 | 흔들려 떨어지는 것. 여기서는 꽃이 이리저리 흩어지는 것을 가리킨다.
暄妍 훤연 | 색깔이 산뜻하고 아름다운 것.
淸淺 청천 | 물이 맑고 얕은 곳.
霜禽 상금 | 서리 맞은 새. 또는 흰 새.
粉蝶 분엽 | 흰나비.
微吟 미음 | 나지막한 소리로 시를 읊는 것.
檀板 단판 | 악기 이름. 박자를 맞추는 나무판인데, 단목(檀木)으로 되어 있기 때문에 붙은 명칭이다. 단목은 황단(黃檀), 백단(白檀) 등 향나무를 총칭하는 말이다.

'매화(梅花)'로도 불리는 이 시는 시인이 서호 근처의 고산에 은둔할 때 지은 것이다. 정원의 매화를 노래한 2수 중 1수로 고금을 물론하고 널리 읊조리는 명편이다.

여기서 매화는 그 꽃을 에워싸고 있는 자연적인 요소들까지 독점한다. 시인은 이처럼 매화의 독특함을 '독(獨)', '진(盡)'으로 표현하고 있으며, 특히 '점진풍정(占盡風情)'이라는 묘사는 매화만이 갖고 있는 빼어남을 나타낸다. 시인은 '소영(疎影)'과 '암향(暗香)'이라는 단어로 매화의 특징과 맑은 향을 나타냈고, 그것의 자태는 '횡사(橫斜)'로, 운치는 '부동(浮動)'으로 나타냈다. 게다가 '수(水)'와 '월(月)'이라는 두 자연물을 배경으로 삼아 절묘한 매화 그림을 보는 듯한 착각에 빠지게 했다.

3연에서는 의인화 기법을 통해 매화에 대한 애정과 시인의 담백한 풍모를 드러낸다. 마지막 연에서는 시인이 매화에 도취되어 솔직한 심경을 표출한 것이 돋보인다.

스스로 수당을 만들어 절구 한 수 지어 그곳에 기록하다 自作壽堂因書一絶以志之

호숫가 푸른 산은 얽어 놓은 초막을 마주하는데
무덤 앞 긴 대나무도 성글어서 쓸쓸하다
무릉에서 훗날 유고를 찾더라도
오히려 기쁜 것은 일찍이 봉선서를 남기지 않은 것이다

湖上青山對結廬, 墳前修竹亦蕭疎.
茂陵他日求遺稿, 猶喜曾無封禪書.

壽堂 수당 | 생전에 미리 만들어 두는 묘.
湖上 호상 | 호숫가. 항주의 서호(西湖)를 말한다. 서호의 고산(孤山)에 임포의 묘가 있었다.
青山 청산 | 수목이 푸르게 우거진 산.
墳前 분전 | 어떤 판본에는 '분두(墳頭)'로 되어 있다.
修竹 수죽 | '修'는 길다는 뜻이다. 긴 대나무. '추색(秋色)'으로 되어 있는 판본도 있다.
蕭疎 소소 | 쓸쓸하다.
茂陵 무릉 | 한나라 수도 장안에서 서쪽으로 약 50킬로미터 떨어진 곳에 있는 지명. 사마
　　　　　상여(기원전 179~기원전 117)가 만년에 병으로 관직을 그만두고 산 곳이다.
遺稿 유고 | 남긴 원고. 다음과 같은 이야기에서 나온 것이다. 한무제가 사마상여의 병이
　　　　　중한 것을 알고 사신을 보내 그의 저작을 모두 손에 넣으려고 했다. 그런데
　　　　　상여는 이미 죽은 뒤였고, 집에는 글이 하나도 남아 있지 않았다. 그래서 상
　　　　　여의 처에게 유고가 없느냐고 물었더니 "남편은 생전에 책 한 권을 만들어
　　　　　서, 사신이 오면 드리라고 했습니다."라며 봉선(封禪)에 관한 저작을 꺼내
　　　　　서 바쳤다고 한다.(『한서(漢書)』 권57 하, 「사마상여전(司馬相如傳)」)
封禪 봉선 | 임금이 신들에게 기원하는 의식. '封'은 흙을 쌓아 단을 만들고 하늘에 제사
　　　　　지내는 것이고, '禪'은 신에게 빌어 부정과 재난을 없애고 산천에 제사 지내
　　　　　는 것이었는데, 후에는 단지 임금이 내외에 국위를 과시하기 위한 의식으로
　　　　　변했다.

이 시는 시인의 말년 작품이다. 서호는 말할 것도 없이 천하제일의 명
승지인데 그 북쪽에 있는 높은 산들은 섬들 중에서도 대단히 조망이
좋은 곳으로 알려져 있다. 집 옆에 자신의 묘를 만들고 묘 앞에 대나
무를 심어 마치 세속을 피해서 은둔 생활을 하는 시인의 처지를 나타
내고 있기라도 한 듯 자못 쓸쓸하다. 그렇다고 해서 세상 사람들처럼
임금에게 아첨할 수도 없다. 3, 4 두 구는 일찍이 임금이 왕제(王濟)
에게 명하여 임포를 방문하게 했을 때 시인이 바친 문장이 변려문이
었기 때문에 평가절하된 것을 비꼬는 것으로 해석할 수도 있다.

고산사 승방에서 바라보며 쓰다
孤山寺端上人房寫望

어느 곳 난간에 기대든 생각은 아득한데

고산사의 탑 뒤가 누각 서쪽이네

색깔이 바래 침침한 숲 속 절

쓸쓸한 바둑판은 기름진 밭이었다

가을 풍경에 때때로 외로운 새가 날고

석양에 일없이 차가운 연기만 일어난다

천천히 머물며 나의 오두막 주변을 더욱 사랑하고

단지 기다리며 다시 와서 눈 내리는 하늘을 바라본다

底處凭欄思眇然, 孤山塔後閣西偏.

陰沈畵軸林間寺, 零落碁枰菇上田.

秋景有時飛獨鳥, 夕陽無事起寒烟.

遲留更愛吾廬近, 只待重來看雪天.

孤山寺 고산사 | 서호의 고산에 있는 절 이름이다.
底處 저처 | 낮은 곳이 아니라 '어느 곳'이라는 뜻이다.
眇 묘 | 아득하다.
偏 편 | '변(邊)'과 같은 의미로 쓰여 '~쪽'이라는 뜻이다.
碁 기 | 바둑.
枰 평 | 바둑판. 장기판.
菇上田 봉상전 | '가전(架田)'이라고도 한다. '菇'은 고근(菰根), 즉 교백근(茭白根).
上田 상전 | 곡식이 잘 자라는 기름진 밭.

고산사는 시인이 항주에 은거할 때 머물던 절로 마음의 위안을 얻었던 곳이다. 따라서 이 시 역시 조용하면서 안정된 맛이 짙게 배어 있다.

1연에서 시인이 '지처(底處)'라는 말로 의문문을 구성한 것은 이 시의 시적 공간을 다시 한 번 강조하려는 의도에서 비롯된 것이다. 우리는 시인이 난간에 기대어 무엇 때문에 '사묘연(思眇然)'하였는지 궁금하다. 그러나 시인은 이에 대한 구체적인 설명 없이 풍경화를 계속 그려 나간다.

시인의 화폭에 자리한 '사(寺)', '전(田)', '조(鳥)', '연(烟)'은 고승이 몸담고 있는 정갈한 환경을 나타내는 것이기도 하다. 마지막 연에서는 이러한 분위기를 흠모하는 시인의 심경을 서술하고 있다.

자는 희문(希文)이고 시호는 문정(文正)이며 소주(蘇州)
오현(吳縣, 강소성 오현) 사람이다. 두 살 때 아버지를 여
의고 어머니마저 재가해 버렸다. 성장하기까지 어머니와
헤어져 친척집에 기거하면서 글을 읽었다. 대중(大中) 상
부(祥符) 8년(1015)에 진사에 급제하였고, 안수(晏殊)에
게 인정을 받아 비서교리(秘書校理)가 되었다. 인종(仁
宗) 때 우사간(右司諫)에 발탁되어 추밀부사(樞密副使),
참지정사를 역임했다.

　범중엄은 청렴강직한 정치가로 알려져 있다. 시인으로
서는 큰 명성을 얻지 못했으며 시풍은 담담하다. 「악양루
기(岳陽樓記)」라는 산문이 더 유명하다.

강가의 어부 江上漁者

강가를 오가는 사람들
그저 농어 맛만 즐길 뿐
그대가 본 한 조각배
풍파 속에서 나왔다 들어갔다 하네

江上往來人, 但愛鱸魚美. 君看一葉舟, 出沒風波裏.

漁者 어자 | 어부.
鱸魚 노어 | 농어. 입이 크고 비늘이 가늘며 몸이 납작한 물고기이다.

평이한 시어를 사용한 이 시는 묘한 이미지가 넘쳐흐른다. 강가와 배 안의 서로 다른 환경을 대비하여 묘사하였는데, 농어를 즐기는 자들과 그것 때문에 희생하는 어부의 모습이 대비된다. 전반부와 후반부가 밝음과 어둠의 대비를 통해 구조상 견고함을 획득하고 있다.

안수

晏
殊

991~1055

자는 동숙(同叔)이고 임천(臨川, 강서성 임천현) 사람이다. 그의 선조 가운데 특별히 관료를 지낸 사람은 없고, 부친이 주(州)의 서리(胥吏)를 역임했을 정도이다. 그는 7세 때부터 문장을 지었는데, 14세 때 신동과(神童科)에 추천되고, 진종(眞宗)의 총애를 받아 이듬해에 진사 출신 자격을 받았으며 비서성정자(秘書省正字)를 제수받았다.

당나라 위응물의 시를 애독하여 산수자연을 묘사한 시가 많다. 그의 시가 만여 수나 된다는 말이 있지만 현존하는 것은 거의 없다.

우의 寓意

기름 바른 향기로운 수레 더 이상 만날 수 없고
삼협의 구름은 자취 없이 동서에 내맡긴다
배꽃 핀 뜰에 달빛 넘치고
버드나무 솜털의 연못은 바람이 부드럽다
며칠간 적막하여 술로 몸 상한 뒤
한바탕 쓸쓸한데 연기를 피우지 못하고 있네
편지 부치려 해도 누가 전해 줄까나
강 멀고 산 긴 것은 어디나 똑같구나

油壁香車不再逢, 峽雲無迹任東西.
梨花院落溶溶月, 柳絮池塘淡淡風.
幾日寂寥傷酒後, 一番蕭索禁煙中.
魚書欲寄何由達, 水遠山長處處同.

寓意 우의 | 뜻을 비유하여 이야기하다.
油壁香車 유벽향거 | 수레 전체에 파란 기름옷(방수 기름을 칠한 포목)을 바른 것을 '유
　　　벽거(油壁車)'라고 한다.
峽雲 협운 | 삼협(三峽)의 구름. 초왕이 꿈에 삼협에 있는 무산(巫山)의 신녀와 잠자리
　　　를 같이하였는데, 신녀가 떠나면서 아침에는 구름이 되고 저녁에는 비가 되
　　　겠다고 말하였다. '협운'은 이 전설에서 기인한 것으로 운우지정을 나눈 후
　　　이별하는 연인을 가리킨다.
院落 원락 | 중정(中庭). 즉 뜰안.
溶溶 용용 | 물이 넘치는 모양.

柳絮 유서 | 버드나무 열매에 붙은 솜털.
池塘 지당 | 제방으로 둘러싸인 연못.
淡淡 담담 | 여기에서는 기분 좋게 부는 바람을 뜻한다.
傷酒 상주 | 독한 술로 몸을 상하게 하다.
一蕃 일번 | 한바탕.
蕭索 소색 | 쓸쓸한 모양.
禁煙 금연 | 한식(동지로부터 105일째 되는 날에 차가운 음식을 먹는 풍습) 때 불 사용을
         금지하는 것.
魚書 어서 | 편지.
處處同 처처동 | 어디나 모두 같다.

함축을 특징으로 하는 애정시로, 시인의 대표작이다. 1연에서는 '유
벽향거(油壁香車)'와 '협운(峽雲)' 같은 염정시(艶情詩)의 관용어를
사용하여 이 시의 주제를 관통하고 있다. 수레 속의 미녀는 무산의 구
름과 같은 존재이다. 차갑고 쓸쓸한 한식 분위기 속에서 숙취의 나른
함을 노래한 3연도 일품이고, 지극히 평범한 봄 풍경의 풋풋한 정경
을 충분히 이입시킨 2연도 좋다. 여기에는 흔적을 남기지 않는 자연
스러움을 감추고 있는 듯한 대구가 있고, 부드러운 시어 '용용(溶溶)'
과 딱딱한 시어 '담담(淡淡)'이라는 첩어를 대비시켜 넘칠 듯한 달빛
의 풍만함과 봄바람이 날라다 주는 차가운 기운이 대치하게 만드는
음률 효과가 꽤 탁월하다.

자는 성유(聖兪)이고 선주(宣州) 완릉(宛陵, 안휘성 선성현(宣城縣)) 사람이다. 숙부 매순(梅詢)에게 시문을 배웠다. 30세쯤 시로 이름을 알리게 되었고, 55세에는 국자감 직강(國子監直講)으로 있었는데도 길가에 딸린 허름한 집을 벗어나지 못할 만큼 형편이 어려웠다. 하지만 문학에서는 구양수 등과 함께 혁신 운동을 일으켜 새로운 시단의 기수가 되었다. 그리고 그 길을 향해 매진하는 삶을 살았다.

그는 그때까지 유행하던 서곤체파(西崑體派)의 미문조(美文調)에 반대하고 '평담(平淡)'한 시풍을 주장하였으며 다양한 제재를 평이하게 표현하였다. 『완릉선생집(宛陵先生集)』 60권이 있다.

그의 고시(古詩)는 한유와 맹교 등에게 영향을 받았으며, 오언율시는 왕유와 맹호연의 시풍을 이어받았다. 그는 일상적인 소재를 시에 도입한 것으로 유명하지만 풍자시도 많아 그의 시 세계를 '평담' 한 가지로 규정할 수는 없다. 세인들은 대부분 그를 소순흠과 함께 거론하여 '소매(蘇梅)'라고 일컬었다.

노산의 산길을 가다 魯山山行

때맞추어 들 정취 함께하니 상쾌하고
뭇 산들은 높아졌다가 또 낮아진다
아름다운 산봉우리는 곳에 따라 바뀌는데
조용한 오솔길, 홀로 가다가 길을 잃었다
서리 내리니 곰은 나무 위로 기어오르고
텅 빈 숲에서 사슴이 시냇물 마신다
인가는 어디 있는가
구름 바깥에는 외마디 닭 울음소리

適與野情愜, 千山高復低. 好峰隨處改, 幽徑獨行迷.
霜落熊升樹, 林空鹿飲溪. 人家在何許, 雲外一聲鷄.

魯山 노산 | '노산(露山)'이라고도 한다. 하남(河南) 노산현(魯山縣) 동북쪽에 있다.
情愜 정협 | 시인이 자연 풍물을 좋아하는 기질이 꼭 들어맞는다는 말이다.
幽徑 유경 | 좁고 그윽한 소로(小路). 오솔길.
何許 하허 | '어디'라는 뜻의 허사.

시인의 대표작인 이 시는 형식적 제약에 얽매이지 않고 자유롭고 새로운 필치로 산의 정경을 그리고 있다. 2연의 '유(幽)'와 '독(獨)'은 시인의 '야정(野情)'과 부합되며, '미(迷)' 자는 깊숙한 들 정경을 더욱더 신비롭게 나타낸다. 길 잃은 시인은 '상락(霜落)', '임공(林空)'과 '웅승수(熊升樹)', '녹음계(鹿飲溪)' 사이의 인과관계를 묘사함으로써 산행하는 사람의 눈 속에 들어온 경관이 되게 하였다. 3연은 동(動) 가운데 정(靜)을 묘사하고 있다. '곰'과 '사슴'이 움직임의 주체이고 '서리'와 '숲'은 정지된 상태이다. 마지막 연에는 자연과의 동화를 노래하는 시인의 여유로운 마음이 드러나 있다.

'평담'과 '한적'의 풍격이 시 전체에 삼투되어 있지만 겉으로는 쉽게 드러나지 않는 묘미가 있다.

농부의 말 田家語

누군가 농부의 즐거움을 말했지만
봄 세금을 가을에도 다 못 내니
마을 아전들이 우리 집 문 두드리며
밤낮으로 재촉하며 괴롭힌다
한여름이면 홍수 잦아
희뿌연 물이 집보다도 높다
물은 우리 콩 농사를 망치고
메뚜기도 우리 쌀 먹어치운다
지난달에 조서 내려오더니
갓난아이까지 또 등록시킨다
장정 셋 중 한 명은 병적에 올려서
활과 전대를 들게 만드니 증오스럽구나
관청에서 내린 명령은 오늘도 엄하여
늙은 관리는 채찍과 몽둥이를 들고
어린이와 늙은이까지 모두 찾아내니
절름발이와 장님들만 남는다
시골뜨기들이 감히 원망하며 한탄하랴
애비와 자식은 각기 슬피 목놓아 울 뿐
남쪽 밭 아랑곳하지 않고
송아지 팔아 활을 산다

수심은 장마로 변하고
가마솥은 텅 비어 죽도 없다
절름발이 장님은 밭갈이할 수 없으니
죽음이 지척에 있다
내가 들으니 참으로 부끄러운 것은
헛되이 임금의 봉록만 축내는 놈들이여!
오히려 「귀거래사」나 읊고
깊은 골짜기로 들어가 나무꾼이 되련다

誰道田家樂, 春稅秋未足. 里胥扣我門, 日夕苦煎促.
盛夏流潦多, 白水高於屋. 水旣害我菽, 蝗又食我粟.
前月詔書來, 生齒復板錄. 三丁籍一壯, 惡使操弓韣.
州符今又嚴, 老吏持鞭扑. 搜索稚與艾, 唯存跛無目.
田閭敢怨嗟, 父子各悲哭. 南畝焉何事, 買箭賣牛犢.
愁氣變久雨, 鐺缶空無粥. 盲跛不能耕, 死亡在遲速.
我聞誠所慙, 徒爾叨君祿. 却詠歸去來, 刈薪向深谷.

里胥 이서 | 마을의 치안을 담당하던 낮은 벼슬아치.
流潦 유료 | '潦'는 '노(澇)'와 같으며 홍수를 뜻한다.
白水 백수 | 희고 탁한 물. 홍수 때의 진흙탕 물. 7월에 여수(汝水)가 무너져 시인이 지
　　　　 사(知事)로 있던 양성현(襄城縣)의 천여 가구가 물에 잠긴 적이 있었다.

旣 기 | 다음 구의 '우(又)'와 호응하여 '~하는 한편 또 ~하다.'라는 뜻이다.

菽 숙 | 콩을 총칭한다.

生齒 생치 | 남자는 8개월, 여자는 7개월이 되면 이가 나서 부역 인구로 등록되었는데, 이로부터 인구(人口)를 '生齒'로 표현했다.

板錄 판록 | '版錄'과 마찬가지로 장부에 사람을 올리는 것을 말한다.

惡 오 | '증오하다'라는 뜻으로 본 전종서(錢鍾書)의 주장을 따랐다.

弓韣 궁독 | 활과 전대.

州符 주부 | 주(州)에서 보낸 공문. 송대의 행정 구획으로 볼 때, 주(州)가 아니라 부(府)가 정식 명칭이다. '符'는 '공문', '전달하다'라는 뜻이다.

艾 애 | 50세를 일컫는 말인데, 여기서는 병역 연령이 넘은 노인을 가리킨다.

南畝 남무 | 『시경(詩經)』에 보이는 말로 남쪽에 있는 경작지를 뜻한다.

買箭賣牛犢 매전매우독 | 한나라의 공수(龔遂)가 흉작이 계속되어 도적이 출몰하자 "검을 팔아 소를 사고 칼을 팔아 송아지를 사라.(賣劍買牛, 賣刀買犢)"라고 가르쳤다는 고사를 반어적으로 사용했다.

鐺缶 당부 | 가마솥과 항아리.

徒爾 도이 | 헛되이.

시인이 하급 지방 관리로 있을 때(1040) 지은 시이다. 그때 송나라는 밖으로는 이족이 계속 쳐들어와 전쟁이 끊이지 않았고, 안으로는 대홍수라는 천재지변으로 혼란을 거듭하고 있었다. 특히 시인은 당시의 징병제도의 문제점을 직시하고 사회 모순과 백성의 슬픔을 직접 보고 듣고 느끼면서 자신의 비분강개한 마음을 토로하지 않을 수 없었다.

이 시에는 특정한 주인공이 없다. 여기에 등장하는 주인공은 시인의 또 다른 시편들, 이를테면 「농가(田家)」나 「도공(陶者)」 등의 주인

공과 다를 바 없는 하층 농민들이다. 이들이 국가의 기반이라는 존재감은 애초부터 없으며 복종과 피동의 그림자만 드리워 있다.

이 작품은 시상의 처연함으로 인해 많은 독자의 공감을 불러일으킨다. 시에 나타나는 시인의 상상력은 역사적 현실과 날줄 씨줄로 교묘하게 교직(交織)되면서 서사적 풍경을 보여 주고 있다.

시인의 또 다른 명작 「여수 강가의 가난한 집 처녀(汝墳貧女)」에 보이는 비극성이 여기에도 여전히 자리잡고 있다.

도공 陶者

기와 굽느라 대문 앞 흙 다 쓰고도
지붕 위에는 기와 조각 없는데
열 손가락에 진흙 한 점 묻히지 않고도
번들번들한 큰 기와집에서 산다

陶盡門前土, 屋上無片瓦. 十指不沾泥, 鱗鱗居大廈.

陶者 도자 | 기와 굽는 것을 직업으로 하는 사람. 도공.
鱗鱗 인린 | 물고기의 비늘같이 빛나는 모습. 번들번들한 기와를 형용한 말이다.
大廈 대하 | 큰 집.

시인의 사회의식이 돋보이는 이 작품은 기와 굽는 사람을 소재로 하여 봉건사회의 근본적인 모순을 폭로하고 있다. 전체적인 분위기로 볼 때, 백거이의 「꽃을 사다(買花)」를 떠오르게 한다. 또 "맨발인 사람들은 토끼를 뒤쫓건만, 가죽신을 신은 자들은 고기를 먹는다네(赤脚人趁兎, 著鞾人喫肉)"(혜명(彗明), 『오등회원(五燈會元)』「연소(延沼)」)라는 구절을 생각나게 한다. 이 작품의 서사적 풍요로움은 3구와 4구에 의해 뒷받침된다.

농가 田家

남산에 일찍이 콩 심었으나
잔 콩깍지는 비바람에 떨어졌다
헛되이 거둔 한 단의 콩대는
가마솥 채울 물량도 못 되네

南山嘗種豆, 碎莢落風雨. 空收一束萁, 無物充煎釜.

種 종 | 심다.
萁 기 | 콩줄기. 콩대.
煎釜 전부 | 가마솥.

자연재해로 인한 농촌의 어려운 실상을 다룬 이 시는 수확기에 아무 것도 거둘 게 없는 데서 오는 농민의 참담한 심정을 현실감 있게 묘사한 명작으로 「도공」과 자매시 격이다. 특히 맨 마지막 구절에 엿보이는 시인의 울분은 농민을 이렇게 만든 현실의 잔혹성에 대한 비판적 표출이다. 시인의 목소리는 강고하다.

작은 마을 小村

회수 넓고 삼각주 많은데 문득 촌락이 보인다
가시나무 울타리 성글 대로 성글어 문이 되었네
추위에 떠는 닭은 먹을 것 찾으며 혼자 짝을 부르고
늙은이는 옷도 없이 손자만 안고 있네
들녘 조각배엔 새만 퍼덕일 뿐 닻줄 끊겼고
시든 뽕나무는 물에 씻겨 앙상하게 뿌리가 드러났네
아아! 사는 것이 한결같이 이와 같으니
왕의 백성이라고 잘못 끼어들어 세금 장부에서 거론되네

淮闊洲多忽有村, 棘籬疎敗漫爲門.
寒鷄得食自呼伴, 老叟無衣猶抱孫.
野艇鳥翹唯斷纜, 枯桑水齧只危根.
嗟哉生計一如此, 謬入王民版籍論.

淮 회 | 회수(淮水). 황하와 장강 중간의 평야를 지나 동쪽으로 흐르는 큰 강.
野艇 야정 | 들판을 흐르는 냇물에 떠 있는 작은 배.
纜 남 | 닻을 매어 다는 줄.
嗟哉 차재 | 아아. 탄식을 나타내는 감탄사.
一 일 | 한결같이.
版籍 판적 | 세금을 거두기 위해 근거로 삼았던 세금 장부.

62

시인이 47세 가을에 지은 시이다. 시인은 회하(淮河) 지구의 수몰 지역에서 백성이 당하는 고통을 목격하게 되는데, 조그만 마을을 지나다가 본 정경을 안타까운 마음으로 묘사하였다.

1연에서는 대체로 수마가 할퀴고 간 풍경을 묘사하였다. 2연은 앞 연에서 미처 묘사하지 못한 것을 보충 설명하는 방식이다. 3구는 4구와 아주 긴밀한 연관을 맺는다.

4연은 이 시의 백미이다. 처참한 수해를 겪고 난 백성이건만 그들은 여전히 세금을 다 내야 한다는 말이다. 이 시는 '작은 촌락을 묘사하는 데 그림으로도 미치지 못하는 바가 있다. 그래서 끝 구절은 완곡하면서도 풍자가 풍부하다.(寫貧苦小村, 有畵所不到者, 末句婉而多風)'(진연(陳衍), 『송시정화록(宋詩精華錄)』)라는 호평을 받았다.

여수 강가의 가난한 집 처녀 汝墳貧女

여수 강가의 가난한 집 처녀
걸어가며 우는데 소리가 처량하다
스스로 하는 말이 늙은 아버지가 계셨는데
고독하여 젊은 아들도 없었다
군의 아전이 어찌나 포학했던지
현의 관리는 감히 저항도 못했네
꾸물대지 말라고 다그치며 보내니
힘없이 지팡이에 몸을 싣고 가며
사방 이웃집에 신신당부하고
서로 의지하기를 바랐네
마침 마을로 돌아온 사람 있다기에
아버지 여전히 건강하시냐 물었더니
과연 찬비 속에
양하에서 뻣뻣이 돌아가셨다 하네
허약한 체질에 의탁할 곳도 없어
시신을 뉘어 놓은 채 장사도 못 지내네
딸 낳음이 아들 낳음만 못하니
살아 있어도 어찌 자식 구실을 하랴
가슴 붙잡고 푸른 하늘 불러 봐도
살고 죽는 것을 어찌하랴

汝墳貧家女, 行哭音悽愴. 自言有老父, 孤獨無丁壯.
郡吏來何暴, 縣官不敢抗. 督遣勿稽留, 龍鍾去携杖.
勤勤囑四隣, 幸願相依傍. 適聞閭里歸, 問訊疑猶强.
果然寒雨中, 僵死壤河上. 弱質無以托, 橫尸無以葬.
生女不如男, 雖存何所當. 拊膺呼蒼天, 生死將奈向.

汝墳 여분 | 본래는 『시경』 「주남(周南)」 편의 제목인데, 여하(汝河)의 강가를 가리킨
　　　다. 『시경』에서도 부녀의 입을 빌려 난세를 묘사한 것이다.
丁壯 정장 | 만 20세 이상의 남자. 여기서는 젊은 아들을 말한다.
何 하 | 얼마나. 무척. 부사로서 정도가 매우 높음을 나타낸다.
龍鍾 용종 | 늙어서 힘이 없는 모양.
勤勤 근근 | 공손한 모양. 신신당부하는 것을 뜻한다.
膺 응 | 가슴.

인종 강정(康定) 원년(1040)에 시인이 하남의 양성(襄城) 현령으로 있을 때 지은 시이다. 시대적 배경은 이해에 있었던 큰 전쟁에서 찾을 수 있다. 서하의 조원호(趙元昊)가 북송을 침범하자, 조정에서는 부족한 군사를 채우기 위해 민병을 모집하게 되었다. 지방 관리들은 공을 세우기 위해 나이에 관계없이 잔혹할 정도로 징발해 갔다. 시인은 이런 참혹한 정황을 한 처녀의 입을 빌려 자술 형식으로 적나라하게 표현하였다.

3구부터 8구까지는 늙은 아버지가 핍박당하며 징병에 끌려가는 모습이고, 9구부터 14구까지는 출정간 아버지가 전사했다는 상황이며, 그다음은 아버지가 죽고 난 뒤의 상황이다.

이 시는 당시의 시대적 어두움과 질곡에 대한 강렬한 현실 비판을 담고 있다. 시 제목 자체가 가난하고 힘없는 백성을 의미하는데, 그 백성의 삶을 다루는 시인의 시선은 시인이 지금까지 관리라는 위치에서 직접적이든 간접적이든 수행해 온 현실적 체험과도 깊은 관련이 있다.

그리고 시인의 비판 의식은 처녀의 구체적인 삶보다는 그 반대편에 서 있는 압박자들에 대한 공격에 무게 중심을 두고 있다.

동계 東溪

길 가다 동계에 이르러 물 바라볼 때
앉은 채 삼각주에 다다르자 배가 더디게 나아간다
들비둘기 강가에서 자니 한가로운 뜻 있고
오래된 나무에 꽃 피니 볼썽사나운 가지도 없다
짧디짧은 포용은 자른 듯 가지런하고
평평한 자갈은 체에서 깨끗해진다
정은 싫지 않지만 머물지 못하고
저녁 무렵에 돌아오니 거마도 지친다

行到東溪看水時, 坐臨孤嶼發船遲.
野鳩眼岸有閑意, 老樹着花無醜枝.
短短蒲茸齊似剪, 平平沙石淨於篩.
情雖不厭住不得, 薄暮歸來車馬疲.

東溪 동계 | 완계(宛溪)라고도 하며, 선성(宣城) 동남쪽 봉산(峯山)에서 발원하여 동북쪽
에 이르러 구계(句溪)와 합쳐진다. 완(宛), 구(句) 두 물을 합쳐 '쌍계(雙溪)'
라고 한다.
孤嶼 고서 | 동계 안에 있는 외로운 섬. 삼각주.
蒲茸 포용 | 선성의 산과 물 사이에서 자라는 풀.
薄暮 박모 | 저물 무렵.

시인의 고향인 '동계'의 빼어난 경치를 노래한 작품이다.

1연은 시인이 '수(水)'를 보기 위해 이곳에 왔으며, 한가함을 좋아하지 수레와 말이 질주하는 곳을 좋아하지는 않는다는 것을 묘사했다. 2구는 정면의 풍경(孤嶼)과 남겨진 정(發船遲)에 대한 묘사이다.

2연은 '간수(看水)'할 때 본 강가의 풍경을 노래한 것이다. 2연은 후인들에게 당대의 명구로 칭송받았는데, 그 이유는 물이 있는 고향의 춘색을 나타냄에 특징이 되는 것을 잘 포착하였으며, 더욱이 경치로부터 '유한의(有閑意)'를 이끌어 냈기 때문이다. '구안(鳩眼)'은 사람들이 모두 볼 수 있는 것이지만, '한의(閑意)'는 시인의 상상과 감각에서 나온 것이다. 3, 4구는 경(景), 성(性), 의(意)를 융합시켜 심층적인 함의를 나타냈으며, 선명하고 생동하는 형상을 갖게 하였기에 명구가 되었다.

7구의 '정수불염(情雖不厭)'은 3구부터 6구까지의 네 구절을 총괄하는 시구이다.

아내의 죽음을 슬퍼하다 悼亡

(二)

늘 밖에 나서도 몸은 꿈꾸는 듯하고

사람을 만나도 억지로 하려는 것 많다

돌아오면 여전히 적막하여

말을 하려고 해도 누구에게 하겠는가

차가운 창문으로 외로운 반딧불이 들어오고

긴 밤 외기러기가 지나간다

세상에 이보다 고통스러운 것은 없으니

정신 상쾌하지만 이 속에서 닳아 없어진다

每出身如夢, 逢人强意多. 歸來仍寂寞, 欲語向誰何.
窗冷孤螢入, 宵長一雁過. 世間無最苦, 精爽此銷磨.

悼亡 도망 | 아내의 죽음을 슬퍼한다는 뜻이다. 진(晋)나라 반악(潘岳)이 죽은 아내를
　　　　슬퍼하며 도망시(悼亡詩) 3수를 지은 이래로 아내를 잃은 슬픔을 노래하는
　　　　한 전형이 되었다. 특히 당대(唐代) 원진(元稹)의 도망시가 유명하다.
身如夢 신여몽 | 몸이 꿈속에 있는 것 같다. 아내를 잃은 사실을 부인하고 싶은 시인의
　　　　마음을 표현한 것이다.
仍 잉 | 여전히.
誰何 수하 | 누구. 두 글자 가운데 '誰' 자에 의미가 집중되어 있다.
宵 소 | 밤.
無最苦 무최고 | '이보다 더한 고통은 없다.'라는 뜻이다.
精爽 정상 | 정신이 상쾌하다.

銷磨 소마 │ 닳아 없어지다.

아내 사씨(謝氏)를 잃은 슬픔을 노래한 3수의 연작시 중 두 번째 작품이다. 매요신은 26세에 태자빈객인 사도(謝濤)의 딸과 결혼하여 17년간 살면서 정치적 역경을 헤쳐 나갔다. 그의 아내는 그가 고향 선성에서 수도 변경으로 데리고 오는 도중 배 안에서 죽었는데 37세였다.

매요신은 이 시에서 아내를 잃은 후의 뼈저린 감회를 읊었는데, 1수와 3수가 서술적으로 묘사하고 있는 것과는 달리 자신의 감정을 집약적으로 나타내고 있다. 이 세상에 혼자 남게 된 시인은 망연자실하여 하루하루를 보낸다. 말을 하고 싶어도 상대가 없는 적막함과 고독함, 그리고 고뇌만이 그를 에워싸고 있다. 차가운 창문으로 날아드는 가을날의 반딧불이 한 마리가 시인의 외로운 모습을 그대로 반영한다. 상쾌한 정신이 점점 소멸되는 정도는 아내를 사랑했던 깊이에 비례한다.

밤에 이웃집의 노랫소리를 듣다 夜聽隣家唱

한밤중 잠 못 이루고 있는데
이웃집 노래가 희미하게 들려온다
붉은 입술의 움직임을 상상하니
들보 위의 먼지를 날릴 것만 같다
틀린 음절에 웃음 참지 못하고
엿듣다가 일어나 옷을 걸쳤는데
옷을 걸치자 노래는 이미 끝나고
창가의 달만 엷은 빛을 띠고 있다

夜中未成寐, 隣歌聞所稀. 想像朱脣動, 髣髴梁塵飛.
誤節應儂笑, 竊聽起披衣. 披衣曲已終, 窓月存餘暉.

夜中 야중 | 한밤중. 중야(中夜)와 같다.
朱脣 주순 | 붉은 입술. 여자의 입을 말한다.
髣髴 방불 | 마치 ~ 같다.
梁塵飛 양진비 | 노래를 매우 잘하는 것을 뜻한다.
誤節 오절 | 틀린 음절.
披衣 피의 | 옷을 걸쳐 입다.
餘暉 여휘 | 남은 빛. 엷은 빛.

경력 4년(1047) 겨울에 지은 시이다. 시인은 이해 가을, 허주(許州. 하남성 허창시) 절도판관의 임기를 마치고 변경으로 돌아온다. 변경에서 그는 길가에 딸린 허름한 집에서 살았는데, 그 집에 살던 어느 날 밤 체험한 것을 희극적으로 묘사했다.

1연은 평이한 듯하나, 2구에서 '문소희(聞所稀)' 세 글자의 사용으로 시적인 맛을 담고 있다. 시인은 노랫소리가 정확히 들리지 않아 희미하게 들려오는 소리에 따라 상상의 나래를 편다. 그의 상상 속에는 붉은 입술을 움직이는 요염한 여자가 등장한다. 시인의 상상은 계속 이어져 그의 행동을 이끄는 데까지 이른다. 음절이 틀려 미소 짓는 여자의 모습을 떠올리면서 일어나 옷을 걸친다. 하지만 옷을 다 걸친 순간 노래가 끝나 그의 상상 또한 그 자리에 멈춰 서고 '창가의 달만 엷은 빛을 띠고 있다.' 이것은 시간의 경과를 나타내는 객관적 서술이지만 실은 시인 자신의 동작을 멈춘 심리적, 주관적 요소를 함유하고 있어 여정(餘情)을 느끼게 한다.

진사가 차를 판다는 이야기를 듣다 聞進士販茶

산속 정원의 차 풍성한 사오월에는
강남에서 승냥이와 이리처럼 밀매가 횡행한다
흉악한 사람들은 험준한 산마루를 넘어
야밤에 병사처럼 군대를 만들어 돌아다닌다
떠도는 서생도 이익을 탐하여
책 궤짝을 밀매품 상자로 쓴다
나루터의 낮은 관리가 체포하더라도
재판관은 선비 옷 입은 자는 불쌍하다며 풀어 준다
오히려 성안으로 돌아와서는 공자와 맹자를 말하고
내친 김에 요(堯)와 탕(湯)의 정치를 비난하려고 한다
사흘간 폭우 쏟아지면 수해의 고통을 풍자하고
닷새 동안 폭염 쏟아지면 가뭄의 상해를 풍자한다
온갖 방법으로 돈을 얻어 술과 요리를 사도
집 안의 굶주린 아내에게는 거친 음식조차 없다
그 몸 죽어서 계곡에 던져지더라도 자업자득이거늘
장상이 되는 진사과를 어찌 감당하겠는가

山園茶盛四五月, 江南竊販如豺狼.
頑兒少壯冒嶺險, 夜行作隊如刀槍.
浮浪書生亦貪利, 史笥經箱爲盜囊.

津頭吏卒雖捕獲, 官司直惜儒衣裳.
却來城中談孔孟, 言語便欲非堯湯.
三日夏雨刺昏塾, 五日炎熱譏旱傷.
百端得錢事酒肴, 屋裏餓婦無餱糧.
一身溝壑乃自取, 將相賢科何爾當.

竊販 절판 | 전매품인 차를 밀매하는 것.
豺狼 시랑 | 승냥이와 이리. 여기서는 욕심이 많은 암상인을 뜻한다.
頑兒 완흉 | 흉악한 사람.
刀槍 도창 | 무기. 전하여 병사를 뜻한다.
書生 서생 | 본래는 과거 시험 보는 자를 말하는데, 여기에서는 진사를 가리킨다.
史筍經箱 사사경상 | 대나무를 엮어 만든 사서(史書) 상자와 경서(經書) 상자.
津頭吏卒 진두이졸 | 나루터의 낮은 관리.
官司 관사 | 재판관.
孔孟 공맹 | 공자와 맹자.
堯湯 요탕 | 고대의 성현인 요(堯) 임금과 은(殷) 왕조의 시조인 탕왕(湯王).
昏塾 혼점 | 수해의 고통.
酒肴 주자 | 술과 요리. '肴'는 익힌 고기.
餓婦 아부 | 굶주린 아내.
餱糧 후량 | 건조시킨 식량. 거친 음식을 뜻한다.
壑 학 | 구곡천(溝谷川). 가난하여 관에 넣지도 못하고 계곡에 던진다는 뜻이다.
將相 장상 | 장군과 재상.
賢科 현과 | 진사과(進士科)를 뜻한다. 본래는 한대(漢代)의 인재 등용 시험인 현량방정
　　　　　과(賢良方正科)를 가리킨다.
爾 이 | 여기서는 반어의 어기를 나타내는 조사이다.

황우(皇祐) 원년(1049)에 고향에서 지은 작품이다. 시인은 아버지 매양(梅讓)의 상을 치르기 위해 고향으로 돌아왔다. 그는 아내와 차남의 죽음을 되새기며 자기 내면과 주변의 일에 눈을 돌리고, 나아가 사회 현상에 관심을 돌린다. 송대에 들어서면서 차 마시는 풍습은 차 수요의 증대를 가져왔고, 차의 이익을 독차지하려는 밀매가 성행했다. 그 밀매에 진사마저 가담한다는 것이다.

이 시에는 부정한 행위를 비판하는 논조가 가득하다. 입으로는 정치를 논하고 도덕적인 삶을 강조하면서도 속으로는 밀매에 가담하여 쾌락을 좇는 데 돈을 낭비하는 지식인의 이중적인 모습을 구체적으로 고발하고 있다.

고양이를 제사 지내다 祭猫

오백이라는 고양이가 있고부터
쥐는 내 책을 갉아먹지 않았다
오늘 아침 오백이 죽어
밥과 물고기를 주어 제사 지냈다
물속으로 보내며
너를 위해 빌 뿐 어찌 너를 소홀히 하랴
전에 네가 쥐 한 마리를 잡아서
입에 물고 울며 정원 계단을 돌았던 것은
쥐들을 놀라게 하여
우리 집에서 깨끗이 쫓아내려는 뜻이었다
배에 타고 오는데
배 안에서도 같은 방에 있었다
마른 음식은 매우 부족했지만
쥐가 오염시킨 나머지를 먹는 것만은 면했다
이것은 실로 너의 부지런함이니
부지런하기가 닭이나 돼지보다 낫지만
세상 사람들은 수레 끄는 것을 중시하여
말이나 당나귀만 못하다고 한다
끝났구나! 다시 논하지 않으리
너를 위해 잠시 흐느끼련다

自有五白猫. 鼠不侵我書. 今朝五白死. 祭與飯與魚.
送之于中河. 呪爾非爾疎. 昔爾齧一鼠. 銜鳴遶庭除.
欲使衆鼠驚. 意將淸我廬. 一從登舟來. 舟中同屋居.
糗糧雖甚薄. 免食漏竊餘. 此實爾有勤. 有勤勝鷄猪.
世人重驅駕. 謂不如馬驢. 已矣莫復論. 爲爾聊歔欷.

五白 오백 | 고양이 이름.
中河 중하 | 물속.
呪 주 | '황(況)'으로 되어 있는 판본도 있다.
除 제 | 계단 혹은 문과 방 사이.
糗糧 구량 | 마른 음식.
漏竊 누절 | 쥐가 소변본 것을 뜻한다.
驅駕 구가 | 사람을 태우는 수레를 끄는 일.
歔欷 희허 | 흐느끼다.

이 시는 지화 3년(1056)에 수도로 향하는 배 안에서 지은 것으로, 아끼는 고양이의 죽음을 마치 친구가 죽은 것처럼 슬퍼하면서 고양이도 존재 의의가 있음을 강조하고 있다.

시인은 개, 고양이, 닭을 비롯하여 모기나 이에 이르기까지 작은 동물을 오언고시 형식으로 노래하였는데, 이전 작품들은 대부분 자신의 뜻을 기탁하면서 세상 사는 이치를 담담히 그려 내는 경향이 농후했다. 이것은 시인의 일상적인 제재에 대한 깊은 관심과 섬세한 관찰이 있기에 가능한 것이다.

이 시처럼 고양이라는 소재의 새로움은 그 소재를 취한 시인의 발상의 새로움이며, 소재의 신선함은 또한 표현의 신선함을 가져왔다. 그리고 매요신은 시의 산문화를 개척하였다.

시벽 詩癖

인간은 시벽이 돈 집착보다 강하여

마음속의 시구를 찾다가 봄을 몇 번이나 보냈다

주머니 속이 옛날처럼 텅 비어 있음을 싫어하지 않고

시가에 시구에 새로움이 많음을 좋아한다

각고의 노력을 하여 하늘에 닿으려고 할 뿐이니

저녁 나루터 건널 계획은 하지 않으리라

한번 보건대, 일생을 돈으로 보려는 자가

다른 사람의 과거 급제를 부러워하는 것 또한 어찌 흔하겠는가

人間詩癖勝錢癖, 搜索肝脾過幾春.

囊橐無嫌貧似舊, 風騷有喜句多新.

但將苦意摩層宙, 莫計終窮涉暮津.

試看一生銅臭者, 羨他登第亦何頻.

詩癖 시벽 | 시에 대한 병적인 집착.
錢癖 전벽 | 돈에 대한 집착.
肝脾 간비 | 간장과 비장. 마음을 뜻한다.
風騷 풍소 | 시가. '風'은 『시경』의 「국풍(國風)」, '騷'는 『초사(楚辭)』의 「이소(離騷)」를 뜻한다.
苦意 고의 | 마음을 고달프게 하는 것. 각고의 노력.
層宙 층주 | 하늘. '층궁(層穹)'과 같다.
暮津 모진 | 저녁 나루터. '暮'는 인생의 막바지를 뜻한다.
銅臭 동취 | 구리 냄새, 즉 돈을 뜻한다.
登第 등제 | 관리 등용 시험인 과거에 급제하는 것.

가우(嘉祐) 4년(1059)에 지은 시이다. 그때 시인은 58세로 자신의 인생을 돌아보며 결산하고자 하는 시점이었다.

1구에 제재가 제시된다. 인간의 삶에서 경제적인 면은 필수적인 것이지만, 그것에 대한 지나친 집착은 오히려 사람을 상하게 한다. 사람에게 반드시 필요한 한 가지는 자신의 존재를 드러내는 창조적인 일을 갖는 것이다. 그러나 그것은 경제와는 거의 무관하다. 양자를 놓고 저울질할 때 사람마다 무게를 더하는 쪽이 각기 다르겠지만 시인은 후자를 선택한다. 그래서 1구처럼 노래한 것이며 맨 마지막 구절에 나와 있듯이 양자의 거리는 좀처럼 좁혀질 수 없다.

구
양
수
歐
陽
修

1007~1072

자는 영숙(永叔)이고 스스로 취옹(醉翁) 혹은 육일거사
(六一居士)라고 했다. 네 살 때 아버지를 여의고 가난하
게 자랐지만 어머니 정씨(鄭氏)는 나뭇가지로 땅 위에 글
자를 써 가며 자식을 가르쳤다. 인종 초에 진사에 급제하
였고, 경력(慶歷) 초기에는 간원(諫院)에 불려 가 우정언
(右正言), 지제고(知制誥)가 되었다.

구양수는 범중엄, 호원(胡瑗), 손복(孫復) 등과 함께
정학(正學) 운동의 주도자로서 한(漢), 당(唐)의 훈고학과
주소학(注疏學)에 대해 날카롭게 비판하고 전대의 사상계
를 지배해 온 도교와 불교를 배척한 혁신적인 인물이다.

그는 매요신과 소순흠의 시풍을 계승 발전시키는 한편,
당나라 이백과 한유에게 깊은 영향을 받아 다양한 제재를
다채롭게 구사하였다. 왕안석과 소식(蘇軾) 등을 위한 작
시(作詩)의 초석을 다졌으며, 소옹(邵雍), 서적(徐積) 같
은 도학가들에게 단서를 열어 준 점도 주목할 만하다. 아
마도 그의 시풍이 산문화한 데서 그 원인을 찾을 수 있을
듯한데 시로 시각, 청각은 물론이고 천문, 지리까지도 소
재로 삼았다는 점이 특이하다.

저주를 떠나다 別滁

꽃 빛 짙게 무르익고 버드나무는 가볍게 밝은데
꽃 앞에서 술잔 기울이다가 나의 가는 길을 배웅한다
나도 잠시 평상시처럼 취해 보겠으니
현악기 관악기로 이별 노래 만들지 못하게 하게나

花光濃爛柳輕明, 酌酒花前送我行.
我亦且如常日醉, 莫教絃管作離聲.

滁 저 | 저주(滁州)를 말한다. 지금의 안휘성 현(縣).
花光 화광 | 꽃을 비추는 햇빛.
且 차 | 역시. 또한. 판본에 따라 '祇'로 되어 있는 곳도 있다.
常日 상일 | 일상. 평상시.
莫教 막교 | '莫'은 금지하는 말이고, '敎'는 '∼로 하여금 ∼하게 하다.'의 뜻이다.
絃管 현관 | 현악기와 관악기. 악기를 총칭한다.
離聲 이성 | 이별곡이라고 해석하기도 한다.

구양수는 인종 경력 5년(1045) 8월에 저주 태수로 폄적되어 2년 남짓 지방관을 역임하였는데, 이때부터 문학적 성숙을 보이기 시작한다. 경력 8년에 다시 양주 태수로 임명되어 떠나게 되는데, 이때 이별의 아쉬운 심정을 읊은 것이 이 작품이다.

이 시는 겉으로 보기에 단순한 자연 현상을 노래한 듯하지만, 실제로는 시인 자신의 외로움이나 슬픔 같은 내적 심정을 머금고 있다. 대체로 거침없이 써내려 간 문체가 독자에게 명쾌한 정서 체험을 유도한다. 술을 마시지 못하는 독자의 경우라도 예외는 아닐 것이다. 우선 이 시에서는 시인과 독자가 동일한 체험 공간을 확보하고 있음을 확인할 수 있다. 적어도 독자는 자신들의 정서를 잘 표현해 주는 시인의 눈빛을 읽어 나가고 있으며, 시인과 만나는 공간이 넓어지게 되리라는 신념을 갖게 된다. 이 시에 이백과 같은 광기는 없지만, 술에 도취한 데서 풍겨 오는 시인의 낭만 그 자체는 상당히 절제되어 있다.

원진에게 장난삼아 답하다 戲答元珍

봄바람이 하늘 끝까지 미치지 못했는지
이월에도 산성에는 꽃이 보이지 않는다
잔설이 나뭇가지를 짓누르건만 아직 귤은 달려 있고
차가운 우레 소리에 놀란 죽순은 새싹을 돋우려 한다
밤에 북으로 돌아가는 기러기 소리에 고향 생각이 나고
병든 몸으로 맞이하는 새해에 들어서니 화려했던 때 생각난다
일찍이 낙양성 꽃 아래의 빈객이었으니
들꽃이 비록 늦게 피기로 탄식할 필요 없다

春風疑不到天涯, 二月山城未見花.
殘雪壓枝猶有橘, 凍雷驚筍欲抽芽.
夜聞歸雁生鄕思, 病入新年感物華.
曾是洛陽花下客, 野芳雖晚不須嗟.

元珍 원진 | 정보애(丁寶臣)의 자(字). 그는 당시 협주(峽州)의 판관이었다.
山城 산성 | 협주의 이릉(夷陵)을 말한다.
洛陽 낙양 | 북송 시기 낙양엔 화원(畵院)이 번성했으며, 구양수 자신도 낙양유수추관
　　　　　(洛陽留守推官)을 역임했다.

시인은 인종 경우 3년(1036), 자신의 나이 서른 살에 정치상 실의를 맛보게 되었다. 구양수가 이릉에 좌천되어 간 이듬해, 그의 친구 정보애(丁寶臣)는 협주의 군사 판관이었는데, 구양수를 위로하기 위해 「꽃피는 시절에 비는 계속되고(花時久雨)」라는 시를 지어 주었고 구양수가 그 시에 답하는 이 작품을 썼는데 해학성이 짙다.

첫 연에서는 시의 시간과 공간, 그리고 시인의 서정을 그대로 보여준다. 다소 진부한 맛이 풍기는 이러한 표현은 7구의 한탄조 독백과 어우러져 시의 분위기를 무겁게 짓누른다. '천애(天涯)'라는 지점은 시인의 고통이 극한 상태에 이르렀음을 암시하면서 차가운 어감이 시인의 삶의 비극성을 강조한다.

후반부는 첫 두 구의 부연인 셈이다. 시인의 감회를 주축으로 하여 묘사하고 있는데, 시인이 와 있는 곳은 벽지이다. 낙양에 대한 시인의 간절한 그리움은 시간이 흐르면서 비감 어린 눈으로 바뀐다. 시인은 시대적 현실에 의해 일방적으로 쫓겨온 게 아니라, 현실 대응력이 미약하여 이릉까지 밀려오게 된 것이다.

변경의 집 邊戶

집안 대대로 변경에 사는 집이기에
해마다 줄곧 오랑캐를 대비해 왔다
아이들은 말 타는 기술을 익혔고
아낙네들도 활을 당길 수 있었다
오랑캐 먼지가 아침저녁으로 일어나고
오랑캐 기병들이 무인지경인 양 넘나들었다
만나면 이내 서로에게 쏘아 대니
인명을 살상함이 항상 양편이 마찬가지였다
전주의 맹약을 맺고부터는
남과 북이 즐거움을 맺게 되었다
비록 전쟁은 면했다지만
양쪽 땅에 모두 세금을 바쳐야 했다
관리들은 일이 생길까 경계하고
조정에서는 사려 깊은 계획이라 한다
몸은 변경 강가에 살건만
감히 변경의 강 물고기도 잡지 못한다

家世爲邊戶, 年年常備胡. 兒童習鞍馬, 婦女能彎弧.
胡塵朝夕起, 虜騎蔑如無. 邂逅輒相射, 殺傷兩常俱.
自從澶州盟, 南北結歡娛. 雖云免戰鬪, 兩地供賦租.

將吏戒生事, 廟堂爲遠圖. 身居界河上, 不敢界河漁.

鞍馬 안마 | 말에 안장을 채우다. 즉 말 타는 기술을 가리킨다.

家世 가세 | 대대손손 살아온 집안.

胡塵 호진 | 오랑캐의 먼지. 즉 거란족의 침입을 가리킨다.

虜騎 노기 | 오랑캐 기병. 즉 요나라 군사를 가리킨다.

邂逅 해후 | 기약하지 않았는데 우연히 만나는 것.

澶州盟 전주맹 | 경덕 원년(1004), 요의 주소태후(主蕭太后)와 성종(聖宗)이 직접 대군
을 이끌고 전주(澶州)까지 침입하여 변경(汴京, 지금의 하남성 개봉)까지
위협하게 되었다. 당시 황제였던 진종(眞宗)은 왕흠약(王欽若)과 진요여
(陳堯與)의 계책을 받아들여 남쪽으로 도망치려 하였으나, 재상 구준이 중
론을 물리치고 끝까지 저항하자면서 먼저 단주에 가서 싸움을 독려하여 요
나라 군사를 대패시키고 대장 소연달(蕭蓮撻)까지 살해하는 전과를 올렸다.
충분히 승리를 거둘 수 있었으니, 평소 회의(和議)를 지론으로 삼던 진종이
결국 요나라와 화친 서약을 체결하게 되었으니 역사가들은 이를 '전연지맹
(澶淵之盟)'이라고 일컫는다.

界河 계하 | 지금의 하북성 중부 지역으로, 거마하(巨馬河)와 백구하(白溝河) 두 강의
경계이다. 송나라와 요나라가 이곳을 경계로 삼았으므로 '계하(界河)'라고
한 것이다.

지화(至和) 2년(1055) 겨울, 거란의 국모(國母)가 신사(辰使)를 낳은 것을 축하하러 사신으로 가다가 변방에 사는 백성의 모습을 보고 느낌을 적은 시이다. 전반부에서는 변방 백성의 일관된 상무(尙武) 정신을 찬미하고, 후반부에서는 거란과의 굴욕적인 '전연지맹(澶淵之盟)'이 백성에게 가져다주는 심각한 재난을 풍자하여 조정의 부패상을 꼬집으면서 변방 백성의 불행한 생활상에 대한 연민을 표출하고 있다.

창작 방법이 두보의 「삼별(三別)」과 비슷한데, 시적 화자가 구술하는 방식을 취한 점에서 연관성이 쉽게 드러난다. '전연지맹'을 통해 비록 전쟁은 피하게 되었지만, 이중의 세금을 내도록 백성의 고통을 심화시켰다는 점에서 지식인이 느끼는 강도는 더하다. 그래서 시인은 하도 참담하여 서글픈 감회가 전편을 짓누르고 있다.

저물녘 악양성에 정박하다 晩泊岳陽

누운 채 악양성 안의 종소리 들으며
배를 악양성 아래 나무에 매었다
때마침 텅 빈 강 위로 밝은 달 찾아오니
구름 낀 강 아득하여 강 길을 잃어버렸다
밤 깊어 강 위 달은 푸른빛을 발하고
물 위의 사람은 노래 부르며 달빛 아래서 돌아간다
곡조 한 번 끝나는 소리 길어서 다 듣지 못했는데
가벼운 배는 짧은 노로 나는 듯이 가 버렸네

臥聞岳陽城裏鍾, 繫舟岳陽城下樹.
正見空江明月來, 雲水蒼茫失江路.
夜深江月弄淸輝, 水上人歌月下歸.
一闋聲長聽不盡, 輕舟短楫去如飛.

空江 공강 | 텅 빈 강. 동정호의 광활한 풍경. 시인이 막 가상 속에서 깨어났음을 암시한다.
雲水 운수 | 구름 낀 강.
蒼茫 창망 | 넓고 멀어서 푸르고 아득한 모양.
闋 결 | 끝나다. 특히 음악의 한 곡이 끝남을 가리킨다.
楫 즙 | 노.

구양수

적당한 시어 배열을 통해 나그네의 심정을 잘 노래한 시이다. 앞 두 구에서 '성안(城裏)'과 '성 아래(城下)'는 시를 이끄는 중요한 공간이 된다.

해질녘 가까이서 들려오는 종소리는 전혀 알지 못하는 '성안'의 일을 상상하게 한다. 하지만 시인은 성안으로 직접 들어가지 않는다. 오히려 성 아래에 배를 정박하고는 한가롭게 배 위에 '누워(臥)' 있다. 5구의 '농(弄)'자가 이 시의 핵심어이며, 7, 8구는 아무래도 이백의 시「아침에 백제성을 떠나다(早發白帝城)」에서 영감을 얻은 것 같다.

시인의 대표작 중 하나인 이 칠언고시는 매 구마다 악양성 위와 아래의 경치를 대비시켜 묘사하는 가운데 여행길에 오른 시인의 여러 갈래 마음을 숨기고 있다.

왕안석의 「명비곡」에 화답한 두 수
和王介甫明妃曲二首

(一)

오랑캐들은 안장 달린 말을 집으로 삼고

활쏘기와 사냥을 풍속으로 삼았다

단 샘물과 기름진 풀밭은 일정한 곳이 없으니

놀란 새와 짐승을 다투어 달려가 쫓는다

누가 한족 딸을 오랑캐 자식에게 시집보냈는가

모래바람 무정하나 얼굴은 백옥 같은데

가도 가도 한족은 만날 수 없고

말 위에서 고향 그리는 노래를 짓네

손을 앞뒤로 움직여 비파를 타면 '비'와 '파' 소리가 나고

오랑캐들도 함께 들으며 또한 탄식한다

옥 같은 얼굴이 하늘 끝에서 떠돌다 죽었건만

비파곡은 오히려 한나라 왕실에 전해졌다

궁궐에서는 다투어 그녀의 새 노래를 타니

남긴 한 이미 깊어 소리 더욱 드높다

가녀린 손의 여인 규방에서 자라

비파 배웠으되 마루에서 내려온 일도 없었네

누런 구름이 변방 길에 있음을 알지 못하는데

어찌 이 소리가 애간장을 끊을 줄 알까

胡人以鞍馬爲家, 射獵爲俗.

泉甘草美無常處, 鳥驚獸駭爭馳逐.

誰將漢女嫁胡兒, 風沙無情面如玉.

身行不遇中國人, 馬上自作思歸曲.

推手爲琵却手琶, 胡人共聽亦咨嗟.

玉顏流落死天涯, 琵琶却傳來漢家.

漢宮爭按新聲譜, 遺恨已深聲更苦.

纖纖女手生洞房, 學得琵琶不下堂.

不識黃雲出塞路, 豈知此聲能斷腸.

明妃 명비 | 한나라의 왕소군(王昭君)을 말한다. 한나라 원제(元帝)의 후궁으로 있을 때
　　　흉노 호한야선우에게 바쳐졌다. 왕소군은 말 위에서 비파를 타면서 흉노로
　　　향했는데, 호한야선우가 죽자 그의 아들을 받들어 두 아들을 낳았다.
思歸曲 사귀곡 | 왕소군이 지었다는 「소군원(昭君怨)」을 가리킨다.
推手爲琵却手琶 추수위비각수파 | 비파를 탈 때 손을 앞으로 밀어 현을 문지르면 '비
　　　(琵)' 소리가, 손을 뒤로 당겨 튕기면 '파(琶)' 소리가 난다.
咨嗟 자차 | 탄식하다.

시인이 53세이던 가우 4년(1059)에 지은 시로, 왕안석의「명비곡」2수에 화답한 것 중 첫 번째 작품이다. 당나라의 저광희(儲光羲), 백거이(白居易), 양릉(楊凌) 등이 주요 제재로 다룬 왕소군이라는 역사적 인물을 소재로 하여 쓴 시이다. 왕안석의「명비곡」은 화공이 그녀의 아름다운 자태를 제대로 그려 내지 않았다는 죄로 죽임을 당한 것은 다름 아니라 제왕의 어리석음 때문이라고 풍자한 시이다.

이 시도 제왕들이 좁은 견문 탓에 현명하고 능력 있는 신하를 국정에 기용하지 못하는 북송 시대의 전반적인 궁중 현실을 풍자하고 있다. 어리석기 때문에 일생을 힘겹게 살아가야 하는 백성의 처절한 운명을 시인 자신이 충분히 인식하고 있음을 나타내고 있다.

풍락정에서 봄을 즐기다 豊樂亭遊春

(三)

붉은 나무 푸른 산에 해 지려 하는데
넓은 들녘 풀빛의 푸르름은 끝이 없다
행락객은 봄이 저물어 감을 괘념치 않고
풍락정 앞을 오가며 떨어지는 꽃잎을 밟는다

紅樹靑山日欲斜, 長郊草色綠無涯.
遊人不管春將老, 來往亭前踏落花.

豊樂亭 풍락정 | 현재의 안휘성 저현(滁縣) 서남쪽 풍산(豊山) 북쪽, 낭야산(琅琊山) 유
곡천(幽谷泉) 가에 위치한 것으로, 구양수가 지주(知州)로 있을 때(1046) 세
운 정자이다. 구양수는 「풍락정기(豊樂亭記)」를 지어 풍락정 주변의 경치와
정자를 세운 과정을 기술하였다. 미경(美景), 미서(美書), 미문(美文) 등 삼
미(三美)를 겸비하고 있었으므로, 이로부터 유명한 유람지가 되었다.

풍락정 주위의 경관은 사계절 모두 절색이지만, 구양수는 그중 가장 전형적인 봄 경관을 세 수로 노래하였다. 이 시는 그 가운데 세 번째 수에 해당하며 가장 잘 알려진 작품이다. 봄에 연연하는 감정을 묘사하고 있다.

전반 두 구에서는 풍락정을 에워싸고 있는 경치를 그렸고, 후반 두 구에서는 그러한 경치 속에서 자기 감정의 색깔을 나타내었다. 시인은 풍락정 주변 경관의 모습을 '홍(紅)', '청(靑)', '녹(綠)' 등의 색채어를 통해 다채롭게 표현하고 있다. 3구의 '불관(不管)'은 봄의 절정에 다다른 모습이 동시에 봄의 쇠락을 알리는 시기임을 강조하려 한 데서 나온 시어이다.

자는 자미(子美)이다. 그는 재주(梓州) 동산(銅山, 사천성 중강현(中江縣))이 본관인데 증조부 때 개봉으로 이주하였으므로 개봉 사람이라고도 한다. 조부는 참지정사를 지낸 소역간(蘇易簡, 975~995)이다. 소순흠은 진종 때 재상 왕차(王旦)의 외손자이며, 인종(仁宗) 때 재상을 지낸 두연(杜衍)의 사위로 명문 출신이다. 처음에는 부친 밑에서 벼슬살이를 하다가 경우 원년(1034) 진사에 급제했다.

송대 시단 형성의 공로자인 소순흠의 시는 모두 233수로 고체시가 100수, 근체시가 123수이다. 당대의 정치와 사회 현실을 풍자하고 비판한 사회시와 자연경관의 묘사를 통해 자신의 심정을 기탁한 서정시로 나뉜다.

갓 갠 날 창랑정에서 노닐다 初晴遊滄浪亭

밤비가 아침까지 이어지더니 봄물이 불었고
아리따운 구름은 짙어졌다 따스해지며 흐림과 갬을 희롱한다
주렴은 비고 햇빛 엷으며 꽃과 대나무 고요한데
때때로 젖먹이 비둘기들이 서로 마주하고 운다

夜雨連明春水生, 嬌雲濃暖弄微晴.
簾虛日薄花竹靜, 時有乳鳩相對鳴.

滄浪亭 창랑정 | 시인이 소주에 있을 때 지은 정자.
生 생 | 물이 '불어난다'는 뜻이다.
弄 농 | 오월(吳越) 지방의 방언으로 '작(作)'과 같다. 희롱하다.

이 시를 지은 당시 시인은 벼슬을 그만두고 소주(蘇州)에 1년여 동안 은둔해 있으면서 창랑정에 놀러가 시를 지으며 소요하곤 했다. 실제로 시인이 '초청(初晴)'하였을 때의 그윽한 경지를 즐겨 노래한 데에는 그럴 만한 까닭이 있다. 그는 추방당한 방랑객의 몸으로 소주에 은거하고 있으니 내심 원망스럽고 근심에 쌓여 있다. 그런 그의 눈에 비친 창랑정이야말로 우울한 심사를 기탁할 만한 절경이었다. 설령 스스로 한적함을 찾았다 할지라도 고독의 특이한 심경이 우러나지 않았을 리 없다. 따라서 그윽한 어조로 자기 삶의 본질적인 측면과 결부시키고 있다. 이처럼 대자연을 대하는 시인의 입장이 독특한 데서 그 성과가 비롯되고 있다.

　언뜻 보기에 시구마다 단순한 자연 묘사로 연결되어 있는 것 같아 위응물(韋應物)의 자연시풍에 상당히 근접해 있다.

여름날의 느낌 夏意

딸린 정원 깊숙하고 여름 대자리 맑은데
석류꽃이 활짝 피어 주렴에 더욱 밝게 비치네
나무 그늘이 땅에 가득한데 해는 정오이고
꿈에서 깨니 흐르는 듯한 앵무새 소리가 때맞춰 나네

別院深深夏簟淸. 石榴開遍透簾明.
樹陰滿地日當午. 夢覺流鶯時一聲.

別院 별원 | 따로 딸려 있는 정원.
流鶯 유영 | 물 흐르는 듯한 앵무새 소리.

한여름에 쓴 작품으로 상큼하고 그윽한 정취가 물씬 풍겨 시 속에 나타난 시인의 세계 인식도 여름 풍경처럼 가뿐하고 경쾌하다.

1, 2구에는 여름을 바라보는 시인의 차분한 태도가 돋보인다. 3구는 태양이 작열하는 정오에 서늘함이 감도는 나무 그늘에 누워 있는 모습을 연상하게 만든다.

여기에는 현실적 의미의 삶도, 근원적 의미의 삶도 개입될 여지가 없다. 인간의 삶이 궁극적 진실에 도달하려는 과정적 고뇌의 빛은 찾아보기 힘든 평화와 담담함이 짙게 배어 있다.

문동
文同

1018~1079

자는 여가(與可)이고 석실선생(石室先生) 혹은 소소선생
(笑笑先生)으로도 불린다. 그는 시문뿐만 아니라 서화에
도 뛰어났다. 문동은 "사방의 사람들이 비단을 들고 찾아
와 그의 집에는 발 디딜 틈이 없었다.(『송사(宋史)』「본전
(本傳)」)"라고 할 정도로 그림을 잘 그렸다. 그는 사물의
외현적 형태나 내면적 모습을 관통하여 그 내면에 잠재하
는 본성이나 원초성을 자연스럽게 시 속에 형상화시켰다.
따라서 그의 시는 순진무구한 세계를 지향하기도 하고, 거
리낌없이 자유롭고, 세상일에 관조를 표방하기도 하며, 때
로는 고고한 경지를 모색하기도 한다.

막 갠 산 위의 달 新晴山月

높다란 소나무 사이로 성긴 달 새어나오고
떨어지는 그림자는 땅에 그린 것 같다
그 아래가 좋아 배회하여
밤이 오래되어도 잠들 수 없다
두려운 바람에 연못의 연꽃 동그랗게 말리고
궂은비에 산 과일이 떨어진다
누가 나를 벗삼아 고심하여 시를 읊을까
숲 속 가득 귀뚜라미가 운다

高松漏疏月, 落影如畵地. 徘徊愛其下, 夜久不能寐.
怯風池荷卷, 病雨山果墜. 誰伴予苦吟, 滿林啼絡緯.

新晴 신청 | 오랜 비가 그친 후에 갬.
病雨 병우 | 궂은비. 오래도록 내리는 비.
絡緯 낙위 | 귀뚜라미.

이 시에서 소나무와 달이 어우러진 모습은 당나라 상건(常建)의 시구 "소나무 사이로 가느다란 달빛이 새어나온다.(松際露微月)"의 경지와 비슷하다.

시인은 1, 2구에서 묘사한 달빛의 아름다움에 도취되어 소나무 밑을 떠나지 못하고 배회한다. 그 시간이 '야구(夜久)'로 표현되고 있다. 그는 자연스럽게 이루어진 한 폭의 그림을 '애(愛)'하며, '불능매(不能寐)'한 지경까지 이른다. 그는 자신의 모든 감각뿐만 아니라 몸과 마음 모든 곳에 이 모습을 담아 두고 싶어한다.

3연에는 정경이 뒤섞여 표현되고 있다. 시인은 '겁(怯)'과 '병(病)'을 시구의 첫머리에 놓음으로써 '지하(池荷)'와 '산과(山果)'가 '풍(風)'과 '우(雨)'를 두려워하듯 자신도 똑같은 마음임을 노래한다. 시인은 여기서 연꽃, 과일과 한 몸이 된 듯한 착각에 빠지게 된다. 마지막 연에서는 자문자답하는 형식을 취하여 3연에서 노래한 감정 상태의 깊이를 더하고 있다.

망운루 望雲樓

파산은 누각 동쪽이고
진령은 누각 북쪽이다
누각 위로 주렴을 말아 올릴 때
온 누각엔 구름 일색일 뿐

巴山樓之東, 秦嶺樓之北. 樓上卷簾時, 滿樓雲一色.

望雲樓 망운루 | 이 시의 원제목은 「수거원지잡제(守居園池雜題)」로 30수의 연작시 중
　　　　　 열두 번째에 해당되는 작품이다.
巴山 파산 | 대파산(大巴山)을 가리키며, 섬서 한중(漢中)의 분지와 사천 분지의 경계가
　　　　　 되는 산이다.
秦嶺 진령 | 오늘날 섬서성 남쪽 지방에 있는 산맥이다.

희녕 8년(1075) 늦가을이나 그 이듬해 초봄 양주지사로 임명되었을 때 지은 시이다.

　앞 두 구에서는 망운루의 위치를 묘사하였다. 시인이 망운루에 올라 동쪽을 바라보니 높고도 험한 파산이 있고, 북쪽을 바라보니 웅장하고 기이한 진령이 있다. 두 산은 한결같이 높고 험준하므로 산봉우리마다 구름 조각이 널려 있다. 시인이 바라본 것은 산에 지나지 않지만 그 산만 보이는 게 아니다. 오히려 구름 조각이 더 선명하게 눈에 들어온다. 늠실거리는 비단을 말아 놓은 듯한 구름 조각들이 산봉우리마다 걸려 있어 장관이다. 문득 시인은 누각으로 시선을 돌려 본다. 전반적으로 그림을 보는 것 같은 분위기가 있어 제화시(題畵詩)라고 할 만하다.

달빛 아래에서 거닐다 步月

책 덮고 정원을 내려오니
달빛이 물처럼 하얗다
가을 기운 서늘하게 가슴을 채우고
소나무 그림자는 짙게 땅을 덮는다
뭇 곤충들은 밤을 재촉하여 떠나보내고
한 마리 기러기가 추위를 일깨운다
조용히 상념에 젖어 세속 일 잊었는데
누가 이 좋은 맛을 함께할까

掩卷下中庭, 月色浩如水. 秋氣凉滿襟, 松陰密鋪地.
百蟲催夜去, 一鴈領寒起. 靜念忘世紛, 誰同此佳味.

步月 보월 | 달빛 아래에서 거닐다.
掩卷 엄권 | 책을 덮다.
襟 금 | 옷깃. 여기서는 가슴을 뜻한다.
松陰 송음 | 소나무 그림자.
百蟲 백충 | 온갖 가을 벌레를 포괄적으로 가리킨다.
世紛 세분 | 세속의 잡다한 일.

가을밤 달빛 아래에서 마음을 가다듬으며 세속적인 일을 잊는다는 것이 이 시의 주제이다. 달밤의 정원, 몸을 에워싸는 서늘한 기운, 뭇 곤충, 기러기 등은 가을밤을 특징적으로 나타내는 일상적인 소재이다. 이러한 소재들이 2구와 4구의 달빛에 따른 명암의 교묘한 표현을 통해 새로운 생명을 부여받는다. 7구의 '세분(世紛)'은, 문동의 대나무 그림이 매우 유명하여 비단을 갖고 와서 그림을 의뢰하는 이들이 줄을 섰지만 이를 싫어하여 땅바닥에 비단을 집어던진 적이 있었다는 그의 성격을 은근히 드러내 주는 표현이다.

자연 경물과 융합된 경지를 시문 서화의 여러 형식에 따라 표현하였는데, 그 이면에는 고상한 정신을 향한 비상이 꿈틀대고 있음을 짐작할 수 있다.

증공

曾鞏

1019~1083

자는 자고(子固)이고 건창(建昌) 남풍(南豊, 강서성 남풍현) 사람이다. 호부낭중(戶部郞中) 증치(曾致)의 손자로 일찍부터 문명(文名)을 떨쳤지만, 관리로서의 출발은 늦어서 가우 2년(1057) 39세 때 진사에 급제했다. 당송팔대가의 한 사람이며,『원풍유고(元豊類稿)』50권이 있다.

그러나 그는 제자 진관(秦觀)에게 시도 지을 줄 모른다고 비판받았고, 또 다른 제자 진사도(陳師道)에게마저 시를 제대로 짓지 못한다고 비판받았으며, 스스로도 자신이 시를 짓지 못함을 한스러워했다. 그러나 그의 문집에 수록된 시 400여 편을 읽어 보면 매우 청신하고 소박한 맛이 있다.

서쪽 누각 西樓

파도가 구름처럼 물러갔다 오히려 돌아오니
북풍이 불어오고 천둥소리 몇 번인가
붉은 누각은 사방에 성긴 채색 발 걸어 놓고
누워서 뭇 산을 바라보니 소나기만 몰려온다

海浪如雲去却回, 北風吹起數聲雷.
朱樓四面鉤疏箔, 臥看千山急雨來.

鉤疏箔 구소박 | 성긴 발을 걸다. '箔'은 물감으로 무늬를 그려 넣거나 색을 칠한 발.

1구는 시시각각 변하는 파도의 모습을 형용하면서 역동성을 더하고, 2구는 '취기(吹起)'라는 시어에서 웅장한 필력을 엿볼 수 있으며, 청각적인 각도에서 천둥소리의 긴박감을 고조시킨다.

3구까지의 경치 묘사는 바다(海) → 누각 옆쪽(樓側) → 누각(樓) → 산 누각 뒤편(山樓後)의 순서로 되어 있다. 4구는 앞 두 구의 거센 징후들이 결국 '급우(急雨)'를 낳기 위한 것이었음을 분명히 해 준다.

이 작품은 비가 내리기 전 해변의 배경을 이면에 깔고 있으며, 우선 긴장감을 자아내면서 전개된다는 점이 독특하다.

성 남쪽 城南

비 지나간 연못 물이 제방까지 가득하고
높고 낮은 어지러운 산, 길은 동서다
한 무리 복사꽃과 자두꽃 피었다 지고
그저 청청한 풀빛 가지런할 뿐

雨過橫塘水滿堤, 亂山高下路東西.
一番桃李花開盡, 惟有靑靑草色齊.

橫塘 횡당 | 오늘날 남경(南京) 성남(城南)의 진회하(秦淮河) 남쪽 해안. 여기서는 고유
　　　　명사가 아니라 일반 연못을 뜻한다.
水滿堤 수만제 | 폭우로 말미암아 불어난 진회하의 높이가 제방과 같을 정도라는 말이다.

비 내리는 경치를 묘사하면서도 청신하고 소박한 맛이 돋보이며 어느 정도 고요가 감싸고 있는 작품이다. 비가 개고 난 다음의 정경은 정적(靜寂)의 공간이며, 자연 공간 역시 관조의 후광을 두르고 있다. 이 공간은 일상적 차원에 머물고 있는 듯하면서도 지나친 감정 노출이 억제된 순결한 상태로의 지향이 짙게 배어 있다. 특히 후반 두 구는 비가 휘몰아친 뒤의 경치를 묘사하였는데, 그 이면에는 인생의 철리(哲理)를 응축하고 있다.

하호에 이르다 至荷湖

슬프게 부는 바람에 내 눈 거슬리고

애처롭게 울부짖는 원숭이 소리에 내 귀 슬프다

내가 물에 넘어지면 말도 물에 빠지고

내가 일어나면 옷은 눈투성이다

백 리 길에 사람을 만날 수 없으니

어찌 잠잘 만한 인가가 있으랴

높은 산 푸른 바위에 기대 바라보니

하얀 안개가 중원 땅을 가득 채웠다

늙은 내 운명은 역시 이렇게 될 수밖에 없으니

나의 괴로움 달래 줄 곳 어디인가

밤에 누우면 가위눌리고

내 힘을 떨칠 때가 아닌가 주저하며 의심한다

悲風我眼澁, 酸狖我耳愁. 我顚水沒馬, 我起雪滿裘.
百里不逢人, 豈有烟火投. 却倚靑壁望, 白霧滿九州.
蒼蒼運乃爾. 何地寬我憂. 夜臥夢成魘, 猶疑拔山秋.

荷湖 하호 | 지명.
澁 삽 | 원활하게 나아가지 않다. 매끄럽지 않다. 거슬리다.
酸狖 산유 | 슬픈 소리로 울부짖는 원숭이. '狖'는 긴꼬리원숭이.

裘 구 | 가죽옷. 모피.
烟火 연화 | 밥 짓는 연기. 여기서는 인가(人家)를 뜻한다.
却倚 각의 | 물러나 의지하다.
青壁 청벽 | 산의 검푸른 바위벽을 가리킨다.
九州 구주 | 중국 모든 영토를 가리킨다.
蒼蒼 창창 | 나이 먹어 늙은 모양.
夢成魘 몽성염 | 꿈속에서 가위눌리는 것.
猶疑 유의 | 주저하며 의심스러워하다.
拔山 발산 | 산을 뽑아 내다. 강력한 힘을 발휘하는 것.
秋 추 | 때. '시(時)'와 같다.

이 시는 여행 노래이다. 앞 네 구에는 겨울 여행의 어려움이 엿보인다. 1구의 '비풍(悲風)'은 차갑고 날카롭게 눈을 파고드는 찬바람을 말한다. 그래서 깜박거리는 눈에 눈물이 배어난다. 그것은 심리적으로 여행자인 시인을 슬프게 하는 바람이다. 원숭이의 구슬픈 울음소리가 귀에 휘감겨 또한 여행에 쓰라림과 근심을 더한다. 5구부터는 고독한 여행자의 모습이 엿보인다. 고독과 적막, 희망이 없는 막힌 상황이 끝까지 이어진다. 하지만 맨 마지막 구절에서는 기개와 격정으로 마무리한다.

자는 개보(介甫)이고 무주(撫州) 임천(臨川) 사람이다.
임천선생(臨川先生)이라는 호칭은 아마 그의 본적에서
딴 듯하다. 어려서부터 시문에 탁월한 재능을 보였고, 같
은 고향 출신인 증공의 소개로 구양수에게 그의 작품을 제
시하여 경력 2년(1042)에 진사에 급제했다. 첨서회남판관
(簽書淮南判官)에 임명되면서 관계에 첫발을 내디뎠지
만, 중앙보다는 주로 지방관을 역임하였다. 인종 가우 3년
(1058)에 정치에 대한 의견을 서술한 글을 올려 지제고를
겸임하였고, 가우 8년(1063)에 어머니가 세상을 떠나자 복
상(服喪)을 이유로 수년 동안 강녕(江寧)에서 지냈다. 그
후 즉위한 신종(神宗)은 왕안석의 식견에 감탄하여 그를
불러 요직을 겸하게 하였다.

　왕안석은 치평(治平) 4년(1067) 9월에 한림학사로 임
명되었지만 벼슬길로 나가지 않았다. 이듬해 4월 다시 부
름을 받고는 다음 해에 경사(京師)로 나아갔다. 희녕 2년
(1069)에 참지정사가 되었고, 이듬해 예부시랑에 취임하
면서 청묘법(靑苗法), 균륜법(均輸法) 등 신법을 시행하
고 정치 개혁을 단행하여 지주와 호족 등 보수파의 맹렬한
반대에 부딪히기도 하였다. 만년에는 강녕에 은거하면서
시문 창작과 학문 연구에 일생을 바쳤다. 그의 은둔지는
남경(南京)과 종산(鍾山)의 중간 지점이었으므로 그곳을
반산(半山)이라고 하여, 사람들은 그를 왕반산(王半山)이
라고 불렀다.

왕안석의 시는 문학성이 뛰어나서 정치적으로 대립하던 구양수와 소식조차도 높이 평가했다. 왕안석은 평생 동안 주색이나 잡기를 가까이하지 않았다.

　　왕안석은 현실주의 정신에 입각하여 대부분 백성의 힘겨운 삶을 묘사한 시를 창작하였으며, 두보의 시를 학습하는 데 온 정력을 기울여 그의 시는 '침울'하다는 평을 함께 받는다. 그리고 그는 개시(改詩)하기를 좋아하여 끊임없이 시를 고치는 노력을 하였다.

갈계역 葛溪驛

이지러진 달 어둠 속에 걸려 있고 물시계 날 새려면 멀었는데
한 등불은 명멸하며 가을 침상을 비춘다
병든 몸 때 이른 바람과 서리를 먼저 느끼는데
귀향하는 꿈은 산천이 멀다는 것을 알지 못한다
앉아서 시절을 느껴 강개한 노래를 부르고
일어나 천지를 바라보니 내 안색 처량하다
울고 있는 매미 더욱 나그네 귀를 어지럽히는데
앙상한 오동나무 막 끌어안으니 잎이 반쯤 누렇다

缺月昏昏漏未央, 一燈明滅照秋床.
病身最覺風霜早, 歸夢不知山水長.
坐感歲時歌慷慨, 起看天地色凄凉.
鳴蟬更亂行人耳, 正抱疏桐葉半黃.

葛溪驛 갈계역 | '갈계(葛溪)'는 현재의 강서성 양현(陽縣) 서쪽으로, 2리쯤 떨어진 곳에 갈현선옹(葛玄仙翁)의 묘가 있기 때문에 붙여진 명칭이다. '葛溪驛'은 당대(唐代)에는 양관(陽館)이라고 했고, 명나라 가정(嘉靖) 연간에 재난으로 없어졌다. 고대에 '驛'은 관원이나 공문을 발송하는 사람들이 잠시 머물거나 말을 바꿔 타는 곳이었다.
缺月 결월 | 이지러진 달.
昏昏 혼혼 | 어두운 모양.
漏未央 누미앙 | '漏'는 물시계로 수조(水槽)의 물이 줄어들면서 시간을 나타낸다. '漏未央'은 밤이 상당히 길어 날이 새지 않음을 뜻한다.

明滅 명멸 | 밝았다 어두워졌다 하다.
歸夢 귀몽 | 고향 집으로 돌아가는 꿈.
歲時 세시 | 시절. 여기서는 가을을 뜻한다.
慷慨 강개 | 비분하여 심리적으로 격정되는 것.
行人 행인 | 나그네. 즉 시인 자신.
疏桐 소동 | 잎이 떨어져 앙상한 오동나무.

황우(皇祐) 2년(1050) 무렵에 지어진 이 시는 가을날 여행길에 오른 시인의 정취를 섬세하고도 애절하게 그리고 있다.

시인은 자신의 심적 변화를 주변의 자연 정경 하나하나에 대응시켜 덧칠하는 수법으로 시어를 새겨 나가고 있다. '월(月)'자를 꾸며 주는 '결(缺)'과 '월(月)'의 위치를 두드러지게 해 주는 공간적 기능을 담당하고 있는 '혼혼(昏昏)'은 가을날의 을씨년스러운 분위기를 물씬 풍기는 수식어로서 현재 시인의 모습을 더욱 구체화시킨다. 뿐만 아니라 지금 시인의 눈은 어둠 속에 걸려 있는 '이지러진 달'을 응시하고 있는데, 이 달은 흔히 객지로 떠도는 나그네의 사향지정(思鄕之情)을 불러일으킨다.

후반부에 속하는 5구부터는 개인적인 향수에서 헤어나지 못하고 있는 전반부와는 달리 나라를 걱정하는 마음으로 전이되어, 시인의 비분강개함을 겉으로 표출하기 시작한다.

왕봉원을 생각하다 思王逢原

황량한 잡초가 오늘 생각을 어지럽게 하더니

무덤 위에 가을바람이 또 한 차례 불어온다

뛰어난 자질 태평성대에는 인정받지 못하고

미묘한 말은 오직 친구만이 알아준다

여산의 남쪽 기슭에서 책상을 마주하니

분수는 동쪽에서 술잔 속으로 들어온다

낡은 자취 가련하게도 당신 따라 모두 가 버려

즐기려고 해도 다시는 그때와 같을 수 없구려

蓬蒿今日想紛披, 冢上秋風又一吹.

妙質不爲平世得, 微言惟有故人知.

廬山南墮當書案, 溢水東來入酒卮.

陳迹可憐隨手盡, 欲歡無復似當時.

王逢原 왕봉원 | 시인의 친구인 왕령(王令, 1032~1059). 봉원(逢原)은 그의 자. 광릉(廣
　　　陵, 지금의 강소성 양주시(揚州市)) 사람으로 재능이 출중하였으나 28세에
　　　요절하였다.
蓬蒿 봉호 | 황량하게 자라는 잡초. 구체적으로는 왕령의 묘지에 자라는 잡초를 뜻한다.
紛披 분파 | 혼란스러운 것.
冢 총 | 흙으로 만든 무덤.
又一吹 우일취 | 또 한 차례 분다는 뜻. 작년 가을에도 바람이 불었다는 말로, 이 시의 창
　　　작 시기를 왕령이 죽은 이듬해로 추정할 수 있게 하는 실마리이다.
妙質 묘질 | 뛰어난 자질.

微言 미언 | 깊은 뜻을 가진 미묘한 말.
故人 고인 | 친한 친구. 시인, 또는 시인을 처음 사귄 왕령의 친구들.
廬山 여산 | 강서성 구강시(九江市) 남쪽에 있는 명산. 산속에 명승과 사원이 많이 있다.
溢水 분수 | 강서성 구강시를 흐르는 냇물로, 용개하(龍開河)라고도 한다.
酒卮 주치 | 술잔.
陳迹 진적 | 낡은 자취.

가우 5년(1060) 가을, 이미 고인이 된 왕령을 애도하는 시로 두 사람
의 돈독한 우정을 나타내는 작품이다. 왕안석의 「왕봉원묘지명(王逢
原墓誌銘)」에 의하면, 왕령의 묘는 상주(常州) 무진현(武進縣)에 있
었다고 한다. 지화(至和) 2년(1054) 왕안석은 서주통판(舒州通判)에
서 수도로 자리를 옮기게 되었는데, 입성하는 도중 고우(高郵)라는
곳에서 왕령의 「남산지전(南山之田)」이라는 시를 보고 그 자질에 탄
복하여 사귀게 되었으며, 그 사귐의 정도는 자기 처제를 그와 결혼시
킬 만큼 꽤 깊었다.

1연은 처량하고 비참한 슬픔으로 가득 메워진다. '봉호(蓬蒿)', '분
피(紛披)' 같은 표현은 시를 지을 당시 시인이 변경에 있었음을 고려
할 때, 왕령이 누워 있는 묘지의 황량하고 쓸쓸한 모습을 상상을 통해
사실감 있게 표현한 것이다.

3연은 왕령과 함께 독서와 음주를 즐기던 호방한 흥취를 기발하고

도 참신하게 표현하였는데 웅혼한 기백, 풍부한 상상, 정련된 자구(字句)가 어울려 특히 빼어난 시구로 알려져 있다.

5, 6구에는 '당(當)'과 '입(入)' 두 개의 동사를 사용함으로써 당시 왕령과 왕안석이 느꼈던 호방한 기개, 돈독한 우정 등을 상상할 수 있도록 한다. 이러한 격앙된 어조는 1연의 처량한 분위기와 선명하게 대조를 이룬다. 시인은 이처럼 강렬한 대조를 통해 현재의 억누를 수 없는 슬픔을 거침없이 노출시키고 있다.

초여름에 본 대로 적다 初夏卽事

돌다리와 초가집이 구불구불한 둑 위에 있고
흐르는 물은 찰랑대며 두 연못을 넘나든다
화창한 날 따스한 바람이 불어 보리 기운을 틔우니
녹음 짙은 풀이 꽃 피는 시절보다 낫구나

石梁茅屋有彎碕, 流水濺濺度兩陂.
晴日暖風生麥氣, 綠陰幽草勝花時.

卽事 즉사 | 눈앞의 정경이나 일을 보고 시로 노래하는 것을 말한다.
彎碕 만기 | 구불구불한 강둑.
濺濺 천천 | 물이 찰랑찰랑 소리 내며 급히 흐르는 것.
麥氣 맥기 | 보리가 싹트는 기운.

이 시는 은둔 생활 속에서 느낀 계절의 움직임을 마음 가는 대로 쓴 작품으로 유유자적하는 모습이 짙게 스며 있다. 초여름이라는 시간을 배경으로 주변의 풍경을 묘사하면서 '즉사(卽事)'라는 시 제목에서 암시하듯 현재의 느낌 그대로를 잘 전달하고 있다. 창작 시기는 분명하지 않지만 남경에 은둔한 이후 노년의 작품으로 추정된다. 이 시가 남송의 궁궐에서도 읽혀졌던 것은 깔끔한 서정성 때문이다.

반산에서 늦봄에 노래하다 半山春晚卽事

늦봄은 꽃을 가져가더니
나에게 맑은 그늘로 보답한다
나무가 무성한 산길은 고요하고
나무가 우거진 정원은 깊구나
숲 속 옹달샘에서 매번 잠시 쉬는데
지팡이에 짚신 신고 또 그윽한 곳을 찾는다
오직 북산의 새만 있어
지나가면서 고운 소리를 남긴다

春晚取花去, 酬我以清陰. 翳翳陂路靜, 交交園屋深.
林泉每小息, 杖屨亦幽尋. 惟有北山鳥, 經過遺好音.

半山 반산 | 지금의 강소성 강녕에 있는 산. 성중(城中)에서 종산(鍾山)에 이르는 중간
　　　　지점에 있기 때문에 붙은 이름이다. 시인은 신법을 시행하려다가 실패한 뒤
　　　　강녕 지방에서 기거했는데, 원풍(元豐) 연중(혹은 2년, 5년)에 반산원(半山
　　　　園)을 세우고, 스스로 반산(半山)이라 부르기도 하였다.
酬 수 | 보답하다. '유(遺)'라고도 되어 있다.
翳翳 예예 | 나무가 무성한 모양.
陂路 피로 | 산비탈의 작은 길.
交交 교교 | 나무가 서로 포개지듯 우거져 있는 모양.
園屋 원옥 | 꽃 정원과 주택. 정원 이름은 반산원이다.
杖屨 장구 | 노인들이 출행할 때 사용하는 지팡이와 신.